路远小说精选集

色的狂想·原野

路远 著

远方出版社

图书在版编目 (CIP) 数据

色的狂想:原野 / 路远著 . -- 呼和浩特 : 远方出
版社,2018.3
ISBN 978-7-5555-1032-1

Ⅰ.①色… Ⅱ.①路… Ⅲ.①中篇小说 – 小说集 – 中
国 – 当代②短篇小说 – 小说集 – 中国 – 当代 Ⅳ.① I247.7

中国版本图书馆 CIP 数据核字 (2018) 第 044650 号

色的狂想·原野
SE DE KUANGXIANG YUANYE

作　　者	路　远	
总 策 划	苏那嘎	
绘　　画	王忠仁	
责任编辑	董美鲜　　刘向武	
责任校对	奥丽雅	
封面设计	高月雅	
版式设计	韩　芳	
出版发行	远方出版社	
社　　址	呼和浩特市乌兰察布东路 666 号　　邮编 010010	
电　　话	（0471）2236470 总编室　　2236460 发行部	
经　　销	新华书店	
印　　刷	呼和浩特市圣堂彩印有限责任公司	
开　　本	170mm×240mm　　1/16	
字　　数	285 千	
印　　张	19.5	
印　　数	1—3000 册	
版　　次	2018 年 3 月第 1 版	
印　　次	2018 年 3 月第 1 次印刷	
标准书号	ISBN 978-7-5555-1032-1	
定　　价	39.80 元	

如发现印装质量问题，请与出版社联系调换

目录

褐衣人

原载《当代》

选载《小说月报》《中篇小说选刊》

原名《神汉》

——据说这种神秘而恐怖的职业早已失传绝迹，但我却怀疑它仍可能在民间秘密流传……

上 篇

1.

樊雪儿躺在床上静静地死去那天，原本是乔光盛一生中最辉煌的日子。

那天下午整个商城显得异乎寻常，先是一片死寂，天空飘过一层玫瑰色的祥光，后来天色骤然变暗，犹如沉没到一个无底的黑洞里，再后来，许多人都嗅到一股苦杏仁和麝香的混合味儿……

那时候雪儿瞥见糊着麻纸的窗户破了个洞，那个破洞散发着不可抗拒的诱惑。在一片模糊的昏暗中她仿佛看见一个更模糊的黑衣人在那破洞里飘忽而去，接着听见街头隐约传来那个疯女人幸福的笑声。一阵佛鼓铜钹声淹没了疯女人的声音，外面的世界在越来越沉闷的气氛中显示出它的庄严与神秘。

雪儿知道是那个时刻了，就将那粒奇异的大药丸放入口内，慢慢品味着死亡之果独特的滋味儿。她在那一瞬间看见自己的心海平如明镜，无波无澜，犹如远古洪荒时的一片浩瀚无际的沙漠，呈现出永恒的宁静与安详。

仿佛看见了父亲樊天胜。父亲穿一件灰色马褂，穿越一个黄风蔽日的黄昏，在没有尽头的时光里蹒跚而行。她奇怪父亲的脊背会那么佝偻，像被一座大山压弯。她想追随父亲而去，忽觉身子轻悠悠飘起来，从窗棂下的那个破麻纸的窟窿里飞了出去。

一阵喜悦在全身弥漫——那是灵魂出窍后无拘无束的自由的欢悦。

她看见自己的身躯留在那幢灰砖古旧房子的紫檀木床上，像一片萎谢了的白色睡莲。

还看见一片茫茫苍苍的废墟，一只苍色如石的狼，伫立在乱石败瓦上，仰首长嚎，为她送行。

一尊金灿灿的大佛从无边无际的沙漠上缓缓升起，为她引导着极乐世界之路。突然，她看见了在大漠上苦苦跋涉的乔光盛。那一刻她感到深深的悲凉，不是为自己，而是为那个踽踽独行的旅蒙商。

2.

乔光盛在那个时刻也嗅到了那股奇异的味道——苦杏仁和麝香混合味儿。

那天下午，本是乔光盛一生中的一个不可多得的辉煌时刻，他完全沉浸在一种亢奋的情绪中了。五年，整整五年，他投入了几乎全部的资本和心血，冒着破产的危险，为西藏的布达拉宫制造了一尊巨大的释迦牟尼铜佛。高达九米重十三吨的铜像是一块块一条条浇铸出来的，又经过精细的打磨加工，最后巧妙地组合在一起，竟达到了浑然一体、天衣无缝的程度。当那尊佛像最后在山西会馆大院里组装完毕时，顿时满院生辉，宛如真佛降临。一时，多伦城里的人们奔走相告，纷至沓来，赶到山西会馆来瞻仰这尊铜佛。很多年后多伦城里的一些老人还经常提起那尊大佛，说那佛真是铸得好，金光灿灿，流光溢彩，栩栩如生——佛眼半开半闭，佛嘴似笑非笑，佛手轻拢，超然物外，从不同角度观看，竟得不同神态，或大慈大悲，或喜怒哀乐，或恬静温柔……观者莫不敛声屏气，默然肃立，敬畏之情溢于言表，忽觉这尘世真的没啥意思，不如皈依佛门，到那极乐世界去为好。

还有个令人怦然心动的传闻，说那佛胸前挂着的一串佛珠是用真金所铸，单是那串佛珠就价值连城！

恒聚昌商号的大掌柜乔光盛主持了隆重的大佛竣工庆典仪式。

乔光盛年正五十，面色红润，腰板硬朗，除了双鬓间有少许不易觉察的银丝之外，再无任何衰老的迹象。乔光盛老家在山西，三十年前独身来到塞外商城多伦闯天下，如今已混成名声赫赫的大旅蒙商。然而纵有万贯家产，却苦于后继无人——二十岁奉父命与发妻完婚，十年未见一儿半女。家中人都怀疑是乔光盛有毛病，但他为此而愤愤，坚信自己有很强的生育能力。也许正是出于这个原因，他才于烟花巷滴翠楼重金为雪儿赎了身，青庐合卺，轰动全城。

雪儿自然是多伦城里的名妓。老辈人都说多伦城是个出名妓的地方。后来吉鸿昌将军收复多伦时，曾流传过滴翠楼五姐妹投毒杀死十二名日本兵的动人故事，尽管那五姐妹都是妓女，但她们的英勇事迹却名垂青史。

雪儿当年在多伦城里之所以成为绝代伶优，不仅因为模样儿标致秀气，而且会吟诗、会填词，棋琴书画，无所不通，俨然大家闺秀。那年雪儿正年轻，年方二八，花样年华，她为何肯答应做年逾五旬老翁的小妾，是一个为许多人所不理解的谜。

在大佛铸成的数日前，乔光盛觉察出雪儿的异常——那些天雪儿呕吐厌食，狂热地想吃酸菜。这个发现使乔光盛欣喜若狂，断定雪儿怀孕了。到了大佛竣工的前一天，他请老中医为雪儿号脉，果然是身子有喜了。一个远行计划便形成了：他要亲自随驼队去运送铜佛，并将雪儿带上，还要带上这些年所有的积蓄，交货之后，他就与雪儿一起回山西老家，荣归故里，衣锦还乡，让雪儿在老家生下他的儿子，以此证明他乔光盛不是个废人。以后，他就让雪儿不停地生育下去，十个，二十个，儿孙满堂，人丁兴旺，香火绵长。

五十岁的大旅蒙商乔光盛将今后的日子想象得十分美妙，无论如何也没想到将要发生的意外变故。

山西会馆是个很宽敞的青砖大院，当那尊高达九米的大铜佛立起来时，顿时使院落显得狭小、房屋显得低矮。黑压压的人群围绕在铜佛周围，沉浸在庄严的宗教般肃穆的氛围中。

多伦城里的各个商号、乡绅、官吏……几乎都派了人来贺喜，都带了很重的贺礼。旅蒙商都知道这尊铜佛的成功意味着什么——它意味着乔光盛孤注一掷的冒险获得了成功，从今往后，恒聚昌不仅是多伦城里首屈一指的富裕商号，而且将跻身于北平、归绥、张家口、大库伦等商界，从此成为旅蒙商的霸主之一。

乔光盛当然更明白这一点，所以他的脸上始终挂着掩饰不住的得意之色。他春风满面地向所有来客作揖拱手，热情寒暄，心满意足地听着人们将一声声恭维之词灌入耳朵里，神态愈显得高贵不俗，俨然王孙贵族。然而乔光盛又是冷静的，他清楚此刻不知有多少双妒忌的眼睛往外喷火，暗中的算计也许正在某一张奉迎的笑脸后面酝酿着。他知道他的仇敌太多了，这些年为了买卖上的事他得罪了许多人。但是他并不十分在乎，他知道该怎样去对付那些明枪暗箭。

走过来的是小盛魁商号的掌柜山西同乡金麻子。金麻子虽然有一双老谋深算的眼睛，但乔光盛并不将他放在心上。在乔爷眼里，金麻子不过是个微不足道的无名之辈，小菜一碟！

"哦，金掌柜居然肯赏脸前来捧场，是敝号的一大幸运呀！"乔光盛的脸上挂满了真挚的谢意。

"哪里，乔爷干了一件惊天动地的大事，我若不来开开眼，岂不等于在人世白活一回！哈哈哈……"金麻子奉承地笑道。

"小事一桩，何足挂齿！听说贵号最近和德王府做了一笔生意，大有赚头？"乔爷意味深长地笑道。

"和蒙古王爷做生意可不易，不亏本儿就算不错喽。"金麻子发着感慨，"再说敝号是小本经营，即使赚几个也微乎其微，比不得贵号财大气粗，不赚则已，一赚惊人！"

"我可是把老本都搭进去了，若是这笔买卖砸了，恒聚昌上上下下几百口子就得跟我一块儿去上吊哇！"

"不然，谁不知你乔爷胆大心细、经营有方，从未砸过一桩买卖。再说呢，这大铜佛眼见成了稀世之宝，甭说运到西藏，不出咱多伦城，就有人想出大价钱买走呢。"金麻子话中有话地说。

"甭和我兜圈子，我知道你说的是三井洋行。昨晚三井洋行的掌柜小泽太郎托人找过我，想凭着鬼子在东北的权势逼我把铜佛卖给东洋的昭和佛殿，哼，想得挺美，让我一口回绝了！甭说这铜佛是给人家西藏定做的，就是当地拍卖，我宁可低价卖给中国人，也不高价卖给那些东洋鬼子！"乔光盛愤愤地说。

"好，这叫有骨气！"金麻子一拍大腿朗声喝道，惹得人们的目光四射而来，"来，乔爷，为了这句有骨气的话，咱兄弟干他一碗！"金麻子早已端碗在手，豪爽地一饮而尽，又感慨道："虽然你我在买卖上是敌手——同行是冤家嘛，但在对待三井洋行这点上都是一个态度。小鬼子，只要咱不尿他，他算球，操！乔爷有种儿，兄弟我服了！"

乔光盛被金麻子的慷慨激昂所感染，也举起酒碗说声干，唇碰碗边儿时，蓦地僵住了。

"咋的？"金麻子觉着不大对劲儿，疑惑地注视着他。

乔光盛并不答言，酒碗失手落地，摔成八八六十四片。他神情木然，呆立着不动。

一股浓浓的苦杏仁的香味儿使他失魂落魄，预感到不祥。

"咋的？"金麻子又问。

这时，乔爷的贴身保镖蔡二慌慌张张地跑进来，在乔爷的耳边低低说了句什么。乔光盛说声不好，脸色顿变，推搡开人群，拔腿出了会馆院落，三步并两步，一口气跑过街路，奔向他的深宅大院。几个保镖不知出了什么事，也慌忙尾随其后。

那时候他听见满世界都有一个疯女人在狂笑。

忽地看见太阳正在一点点变黑。

他没记住是怎样奔进了青砖瓦舍的乔家大院，怎样闯进了雪儿的房间，却记住了那轮骤然变黑的落日。

可怕的预感终于被证实了。

那是一间极为素雅又洁净的"闺阁"，竹几绣墩一尘不染，帘帐纱幔悠然低垂，花瓶古玩井然有序，一束从草原上采撷来的淡蓝色的野花插在花瓶里，虽然花儿已蔫萎了，却依然将一缕暗香充盈室内。

气喘吁吁的乔光盛呆在了门口。

一缕残辉从窗棂上射进来，透过纱幔，投射在那张古色古香的紫檀木床上。雪儿身着白衣白裤白袜平躺在床上，一块白绢在乌发上扎了个蝴蝶结。雪儿面容平静，像是在酣睡，只是面容苍白，白到一种透明的程度。

雪儿——冰清玉洁！

乔光盛呆若木鸡，许久不敢碰雪儿的身子，后来艾三掌柜和蔡二等人都拥进来，才使他从痴迷的状态中惊醒，急忙去试雪儿的鼻息和心跳。

没有一丝鼻息，也没有一丝心跳，雪儿已是一具没有体温的寒气袭人的冰雕，容颜却依然如生前那般美丽动人。

乔光盛在竹几上发现了一个装药丸的空盒子，他失神地抓起空药盒喃喃道："你竟真的吃了，雪儿！我以为你只是说着玩儿，可你竟真的吃了……我不该，不该呀……雪儿，可你为啥要走这一步呢……"

屋子里静如古墓，雪儿紧闭芳唇，不能再回答他的任何问题。

乔光盛在雪儿的枕边找到了一本翻乱了页码的线装书——是汤显祖的《牡丹亭》。书里，夹着一页雪儿的绝笔：

冷雨幽窗不可听，

挑灯闲看《牡丹亭》。

人间亦有痴如我，

岂独伤心是小青。

3

多伦淖尔是个蒙古地名，意思是七个湖泊，位于滦河上游，原本是蒙古草
原上的一块好牧场。从清朝开始，多伦渐渐成为塞北草原的商业重镇——清庚
午年秋，康熙帝北征得胜，于多伦召见蒙古草原上四十九家王爷贵族，举行盛
宴，加封赐赏。因清廷惧怕蒙古铁骑入侵中原，闭关固守，断绝与蒙古高原的
一切交往，所以，当康熙帝以他的宽容和仁慈而加封了所有的王爷贵族之后，
这些贵族王爷便请求皇帝派商人到草原上来，沟通草原与内地的经济交流。不
能设想一个没有商品贸易的民族会有发展，而蒙古的上层人物已经认识到这一
点。宽厚的康熙帝应允了他们的请求，于是北京的鼎恒生、大利、聚长成等八
大商号奉旨来多伦经商。短短二十年的时间，商户猛增，多伦竟成为十分繁华
的商城，称为兴化镇。

据康熙三十五年所立的碑文载："至今二十年矣，殿宇廊庑钟台鼓阁日完
整，而居民鳞次栉比，屋庐望接，俨然大都会也。"可以想见，四方商贾云集
多伦，各种能工巧匠随之而来，当铺、烟馆、妓院、赌馆总汇、屠宰场、粮米
店……铺面沿街排开，热闹非凡；而各种人物：捐客、骗子、大盗、娼优、戏
子、兵痞、乞丐等也应运而生，寄生在这个繁华商城。多伦成了北方的商业中
心，有"口外小北京"之称，货物远销到大库伦、西藏、俄罗斯，甚至地中海
沿岸。一条条驿道四通八达，驼队、骡队、马帮、勒勒车队每天都在驿道上奔
忙，将蒙古高原的皮毛、肉食、奶酪、盐碱、草药、白蘑等土特产运往内地，
又将内地的绸布、砖茶、铜银器皿、烟酒、马靴等商品运到蒙古草原。民国

时，中山先生曾计划以多伦为中心，向外修筑十大铁路干线，形成以多伦为中心的商品经济网络。

在蒙汉两种文明的相互交流中，旅蒙商起了历史性的重要作用。

乔光盛就是那些人数众多的旅蒙商中的一员。最初到蒙古高原经商要冒极大的风险，尽管他们手持皇帝签发的龙票，连王爷也对他们敬让三分，但是，草原上恶劣的自然气候——风暴、大雪、寒冷、迷路、干渴或遇见狼群——且不说，单那土匪打劫就不知使多少旅蒙商送了性命，暴尸荒野。

光绪十五年，乔光盛的祖父作为旅蒙商的代表，携带三千二百两银子进京请龙票，十天后由理藩院请得五十四张龙票，票面上记着商号、货物、金额、车数及保护旅蒙商的条文。正值那天龙颜大喜，还封了祖父一顶官帽，凭这顶官帽就可以在草原上任何一个地方经商，不仅畅通无阻，甚至有资格戴手铐脚镣去捕人再交王爷处治。这叫"奉旨经商"。

祖父自然欣喜若狂，日夜兼程地往回赶。然而，福兮祸所伏，行至元上都遗址处时，遇上一股土匪。土匪原以为他携金带银，却只搜出一张龙票，一怒之下杀了祖父，又将龙票撕碎而去。待另一支旅蒙商队赶到时，只见头尸两地，血溅官帽顶戴。

世代为商的乔家便有了个严厉的家规：不许任何乔氏家人到蒙古草地去经商。但是到了乔光盛这一辈，却按捺不住那欲望——那是一种男儿渴望冒险、用自身力量赢得身后功名的跃跃欲试的冲动。乔光盛在三十年前偷偷带了五十两银子从家里跑了出来，决心靠自己的双手建功立业，积累财富。到了多伦，乔光盛用仅剩十两的银子做股本，与一个姓樊的和另一个复姓西门的合股干了起来。三个同乡学"桃园三结义"歃血盟誓，苍天做证，大地为凭，拜了把兄弟——不求同日生，但求同日死，有福同享，有难同当。三人一心，共创大业。

最初，三个人背上货物，徒步到附近的草地上做买卖，货到牧民家得三分利，换回的畜产品带回多伦又得三分利。日复一日，年复一年，风餐露宿，酷暑严寒，吃尽千般苦，受了万样罪，经历了常人无法经历的诸多磨难，一个铜子儿一个铜子儿积攒，一块银圆一块银圆苦挣，买卖渐渐有了起色。不久，他们一大群一大群往回赶牲畜群了，而再到草原上做买卖时，派出的已是长长的几串见头不见尾的勒勒车队了。买卖越做越大，气派也大了，从北京、天津、张家口进货，在大库伦、归绥等地设了分号，"聚兴长"渐渐成了多伦旅蒙商中的一个小有名气的商号。

民国五年，聚兴长的资金达到八十多万两白银。三人在生死患难中结成了胜如亲兄弟的友情。按照当年股份多少来排位，西门龙当了大掌柜，樊天胜当了二掌柜，乔光盛当了三掌柜。

十多年的呕心沥血，三人几乎是白手起家，终于创下这份大业，心中自然感慨万端，经常聚在一起，饮个亲密无间，一醉方休。那时，西门龙已有一子，而樊天胜则刚得一女，酒席间举杯为证，半真半假定下了娃娃亲。这样一来，倒把乔光盛看得眼热，也把妻子接到了多伦，他用了几年时间，做了最大的努力，并使用了民间许多偏方秘方技巧，到头来仍然一无所获，竟始终未能得到一个继承家产的后代。妻被他折腾得憔悴不堪，肚子比以前更加干瘪。妻自感羞愧无颜，在一个早晨悄然离去。妻走后托人捎来一句话：兴许不怪你，不妨换一个试试。

乔光盛那时还顾不得考虑纳妾的事情，每天不但忙着买卖上的事儿，而且正忙于在暗中调兵遣将，运筹帷幄，寻找时机。乔光盛的雄心很大，三掌柜的交椅远不是他追求的终极目标，他盯着的是商号的第一把交椅，是整个"聚兴长"。

民国十五年时，他的时运来了——老掌柜西门龙卧病不起，而他所重用的几个亲信贪污了柜上几千两银子，并倚仗权势在商号里横行霸道，肆意挥霍，惹起了民愤，上到吃身股的掌柜，下到吃劳金的店员、徒工，甚至马夫、厨子都对西门家族专权极为不满。乔光盛抓住民心，又暗中联络樊二掌柜——那樊天胜正因西门龙将儿子送到北平读书却把当年酒桌上定下的娃娃亲当成戏言而心怀不满，一怒之下，便与乔光盛一同带领店员们奋起"鼓棚"。在商号，"鼓棚"可是件不得了的大事，无异于揭竿造反，成则可，若不成，丢饭碗，甚至丢命。

"鼓棚"的第三天，乔光盛率领店员伙计闯进大掌柜的屋子里。那时，西门龙的病情刚有起色，已能从床上爬起来在佛龛前烧香拜佛，乔光盛不由分说，上前将三炷香一把折断，怒喝道："西门龙，这商号已经没你的股金了，你的亲戚早把股金抽光了。从今以后你不再是聚兴长的大掌柜了，大家推我为大掌柜，聚兴长的字号也改为恒聚昌了，听明白了吗？"

"你……"西门龙脸色发黑，口中吐血，"手足之情，竟也落井下石，天……天……"

从那天起，身带重病的西门龙被乔光盛赶出了商号，连他住的那套大宅院也被乔光盛强行占去。后来，人们经常能看见一个衣衫褴褛的老头子在街上游荡，疯疯癫癫，又哭又笑。一天，正在街上行走的乔光盛看见那个老西门十分安静地坐在墙根下晒太阳，两只手放在袒露的黑乎乎的肚皮上，双目微闭，像一个虔诚的教徒在祈祷。乔光盛萌动了恻隐之心，走过去往他怀中放了一块银圆。老西门微微睁开眼睛凝视着他，忽地露出一丝诡笑：

"你心里奇怪——这个老东西，还不死……是吧？嘿嘿，你咒我死，我偏不……我要留一口气，等我儿子回来……给我报仇……当心你的脑袋吧，姓乔的……"

乔光盛不由得打了个冷战，他从老西门的瞳孔里看见了铭心刻骨的仇恨和一股永远不会消泯的杀机。一片森森阴影笼在心上，挥之不去。他慌忙地站起来走开了。

从那以后不久，西门龙暴毙街头。

雪儿的自杀事件在多伦城里成为轰动一时的新闻，也成了一个让人猜不透的谜——雪儿沦落风尘，幸遇乔爷相救，终从良于全城首富的乔家，又有身孕在身，好日子刚刚开始，为什么要走绝路呢？

一向冷寂的乔家大院开始热闹起来，每天前来吊唁的人络绎不绝，乡绅商贾，三教九流，送挽联的，送纸牛纸马的，送香或纸钱的。大家走马灯似的进进出出，走来走去。许多人本闲着无事，到此来凑热闹，无非是想打探一些关于雪儿死亡的隐情。一时各种猜测纷纷扬扬，各种说法不胫而走，使雪儿的自杀事件更加神秘难解，扑朔迷离。

巨大的哀恸把乔光盛彻底打垮了，他守着雪儿的尸体呆坐了一个三星轮回，脸上无一丝表情，眼里无一丝光泽，仿佛灵魂出窍，只剩一具空躯壳。整个恒聚昌都慌了，上上下下莫不为大掌柜担心——天不可一刻无日，人不可一日无主，大掌柜是恒聚昌的主心骨、拿大砣的人，万一他有个三长两短，那恒聚昌也就彻底垮啦。

艾三与蔡二来劝大掌柜。在这一昼夜之内，他们已经为雪儿的后事准备好了一切——考究的紫檀木棺材、杭州产的丝绸殓衣、彩纸扎的纸人纸马纸轿等。艾三掌柜是个极厚道的人，办事极认真周密，他在乔光盛身边站立片刻，才低声说：

"大掌柜要节哀！人死不能复生，还是想开些吧。无论如何，你也要挺住，要不，恒聚昌这上上下下几百口子该指望谁呀……大掌柜，那大铜佛已经打包装箱，驼队也准备齐了，就等你发话了——是先办丧事，还是先打发驼队走？"

乔光盛木然而坐，还是不说话。艾三掌柜掩饰不住内心的急躁，又说："大铜佛必须得在下个月十五号之前运到山西，人家西藏方面的驼队已经在那儿等着啦。要是咱不能按时交货，那就失了恒聚昌字号的信誉……再说呢，眼下局势也不妙，那小鬼子占了热河，这多伦能不能保住还难说，如果战争爆发，想走怕也来不及了……"

乔光盛打了个冷战，陡然魂归七窍，眼珠儿有了些许光亮，终于从痴呆麻木中解脱出来。

"运送铜佛的事儿耽搁不得，驼队要尽快走！"乔光盛低声却很清晰地说，"这多伦城里，算计我的人太多了！"

"那雪儿的丧事？"

"不办了！"

"咋？"艾三掌柜吃了一惊。

"我想带上她一块儿走，丧事回老家再办……"乔光盛思忖着说。

"不行啊，大掌柜。眼下虽说还没入伏，可这天气说热就热，驼队路上得走整整一个月的时间，那尸体还不……"艾三掌柜不愿意再说下去。

"我自有办法！"乔光盛平静地说，显然，这件事儿他已思虑了很久，"你听说过神汉吗？去请个会赶尸的神汉来，只要他能把雪儿的尸体带回老家，他要多少钱，就给他多少钱。"

乔光盛又仔细吩咐一番，艾三掌柜和蔡二便张罗着请神汉去了。当屋子里只剩下乔光盛一人时，他又俯下身去，默默注视着灵床上的雪儿，长长叹口气，低声恨恨道："雪儿雪儿，你年纪轻轻，咋就扔下我去了呢？是我待你不好，还是嫌我年老？要不，就是咱俩只有一百天的缘分，如今是缘分已尽，你就狠心撒下我自个儿去了……你不该呀你不该……"

说毕，禁不住怆然涕下，抚胸大恸。他怎么也想不明白雪儿为何要轻生。他清楚地记得，昨天傍晚天刚擦黑时，雪儿从外面快快回来，脸色阴郁。他发现雪儿拿了两粒药丸，放在掌心痴痴地看。药丸有蛋黄大小，深褐色，弥散出一股奇异的香味儿，屋内顿然暗香浮动。他当时还漫不经心地问了一句：这药丸治什么病？雪儿答道：它能了却人世间的一切烦恼，把人送到另一个世界去。他听后只一笑，以为那又是雪儿的戏言，谁知雪儿竟真的服了那药，结束了她那如花似玉的生命。

她是从哪儿弄回那两粒药丸的呢？也许是花了高价从江湖郎中那儿买来的吧？

乔光盛渐渐平静下来时，天色已昏昏欲暮。他俯下身去将一枚噙口钱轻轻放入雪儿的芳唇间，又往雪儿脸上蒙了一张盖脸纸。他细心做完了这一切，才轻手轻脚退了出去。

蔡二正在门外候他，见他从灵堂里走出，迎上来说："大掌柜，三井洋行的掌柜小泽太郎先生前来吊唁，已在客厅等候多时了。"

"唔，小泽君？"乔光盛颇感意外。

多伦城里有十多家外国洋行，都是光绪二十六年庚子赔款后外国人趁机而入兴办的，像英国的庆昌银行、美国的美丰银行、德国的新太兴洋行等。在这些外国洋行中，最有势力的要算日本的三井洋行。三井洋行不仅财大气粗，而且仗着日本关东军占领了热河这一优势，明着收购皮毛细软，暗着收集各种情报。洋行里的日本人更是骄横恣肆，无人敢惹。平时，敢和三井洋行相抗衡的唯有恒聚昌，两家商号势如水火，从无交往，故小泽君的造访使乔光盛感到意外。他猜测小泽是在打大铜佛的主意，但在两天前他已经明确拒绝了三井洋行，原以为他们会死心，却想不到小泽太郎会亲自找上门来。

小泽太郎乍一看不像个商人，倒是更像位学者，白白胖胖的脸上架了副金丝眼镜，显得温文尔雅，彬彬有礼，还能说一口十分流利的中国话。他穿一件黑色晚礼服，胸前戴了朵白绢花儿，见到乔光盛，伸出戴着雪白手套的双手从一个随从手里接过个精致的花圈，先对乔光盛深深鞠了一躬，然后才说：

"惊悉贵夫人不幸蒙难的消息后，鄙人深感遗憾和同情，特来表示真诚的慰问！希望大掌柜节哀自重，莫因过分悲恸而伤了贵体……乔先生是我们多伦商界不可多得的经济人才呀！"

乔光盛出于礼节只得接了花圈，并请小泽君落座，让家人端了茶上来。寒暄几句，小泽君欠欠身子说："不知葬礼定在哪日？若是有什么地方用得着三井洋行，请尽管吩咐，敝号当效犬马之劳！"

乔光盛无精打采地摆摆手说："不敢有劳大驾。雪儿的葬礼我打算回故乡再办。"

小泽太郎颇为吃惊："你是说，你打算把夫人的尸体一同带回家乡去吗？"

乔光盛点点头说："我已经派人找神汉去了。"

"神汉？就是那种能驱尸赶鬼的巫师吗？"小泽太郎思忖着说，"对了，不久前，我曾见过一个神汉，那人能让棺材里的死者站起来，与他一同行走，简直像有神灵附体，真不可思议啊！"

这句话引起乔光盛的注意："这个人现在何处？"

小泽君抱歉地笑笑，说道："不久前曾在多伦城外见过一次，至于他现在何处，可就不清楚了。不过总能打听到的。那人是个瘦高个儿，脸上蒙着块面纱，总是穿一件褐色的衣服，所以江湖上的人都叫他褐衣人。"

"褐衣人？"

小泽太郎看出乔光盛满脸倦色，就知趣儿地起身告辞。在整个拜访中，只字未提大铜佛之事。

送走小泽君后，乔爷就回到屋里歇了一个时辰。天快黑时，艾三掌柜和蔡二等人陆续回来了，说赶尸神汉多在南方，多伦城里根本找不到能驱尸赶鬼的神汉，只听人说北方草原上有个褐衣人有这种本事，但却无人晓得他的行踪。

乔光盛听罢，无可奈何地叹了口气，背着手怏怏地走到院外，边走边想：该到哪儿去找这个褐衣人呢？

5

若干年前深秋的一个下午，一个显然是经过长途跋涉的青年疲惫不堪地走进了繁华杂乱的商城。火焰般的灼渴使他浑身虚软无力，感觉自己像一尊泥塑被雨水浸透，随时会化成一摊酥泥。他只想赶快找个地方痛痛快快喝一桶凉水，然后一头倒下去昏睡上两天两夜。

他穿过乱哄哄的商城大街时始终没有找到喝水的地方，人们都用厌恶的、怀疑的目光盯着他，使他感到浑身痒痒极不舒服。铺子里的人都说想喝酒有的是但喝凉水这儿可没有。他支撑着快散架的身体想找口水井。他想象着井水的清凉和凉飕飕的井口散发出的潮湿腥咸的美妙气味儿，在昏昏沉沉的幻想中品味着那股令人心旷神怡的感受。他在经过一个飘散着淫欲气息的小青楼时看见小阳台上拥挤着几个穿着花花绿绿旗袍的年轻女人，她们脸上那层厚厚的脂粉使青年感到一阵渺若烟云的不真实。他太虚弱了，倚在墙上喘息着眯起眼睛，女人们的白腿像刮净毛的肥猪肉在他头顶上方颤动扭曲，难以分清轮廓。一阵嬉笑随着一片瓜子儿皮的瀑布飞泻而下，落满了他的头顶。屈辱和愤懑使他头疼得要炸裂开来。

他仇视这个商城，从到达多伦的第一天起就开始仇视。

他记住了那青楼的名字：滴翠楼。他知道那是妓院。他从此仇视一切妓女。

那天下午很昏暗，天空中始终飘荡着一层灰乎乎的阴霾。

后来那青年走出城外，终于在城外不远的一个地方找到一口水井。井旁有饮牛羊的石槽子，井上有辘轳和绳子，却无水斗。他爬到井口向下仔细张望，发现一个残破的柳笆水斗在水面上漂浮着。他几乎没有多想，就下了井。

井其实很深，而且越往下面越宽。他的脚踩着石缝艰难地往下挪动。潮湿的石头上长着滑腻的青苔。他嗅到了那股腐质气的井水味儿，顿然浑身亢奋。他像壁虎一样把身子紧贴在井下的石墙上，小心地弯下腰用手抓水斗。当他把绳子系在水斗上时，看见井水面上有一条浅绿色的小蛇在柔软地浮游，两只井蛙从水斗里跳了出去。他抬头往上看，井口显得遥不可及，圈了一块儿铜钱似的亮晃晃的蓝天。他开始往上爬，几乎耗尽了最后的力气。有几次他险些失足滑坠下去，幸亏双手像铁锚一样扣住了石缝。他以为自己再也没有力气爬出去了，但却终于爬出了井口。他躺在井旁休息了片刻，井外明亮的光线使他的眼睛很不舒服，闭着不愿睁开。当他觉得又积攒了一些力气之后，他便站起来，将井底的柳笆水斗用辘轳摇上来。井水的确很凉，有股甜丝丝的味道。他几乎把头全部扎进那个柳笆水斗里，像个样子怪异的大触角贪婪地吮吸着。不一会儿，水斗里的水便剩下一半儿。

就在这时，他一抬头，看见了离他极近的那只狼。

起初他以为那是一条野狗——浑身乌黑，直耳拖尾，贪婪地注视着那斗水。再细看，他辨认出那是一只狼，而且是草原上的那种最凶残、最危险的黑狼。

那狼显然渴坏了，浑身污浊不堪，说明它也经过艰难跋涉，不顾危险闯到了城市边缘，与他有着同样的目的——找一口水喝。黑狼的眼睛直勾勾地盯住水斗，分明是一种跃跃欲试的神态。

青年想了一下，离开了水斗。走出几步远，他听见一阵香甜的吮吸声。他回头望去，见那黑狼正不顾一切地将头扎在水斗里狂饮。他露出一种极为复杂的笑容。然后他迈着坚定的步子向城市走去，把那半桶水让给了比他更渴的黑狼。

第二次进商城时他已经洗得很干净了，换了一身商人的青衣马褂，城里人便对他客气了许多。再经过滴翠楼时，一个年轻俊俏的小妓竟百般献媚，硬往里拉他。他恶狠狠地甩开小妓，走过了那条最繁华的街道。他问了许多人，才找到了恒聚昌商号。那是一座铺面十分宽敞气派的大铺子，柜台上摆满了金光灿灿的铜制品——铜壶、铜锅、铜勺、铜佛、铜马鞍钉等。他想：这恒聚昌果然琳琅满目，财运兴旺。他往铺子里走时，瞥见门口两侧站着两个大块头保镖，正用审视的目光盯着自己。他告诫自己不要畏惧，要沉住气。他竭力装得像个行家走到柜台前，用挑剔的眼光漫不经心地看着货架，并叼上一支烟，显得派头十足。柜台里的小伙计脸上堆笑，问："先生买什么？"他一口将烟头吐出去，说："不买什么，我要见你们的大掌柜，快进去通报一声。"这时蔡二踱了过来，上上下下打量那青年，问："找我们大掌柜有什么事？"青年道："无事不登三宝殿，我给你们送银子来了——有桩大买卖，想和乔大掌柜单独谈谈。"蔡二死死地盯了他一眼，不动声色地向后屋走去。

那时乔光盛正在算账，见蔡二撩起帘子走进来便停住了拨弄算盘珠子的手，一种不安的预感顿时袭来。蔡二说："有人要找大掌柜，我看来者不善，那人眼里有杀气，只怕是凶多吉少！我看大掌柜还是躲一躲吧。"乔爷站起身来思忖道："是仇家找上门来了？可认出他是谁？"蔡二答："不认识，像是外地来的主儿，兴许是哪个仇家雇来的杀手吧。"乔爷说："那么，他不一定认识我？"蔡二说："兴许不认识，我瞅他很嫩，腰里的家伙都没藏好。"正说之间，樊天胜撩帘而进，乔爷给蔡二使个眼色，对樊天胜说："樊二掌柜，外面有个顾主来谈买卖，我抽不出身，你去帮我把他打发走吧。"那蔡二是何等乖巧之人，早领会主人意图，抢先一步走了出去，走到柜台前对那青年说：

"请稍候，大掌柜即刻出来见你。"

那青年脸色变白，一只手悄悄摸到腰间，握住个铁家伙。蔡二佯装未见，低头翻账本。说话间，樊天胜掀帘而出，朗声道："顾主在哪儿？谁要见我？"那青年早憋足力气，一个箭步蹿上，将一把明晃晃的刀子捅进樊天胜的胸腔里，几乎同时，嘴里挤出恶狠狠的几个字：乔——光——盛——

这一突变来得猝不及防，待周围其他人醒悟过来想要制止，已经晚了。只见樊天胜吃惊地睁大了眼睛，瞪着那青年：你——一个"你"字未说完，身躯沉重地向后倒去，碰落了许多铜器皿。那些铜器稀里哗啦如陨石雨落到地上，鸣奏了一首刺耳的死亡交响乐。

青年余怒未消，还想扑上前再补一刀，但这时里室的帘子一撩，乔爷闪出，怒目圆睁，喝声拿下，早有四个强壮保镖蹿上，将那青年死死按住……

恒聚昌最有实力的二掌柜樊天胜于民国十六年炎热的夏天死于一个身份不明的刺客的刀下。自此，恒聚昌的股份几乎全部归乔光盛所有。

6.

乔光盛知道自己有许多仇人，所以他一直深居简出，处处小心，即使外出，也总有几个保镖前呼后拥。自他当了恒聚昌的大掌柜以来，凭着他的老谋深算，不知躲过了多少明枪暗箭，每一次事过之后，他都更加严谨地采取防范措施，使他的安全保卫做到万无一失。他相信他的财富愈是巨大，他的生命就愈是处在危险之中。

几年前由乔光盛发起在多伦组建商团，供给商团的军费开支恒聚昌一家商号就占了六股，其余十几家商号共占四股，这样一来，商团就几乎是恒聚昌一家的了，拥有对商团的指挥权和调动权。乔光盛在装备商团上舍得花钱，从德国买进了簇新的步枪和机关枪，从蒙古草地买了上百匹优良的蒙古马，从日本购进了东洋马刀、望远镜、手雷等一批军事装备。商团的团丁也是经过严加挑选来的棒小伙子，并聘了一名白俄军官对他们进行了严格的正规训练，使这支百人商团成了一支十分精锐又富有战斗力的武装力量，使流窜在草原上的各路土匪闻风丧胆，不敢轻易打劫由商团护送的旅蒙商的驼队马帮。所以多年来恒聚昌的驼队车队无论走到多么偏远的地方，从未出过事儿，极少有货物被抢劫的事件发生，就连最凶狠的黑马队也从不招惹恒聚昌，对他们的驼队马帮避而远之。

恒聚昌愈加威名大振，而买卖上也更加一帆风顺，渐渐垄断了铜锡金银手工业、马鞍制作、皮毛加工等主要大买卖。

在多伦城里，商团的主要任务是保卫各商号的店铺、住宅及各省会馆。乔家大院自然是重点保护对象，院里院外警戒极严，还安置了一些先进的报警装置。若干年前曾有两名职业刺客被一家洋行重金收买前来行刺，刺杀计划不仅高明而且天衣无缝。可是当两名杀手刚刚一个鹞子翻身跃上高墙，又一个倒挂金钩悬吊在屋檐下时，却被一张大网牢牢地罩住，乖乖做了瓮中之鳖。

雪儿死后，乔光盛万念俱灰，一时对自己的性命倒不十分看重了。黄昏时分，他独自一人走出乔家大院，没带一个家人护卫，沿着街路慢慢往前走。灰蒙蒙的天色愈使他心烦意乱——眼见天气越来越热，尽管他已吩咐家人在雪儿的尸体旁堆了冰块降温，但时间一长，尸体还是会腐烂的，而运铜佛的驼队也必须得尽快启程，掐指算来，也只有一两天的时间了，却无处去寻褐衣人，怎不让人心急火燎呢。

很久没有这样信步踟蹰街头了，却无一丝游玩观赏的兴致。放眼望去，繁华的商城充斥着乱哄哄的喧闹，络绎不绝的马车、牛车、驴车满载羊皮、驼毛、盐巴或烟酒糖茶穿梭往来，马嘶和毛驴抑扬顿挫的叫声此起彼伏，铺子里的叫卖声和讨价还价的争吵声不绝于耳。挂着猩红色和深蓝色幌子的饭馆里传来一阵阵诱人的肉香酒气，不远处的青楼下朱门外有几个穿戴妖艳的青年女子倚门卖笑，将唇边的瓜子皮轻佻地吐到行人身上。

商城的灯红酒绿、纸醉金迷更使乔光盛感到少有的孤独，感到人生短暂、恍若一梦。想起自己当年艰难创业的苦日子，竟像上一辈子的事情模糊不清，虚实难辨了，不由得几滴老泪顺颊而下，忙掩袖拭去，怕外人见了笑话。唏嘘方止，忽听背后有人唤他：

"这位贵人好像有啥解不开的心事吧？"

乔光盛吃了一惊，回头一看，站在身后的竟是个上了些年纪的盲人，手提三尺竹竿，捎着个黄布招牌，上书"神算胡"三个黑字。乔爷想了想也记不得在什么地方见过这个瞎子。当下心中不禁疑惑。忽记起曾听人传说江湖上是有个神算胡，给人算命测字极准，莫非正是此人？

乔光盛拱拱手道："老先生是在说我吗？"

瞎子呵呵一笑道："自然是说你。你家门不幸，正为此事烦恼。在下所言如何？"

乔光盛闻此话顿然变色，极谦恭地施了一礼，说："老先生果然是神算，请到寒舍一叙。"

神算胡摆摆手道："不敢不敢，我们还是借个地方说话吧。"

于是乔爷偕神算胡进了一家茶馆。茶馆老板见是鼎鼎有名的恒聚昌的大掌柜驾到，简直受宠若惊，忙撩起一个单间雅座的帘子请乔爷入座，不一时沏了壶最好的茶端上来请二人品尝。待茶馆老板退出去后，乔光盛呷口茶，声调低沉而忧伤。

"我想请老先生为我打一卦。有一桩事我很担心，不知是凶是吉。"

神算胡的眼珠儿翻了一下，白眼仁儿闪过一道蓝光道："莫非乔掌柜不日要远行，想知道一路上有无风险，是否顺利？"

乔光盛更是信服得五体投地，连连点头道："正是正是！"

那瞎子便闭目沉吟，口中念念有词。良久，忽地睁开眼睛，失声道："哎呀，此卦不吉，只怕此行凶多吉少，大掌柜断不可贸然行事！"

乔光盛浑身一惊道："凶从何来？"

神算胡摇首拈须，悠悠道："天机不可泄露……我只能对你这么说：这人世间原本有两桩事儿是最易招灾惹祸的——一财二色。而大掌柜此行与财与色俱有牵连，一路上自然要招诸多凶险，弄不好就是人财两空，性命难保！"

乔爷闻之变色问："如此说来，此行断然不能成了？"

神算胡高深莫测地一笑说："也不尽然，世上的事儿总是一物降一物的，譬如这明灾暗患，总有破免的法子。一切皆天意，万事在人为。"

乔光盛正襟危坐道："敢问老先生，能否讨教个破灾妙法？"

神算胡沉吟片刻，下了决心似的说："罢，看你面善又带福相，我这好人就做到底吧。你去找一个人，此人定会帮你消灾泯难，远行平安。"

乔光盛面露喜色，问道："是什么人？"

"是个神汉，人们都称他褐衣人。"

"我正要找这个人呢！"乔爷喜出望外。

"此人行踪不定，怕你找不到他。这样吧，你把我的这串念珠拿上，今夜午时，你不要带任何人，独自出城，过滦河，进黑桦谷……"

"黑桦谷？"乔爷浑身一冷，他知道黑桦谷是最凶恶的马匪黑马队出没的地方。

"咋，不敢去？"神算胡打住话头。

"敢！老先生尽管吩咐。"乔爷忙道。

"进黑桦谷不远，有一座守林人的小石屋，据我所知，褐衣人今晚在那儿过夜。只是切记——不要带任何人，也莫带武器，只带白银和我的念珠，而且你要极尽谦恭，他才肯答应出山……"

乔光盛当下千恩万谢，将一张五十两银票送给神算胡。神算胡也不推辞，收起银票，说声后会有期，便飘然而去。

7.

乔爷与滴翠楼的名妓樊雪儿的第一次见面，是在一个到处都弥漫着野罂粟气味儿的下午。那时候，滴翠楼的庭院里很静，几朵惨白的野罂粟开得孤独，释放出一股浓郁而又独特的香气。后来乔爷回忆那个时刻时，总认为那香气是个预兆，预告了他今后人生命运的许多内容，可惜他当时不能破译那些气味儿组合的密码。

其实乔爷逛滴翠楼是非常偶然的。那天他正从山西会馆回家，经过滴翠楼时嗅到了那股香气，便问蔡二是什么味道？蔡二说，老爷难道不知——滴翠楼新来了一个女子，活脱脱一个小天仙，把楼里所有的姑娘都比得不成样儿了！又说，那仙女生性高雅不俗，专爱奇花异卉，身上总是香气不断，十里八里都能闻得见呢。乔爷听了怦然心动，就下轿进了滴翠楼。那鸨母自然认得乔爷这位大财神，欢天喜地迎上前叫了一串儿"乔老爷"之后，只递过几句话儿，就晓得乔爷的来意。饮几口茶后，领乔爷向后院走去。

"这位姑娘可是俺们花了大价钱从张家口买来的，原本是在洋学堂读书呢，后来家遭不幸才沦落到烟花巷。这不，姑娘心高气傲，模样儿又标致，我也不敢让她轻易出来，就金屋藏娇，当自个儿的亲闺女养着，让她在后花园里享个清静，绣绣花儿，吟吟诗，真真一个大小姐哟，到如今还没开苞接客呢。唉，俺想若遇不到个好人来梳弄她，就把一朵好端端的娇嫩花儿给作践了，岂不可惜……莫非乔老爷有此雅兴？"

乔爷顾左右而言他，未动声色。野罂粟的气味刺激着他，激起一种烦躁莫名的欲望。鸨母说声到了，他抬起头，看见一座瓦房的飞檐下悬了块牌匾，上书"雪儿书斋"几个字，字写得很清秀也很雅致。走入雪儿的闺房里时，顿觉奇香扑鼻，心荡神醉，定睛细看，果然好一间素雅洁净的闺房，绣帐低垂，字画悬壁，一白衣女子面窗而坐，轻抚古筝，纤纤细腰显示出妙龄女子的无限温柔，一抹青丝从肩头披散而下更具千种风情、万般神韵。

乔爷驻足不前，呆呆望着，只觉飘飘然如入仙境。鸨母唤声雪儿，那女子缓缓转过身来，微微一笑，明眸皓齿，果然国色天香。从那时起，乔爷的目光再也无法从雪儿身上移开。

鸨母借故离开后，雪儿为乔爷沏了一杯茶，客气而礼貌地请他品尝。乔爷喝了一口，只觉奇香满口，连连称好茶，问是什么名茶，雪儿掩嘴一笑道："哪里是什么名茶，不过是在普通茶叶里放了几片罂粟花瓣儿罢了。"乔爷这才觉得浑身松弛下来，十分愉快地说：

"原来花瓣儿也能冲茶喝，开了眼，真真开了眼！"

"这还是我在女子学堂读书时，一位同窗教给的法子。"雪儿低眉道。

"听说姑娘还是位女才子呢，咋会沦落到烟花巷呢？"乔爷关心地问。

"唉，"雪儿长长叹口气，"说来话长，又让人伤心，还是不说为好……"

此后一连数日，乔爷都丢了魂似的往滴翠楼里跑。鸨母故意吊他的胃口，一个劲儿往高抬雪儿的身价。乔爷急迫之下也顾不得许多了，终以一千两银子的代价买来了雪儿的贞洁。开苞破瓜那一夜，乔爷觉得自己一下子变成了年轻小伙子，浑身膨胀着激情和力量。那一夜真格是狂风折花，猛雨摧芽，说不尽的缠绵绸缪。第二日，雪儿一天卧床未起，哭肿了双眼。乔爷以男人少有的温存哄劝她、抚摸她，直到她渐渐平静下来。

雪儿自知女人都得经历这一关，但却接受不了第一次占有他的男人竟是一个与父亲同龄的老头子这个事实。三天后她向乔爷提出赎身之事，她要凭借乔爷的势力跳出这个火坑。乔爷满口答应。当晚，雪儿才允许乔爷再次上她的床。一时，云雨绸缪毕，乔爷少不得海誓山盟一番，倦懒地躺在床上，又询问起雪儿的身世：

"像你这等如花美眷，怎会沦落风尘呢？"

沉默了许久，雪儿才开言道："一切不幸的开端皆因爹爹惨死……那还是两年前的事儿了，爹那时也在多伦城里一家大商号里当掌柜，原本是有好前程的，爹爹正打算把我和娘都接到多伦来呢。可有一天，爹从外面回来，刚进店铺，就被人扑上来捅了一刀子……"

"你爹在哪家商号？"乔爷吃惊地问。

"听说那商号叫恒聚昌。"

"你爹他叫？"

"姓樊，叫樊天胜。"

"什么，你是樊天胜的女儿？"乔爷只觉得眼前一片虚幻。

"爹死后，娘闻讯一急，也毒火攻心，咽了气。我一个人在山西老家无法生活，一横心，跑出来，想到多伦找爹的朋友谋条活路，谁知走到张家口就用光了盘缠，困在一家小店里，欠了人家的店钱饭钱被扣住不放，真是呼天不灵，呼地不应，万般无奈，只得卖身……后来一个人贩子把我卖到了多伦……"

乔爷站起来，目光紧盯着雪儿。在那一瞬间他想起了那个阴霾密布的下午，樊天胜倒在一片金光灿灿的铜器皿上，眼睛睁得很大。他还记得那个年轻的凶手，无论怎样严刑拷打，死活就是不肯开口。蔡二从他身上搜出一张血书，乔光盛看后就什么都明白了。他不再说什么，让手下人把给马屁股上打烙印的烙铁烧红，把它打在那青年刺客的面颊上。烙铁挪开后，他看见那青年颊上深深地烫下两个字：乔记。之后，乔爷吩咐手下人把那青年裹到一块被水浸泡软了的湿牛皮里去，又将那生牛皮严严实实地用皮条缝住，然后抛到人迹罕至的荒原上让烈日暴晒。乔爷是从蒙古的王爷贵族那里学来的这种最为古老而又残酷的刑法——那生牛皮在受潮又变干的过程中会不停地收缩，直到将牛皮里的人活活闷死。乔爷十分欣赏这种活不见天日、死不见尸体的酷刑，亲自骑着马跟着团丁走到离多伦城很远的黑桦谷的另一端——一片乱石嶙峋的天葬场，亲眼看到团丁们将那一包牛皮放在烈日下暴晒了五个时辰，牛皮已经变干变硬并缩成很小的一团时，才满意地打着马返回城里。

樊天胜的葬礼十分隆重。乔爷出重金厚葬了曾与他患难与共的老搭档，商界纷纷称赞乔爷的仁义厚道，而乔爷本人也一直以为自己这件事办得极漂亮周到，由此心安理得，却万万没想到樊天胜竟有个如花似玉的女儿因此沦落风尘。

在那一刻，乔光盛被一种高尚的情感所支配——他要为雪儿赎身并认她做自己的干女儿，让她从此过好日子。那时他绝没想到后来会把雪儿纳为小妾。

他忘不了那些充斥着野罂粟气味儿的日子。

8

傍晚时分，乔光盛正准备动身到黑桦谷去，忽家人来报：小盛魁商号的金老板求见。乔光盛实在想不出金麻子找他有什么事，只得到客厅里去见客。

金麻子穿了一件黑丝绸长袍，竟是一脸的谦恭神色，先是与乔爷说了一大通"节哀""保重""惜哉""痛焉"之类的话儿，声称是刚刚听到雪儿的噩耗而特意赶来送挽联的。说毕，命随从将挽联展开，竟是两幅长五米、宽一米的极名贵的"西湖白绢"，用黑金丝绒剪贴着漂亮的楷体字。乔爷见那挽联上的字是——

长恨香消玉殒日
应怜钱柳风流时

乔爷看出这幅挽联是下了一番苦心的，不由得有些感动，尤其是联中将他和雪儿那段姻缘比作名士钱谦益与名妓柳如是的千古风流佳话，更觉贴切风雅，但转念一想：像金麻子这种人是不会白白送人一幅如此奢侈的挽联，一定有什么事情有求于他。果然，聊了一会儿，金麻子说出真正来意：

"听说贵号的大佛不日将启程运往山西，乔爷和雪儿的灵柩也随驼队一起回老家？"

乔光盛点点头道："金爷消息蛮灵通嘛！"

"哪里，满城谁不在谈论此事，我还是得到消息最晚的哩。乔爷，你我过去在买卖上虽说有些纠葛，但从未伤过和气，加上我们又是老乡，人不亲土还亲哩，故而……"

"金爷，我从未把你当外人！有话直说，何必绕圈子呢。"

"是这么回事——我正巧也有一批货要运到山西去，可又怕路上土匪打劫，不敢单独行动，想和你结伴而行。一呢，是仰仗乔爷人多势众，有商团护卫，小毛贼不敢靠近，就连黑马队也不敢招惹乔爷，我们是秃子跟着月亮好沾光；二呢，我们小盛魁这些年不景气，只怕日后还得投靠乔爷门下，还莫如早些与乔爷套套近乎，入一些股份……"

乔爷宽厚地笑笑，心想：此人不可小视，精明着呢！不过连金麻子都前来投靠，说明乔爷如今的确已是一方霸主了。乔爷说："结伴而行当然可以，看在本乡本土的份上我也会照应金老板的。至于这入股之事，还得容我考虑几日，和柜上其他几位老板再商量一下，如何？"

"那是！合股非同儿戏，自然得慎重了！"金麻子忙说，"我这就回去准备。不知驼队何时出发？"

"神汉未请到，动身的日子还定不下来。"

"乔爷难道没听说过褐衣人吗？"

"怎么，你也知道此人？"

"嗨，满城人谁不知道！都说他法术高明，非同寻常，又是极好的向导……"

乔爷忽地有个感觉：这褐衣人简直成了他的影子，再也甩脱不掉了——那是一个无所不能、无所不在的幽灵，乔光盛和恒聚昌今后的命运全握在那人手中了……他甚至有些怕见那个人了。

送走金老板后，乔爷将贴身蔡二和艾三掌柜叫到身边，吩咐他们看好家门，守好雪儿的灵柩，他要只身一人进黑桦谷去请神汉。蔡二和艾三听了大骇——那黑桦谷如何是乔爷去的地方？虽说那黑马队从不触犯恒聚昌，但一旦撞上乔爷，会手下留情？蔡二执意要随乔爷一道去，但乔爷一再重申神算胡的叮嘱，不敢有违。蔡二无奈，只得听凭乔爷的固执。待乔爷换上麻衣布屐，独自骑马驰出大院时，蔡二和艾三掌柜悄声嘀咕几句，也到马厩牵了匹马，紧紧尾随乔爷而去。

9.

乔光盛单骑出了多伦城，迎面便是一片坦坦荡荡的草原。月光迷蒙，万籁俱寂，但听得马蹄得得，不一时便到了滦河边儿。他选了一处水浅的地方过河，马腿搅起水花四溅，水流声沉闷而湍急，显示出一种岁月般的匆匆忙忙的意味儿。待马最后一跃跳上对岸，他急不可耐地抽了几鞭子，很快驰进了阴森森的黑桦谷。

月亮在云幔里时明时暗。

乔爷忽地勒住缰绳，眺望前方——但见黑森森的林子沉默地铺开，与那无边的黑暗汇合在一起；但听得林涛声哗然不息，或强或弱，犹如大海的潮汐。

这时乔爷忽地觉得十分恐怖，又一次想起自己有许多仇人这个事实，开始后悔不该没带人来，或至少应该携带一支手枪以防不测，若那神算胡是仇人买通的诱饵，他这不是自投虎口吗？

乔爷感到毛骨悚然，想拨转马头而回。正在这时，忽看见前面的黑桦林间闪出一点灯光。那光亮闪烁不定，犹如无边无际的漆黑的海面上游弋的一盏飘飘忽忽的桅灯。

一阵悠悠的箫竹之音荡来，那声音很像一个背井离乡的流浪者在这沉沉夜色中咏叹自己的愁苦和不幸。

乔爷顿然被这箫声所吸引，情不自禁地朝那亮处走去。

果然是一座守林人住过的小石屋，门敞开着，他从门口能望见屋里的油灯和灯下坐着的吹箫人——穿了一件褐色衣袍的男人。

林涛声隐没了，哀怨的箫声仿佛随着大潮一同退去了，退到了大海深处。他听见那吹箫人慢慢站起身来抚箫而叹：

"风萧萧兮易水寒，壮士一去兮不复还！"

乔爷幼时读过私塾，自然懂得这一句是荆轲在易水边与燕子丹生离死别时所留下的千古绝唱。那汉子叹毕，又吹了一支令人回肠九转的悲怨之曲。乔爷听得入迷，不由叹道："此曲只应天上有，人间能得几回闻，可惜呀可惜！"

汉子停了吹箫，转过脸来，却看不清他的五官面目。他问：

"何人在外窥视？"

乔爷忙一步跨到门内，施礼道："师傅莫非是褐衣人？"

那汉子说了句使乔爷莫名其妙的话，声调里有种无法掩饰的忧郁和一种悲天悯人的柔弱：

"我若是神汉而谁是我？我若非神汉而我又是谁？"

尽管这话像咒语一样深奥难懂，乔光盛还是肯定他正是褐衣人。神汉不是寻常之人，语言自然与常人有所不同，举止也当然有些怪异，要不，怎会有神灵附体呢？

"你是何人？"

"乔光盛。"

"何人叫你来的？"

"神算胡。"乔爷毕恭毕敬地取出神算胡给他的念珠呈上。汉子接过看了一眼，放在一旁说："那就是了！除了这个瞎子外，无人知晓我的行踪。"

乔爷这才看见神汉脸上蒙了个褐色纱罩，只有鼻子以下的部分露了出来。乔爷见神汉不语，以为他不肯答应，忙将随身所带的三百两银子放到桌子上。白银锭在灯光下惨白如蜡。乔爷再拜神汉，道："不看生者的面子，也请师傅看在死者的面子上，帮帮这个忙吧！等到了山西，还有重谢。"

"金银乃身外之物，何足挂齿！我想知道，死者是谁？"

"我的……内人……"

"什么名字？"

"樊雪儿。"

褐衣人果然沉默了，许久竟如一尊雕塑一动也不动，让人疑心他已化成石头。良久，他才叹口气，道："罢，就看在死者的份上吧，谁让我尘心未了呢！"

"师傅答应了？"

褐衣人端坐着未动，蓦地一扬手，一粒石子嗖地飞往门外。

乔爷听见他身后"呀"的一声叫，回头一看，只见一人从外面跌进来，捂眼呻吟不已。乔爷再细看，才看清那人原是蔡二。

"乔爷原来不是一个人来的？"褐衣人愠怒。

"不，不，我的确不知道他……"乔爷慌忙解释，又怒斥蔡二，"奴才，谁让你偷偷跟着我来？"

蔡二捂着眼委屈地嘟哝："还不是怕你出事儿……"

"给我回去！"

褐衣人道："罢了，也难为他对主子的一片忠心。咱们动身吧！"

乔爷长长松了口气，禁不住满心欢喜。当他离开那座小石屋时，忽地嗅到一股熟悉的香味儿——苦杏仁与麝香的混合味道。后来，他看见了那口奇形怪状的大棺材时倏地感到周身发冷——褐衣人正用马车把它拉出黑桦谷。

10.

故事还得追溯到若干年前。

那时，旅蒙商聚兴长大掌柜西门龙的独生子西门小林正在北平的一所寄宿学校读书。父亲丰厚的资助使那位英气勃发的少年有足够的条件和理由大肆挥霍，每日与一帮商宦子弟沉溺于花天酒地之中，干了许多声色犬马的荒唐事儿——像什么斗鸡斗狗，赌场上一掷千金；像什么狂饮无度，夜深人静时醉意蹒跚在街头，忽而哭忽而笑，疯疯癫癫唱下流小调；像什么学武练剑、偷买枪支，以行侠仗义的侠客自诩，与几个同学暗中组织了"黑侠会"，他竟当了所谓的会长……他和所有的花花公子一样虚度光阴，却也造就了侠风义骨、豪爽大方的性格，并练出一手出神入化的好枪法。

好景不长，有一天父亲来了封信，说他近日卧床不起，十分思念儿子，非常希望小林能回多伦看望他。西门小林那时正忙于和一位跑江湖的大气功师学气功，丝毫没把父亲的病放在心上，没有理睬父亲的请求。气功已迷得他如痴如呆，正在学"发功移物"这一妙招。当他亲眼看到师傅发功后竟能把五米远的一把太师椅移到另一个地方时，他觉得天下再也没有比练气功更为有趣儿的事情了。后来，有一段时间父亲没再来信，却也没有按时寄钱来。这一下西门小林着了慌，一方面四处和朋友们借钱，一方面不停地给父亲写信，诉说自己的思父之情，同时又举出诸多原因证明学习紧张，不能回去，现在急需父亲多寄些钱来好修完学业。然而父亲还是没有回信，也没有汇钱来。西门小林以为父亲因他不回去探病而生了气，才断了他的经济来源，也许是自己在学校干的那些荒唐事儿被父亲知道了要惩罚他？这样一想，更不敢回去了。好在那些官宦商家子弟也不吝惜钱财，一边怂恿他不要回家，一边全力供给他银两，他照样可以过舒适宽裕的生活。

大约过了三个多月，一个秋日的湿漉漉的下午，突然有人到宿舍来找西门小林。西门小林见到那人时大大吃了一惊——那人衣衫褴褛，蓬头垢面，形同乞丐，几乎瘫倒在地上。西门小林半晌没认出他是谁。那人见了西门小林，就扑通跪在地上，叫了声"大少爷"后就泣不成声。西门小林满腹狐疑，走近前细细辨认，才认出那人原来是父亲手下的老管家常仁。

忠心耿耿的常仁千里迢迢，徒步跋涉赶到北平，来向东家大少爷细细叙说家中发生的意外变故——西门老爷如何病倒，乔光盛如何背义"鼓棚"，又如何将西门老爷赶出商号，并强占了西门家的住宅大院，西门老爷如何沦落街头、讨饭度日，常管家如何打抱不平，到乔家找乔光盛理论，要求索还西门氏的股份财产却反被乔光盛诬告，说常仁私闯民宅，图谋不轨，被官府抓起坐了三个月的大牢。其后，常仁又如何出狱寻找西门老爷，但老爷已奄奄一息，只留下一张血书就暴毙街头。

西门小林像听天方夜谭一样听完了老管家的讲述，却怎么也不敢相信这一切都是真的，直到老管家取出血书给他看，他认出那千真万确是父亲的手迹时，才相信这一切的确是已经发生过的事实。

父亲的血书上只有两行字：

吾儿若不报仇

汝父死不瞑目

蓦然，血字幻化成一片漆黑，如一个深不可测的黑洞迎面扑来，将西门小林吞噬进去。西门小林再也承受不住这么沉重的打击，一头栽倒了。

昏睡了两天两夜，西门小林才勉强能坐起来。老管家时时刻刻守在身边唉声叹气。西门小林坐起来后脑子清醒了许多，能够理智地思考问题了。他想：首先，今后一切都得靠自己了——父亲死了，分文未留下，他的生活来源彻底断绝了，不可能继续留在寄宿学校读书了，这所学校的费用不是一般家庭能承担得起的，更何况他一个落魄少年；其次，离开北平后到哪儿去？回多伦！回去咋办？找乔光盛报仇！怎么报？杀了他！然后呢？然后一走了之，或者去死！还有别的路可走吗？没有，只有这一条路！如果苟且偷生呢？不，那西门小林还不如去死，那样怎能对得起黄泉之下的父亲……

主意已定，西门小林反而轻松起来。他开始沉默寡言，不苟言笑，但办起事来却坚决果断，从不犹豫。他先是向所有的朋友辞别，将身边的行李、金表、金笔、一支勃朗宁手枪、两枚金戒指都变卖成现款，还清了朋友们的所有欠账，又将余下的一分为三，自己留一份，另两份给了老管家，让他拿上做盘缠，回老家去另谋生路。起初老管家常仁死活不肯要，执意跟随他。西门小林叹口气说：

"你若跟我，不会帮我任何忙的，反成拖累，还不如及早离开为好！俗话说：树倒猢狲散，墙倒众人推，可叹你不计贫富，依然忠贞不贰，古今难得，小林亦不忍赶你走！只是报仇之事重大，我只能独来独往；若天助我大事告成，还活着的话，再去找你，把你当成我再生父母供养，如何？"

一番话说得老管家老泪纵横，唏嘘不已，挥泪而去。于是在一个灯火阑珊的深夜，西门小林悄然遁去，从此不知去向。

11.

子夜过后的商城万籁俱寂，黑沉沉的街道上只有皮毛的腥膻味儿和女人的胭脂味儿不肯消散，让人嗅了觉得昏昏欲睡。

在这沉寂的时刻，一辆马车悄无声息地进了城，轮子碾过碎石子路发出像幽魂一样的呻吟。那一夜，辚辚车声在许多熟睡的商人的梦里响个不停，他们觉得许多车轱辘无休无止地从他们身上压过去，却怎么也醒不过来。

马车上装着一口巨大的棺材。棺材的样子很特别，比一般的棺材高两尺左右，样式古怪，像座小木房子，漆得乌黑，下面有四个小轮儿，还有两根可折叠的车辕杆，使棺材本身就可以变成一辆小巧灵活的灵车，套上牲口就能移动。坐在车辕上的褐衣人始终蒙着脸，那层黑面纱使他变得更加神秘。

马车在乔光盛和蔡二的引导下悄然滑进乔家大院里，两扇大门吱呀一声关上了，从此院内再无任何声响。于是那个夜晚的时光在一片昏睡中缓缓流逝，宛若一股黏稠的液体在慢慢流动。

褐衣人卸了马车，让人把马牵到马厩去饮水喂料，自己独自伫立在空旷的院落里四下张望。一时风静树止，星斗凝空，月光下唯见屋顶上的青瓦反射着寒霜似的冷光。那神汉怅然而叹，那声音只有他自己才能听得见："景物依旧，主人人已非……"

几只蝙蝠从屋檐下乍然惊飞，如无声的黑影儿从眼前闪过，消失在远处的黑暗里。这时传来脚步声，乔光盛走了过来。

"请师傅到客房里歇息！"

"不，我想住到后院里去。"

"师傅想住哪一间尽管吩咐，我好派人去收拾。"乔爷谦恭地说。

褐衣人不再说话，迈步向后院走去，乔爷跟在后面。乔宅本是一座古旧的深宅大院，早年聚兴长大掌柜西门龙为了把它修成全城第一流的庭院，不惜花钱如流水，终修得院落套院落，曲径幽深，长廊环绕，屋宇错落，有如迷宫。乔光盛搬到这所大院后，又种了不少花草树木，更使这宅院里白日郁郁葱葱，夜里阴阴森森，散出一种古旧幽冥的气息。

乔爷惊诧地看见那神汉竟不用人领路，自己却能轻车熟路地穿长廊，过曲径，左拐右转，径直走到后院，如入自家之门。他一直走到右侧一间屋门前，用低哑的声音说：

"请把这间房门打开。"

乔爷面露难色："师傅，这是一间久未住人的空房子，里面落满灰尘，还是……"

褐衣人态度坚决地表示：非这间不住。乔光盛无奈，只得让家人打开锈迹斑斑的铁锁，又命人掌了灯来。马灯照亮了屋里的一切，果然如乔爷说的那样，屋里早已是灰尘和蛛网的世界，一股股霉腐气味儿呛得人想打喷嚏。

褐衣人站定，环视屋内——一张木床、两把太师椅、一张书桌、一个很大的旧式书橱，里面所有的书都被一层厚厚的灰垢所覆盖。神汉走到桌前，看见桌上有个相框。他拿起那相框，拂拭去玻璃上的灰土，于是看见一张合影照——印在发黄相纸上的是一老一少父子二人，老的穿一件黑马褂，戴一顶瓜皮帽，蓄着刻板的八字胡，一手拄拐杖，端坐在太师椅上，圆圆的金丝眼镜后面，一双疲倦的眼睛里流露出一种古老的忧郁；那少年穿一身小西服，白白的衬衣领上打着个黑色的蝴蝶结，光亮的头发从中间齐刷刷地向两侧分开，一双好奇的眼睛稚气地注视着镜头，而嘴角的微笑显示出一种自信和骄奢。他站在父亲身边，紧紧依偎着父亲，显得和父亲很亲近。

乔爷见状忙解释说："这房子原本是西门家小少爷的卧室，后来西门家族破落，我买下了这所大院，由于房子多，所以这间一直空着，屋子也没收拾，还是原来的样子……"

褐衣人"唔"了一声，依然凝视那照片。乔爷唤来几个家人来打扫房间，被神汉制止了："不必打扫，我不在意是否干净，只想一个人安安静静待一会儿。以后有什么事儿，都要隔门问答。"

乔光盛只得让家人退下，自己也讪讪地告辞而出。乔爷将蔡二唤到一边，低声吩咐道："害人之心不可有，防人之心不可无！这神汉行迹诡谲，我们既要用他，又不可不防他。你要在暗中盯住，明白吗？"

"明白了，老爷！我也觉得这人不同寻常，好像有些来历。"
乔爷想想又说："但我们又千万不可得罪他，他咋说，你咋办好了。"
"是，老爷！我们什么时候动身？"
"明夜子时一刻。"

12.

关于神汉赶尸，史料里很少有记载。据老辈人讲，明末清初时，神汉这一职业十分盛行，而且受人尊敬。那时战乱频繁，远征的士兵战死在异域边疆，外出的商贾死在异国他乡，人们不愿做异乡鬼，都想将亲友的死尸运回家乡，这样，神汉这一职业就应运而生。相传神汉赶尸最快的能夜行千里，最长的时间是在炎炎夏日赶尸五十天而尸体完好如初，竟无一点腐烂。由于神汉如此神通，远程运尸便离不了他们。又由于他们会画符念咒赶尸驱鬼，所以他们在世人心目中就更显得异常神秘。

正值十五月盈之时，浩渺苍穹，深邃无际，繁星点点，散着冷意。月也是冷的，傲然俯瞰人间，仿佛为人的渺小无望而悲哀。子时三分，月过中天，向西滑去。这时，商城内的乔家大院里早将车马备齐，灵柩装好。院外，由九十九峰骆驼组成的运送大铜佛的驼队也排好了长队，那尊价值连城的大铜佛已被肢解开九十九块装入木箱，佛的一个大拇指就得用一口大木箱来装。

没有灯笼火把，也无任何照明的光亮，神汉严令不许点灯，不许发出稍大的声响，一切都在月光下悄然进行。院子内外早拥满了黑压压的送行的人群，除了恒聚昌的几百名店员伙计之外，还有河北会馆、山东会馆、河南会馆等商界的名流，都是些饱经风霜的旅蒙商，特地赶来给乔爷送行。小盛魁商号的金老板带着二十多峰骆驼在院外候着，要与乔爷结伴而行。所有的人都不敢出声，不敢悲叹或唏嘘，只是在昏暗中向乔爷默默拱手点头，示意保重。乔爷也不还礼，扶着雪儿的灵柩僵然木立，宛似一尊护灵使者的雕像。他特意穿了一件乌黑的缎子马褂，头上是一顶黑呢子圆边礼帽，脚踏一双千层底儿的土布鞋，周身上下透出了肃穆悲凉之气。一百人的商团马队也在院外列队等待，清一色的乌龙褂，清一色的德式步枪。商团团总关敬羽也是一身短打扮，斜着挎了盒子炮，脸绷得像面鼓。关敬羽是条讲义气的汉子，与乔爷的关系非同一般，两人换过帖子。

褐衣人果然永远是那一件褐色长袍不离身，看上去很古板。他坐在带毡篷的小车里，纱帘垂下，他能看见外面，外面却看不到篷子里。时辰将到时，乔爷走到神汉车前，毕恭毕敬地隔帘而问：

"时辰即到，一切都准备妥了，师傅还有何吩咐？"

"昼伏夜行，不得哭灵。"

"是了。"

"驼队和商团马队要远远跟在后面，休得惊扰了可怜的魂灵。"

"是了。"

"我说走便走，说停便停，不得有误。"

"是了，一切都听师傅安排。"

"可以启程了！"

乔爷还有几句要紧话向艾三掌柜交代。乔爷倒不担心艾三留守柜上有何问题，艾三是个小心谨慎的掌柜，事事都会照料到的，乔爷担心的是眼下的局势——日本人一旦攻破多伦城，恒聚昌商号该如何应变？虽说眼下多伦城由晋军赵承受精锐骑兵两千人扼守，再加上孙殿英、冯占海两军约两万人，此外还有邓文部七千人，李忠义和刘震东七千人，其他零星部队约两万人，力量不算小，日本人想破城不是很容易的。但是，乔爷知道自从热河沦陷后，日本人是要不惜一切代价攻下多伦的——那多伦位于内外蒙中枢，为兵家必争之地，再加上多伦守军人心已涣散，给养无着落，弹药又奇缺，更无统一的指挥，各部队各自为政，不肯配合，使多伦城的整体性防御无法形成，这样，乔爷担心多伦会迟早沦陷于日军之手。

乔爷当下捏住艾三掌柜的手低声吩咐道："虽说商贾之流重利，但我等亦不可忘义！我也知道你是个深明大义的人，一旦日本人破城，你知道该咋做吧？对不起祖宗的事儿不能做，有伤气节之事更不可做……"

艾三紧紧握住乔爷的手说："乔爷，你尽管放心走好了，只要我艾三人在，就不会做出辱没恒聚昌名声的事儿来。留守柜上的店员伙计有我严加管训，不会出事儿的……"

一时两人无话，手还握着，都有种异常沉重的感觉，像是生离死别一般。

蔡二来报："乔爷，三井洋行的小泽君刚才派人送来一些东西，有洋壶、洋锅、行军床和几顶帐篷，还有两箱子子弹，都是我们正紧缺的东西，你看……"

"不收，给他们送回去！"乔爷坚决地挥手说。

"可那两箱子弹药我已经给商团送过去了。您知道，他们的弹药本来不足，如果遇到土匪……"

"那就把其他东西送回去！再付钱给三井洋行，那弹药就算咱们买下的……我可不想欠三井洋行的人情！"

蔡二应了声慌忙去了。

乔爷还想说句什么，忽听见神汉的声音传了过来："时辰到，起——棺……"

这边乔爷慌忙应道："起——棺——"

灵车率先向院外驶去。

第一辆车上拉的是神汉带来的黑色大棺，像个黑色的庞然大物卧在车上。第二辆车上装着专为雪儿准备下的紫檀木棺材，显得小巧精致。再往后，便是褐衣人的车、乔爷的车、金老板的车和驼队，商团的团丁骑手分列两侧，以做到万无一失。

一时，只听得车声辚辚，脚步沙沙，一干人马在静默无言中出了商城。

走了不到一个时辰，忽又传来褐衣人的令："停！"

灵车和驼队停在了一片空旷荒凉的草地上。这时，乔爷看见神汉从车篷里钻出来，径直走到灵车前。神汉穿了件褐色夜行衣，用白麻绑着腿，手拎一面小铜锣，面纱仍未揭去。在他敲响第一声锣时，伙计们必须得把大棺材盖揭开，把雪儿的尸体从紫檀木棺里移到大黑棺内，然后退到一侧。

锣声乍然在旷野响起，格外揪心。

那口特制的大棺材静静地卧在灵车上，像一艘准备下水远航的黑木船。

一艘通向死亡之岸的船。

神汉口中念念有词，像是念了一通咒语。之后，他上了灵车。棺盖已搬开，他弯下腰去，清楚地看见了棺中的死者。

月光清澈如水。

褐衣人吹了口气，将雪儿面庞上的盖脸纸吹掉。他细细盯着雪儿看，足足看了有一袋烟的工夫。他看见一张霜雪般白净的脸儿上，印着一份恬静、一份从容，死神未能夺去她的美丽，僵冷没有使她失去神采，凄清的月光更使她的面容无限温柔，她竟如躺在床榻上酣睡那般栩栩如生。

褐衣人的手抖了一下，仅仅是不易觉察的一下。具有铁石心肠的神汉也为香消玉殒而颤抖吗？然后神汉按照惯例忙碌起来——他先是在死者背上贴了一道符……那上面画满了谁也看不懂的鬼符，宛如古老的象形文字，又往死者头上蒙了一块红巾。做完这些之后，他从灵车上下来，掐诀、念咒、踮步，急匆匆敲起了小锣。锣声如水波纹一圈圈地荡开，似乎要将夜色撕破，召唤着一种生命，一种活力，一种人类不可思议的能量——这种能量可以给任何一个无生命的物体赋予生命，并从此而走向永恒。

锣声戛然而止。大地肃然，一片寂静。就像从遥远的荒原深处滚荡而来的飓风，神汉那一声瓮声瓮气的长号让所有人的心都抽悸了一下：

"噢……嗨嗨……起……来……"

奇迹便在片刻的沉寂之后出现了——只见那灵柩中的尸体缓缓站起来，尽管身子僵硬，却稳稳地立住了。

白衣裙上披了一层霜雪似的月光。

"跟……我……走……呀……"

褐衣人的吆喝无比凄凉。

雪儿的尸身竟慢慢走下灵车，一蹦一跳地往前行走。

褐衣人不再回头，他知道那女鬼已经紧跟而来了，他只是有节奏地敲着锣，走九步，退一步，动作怪异如鬼。

雪儿只管跟着褐衣人走，亦步亦趋，头上的红巾在月光下看上去是黑的，不停地飘动。

神汉带着那女幽灵越走越远，渐渐被草原的浓浓夜色所淹没……

13.

曾经有过一个温暖的杨花飘雪的春日，原野上到处荡漾着很浓的泥土散发出的地气，使空气有些湿漉漉的。那时候，雪儿坐了一顶小轿，由两名轿夫抬着，由两名团丁护卫，涉过滦河，进黑桦谷去给父亲上坟。樊天胜的坟在桦树林里，有很高的石碑和用青砖洋灰砌成的巨大的坟座，十分坚固。石碑上是乔爷的亲笔题字：

吾兄吾友
高义薄云

那天是鬼节，樊雪儿带了纸钱、草纸和香以及罐头、点心和酒，来给父亲祭扫坟茔。她是第一次到父亲的坟上来，由乔爷的家人带领，用了小半天时间才来到父亲的坟前，烧了纸钱焚了香，把点心罐头在坟前的青石板上摆好，跪下对着父亲的灵位磕了三个响头，默默地流下眼泪。

天高气爽，山谷里到处都飞着杨花，像下了一场梦幻般的雪。烧纸钱的青烟袅袅娜娜升腾着。桦林里很静，远处有个上坟的女人在呜呜咽咽地哭，声音断断续续传来。雪儿渐渐停了啜泣，呆望远方。山谷里的恬静让她又忧伤又感动。她想起了童年：草地、小河边、树林里的嬉戏欢笑，想起了母亲那温暖舒适的怀抱和父亲和蔼可亲的面孔——那时父亲总爱用胡子扎她，她痒痒得咯咯笑个不休……

大自然的宁静唤起了她的那份回忆，那份情感。柔软的飞絮落在她的身上脸上，她觉得连这也是十分美妙的享受。如果不是后来出了那件事，她真打算就一直那样静静地坐下去。

那件事发生得迅速而又让人措手不及。后来她常常回想那次遭遇——与其说是一次劫难，还不如说是一次奇遇。那奇遇不仅刺激，而且给她沉闷无聊的生活注入了一种新鲜的内容。

几乎没听见马蹄响，当那十几个黑衣骑手团团围住了他们的时候，雪儿还没弄明白发生了什么事儿。倒是有名团丁反应快，见势不妙便举枪射击，枪刚端平就听一声响，一粒子弹准确无误地在团丁手腕上穿了个窟窿。另外三个随从知道寡不敌众，便撇了枪，束手就擒。雪儿站起来望着那些幽灵似的黑马黑人，疑惑地问：

"你们是啥人，要干啥？"

没人回答她这个幼稚的问题，她不知道黑马队在打劫商队或抢人时从不说话，一切都在沉默中进行。后来那些人把她扔到马背上，驰向黑桦林深处时，她才悟出是被土匪绑架了。

在横行察哈尔草原的诸多土匪当中，最使旅蒙商心惊胆战的是黑马队——那简直是草原上的一股黑旋风，说来即来，说走就走，打劫财物干净利落，毫不留情。虽然他们从不乱开杀戒，但他们十分清楚哪个商人为富不仁，哪个商号与官府勾结勒索百姓，哪个驼队马帮运送的是不义之财，仿佛他们有一本明细账，上面详细记载着所有旅蒙商的善恶史。凡是做过亏心事的旅蒙商总躲不过被黑马队打劫的灾难。

黑马队不过五十余人，却十分精干强悍，清一色乌黑的蒙古马，清一色的褐色斗篷，像蒙古人那样用黑绸带缠裹着头，无论骑术还是枪法剑术都很出色。他们的首领是个瘦高个子的男人，沉默寡言，不苟言笑。当他和人交谈时，人们无不惊异他的温文尔雅。他的声音柔和得像一名专演王子的演员，低沉而悦耳的音色里有一种淡淡的忧伤，使对方一下子就对他产生良好印象。总之，他全无一丝匪气，和他打过交道的商人都称他是个"有教养的匪首"。极少有人见过他的真面目，因为他的脸上总是蒙着一块薄薄的面纱。他常对客人说这样做是不礼貌的，但因为他的面部得了种奇怪的病，很怕阳光和空气的侵袭。他说这话的时候懒洋洋的显得虚弱无力，像个患病很久的病人。他虚弱的样子使人很难相信他有那么高超的枪法，更无法相信他会是大名鼎鼎的黑马队的首领。在晴朗的日子里，他喜欢一个人骑上马到空旷的草原上去，躺在草地上望着白云喃喃低语，然后十分痛苦地把身子摆成个"大"字，接受太阳和野风的抚弄，久久也不动一下，像一具死尸。归去时他让马走得很慢，他那瘦窄颀长的脊背上写满了一种难言的凄凉孤独。那时候他像个徘徊荒原的厌世者。

没有人知道他的真实姓名，大部分人都认为他自称的复姓"西门"肯定是个化名。他的部下很少称他"老爷""头儿""首领",而称他"狼爷"。看得出他挺喜欢别人这样叫他。他有时酗酒,有时也抽几口鸦片,对俘获来的女人一般都能从宽发落,但对妓女却十分粗暴,常常把她们剥得精光,用皮带抽她们的双乳和臀部,让她们哭天喊地尖叫不止,他用微笑观看她们的狼狈样儿,从中获得快乐和满足。在放走那些妓女之前他让每个妓女都发誓保证今后不再干这可鄙的行当,若发现她们重操旧业就杀掉她们。妓女们对他恨得咬牙切齿,说他肯定是个性变态狂或是个性无能者。据说他只有杀人的时候才会摘下面罩,让垂死者欣赏他的真面目。

雪儿在被劫持的那天下午见到了狼爷。那时候雪儿被关在一所散发着古旧霉腐气味儿的老房子里,透过窗子她看见院子里有一株落英纷飞的杏树,杏树下有个披褐色斗篷的瘦高个子的年轻人的背影,那情景很像一幅色调反差很大的油画。雪儿被这个似曾相识的画面所感动。她一直以为那个披斗篷的青年是个远道而来的神秘的信使。后来那杏树下的男人转过身来,向她的房子走来,她听见了他的脚步声在青石板上沙沙地响着。她觉得这声音一点儿也不可怖,有种亲切的味道。那一刻她几乎忘了自己是被关在匪窟里,而是以为置身于一个颇有情趣的驿站之中。

穿褐色斗篷的男人一直走进她的房子里,站在离她大约两米远的地方,静静地凝视着她。她很奇怪自己居然看不清他的面孔,只见那眼里闪了一道光芒。光芒消失后她觉得他的目光很深邃。

"如果我没弄错,您是恒聚昌商号乔光盛的养女樊雪儿?"穿褐色斗篷的人缓慢地说,声音很柔和,腔调里有种让人亲近的忧伤与无奈。

雪儿点点头。她不知道这人是谁。她对他们的一切都一无所知,而他却好像了解她的全部。

"你是樊天胜的女儿?是给父亲上坟来了?"

雪儿只得应个"是"字。那人低下头静静地思考了一会儿,用充满歉意的语调说:"怪我手下人太莽撞,对您无礼了,希望您能原谅这种孟浪……"

"你是谁?"雪儿奇怪地望着他问。

"我是他们的首领——狼爷。"他似乎有些难为情。

雪儿忍不住"呀"了一声。她自然听说过狼爷这个凶神恶煞般的名字，在滴翠楼时常听得那些姑娘们讲狼爷的传奇故事和他那些怪异的举止，却没想到这样一个彬彬有礼的人会是黑马队的匪首。一种好奇心和想了解这人底细的渴望油然而生。她觉得这人仿佛是一块磁铁，产生了一个强大的引力场，正在一点点把自己吸过去。

"您尽管放心，您的轿夫和卫兵已经得到很好的照料。如果您急着要走，傍晚时我就派人送你们出山谷。"狼爷请雪儿坐在椅子上，唤人端了茶点来。这时雪儿才发现他的脸上蒙着褐色纱幔。

"很抱歉，蒙着这玩意儿和您说话十分不便，也不礼貌，但是我也是不得已而为之。我的脸怕着风见光，从小就是过敏性的皮肤……您不介意吧？"

"完全不！难道没找大夫看过吗？"雪儿问。

"看过，可是没用！有个走江湖的老头给我算过命，他说我的面相不易在阳间露出，否则，不是看见我的人死，就是我亡。我听从了算命先生的劝告。"

"你相信占卜卦术？"雪儿问。

"信，我信命——人的命都是天意。譬如，我和您的这次见面，就是上天的安排……"

"你这样认为？"

"当然，否则没有别的解释。好了，现在您能和我更深入地谈谈吗？就是说，您能把您的一切——身世、经历和目前的生活讲给我听听吗？不，不要忙着拒绝，要知道，这对我有多么重要。还有，就是您与乔光盛的关系，他认您做了干女儿，但实际上是他第一个占有了您，又把您从滴翠楼里买出来，据我判断，他是想让您给他做小妾的……"

"不，乔爷对我恩重如山，我要报答他。"

"怎么报答？"

"雪儿一无所有，唯有一个身子……"

雪儿便讲述了她与乔光盛之间所发生的一切。狼爷不再插言，只是静静地听。雪儿始终嗅到一股苦杏仁的香味儿，恍惚看见窗外的杏花在纷纷凋谢。她觉得自己从未享受过如此宁静的时光。她奇怪自己竟如此诚挚地对一个陌生人倾吐衷肠，像对最好的朋友说心里话——自己怎么会如此信赖他呢？怎么会把一个匪首当成兄长呢？时光在不知不觉中流逝，一瞬间，她看见面纱后面一对友善而深沉的眼睛注视着自己。她觉得自己应该很熟悉这双眼睛，也许是很多年前的某一个秋天，也许是在一个非常遥远模糊的梦里，这双眼睛也是这样注视着自己……

黄昏时，他亲自骑马把她送出黑桦谷。没有人再受到伤害，送别的路上充满和平友好的气氛，让人觉得这是一个太平盛世，根本没有匪患和打劫杀人之类可怕的暴虐存在。

走出很远，雪儿蓦然回首，看见山梁上那匹黑马塑像般伫立，马背上的骑手动也不动，唯有那件褐色斗篷在苍茫的暮色中潇洒地飘动，真像一幅油画。

雪儿知道那影子再也不能从心里抹去了，从此她将和那男人产生一些说不尽的恩恩怨怨。

一顶小轿载着她的叹息远去……

下　篇

14.

从塞外商城到山西，要穿越一片被称为"浑善达克"的沙地，那里红柳繁茂，古榆成障，沙峦相叠，更有那海市蜃楼，诱人幻景，一旦误入，却是充荡着毒烟瘴气的险恶之地，或者是迷宫一般的沙壑沙谷，极难走出，不知曾有多少商贾马帮被它吞噬。

乔光盛知道有一条驿道可经河北而入山西，但褐衣人不许走那条路。神汉明言：驿道人杂马乱，即使夜间也有车马，极易惊尸诈尸，所以只能挑选最荒僻的地方走。神汉声称他有一条自己的道路，比走驿道要近几百里，然而这条路恰恰要穿过浑善达克沙地。

乔光盛只得依了他，由褐衣人领着只管往西而行，或逾山梁，或穿草地，或涉河流。驼队尽管庞大，但带着足够的水、粮食和劳力，还有商团护送，不用担心饥渴的威胁和土匪的骚扰，乔光盛最担心的是雪儿的尸体会不会腐烂，能不能完整地运回老家。

第一个白昼降临了。卯时平旦，太阳出山前，一顶顶帐子已经扎好，商队临河宿营。驼峰上的一个个货驮子已经卸下来，能干的伙计们已将上百峰骆驼和几十匹马赶到河滩上觅草饮水。炊烟一缕缕飘起来，宁静的草原显得和谐而有生机。

灵车附近更加静谧肃然。那褐衣人用一道黑幔帐围住灵枢，独自坐在灵车下，头倚乌黑的棺材，脸上覆盖一顶大草帽，两手交叉胸前。日光明亮而温柔，给他身上镀了一层柔和的暖色。他尽情地享受着晨光，甚至不愿意动一下，怕破坏了眼前的宁静。

苦杏仁的味儿从棺材里散发出来，撩逗得人心里痒痒。在七月的草原上恍若野花散发出的馥郁之气，送人缓缓进入那温柔之乡……

没有人来打扰褐衣神汉，他严禁任何人来打扰他。他也许在休养生息，也许在暗练内功，但更多的可能，是在品味那股幽气兰香，沉浸于春日的温馨之中。

辰时，帐子里的商人、伙计、驼夫、团丁都在昏昏欲睡。

很远的地方有岚气浮动。蝇蚁开始忙碌。两个蒙古牧马人从附近策马驰过，消失在那层颤动的岚气里。这时，大草帽下的神汉忽然开口说话了，不知是自言自语，还是说给灵枢里的死者听：

——九九归一，九九归一，这是天数！唉，人哪，只有生一回、死一回，才能把这一切都品透！

——你笑我太痴情？也许是吧！不管咋说，天地生就了男人与女人，就自有它的道理，这男男女女永远就生出了那了不完的情孽、还不完的风流债、流不完的风月泪。

——我把盖子再打开些，你憋闷吗？

——歇吧歇吧，还有许多夜路要走呢……

褐衣人那一番疯疯癫癫的痴言呆语说得动情。话停后，一时远山默然，河水湍急，似乎应和着神汉宣泄着苍凉的郁忿。日头淹没在云海里，光照骤暗，百虫噤声。忽地，大草帽下发出一阵含糊不清的呜呜咽咽，像悲凉的吟唱，又像是无奈的哀诉：

"雪儿雪儿，你竟真的去了？你怎么还不快些醒过来呢？我真怕你从此再不醒来……"

那一天的太阳始终时隐时现，漂泊不定的云絮忽厚忽薄。下午时起了风，风搅乱了草原上的平静。

日昃时分，乔爷形单影只踽踽而来。他在灵车前站定，灰暗倦怠的脸上依然有哀恸的阴云没有消退。半晌，他才小心地向神汉拱手道：

"师傅，我想看看她，行吗？"

褐衣人没动，只从鼻腔里发出一声"唔"。

乔爷得了允许，忙爬上灵车，轻轻将棺盖挪到一边，弯下腰，仔细察看棺中的尸体。

雪儿面容无改，苍白而晶莹，从容而平静，只是鬓发略有些乱，嗑口钱落到枕上。乔爷慌忙将铜钱放回她口中，喃喃道：

"怎可随便吐出，好雪儿，若不含它，转世要变成哑巴的。"

雪儿自然无言。乔爷见那肤色未改，毫无变腐迹象，也就放了八成心；却见那芳唇似比昨日更红艳了，宛如点了朱砂一般，嗅之，香气盈鼻。乔爷暗觉怪异，轻轻摸其纤纤玉手，竟觉那手不再冰凉，似乎有了些温度。

"敢问师傅一桩事吗？"乔爷从灵车上下来。

那褐衣人又"唔"了一声，并未把头上的破草帽摘掉，也没变换僵硬的坐姿。

"你可曾遇见过人死又复活的奇事儿？"

"不曾。"神汉懒懒地答。

"那么，你看雪儿是真的死了吗？"

"心不跳，血不流，气不通，自然是死了。你莫非还指望她复活不成？！"神汉不耐烦地说。

"请师傅见谅。不知为啥，这些天我总觉得神情恍惚，好像雪儿还活着，正睡长觉呢。"

"那你将她唤醒好了。"

"再问师傅一事：待数日后灵柩运回山西，雪儿腹中那团血肉是不是还完好无损？她大概已有两个月的身孕。"

"胎儿自然会完好的，不过早已是死胎一具。"

"若是剖腹破肚，能将胎儿完整地取出吗？"乔爷压低声音问。

"要死胎何用？"神汉惊诧，草帽落地。

"实不相瞒，师傅，我想取出我乔某的骨肉，让乔氏家族观看——我乔光盛不是个废人，也能生儿育女！我就想证明这一点。"

神汉默然无言了，捡起草帽，又扣到脸上，不再作声。

"不吉利，是吗？"乔爷小心地问。

"当心！有血光之灾！"褐衣人从牙缝里吐出后面的四个字。

乔爷走后，神汉又爬到灵车上，望着雪儿，黯然神伤：

——听见了吗，那老东西要对你开膛破肚！

——雪儿雪儿，他只是为了叫你给他们家族传宗接代呀！

——唉，你咋还是不醒呢？莫非那药力太大……

天暗入定时分，车队驼队收拾停当，但听得三声锣响，昏暗中那神汉一如昨夜，又将雪儿的尸体从灵柩中召唤而出，带她上路。长长的驼队开始过河，搅起一片凌乱的水花和喧哗。

夜空，一轮既望之月正孤寂地在云海中游荡。草原上，已化成孤魂野鬼的雪儿被那褐衣人愈领愈远。

15.

死亡的滋味儿大概有多种多样，西门小林却品尝了其中最痛苦、最难忍受的一种。

起初，浸湿的生牛皮很松软，胳膊腿儿还能活动；用皮条缝合的缝隙不很严实，还能嗅到充足的空气，只是牛皮的那股油臭血腥味儿呛得他几乎喘不过气来。他知道自己完了！对于死亡，他不惧怕，唯一遗憾的是没能杀死乔光盛，却错杀了樊天胜。被禁锢在湿牛皮里使他有足够的时间回忆往事，甚至连童年时的模糊的生活片断也历历在目……忽记得有一天父亲抚摸着他的头顶笑眯眯地对他说：林儿，爹给你说下个媳妇，要不？那时候他顶害羞的就是人家问他要不要媳妇。爹又说：那女娃刚出生，还小哩，等她长大了，就把她给你娶过来，她爹是我的拜把子兄弟哩……爹当然怎么也不会想到：二十多年后他的把兄弟竟死在小林手里，而他的另一个把兄弟则把他的儿子缝进牛皮里慢慢闷死。人世间永远就是这些没完没了的恩恩怨怨，人为财死成了亘古不变的主题，那么仇杀也就成了那永恒主题的伴奏，二者交织在一起，谱写人类的另一部历史……

蓦地，他感到浑身皮肤发紧，因为他清晰地感觉到包裹在身上的牛皮竟像个有生命的活物一样蠕动起来，向躯体一点点缩拢过来。湿牛皮在太阳的暴晒下散发出的热量像蒸汽或烙铁一样灼疼了皮肤。他想活动一下，而整个躯干已经被牛皮捆绑住一般，竟动不得一丝一毫。他觉得浑身的皮都被一种残忍的力量扯紧，正一点点地绽裂开来；无数条毒蛇严严实实地缠住了他，在一种邪恶力量的支配下越缠越紧，直到把他勒成一节节一块块才肯罢休……他想号叫，但张不开嘴巴，仿佛那块生牛皮已经牢牢贴在脸上，将五官粘住并向一块儿挤压，他听到那种可怕的挤压发出的怪叫……在最后失去知觉之前，他忽然想：这种惩罚真是妙不可言，简直是人类智慧的结晶！如果我有来生，那么我一定也要把乔光盛缝到牛皮里去，浇上水，用火烤，像用泥巴烧山雀那样，让他慢慢地享受这种无与伦比的滋味儿……

不知昏迷了多久，醒来时依然是一片黑暗，那种可怕的收缩消失了，热烘烘的灼热也消失了，一股潮湿的腥膻味儿让人觉得亲切。他动动手脚，发现自己仍在牛皮里，只是牛皮有些松软。这时候他的耳鸣停止了，分明听得一阵淅淅沥沥的雨点击打在牛皮上，均匀而细密，像是一片散乱的小珠玑落下，发出极悦耳的声音。

噢，下雨了！原来是下雨了！他悲哀地想。是一场雨把他救活了，然而他仍被封闭在这张坚韧的生牛皮里，无法走出这死亡的禁锢。

在那个散发着血腥气味的狭小的空间里，他无法感到时间的流逝。一夜比一个世纪更漫长。他靠回忆和胡思乱想苦挨过那一个夜晚，许多稀奇古怪的画面从眼前闪过。身体各部位都有一种皱皱巴巴的感觉。尤其是面部，仿佛经过外力挤压早已错位变形。渐渐，一丝光亮从牛皮的缝隙间钻进来，他知道那是又一个早晨来到了。这个早晨也许阳光明媚，无一丝云絮。用不了多久，太阳的热力会毫不吝惜地倾泻到草原上，那么，这张软牛皮就又会变硬收缩，再次让他品尝到那可怕的折磨。暖意融融的太阳不但不能解救他，反而成了对他死刑的执行者。他恨那轮已经并不属于他的太阳。

蓦然，一种强烈的求生欲望主宰了他，他渴望活下去。他开始相信自己能活下去了。他在那一刻产生了一种奇妙的预感。他拼命挣扎，但那牛皮太坚固了，想挣脱它是不可能的，他的挣扎只是让那一团毛乎乎的东西在草滩上滚来滚去。他想：也许有个牧马人经过这里，看见这团东西会用刀子割开牛皮把他救出来。但他立刻意识到那是不可能的，因为他被扔在了一片十分荒芜偏僻的山谷里，那曾是蒙古人的天葬场，乱石嶙峋，白骨遍地，人迹罕至，即使他在这里待上一年半载也不会被人发现。

被太阳晒干的生牛皮又开始收缩了，这一次它收缩得更剧烈、更不留情，似乎嵌进他的肉里。软牛皮变硬后不住地变换着形状，忽圆忽扁，忽方忽棱，他的身体也不得不随之而弯曲变化。他觉得自己像个浑身无骨的软体动物，正在这个死神的模具里被重新加工鞣制，直到成为一个怪物。

他渐渐使心静下来，开始用气功做最后的努力——在入境后的意念中，气贯全身，浑身膨胀，将周身的锁链一条条地挣断。但是他立刻又看见新的锁链幻化成一条条长蛇死死缠绕到身上。他终于渐渐支持不住，绝望中知道不会再有奇迹出现，将口中最后一股绵长之气吐出，进入了无知无欲的境界。

后来他以为是自己的幽魂钻出了牛皮坟墓，他看见了满天冰冷的星斗和一弯孤寂的月亮。他缓缓站起，身子轻飘欲飞。那一刻他有一种从母亲子宫中分娩而出的感觉，既痛苦又幸福。放眼望去，四周包裹着一片寒冷的夜色，黑沉沉的，望不到边际。

还活着？！一丝惊喜电流般传遍全身，但他不敢相信这个奇迹。也许，这是魂灵到了另一个世界所产生的幻觉。

然而他倏地感到了麻木后的疼痛，那切切实实是肉身凡胎的疼痛。他的手在昏暗中摸索着，摸到了自己皱皱巴巴不成样子的五官。

正在这时他看见了那个毛乎乎的东西——离他仅两步之遥！他甚至听到了它粗重的喘息。它的眼睛在黑暗中闪出幽幽绿光。它一直在凝视着他。

那是一只狼——草原黑狼！

他恍然明白了：这狼嗅到了血腥味儿，用它锋利的牙齿咬断了皮条，把他从牛皮里解救出来，或许是那只狼？后来他一直确信：就是那只狼，那只他曾给过它清泉的饥渴至极的那只狼！

他迎着他的救命恩人走去。就在他的手几乎触到它的头时，它却蓦地转身跑开了。它像个完成使命的信使在苍茫夜色中跃上山坡，良久伫立。他听见那一声似曾熟悉的悲壮长嚎，像是呼唤，又像是告别……

不久，草原上出现了一支专门打劫旅蒙商的马匪，匪首是个瘦高挑个头的青年，喜欢用褐色纱蒙着面孔。没有人知道他的真实姓名，却都知道他有个令人胆寒的绰号：狼爷！

狼爷严令部下：可以打劫任何一支旅蒙商的驼队马帮，却唯独不能动恒聚昌的一车一驼。商城的许多人只以为是乔爷出了大价钱买通了黑马队，或者是恒聚昌势力太大，连狼爷也让他们三分，却无人晓得这是狼爷为了复仇而制定的严密计划的一部分。为了复仇而活着的西门小林再不是那个莽撞单纯的傻小子了，他学会了忍耐，学会了等待，学会了伪装，学会了计谋韬略，一旦让他瞅住了机会，他不仅要让乔光盛家破人亡，倾家荡产，而且要让整个恒聚昌的财产重归于西门家族。那时他可以不费吹灰之力就把杀父仇人缝到那可怕的死神的皮囊里去。

机会终于来了……

16.

深邃无际的天宇色调渐淡，群星尚未隐退，最亮的天狼星——主星蓝矮星和乙星蓝矮星——像上苍的眼睛，冷峻地注视着茫茫荒原。

那支庞大的驼队正在默默地穿越草地。这支队伍披星戴月，坚韧不拔地前进着。没有过大的响动，没有喧哗谈笑，更没有哭声，只有几声凄凉的锣响断断续续地相伴着。偶尔，那在最前面引路的神汉蓦地引颈长号，那一声苍凉凄婉的呼声在旷野上回荡开，格外揪心：

"走哇……"

"回呀……"

"家乡在前……跟我走哎……"

夜里活动在草原上的各种野兽——蒙古羚、黑狼、赤狐、狍子、野马群、麋鹿等，都被那凄楚的号叫声驱散了，在草原上狼奔豕突，仓皇逃散。除了胆大的野鼠敢直立前爪窥视一眼之外，没有任何野兽敢朝那支队伍靠近。

东方地平线上的天空已变得苍白，呈斜线放射曙光。驼队停下来，开始安营扎寨。黑沉沉的草原渐渐朦胧浮出，树木山峦依稀可辨。一会儿，大地景物像落潮后的海滩一样浮凸出来，于是乔光盛看见了那片古城废墟。

是残破的元上都遗址。

乔爷知道自己的祖父就惨死在这片遗址上。从小，他一闭上眼睛，就能想象得出那令人悚然的情景：一摊破碎的闪闪发光的琉璃瓦上，躺着死去的祖父，头颅早已离开了身子，眼却睁着，亮得出奇，瞳孔里闪烁的不是恐惧而是怒气，那顶清廷赐给他的阴文镂金八品官帽上溅满血污，几张破碎的龙票犹如纸钱在风中翻飞……乔光盛望着那一根根歪斜倒下的大理石柱和一块块青砖碧瓦，仿佛看见了昔日皇宫那气派豪华的台榭楼阁、殿宇萧墙。他暗暗打定主意：今秋，在这儿盖一座庙宇祭祖父亡灵。

驼队的帐篷扎毕，乔爷觉着有些饿了，正要传呼蔡二备饭，却见小盛魁商号的金老板笑眯眯地走过来，拱手道："乔爷，请过我那边用膳！我带着上好的老酒，咱好好喝他几杯，以解途中疲乏。"

金老板十分热情地挽住乔爷的手，乔爷不好拒绝，只得随他而去。乔爷边行边笑问："金爷用什么好吃的款待我？"

"这荒山野地，能有什么美味佳肴？不过杀了只羊，学蒙古人的样子吃吃手扒肉罢了。噢，我还请了关团总。"金老板谦恭地说。

"在这里吃吃新鲜羊肉，倒别有一番情趣儿的嘛。"乔爷高兴地说道。

说话间，金老板陪乔爷进了他的帐子里。一块漂亮的波斯地毯上，摆了桌子。酒已上桌，肉已入盒，几把蒙古刀摆在桌上。两人刚入座，关敬羽也走进来。金老板笑道：

"关团总这一路为我们保驾，十分辛苦，今天要好好喝几杯！"

关敬羽一屁股坐下，笑道："咱不过是秃子沾了月亮的光，有鼎鼎大名的乔爷坐镇，哪个毛贼敢来扎刺儿？喊！按说这一带是黑马队的地盘，那西门狼还不一样乖乖躲了，连个影儿都不敢露一下！"

"那也不可大意，要谨防他们偷袭摸营。"乔爷叮嘱道。

"乔爷您瞧！"关敬羽挥手一指，乔爷循其所指望去，才见驼队营地周围严严实实布置下了卫兵，一个个持枪荷弹，如临大敌，将宿营地护得铁桶一般。乔爷放下心来，心里暗夸这关敬羽果然不同寻常，是个靠得住的人。

"多伦方面有什么消息吗？"乔爷又问。

关敬羽摇摇头说："没有！我估摸那日本人未必敢攻多伦！咱们那十多万守军不是吃干饭的！小鬼子也得掂量掂量……"

三人共同举杯，开始豪饮。那老酒果然味道醇香，羊肉也鲜嫩，乔爷和关团总都喝得兴致勃勃。那块波斯地毯质地极好，挡住了上泛的潮气。清风徐来，鸟儿在头顶上飞翾啼鸣，更助野餐酒兴。

吃过饭，乔爷回到自己的帐子里躺了一会儿，却睡不着，便坐起，才知自己是对那桩事儿放心不下，就走了出去。

乔爷一个人信步徐行，穿行在昔日皇城的残砖碎瓦之间。一种没落衰败感忽地紧紧攥住了他，心中惆怅，满目凄凉，眼前的颓败却是昨日无限繁华的写照！有荣必有衰，正如有生必有死一样。既然这样，人这一生为了那一个"荣"字苦苦挣扎、忍辱含垢、机关算尽、昧了良心、自寻诸多烦恼又是何苦来着？！乔爷忽有种大彻大悟之感，心里萌生了此一去将告老还乡不再返回的念头。

不知不觉，已走到灵车附近。慌忙止步，四下却寻不到褐衣人的影子。白日，在灵车停放之地，神汉严禁任何人接近，连猫儿狗儿也不敢靠前，褐衣人守着灵车一步不移。乔爷见此处无人，就向那口紫檀木棺材走去。除了乔爷和蔡二之外，没人知道乔爷把什么宝物藏在了这口空棺里——那几乎是乔爷三十年来所积攒下的全部家产：一箱子金条，五箱子元宝。乔爷一路上惦念的，正是这笔财物。

乔爷正想弯下腰打开紫檀木棺的盖子，检查一下财宝是否安然无恙，却忽听附近的那口大黑棺里似有响动。乔爷愕然，望去，见那口棺材微微摇晃，惊得乔爷毛发直立——

诈尸？！

乔爷拔腿就走，不敢回头，只觉脊梁骨凉飕飕的。他多次听过诈尸的传闻：尸体偶然得了阳气就会直立而起，一直往前走，见什么抱什么，被抱住的东西就僵硬腐烂，若是人被抱住，必死无疑。

然而尸体并未追来。

乔爷在废墟上站定，回转身来，远远望见那灵车停放在绿草地上，静静的像一艘抛锚停泊的木船。乔爷心有余悸，却镇静下来，觉得这事忒蹊跷，决心回去弄个明白。

他又朝原路走回去，惊愕地看见褐衣神汉正倚着灵车的大轱辘静静坐着，一顶尖顶草帽扣在脸上。

一切都很平静。

乔爷大惑，跳上灵车。棺盖半敞着，乔爷又将它挪开些，便看见了棺中的雪儿，依然是昨日模样儿：面白如纸，芳唇却更红艳了，似欲滴血，那枚嘬口钱按原样儿放在两唇之间，半含半吐，乌发依然有些散乱。

乔爷呆呆望着，以为自己刚才看花了眼。显然，棺中无任何诈尸迹象，而那股香气依然盈盈扑面。

坐在灵车下的神汉忽然开口说话了："大掌柜，咱可是有言在先的——若惊灵扰尸，那肉尸顷刻就会化成一摊臭水，那时可休怪我的法术不灵！"

乔爷慌忙从车上跳下说："我刚刚分明看见棺材在动……"

"是棺动，还是你心动？"褐衣人冷冷道。

乔爷无言以对。

褐衣人指着不远处的一块白石头说："你看那块石头是否在动？"

乔爷望去，果见那块大石在颤巍巍地移动着，定睛细瞧，那石头却稳稳的，不移分毫。

那褐衣人冷笑道："大掌柜分明是信不过我，我即刻告辞，你另请高明吧……"

乔光盛忙赔罪，说了许多好话，才将褐衣人留住。从那儿以后，乔爷再没敢贸然到灵车这边来，但并未放松对神汉的监视——蔡二用一个日式的双筒望远镜紧紧盯着褐衣人，将他的一举一动全部观察下来，汇报给乔爷。

此后几天，沿途极平静。没有土匪前来骚扰，连风儿也是轻柔的。

17.

樊雪儿从黑桦谷一回到乔家宅院就病倒了，厌茶腻食，每日昏昏沉沉、痴痴迷迷地发呆。这可急坏了乔爷，请了商城最好的大夫来就诊。那老郎中只说是受了惊吓、染上风寒，只需好好调养几日便可康复。乔爷亲自到药店去买了几支昂贵的长白参，又亲自下厨炖了满满一砂锅鸡参汤，端给雪儿养身子。

雪儿见状心里感激，颇有些过意不去，谢过乔爷，喝了药和鸡参汤，可病仍不见好。乔爷愈发殷勤周到，每日端汤送水，床边服侍，忙里跑外，极尽一个男人的温存体贴。雪儿自觉无以回报，面有愧颜，几次暗暗落泪，可那芳心却仍不能从黑桦谷里收回来。

起初她不肯承认自己是爱上那个男人了——这怎么可能？那是一个匪首，一个以残暴凶狠而出名的响马头子，尽管他说话文雅有礼，尽管那件褐色斗篷给他蒙上一层侠义的色彩，尽管他有一双很深沉的眼睛，但是，她与他仅仅是一面之交，对他几乎是一无所知，甚至都没见到他真实的面孔，怎么会对他动心呢？

在此之前她一直不相信一见钟情。然而要命的是她无法抑制自己不去想他，只要一闭上眼睛，就恍若看见在那株落英缤纷的杏树下立着一个身材颀长的男人，披着一件让人心醉的褐色斗篷……她几乎真真切切地嗅见了那股苦杏仁的香味儿，那种味道也让她心荡神移，难以自持。她还喜欢他腔调中的那种忧伤，那是只有经历了深切磨难之后的人才会有的忧伤。她更喜欢他的沉默，用那双让人无法捕捉的目光静静地盯着她。在那目光中她觉得愉快而轻松，有了一种踏实感和安全感，渴望向他靠近。

神秘的男人吸引多情的女人！

而每当想到从今以后也许再也不会见到他时，她就觉得悲伤难过。如果，那个宁静的下午能够无限地延长，那该多好；如果，有一种力量能把她永远滞留在黑桦谷，那该多好！她痴痴地想。如果呢，他当时眷恋你的美貌而强行扣住你不放，逼你做压寨夫人，你也许会愉快地答应？唉，可他没有那么做，他竟像个有教养的绅士那样把她客客气气地送出了山谷，未约下次相见的日期，也未留下只言片语的暗示，也就是说，他对你不感兴趣，你不能吸引他，他并未将你放在心上，仅此而已！想到这儿，她心里生出失望和愤愤。

一连数日，她的思路和情感就这样一直滞留在那个浪漫而神秘的下午的时光里——

他像是受到过很好的教育……

他的骑姿潇洒而迷人……

他一定有一张英气逼人的面庞……

他的声音温柔得像一汪将人溶化的山泉……

他为什么对我那么关注，那么亲切？他对所有的女人都这样吗……

雪儿禁不住心猿意马，病情就又加重了几分。雪儿知道这种病是心病，非药物所能医好，索性就什么药也不再吃，没过几日，竟消瘦得憔悴不堪，不成样子。

那时乔光盛简直要急疯了，不惜倾家荡产，遍求天下名医秘方，金钱如流水般泼了出去。一日，乔爷伴孤灯守在雪儿身旁，望着奄奄一息的雪儿禁不住泪水涟涟，唏嘘不已，恨恨叹道："上天，上天，莫非是我乔某做了对不起天地之事，你要将雪儿收回去来惩罚我吗？唉，把这般如花美眷收去，还莫如用我这把老骨头来替代呢！"

雪儿虽昏然而卧，双目微闭，这段感人肺腑之言却听得真切，顿觉心如刀剜。果然，没多久，乔爷请了一位法师来。那法师自称会换魂术，可用一个人的命顶替另一个垂死者的性命。乔爷当下让那人在雪儿的卧室作法，设了法坛，画了一道又一道鬼符，点燃了密密麻麻的香。一时，卧室里昏冥如阴间。那法师披头散发，青面白牙，念念有词。乔爷虔诚地跪在法坛下，静等命归西天。忽地，那法师口吐白沫，挥刀乱砍，癫狂至极。雪儿于昏睡中惊醒，忽觉神清气爽，精神一振，四顾屋内，却见乔爷正在法师刀下满地乱滚，痛不欲生。雪儿终于明白了是怎么回事儿，不顾一切地从床上滚下来，紧紧抱住乔光盛，叫声"干爹"，就哽咽不止。法师见状停了作法，声称乔爷的仁义之举感天地泣鬼神，故雪儿已还魂儿。乔爷见状，又惊又喜，诉不尽的忧心愁虑和思念之情。雪儿听得好不心热，一时好像七魂归窍、五魄复体，唤声乔爷，一字一顿地说：

"且不说雪儿的身子早已是乔爷的了，更不用讲是你乔爷将我救出火坑，恩重如山，单凭你这一片痴情，我雪儿也绝不负你！娶我吧，乔爷，我知你心！所谓的干女儿并非出你本愿，你只是因和我爹是故交才不愿让我做小妾……事到如今，我也不在乎什么明媒正娶、填房婢妾，只要乔爷不嫌弃，只要乔爷高兴，随乔爷咋样都行……只是，雪儿不是个好女人呀！"

　　"雪儿，别这么说！"乔爷激动得浑身发抖，"我是真心喜欢你呀！"

　　"我知道。"

　　"你当真愿意随我一辈子？"

　　"愿意。"

　　"好雪儿……"

　　当晚，乔爷就在雪儿房中留宿。一连几日，乔爷只觉如鱼得水，与雪儿如胶似漆，那缠绵恩爱比初时更热烈更有趣儿。

　　雪儿自被乔爷开苞后也渐渐体味出男女之事的乐趣，开始不再羞怯，学会了迎合乔爷。那乔爷五十尚不到，早将那功夫练得随心所欲，再有那雪儿配合，更是如虎添翼，每每让雪儿瘫软得像一片快要融化的春雪才肯消停歇息。

　　不久，乔光盛向众人宣布了他要娶雪儿做小的消息，并定下了吉日良辰。

　　一天，乔爷带商队南下张家口，为他和雪儿的喜日子采办货物。雪儿一人留在庭院深深的大宅院里，顿觉十分寂寞，百无聊赖，想想无以消遣解闷儿，便捧了本《牡丹亭》走到院落里，坐在青藤架下，咏读一会儿那些艳词妙曲，停下细细品味一番，又凝神细想一会儿。抬头忽见一株杏树郁郁葱葱，上面结了些沉甸甸的大青杏，不觉心动，走到杏树下看那青杏，似又看见了那个杏花飘飞的下午，不由得轻轻叹了口气："良辰美景奈何天，赏心乐事谁家院……"

　　那时候有一只黑色的燕子从树梢上轻捷无声地飞了过去。雪儿觉得有些困倦，伤感和慵懒一起袭来，不由得痴痴发起呆来。

　　忽听得一股风儿掠过，树枝轻微地晃了几晃，又静止不动了。雪儿在那一瞬间忽觉得这轻风刮得有些蹊跷，这树枝也晃得非同寻常，连那沉寂也显得意味深长。她慢慢转过身来，便看见了那件褐色斗篷。

雪儿一点也不惊讶狼爷会出现在这个深宅古院里，他的到来仿佛是她意料之中的事儿。她也不奇怪他居然能飞檐走壁般悄然而至，能躲开乔宅那些戒备森严的明岗暗哨。当他披着那件熟悉的褐色斗篷徐步向她走来时，她仿佛又回到了那个恬静的下午，嗅见一股浓烈的苦杏仁味儿。这时她恰好看见那面纱里的一对友善而深邃的眼睛。她感到自己的整个身心都溶化在那一团虚幻飘扬着的黑色之中。

雪儿几乎想也没想就把自己完全交了出去，交给了这个蒙着褐色纱的男人。

幽会是在雪儿的卧室里进行的。夜幕在完全没有觉察的时候降了下来，屋子笼罩在一片黑蒙蒙的色彩中使人感到虚缈和沉闷。雪儿知道这种时光很快就要过去，她用全部的感官去感觉着流逝过去的每分每秒。

"你真的要给他做小妾？"终于，他提出了关键问题。

雪儿点点头。

"心甘情愿？"他又问。

"唉，我欠乔爷的情呢……"雪儿无奈地低声说。

"是他欠你的债呢！"他加重语气愤愤道，"还有挽回的余地吗？"

"木已成舟，我已是乔爷的人了！除非……"

"除非什么？"他急切地问。

"除非你能带我走，马上离开这里！"雪儿满怀希望地望着他。

他低头思索了很久，像在欣赏一首意蕴丰富的音乐作品。

他抬起头时，眼里闪过一道悲哀无奈的光芒，轻轻摇摇头说："不行，我现在还不能带你走……"

"为什么？"

"因为……我不能给你任何幸福，只能给你带来不幸。"

雪儿失望地转过身去，说："那我只能一辈子给他生儿育女了，除此之外，我无路可走……"

"难道你没有别的亲人可以帮助你了吗？"

雪儿摇摇头道："举目无亲。"

"听说你以前定过亲？"

"别提了……早些年爹给订了一门娃娃亲，原是那聚兴长大掌柜西门龙的独生子，可是自从西门龙家败人亡后，那西门小林就不知去向。也是，人家从来没见过我一面，咋会把我放在心上呢。"

"你见过他吗？我是说西门小林。"

"当我还是个小姑娘时，远远地见过一面。我记得爹指点着远处走过来的一位少年对我说：雪儿，那就是你女婿——西门小林。我只瞟了一眼就羞红了脸，不敢再看。"

"你可记住了他的模样儿？"

"记住了，一个挺英俊的少年。不久他就到北平读书去了。我以为迟早有一天他会来找我……我太天真了，也痴情，有时还梦见他，可他，原本是个花花公子，薄情寡义之徒，怎么会来找我？唉，我总是那么傻……"

他不再说话，沉默中褐色面纱在微微抖动。从天边荡来沉闷的雷声，一阵暴雨前的燥热从窗户侵入。许久，他又问："如果有一天，你遇见了杀死你爹的凶手，你怎么办？"

"那不可能，杀我爹的凶手早死了，是乔爷亲手把他装进牛皮袋子里闷死的。"

"我是说：如果他没死，还活着，你咋办？"

"那我……也许我会亲手杀了他，也许我因为心慈手软而饶恕了他……"

一阵风吹乱了他的面纱，他站起来说："风是雨的前兆，看来我得走了。"

雪儿似乎没想到他这么快就要离去，不觉一怔："雨还早呢……非走不可吗？"

他点点头道："非走不可！他们还在城外等我……我过去的一位同窗，如今在冯将军手下做事，他专程从张家口来找我，让我帮他办一件极重要的事，我不能不去。这也是我为什么不能马上带你走的原因！"

"那件事比我还重要？"雪儿恨恨道。

他点点头道："是有关抗日救国的大事。"

"那你去吧……"雪儿幽幽地叹口气。这时屋子里的光线更暗了，他们彼此站得很近，朦胧中能听见对方的喘息。他看见雪儿颊上挂了两行清泪，那两串泪珠在暗夜里闪着寒光，格外清晰，宛若星辰。他忧伤地垂下头去。雪儿往前迈了一步，将脸轻轻贴在他的胸上，他听见她的声音从前胸渗入到心扉里："答应我，等你办完事儿，来接我啊……"

他伸出手去，轻轻抚着她的秀发。她的头发细腻冰凉柔软，像水银一样在手掌里流动。他听见自己的心跳在静夜中像皮鼓一样响亮。时间被暗夜凝固住了，仿佛一切都在这个时刻终结。他感到她像一只温顺的小猫偎在胸前，把头深深埋在他的怀里，轻轻吻着他的衣襟。他想说：雪儿，从见到你那一瞬间起，我就深深地爱上了你！我有一颗冰冷而残酷的铁石心肠，但却被你给熔化了！我以为自己早把一切温柔、一切情欲、一切渴望统统埋葬了，谁知它们却重又被你召唤而来，在我体内复活，使我恢复了一个正常男人的全部情感……

然而他什么话也没说，转身向门外走去。雪儿看见那褐色斗篷高傲地飘扬着、抖动着。她情不自禁地追出门外，唤住他："我想……看看你的脸……"

月光下，他转过身来，摇摇头道："不，那会给你带来不幸的。"

"只看一眼！"雪儿固执地请求道，"我爱上了一个男人，把一切都给了他，可我从来没见过他的真面目，这多么可悲啊！撩开你的面纱，行吗？"

他很坚决地摇摇头道："那不可能！到目前为止，还没有一个活人见过我的真面目。"

"对我也不例外？"

"我不愿意让你做噩梦……一张丑陋无比的脸足可以让他失去他所爱的人。"说毕，他纵身一跃，燕子般轻巧地跳到两米多高的院墙上。雪儿只听他的声音飘荡而下：

"记住，若不想给乔光盛做小妾，三天后我带人来接你……"

斗篷宛如一团褐色的云卷了一下，便无声无息地从高墙上消失了。

雪儿在院内的青杏树下站立良久，嗅见那股苦杏仁味儿愈来愈浓，雪花一样四处飘散着。

18.

那个夜晚荒原第一次暴露了它特有的恐怖与神秘。庞大的驼队在那一夜像一艘在茫茫大海中搁浅的船只，进不得，退不得，听凭惊涛骇浪的狂暴袭击。

肆虐的狂风整整刮了一夜，将荒原上空扯满了沙粒尘埃。

风刮得急时，像有成千上万只恶狼在嘶吼。商队宿营地的帐篷被狂风吹成了一个个鼓胀的圆球儿。一些马匹和杂物被大风吹跑了，驼夫和伙计们不敢去追，把上百峰骆驼连在一起，然后胆战心惊地躲到了帐篷里。风声一刻也不歇息，潮水一样浸透了那个混混沌沌的长夜。

那一夜乔光盛躺在他的大帐里觉得自己被一种无形的力量抛入一片冰冷的黑水里，恍惚听得天地间只有一个女人悲痛欲绝的哭泣声。他知道自己是被梦魇压住了，可就是无法醒来。

那的确是个非同寻常的夜晚。

就在狂风最肆虐的时候，神汉走到灵车前，面对那口庞大的黑棺材，他像魔术师一样撅了一个极隐秘的机关，便听得棺材哗然一响，一侧的一块木板自动翻转开，露出个小门似的黑洞。神汉用手指在木板上轻轻弹了三下，从那黑洞里爬出个人来，一身白衣，身材酷似雪儿，却分明是个男人。那人伸胳膊蹬腿，嘟嘟哝哝。神汉把一身黑衣和大草帽交给了他并叮嘱几句，便从黑洞钻到棺材里。那人换了衣服，嘟哝道："一会儿让我扮神算胡，一会儿让我装死人被你领着走，这会儿又让我演神汉，你却进去和那女鬼幽会，嘁！"说着，摸出杆枪来藏在手里，找个背风处坐下放哨。

大木棺里，褐衣人用火石点亮一盏小灯。原来这木棺是分成上下两层的。神汉按了一个机关，只见那上面一层的木板就翻转过来，雪儿的躯体就由上面掉落下来。

一时，他呆呆地望着灯光下的雪儿，只见她面若敷粉，唇似涂朱，乌发堆云，眼角含愁。他凝视良久，叹口气道：

"今天可该醒过来啦，雪儿。"说毕，从身上取出一粒大药丸，轻轻放入雪儿的嘴里。这时，一股浓浓的麝香和苦杏仁的混合气味儿弥散开来，让人嗅了精神一爽。少顷，雪儿那苍白的面颊竟渐渐泛上一层红潮。又过了片刻，一缕绵长之气从雪儿的鼻孔缓缓喷出，她的胸脯竟急剧起伏起来。

雪儿复活了！

关于死而复生有种种神奇的传闻，其实那都是病人处在一种假死状态下造成的假象。当人体的主要生理功能——如心跳、呼吸等处在极微弱的状态下，外表看来似乎死亡，须用特殊的临床检查方法才能查明。那时，乔光盛采用的是一种最古老的测死方法，取一缕新棉絮，放在雪儿的鼻孔下，久久未见棉絮被鼻息吹动，便认定雪儿已死无疑。

造成雪儿假死的主要原因是神算胡给她的那两粒药丸，那药不是毒药，是一种用民间秘方配制的可以让人处于假死状态的神奇药丸。神算胡为什么要送药丸给雪儿呢？其实，那神算胡正是狼爷的一个助手装扮的。西门称他为胡子。那胡子这一路上躺在棺材里，利用棺材的暗道机关，巧妙地翻上转下，装尸扮鬼，竟哄骗了所有的人。

故事叙述到此，一切当真相大白——雪儿的死与复活都是西门小林严密的复仇计划当中的必不可少的一环。他为了乔装神汉，才导演了这一幕雪儿的死与复活的悲喜剧。

顷刻，雪儿鼻息如兰。

西门小林捧住雪儿的脸，感到那原本冰凉的双颊有了热乎乎的温度。他轻轻呼唤她的名字：

"雪儿……雪儿……"

眼睑在微微颤动，似经历了漫长的冬眠之后正在春日里苏醒。那是一对古典式的丹凤眼。

"雪儿……"

薄薄的眼皮似一层落下已久的帷幕，在生命复归的序曲声中又缓缓拉开。

雪儿长长地叹口气道："我睡着了，好久好久，咋也醒不过来……"

"雪儿，你可醒过来了！"

"是你——西门吗？莫非，我们是在阴间相见？"

"不，雪儿，你还活着！"

"我们这是在哪儿？"

"在……一条船上。"

"扶我出去，我要看看外面是什么，是江还是海？"

"是海，但看不得。"

"为啥？"

"因为那是一片苦海……"

砂粒如冰雹般扑打在棺板上，敲击出一阵接一阵的欢乐的喧嚣。风掀动着木棺，使它在灵车上轻悠悠地摇来晃去，像一艘停泊在波涛汹涌的海面上的小船，正漂向不可知的地方。

雪儿仰起头望着他——依然是那块讨厌的面纱遮住了他的脸，只有部分露了出来，甚至连眼睛都无法看到。

"我想要你撩开面纱……"

"不行，雪儿，不是时候！"

"为什么，为什么不让我见你的真面目？"

"因为它太丑陋了，会吓坏你的……"

"我不会在意的！"

"可我在意。"

"我们怎么会在这里？"

"听我慢慢告诉你……"

于是，在那个大风嘶吼的夜晚，西门小林便把一切详详细细讲给雪儿——父亲如何暴毙街头，他又如何报仇未遂而当强盗（自然，他隐去了误杀樊天胜的细节），怎样制定复仇计划，怎样乔扮神汉，怎样控制了这支商队，然后又怎样实施他的复仇计划……

雪儿听得愕然，凝视着他，良久，悲伤难挨地问："这么说，你把我也当成了复仇工具？"

西门沉默片刻，轻轻点点头，又摇摇头说："开始是这样的，可是，当我一见到你，就知道自己错了——你完全不是我想的那种卑贱的妓女，你以你的容颜和气质一下子就征服了我。我想改变自己的计划，可对乔光盛的仇恨又使我犹豫不决；我想把你救出火坑，但那样一来就打草惊蛇，就失去了这个绝好的机会……"

"所以你答应三天后来接我却没有来？！"雪儿冷笑道，"还是让我充当你复仇的牺牲品更好……"

"不，雪儿，你听我说，"西门急切地解释说，"那天我离开你之后，就带队伍去干一件极重要的大事……当然不是去打家劫舍，我是强盗不假，但我还懂得什么是正义什么是不义。冯玉祥将军派人来搞一批军火，需要火速运到张家口，组织抗日同盟军。这个忙我不能不帮！那天在穿过日军封锁线时我中弹负伤，幸亏命大未死……"西门怕她不信，一把扯开衣服，露出胸前的伤口。雪儿清楚地看见那伤口仍未痊愈一片红肿。

"我昏迷了整整十天，醒来后首先想到的是你。我知道自己失约了，立即派胡子进城打听你的消息，才知你已经嫁给了乔光盛！那天幸亏胡子遇见了你，卖给你那两粒药丸……"

"我以为你不会再来了！我以为你也是那种言而无信的轻薄之徒……我等到第五天上就彻底失望了，可我又等了五天，仍不见你的踪影，我就……"雪儿悲伤难禁地说。

"你就自杀。"

"不仅仅是为了你的失信，还因为我不愿意给乔光盛生下那个孩子。小盛魁的金老板那天告诉我，我爹的死其实是乔光盛使的借刀杀人之计，那凶手本是找他算账的，可他却把我爹推了出去。"

"那真是他的孩子？"

"怎么？"

"难道没有另一种可能……我是说，那也许是我们的孩子……"

"可是我们只有过那一夜啊！"

"你能确定那是姓乔的孩子吗？"

"不能……"

"唉，雪儿，你不该，真的不该！若不是那两粒药丸，你真的就没命了……"

"西门……"

天将放亮时大风停了，昏黄的天上仍有尘埃飘浮未落，荒原上沉寂得像是大劫难之后的废墟。西门在这时神不知鬼不觉地钻出了棺材。在一旁望风的胡子走过来问：

"醒过来了吗？"

西门点点头。

"那我走啦。"

"你回去告诉弟兄们：一切顺利，按计划行事，不得有误。"

"是！"

"对了，那口紫檀木棺材仔细检查过了吗？"

"检查过了，姓乔的老奸巨猾，果然把金条和银子都藏在那里面。"胡子激动地说。

"让我猜中了，哼！我一看车辙压得那么深，就知道那肯定不是一口空棺材……"

"头儿，你瞧！"胡子惊叫。

西门转过脸去，看见附近的山岗上移动着几个骑手的黑影，转眼又消失在山的阴影里。

"怎么，像是我们的人？"褐衣人低声而疑惑地说道。

19.

西门觉得这世上的事情有时真叫人不可思议——当你费尽心机正要向某个人复仇时，却意外地发现原来你身边还有许多人也想除掉那人，你竟可以不费吹灰之力将那人置于掌股之中任意处置，而那人却全无一丝觉察，傻呵呵地把你看成救星和依靠。

他认为这就是天意：恶人自有恶人的报应！

在大风停歇后的那个晴朗的早晨，西门独自一人在荒原上踽踽独行，思考着某些关于人生的重大问题。他鄙视那些只为金钱而活着的碌碌之辈，寄宿学校的那段放荡生活使他愧疚，现在，他是为高尚的复仇信念而活着，这是他活着的理由和精神支柱。可是，自从遇到雪儿之后，他的信念动摇了。他隐隐约约感到有一种伟大的不可思议的力量存在着，那种力量不是狂飙、不是雷霆、不是山崩海啸，却能摧毁世上的一切坚冰牢笼，能扫除一切仇恨和邪恶；最坚强的汉子面对它不得不低下高傲的头颅，最冰硬的铁石心肠遇到它不得不化为似水柔情。

那力量神秘莫测，难以捕捉。

那力量变化无穷，意味无尽。

那就是爱——仅仅存在于人类之中的、让人类引以为傲的爱。

当爱主宰了一个人的身心时，他身上的邪恶就不能让他为所欲为，他会不由自主地向光明圣洁的天国迈进，他的心灵就会离开苦难的樊篱而获得从未有过的欢乐和自由。

雪儿给了他这种爱，他意外地获得了那种不可抗拒的圣灵之光。当他觉得自己的心灵重新高尚起来时，便萌发了宽恕一切的念头。

然而，复仇的阴影总像磐石一样横亘在心底，并不能一下子搬去。他忘不了父亲的血书，忘不了当初从血淋淋的牛皮里爬出之后发下的誓言。为了等待把乔光盛缝到牛皮里去的那一刻的欢乐，他盼了那么久，等得那么苦，忍耐已达到几乎不能承受的极限，而眼看这一愿望就要实现时却要放弃，不，他不甘心，也不能容忍这种宽恕，男人的自尊也不允许他那样做！

可雪儿是坚决不允许他伤害乔光盛的。雪儿说如若他真的复了仇，她不会原谅他，永远不会再见他！"毕竟，他曾是我的丈夫，你应该学会宽恕。"雪儿说。

若选择复仇，失去的便是雪儿的爱！

他陷到一种异常复杂的矛盾的情感中不能自拔，两种欲念在心中互相碰撞，使他六神无主，茫然不知所措。他品味到真正的痛苦是当你面临重大抉择而左右为难时的折磨。

后来他起身返回时，看见几个骑马人朝他奔来。他警觉地摸了一下腰间的枪。

骑马的汉子们在他前面勒住缰绳。有匹马很威风地长嘶了一声，前蹄直立而起。这时，西门看见这几个骑手都用黑纱蒙着面孔，他冷笑一声，忽地拔枪一挥，随着枪响，领头那汉子脸上的黑纱被揭飞了，露出一张他所熟悉的面孔。西门一怔——小泽太郎！

小泽太郎面不改色地笑了笑，在马上道："久闻黑马队首领的枪法已到了出神入化的境界，今日领教，果然名不虚传，令在下钦佩不已，哈哈哈……"边说，边跳下马来。

没人知道小泽太郎与西门狼之间的微妙关系。很多年前当西门死里逃生，一个人在茫茫荒原上踟蹰，又饥又渴，濒临绝境时，遇到一支驼队。驼队的掌柜约四十多岁，和蔼可亲的模样，他吩咐手下人给西门拿来吃喝，并询问了他的身世。起初西门什么也不肯说，只是闷头吃喝。当时他还不知道自己的脸变成了什么模样儿——那耻辱的标记已经深深地镌刻在面颊上，那是烙铁烫出的火印："乔记"。那掌柜的含笑盯着他说："你不用瞒我，你是乔光盛的仇人，刚刚死里逃生，对吗？"他大为惊异，瞅着对方。那掌柜的叹口气摇摇头，取出块小镜子递给他，让他自己看。他从镜中看到一张扭曲变形的脸，那丑陋不堪的面颊上清晰地印着"乔记"字样儿，如小蛇一样啃噬着他的脸并永远盘踞着。他摔了镜子，发疯地撕扯着自己的脸皮，想把它扯碎。他痛苦地号叫着像一只狼。等他平息下来后，那掌柜抚着他的肩对他说："你们中国有句古话怎么说来着？君子报仇，十年不晚！你呀，应该学会卧薪尝胆，还应该学会韬略之术！跟着我吧，我会把你训练成一个比魔鬼更凶狠的人，让你的复仇计划得以实现……"他满腹狐疑地盯着那掌柜，他已不再相信任何人了。掌柜的又说："想知道我是什么人吗？对了，我不是中国人，我是大和民族中的一员，来中国经商已有很多年啦，对你们中国人了解得十分清楚。放心，跟我走你不会吃亏的，我们大日本也是仁义之邦，对朋友以诚相待。我看得出，你不是个普通百姓，你的眼睛告诉我：你会成就一番大业的！跟我到三井洋行干吧，这是天意……"

尽管那番话说得西门心里热乎乎的，但他还是离开了那支驼队，离开了三井洋行的掌柜，独自一人走上了荒原。他要复仇，但不会借助别人的手，他相信自己的力量。另外，他心底对日本人有种本能的排斥与反感，他不愿意和东洋人搅和在一起。

若干年后西门已成为黑马队首领的时候，有一天，忽有人求见。西门在黑桦谷的小石屋里接见了那人。来人自报家门，声称是三井洋行的掌柜小泽太郎，此行前来与故友叙一段旧情。西门那时已在面上蒙了褐色面纱，透过纱幔他早认出这个小忍太郎就是他当年在荒原上遇到的那个日本掌柜。然而西门未动声色，冷冷道："我不认识你，只怕是先生搞错了！"小泽君宽容地一笑，说："虽然你蒙上了面纱，但我听得出你的声音。其实我早在见你之前就已经猜出来了——为什么所有的旅蒙商队都被黑马队打劫，而单单恒聚昌和三井洋行两家从未受过侵扰呢？怕是有恩又有仇吧？阁下如今名声大振，正应了我当年的一番预言啊！"

"找我究竟有什么事儿？"西门不耐烦了。

"我知道你是在等待机会，对恒聚昌下手。我可以帮你找到这样的机会！"小泽君的眼镜后面闪烁着狂热的光芒。

"我说过了，那是我自己的事儿，不用外人插手，尤其不喜欢先生你的参与，因为你是个日本人！"西门的态度十分坚决。

"我不想参与，只想助你一臂之力，卖个情报给你——那乔光盛不久就要动身，给西藏送铜佛，同时还携带了一批金银细软，可以说他全部的家产都要带走。这意味着乔可能要告老还乡，从此离开多伦商界！"

"真的吗？"西门果然有了兴趣。

"情报绝对准确！知道这消息对你意味着什么吗？意味着这是最后一次机会，也是最好的机会！"

西门沉吟不语。

"乔是只老狐狸，又有装备精良的商团护送，强攻自然不行，最好的办法是打入他们内部来个智取，保你成功！"

"小泽掌柜为何对此事这样感兴趣？"西门警觉地问。

"我仅仅是对那尊大铜佛感兴趣。事成之后，你只要能把铜佛卖给三井洋行就行，我会给你个好价钱的！"

"这件事我还要好好想想。待事成之后，铜佛可以卖给你，只是有个条件：你得保证对这件事不能插手！"

小泽君爽快地说："那当然，我们三井洋行保证不参与或干涉你的行动！从现在起，我权当对此事一无所知，绝不会走漏半点风声！"

西门本以为小泽君信誓旦旦，再不会插手此事，谁知，他们竟一路乔装打扮成黑马队的人尾随而来。这使他十分恼火，所以当小泽太郎跳下马向他走来时，他没有把枪收回去。

"请息怒！"小泽君依然是笑容可掬的模样儿，"我说过了，我们不干涉你的行动，只是多伦城里自你们走后发生了一些变故，特来通知你一声。"

"变故？"

"是呀！你们走后不久，长城战事爆发，大日本皇军出于对内兴安岭和热河的安全考虑，已出动精锐部队占领了兵家必争之地多伦。"

"什么，多伦失守？多伦的守军呢？赵承受、孙殿英、冯占海、李忠义……他们的人数并不少啊！"西门失声道。

"惊弓之鸟，不堪一击！皇军的坦克和飞机不费吹灰之力就把他们赶出了多伦。"小泽得意扬扬地说，"现在，多伦城里的各家洋行纷纷倒闭，各商号都归顺了三井洋行。恒聚昌也完了，乔家的青砖大院现今做了皇军司令部。怎么样，这消息对你来说十分振奋吧？"

西门默然而立，不说话。

"估计乔很快就会得到这个消息的，他会拼命逃脱的。所以，你不可再拖延了，要及早下手。明天，你们到达浑善达克沙地时正好采取行动。如果人手不够，我可以调一个日军小队来协助你……"

西门这才知道，那些蒙面纱的骑手都是日本军人。一股无名怒火蹿上心头，他恶狠狠地说："听着，小泽君，从现在起，你给我滚远些，我不想再见到你！以前我对你客气，是把你当成个普通商人，可现在，你不再是商人了。不要以为你曾救过我我就不忍心杀你！你要明白，我像憎恨你们的入侵一样憎恨你！你要是再敢插手这事儿，休怪我枪子儿不认人！"

"你……不是乔的仇人吗？"小泽太郎吃惊地注视着他，讪讪道。

"不错，可我首先是个中国人！"西门直挺挺地站立着，觉着有股凛然正气在体内运转升腾。

小泽太郎背后的几个骑手虎视眈眈，一声呐喊，拔枪在手，杀气腾腾地逼过来。

西门冷冷一笑道："怎么，要动武？"

小泽忙举起一只手，制止了他的手下人。他知道这几个人不是西门的对手。他向西门道一声"后会有期"，带那些骑手迅速离开，不一时便踪影全无。

西门默默站立片刻，将枪藏回到腰间，返身向商队的宿营地走去。他想：三井洋行是不会善罢甘休的，如若小泽说的是实话，小鬼子真的占了多伦，那么，日本骑兵也许已经尾随而来了。一旦打起来，黑马队是帮乔打日本人呢，还是帮小泽打乔呢？

也许，最好的办法是赶在日本人动手之前把乔光盛解决掉，然后带上那些钱财到张家口去投奔民众抗日同盟军。

主意已定，西门加快了行走的步子。那件褐色斗篷被荒原的野风吹拂起来，像一面凝聚仇恨的旗帜……

20.

乔光盛是在临近傍晚时得知日本人占领了多伦这个消息的。带消息来的是从多伦城里逃出的一名店员，他满脸血污，衣衫褴褛，一骨碌从马背上翻下来，扑倒在乔爷脚下，哭得泣不成声：

"乔爷，完了，全完了……日本人破了城，天上是飞机，地上是坦克，数万守军溃不成军，多伦城里血流成河……恒聚昌也完了，被日本人给占了，艾三掌柜因不肯挂太阳旗被乱枪打死，商号所有的财产都被三井洋行查封了，就连乔爷您的宅院也被日本人做了司令部……"

乔爷觉得脚下的土地在颤抖，一圈圈的黑晕在眼前扩展，幸亏蔡二及时扶住才没倒下去。半晌，他从牙缝里吐出几个字来：

"倭寇鬼子，永远是咱不共戴天的仇敌哇！"

蔡二悄声安慰道："幸亏乔爷有远见，咱走得及时，又带出大半家财，算不幸中的万幸呢！"

关敬羽抚马刀而叹："我堂堂中华，泱泱大国，竟被小鬼子如此欺凌，真难咽下这口气！我关某乃一男儿，该当为国效力！乔爷，给您当完这趟差，我就到张家口投奔冯将军去。"

乔爷握住关敬羽的手道："关团总果然是热血男儿，我没看错人！我早听说冯将军在张家口组织了民众抗日同盟军，声威大振，只是因军饷不足，给养不够，才未能挥师北上。常言道：国家兴亡，匹夫有责！我乔某平时虽吝财如命，但到了国之危亡的关键之时也不能无动于衷！我想把这次带出的全部金银家产奉献给民众抗日同盟军，也算尽我一份爱国之心吧！"

"乔爷！"关敬羽紧紧握住乔光盛的双手道，"我平素真是小视了乔爷，竟没想到乔爷身为商贾之流，却也有这番慷慨爱国之心，实为难得！乔爷此举，深明大义，必将流芳百世呀！"

"我早有此意，只是未遇机会罢了。"乔爷真挚地说，"这样吧，我们立刻改变前进路线，取道张家口，将所带金银捐给同盟军如何？"

"这固然好，只是改变路线要绕很大一截子路，"关敬羽思索着，"既耽搁送大佛，又恐雪儿的尸体……"

"我主意已定！此事关系到抗日之大事，当以社稷为重，其他的也就顾不得许多了！"乔爷果断地说，"去叫神汉来！"

蔡二应着去了。

正说着，金老板闻讯赶来，拉住乔爷，悲愤难禁，捶胸顿足。原来，他已得知他的店铺被鬼子一把火烧个精光，全家五口老小活活烧死三个，另两个下落不明。乔爷十分同情地安慰了他一番，又将改道去张家口一事说与他听。金爷抹干眼泪恨恨道："小鬼子千刀万剐不解恨！我金某也算是一条汉子，跟你乔爷一条道儿走到底儿了！我没有多少银子，都捐给同盟军，愿他们早日收复多伦，为我报仇！"

这时，神汉趋步而至。

"我们要改变行进路线，从今夜起，取道张家口，师傅你看行吗？"乔爷用商量的口吻说。

"为什么？"神汉一怔。

"别问为啥，我们做出这个决定，自有道理。"乔爷神色严峻地说。

"我当然听乔爷的吩咐，多走些路也无妨，只是，雪儿的尸体怕是……"

"唉，人已死，留个完尸又有何用！"乔爷悲凉地叹口气，"这些天我也想了，尸体能保住就保，若实在保不住也没办法，那是天意，只好途中火化了吧。"

神汉默默转身离去。

不一刻，灰蒙蒙的荒原上飘荡起神汉凄切悲凉的声音：

"家乡在前……"

"跟我走…………"

"莫回头……"

乔爷看见长长的商队在行进时拐了一道弯弧。他回身眺望，看见北斗七星在身后的天幕上闪光，确信队伍改变了行进方向，不再向西而是向南行进，这才坐进他的毡篷车里。

后半夜雾气越来越大，空气里揉进越来越多的湿润气息。雾浓时，五十步之外的景物模糊不清，视线无法穿透百步之外。雾气使许多驼夫伙计感到眼皮沉重，昏昏欲睡，却又不敢睡着，跟着队伍摸索着往前走。寂静中能听见黏糊糊的雾里有人的咳嗽声、马打响鼻的声音、驼蹄踩在草地上的杂乱声，还有车轮碾压青草的湿润的呻吟声。

那时乔爷正坐在毡篷车里闭目养神，全然不知在他的队伍后面悄悄跟上了一支骑马挎枪的队伍，马蹄都用麻片包着，走起来悄无声息，像暗夜中的一队幽灵。在他们前面，驼队最后的那辆牛车上，有一盏忽明忽暗的灯闪烁着为他们引路。

乔爷更不知道，在最前方，引路的神汉正与复活的雪儿边走边谈，说得动情：

"……这大雾是老天给我的最后机会，我不能白白放过这机会！"

"听我说，西门，乔爷还不是那种不可饶恕的恶人，你不能……"

"我的信念已经整整锤炼了十年，不会被你几句话所摧毁。甭劝了，雪儿，没用！"

"唉，就算你能把他缝到牛皮里去，那又怎么样呢？要他死是容易的，不容易的是回归你的本性！你的本性难道天生就是恶的吗？不，仇恨迷失了你的本性，所以你就……"

"所以我就杀人放火，无恶不作。"

"你把自己描绘成了个魔鬼。"

"难道我不是魔鬼吗？"

"你当然不是！从现在开始吧，一切都还来得及！"

"太晚了，雪儿。棺材里藏着的那块牛皮你看见了吧，那就是给姓乔的准备下的坟墓！"

"牛皮可以扔掉！"

"还有我的弟兄们，已经在前方设好了埋伏，就等我把这个驼队引进包围圈儿了……我们要劫夺他的金银财宝送给同盟军……"

"你可以带他们悄悄离去，只要你发话，他们都会跟你去投同盟军的……钱财又算得了什么！"

"这样白白放走他，我的良心不答应！"

"不是良心，而是仇恨！"

"父亲九泉之下的亡灵也不会答应！"

"你爹的仇恨不应该由你来承担！要是人们都要承担上一代人的恩仇，那么这一代又一代能有个完吗？仇恨会垒得山一般高，积得海一样深，会把我们后一辈人统统压死淹没的呀！"

"也许你的话有些道理……"

"西门，我们走吧！你带上我，我们一起悄悄离去。我愿意随你到天涯海角……"

"雪儿，你真善良！"

"我希望你也能善良起来。"

"那不可能！"

"为啥？"

"因为我的名字是狼爷，狼——你明白吗？狼是不会善良的，它要吃人！"

"不，西门小林，你的名字是西门小林！"

"啊，你知道我是——"

"对，我早知道你就是西门小林。仇恨曾使你盲目地误杀了我的父亲，你本该醒悟，可你却仍然执迷不悟！我本该恨你，却连一点儿都恨不起来。"

"为什么不恨我？"

"傻瓜，还用问嘛，因为——我爱你！"

"雪儿！"

"苍天可为证……"

"雪儿！"

"在爱与恨之间，我选择了爱，可我，决不后悔！"

……

雾在天地之间悄悄地消散。不易觉察的熹光正从天尽头席卷而来，大地、荒原、山峦将在她的映照下开始展露自己的本来面目。一个透明的白昼将在她的波澜里孕育诞生。黎明将至的时刻，大地宁静得过分庄严，所有的生命在肃穆中等待着同样的战栗。

哦，无所不能的上苍，永远神奇莫测的大自然的杰作！

雾全部散尽时，驼队停止了前进。透过朦胧的熹微之光，人们发现原来很长的队伍被压缩在一个狭窄的沙谷里，像一条巨蟒被关进一个四面密封的囚笼——而在沙谷四周的沙坝上，正慢慢地沉稳地冒出一个个黑色骑手的影子，像一道黑墙严密地围拢过来。

商队被彻底包围了！

21.

当乔爷和关敬羽看清自己所处的位置的时候，不由得惊呼出来："塔木沁沙谷！"

熟悉浑善达克沙地的人都知道那片迷宫般的沙谷——无论是谁，只要走进这座迷宫，就很难一下子找到出口，非得在这弯弯曲曲的沙谷里绕上几天不可；若运气不好，那就永远也找不到出口，当气尽力竭时眼睁睁听凭狂风刮着风沙将人和牲口一点点地活埋住……

是引路的神汉把他们带入了这片死亡之谷！

即刻听见神汉打了一声尖利的呼哨——像听到冲锋的号角，沙坝顶上那些黑衣骑士们跃马挥刀，旋风般席卷而下。

"天，是黑马队呀！"金老板一边惊慌失措地叫着，一边向乔爷这边奔跑过来。

关敬羽却不慌乱，沉着地指挥着商团，让团丁们布下一道散兵线，将驼队围在中央。团丁们纷纷卧倒在牛车和驮架旁，支起枪，子弹上膛的金属撞击声格外响亮。关团总把乔爷推到一个较安全的货驮子后面，从容平静地笑道：

"乔爷莫慌！即使真是黑马队也没啥可怕的，瞧我怎么教训他们！"

乔爷这才感到一阵踏实，忽地想到了什么，忙道："别放走那个神汉！是他把咱们领进了埋伏圈儿，一定是黑马队派来的奸细。"

"他跑不了，乔爷！"关敬羽自信地说。

包围圈收缩得很快，一瞬间能看清他们手中的马刀在薄薄的晨雾中闪着星星点点的寒光，关敬羽将手中的指挥刀狠狠一挥，发出射击的命令："打！"

第一轮枪声响了，却是稀稀落落的几声，仅仅有一个匪徒从马背上掉下来。关敬羽感到惊异，他看见许多团丁正在紧张地拉枪栓推子弹，就毫不迟疑地下达了第二次射击的命令：

"给我打！"

然而这次更怪，几乎没有一杆枪打得响，所有的子弹都臭在枪膛里。这意想不到的情况使所有的团丁都愣住了，不知所措。

几乎同时，黑马队已冲了过来，刀光在空中起起落落，一股股血喷向沙原。

"弟兄们，拔刀啊！"关敬羽嘶喊着，挥刀向匪徒们扑去。但是他的命令太迟了，许多团丁来不及拔刀就倒在血泊中，更多的团丁见状慌忙扔下枪举起双手做了俘虏。

一场战斗以异常惊人的速度结束了，恒聚昌和小盛魁所有的驼队全部落到那伙匪徒手里。

太阳那时候将东方天空染得一片血红。

乔光盛和关敬羽被带到人群前面。领头的匪首蒙着面纱，指挥匪徒们将惊散的骆驼马匹拢在一起。乔爷暗忖：此人定是狼爷无疑了！忽地，他又看见头戴大草帽的神汉被两个匪徒押着向这边走来，不由得怒向胆边生，悄悄将手伸进怀里，摸出一柄护身短刀。在一旁的关敬羽手疾眼快，一把夺去藏在袖筒里，低声对乔爷耳语："让我来，乔爷……"

他们听见褐衣人在对匪首模样的人说：

"这是怎么回事？我要求解释一下！"

坐在马鞍上的匪首呵呵一笑，道："这叫假作真时真亦假！实际上这一切简单极了，我们抓住了你的助手胡子，和他做了笔交易，他就假传你的命令，让你的队伍到沙谷口待命去了！瞧，我们配合得多巧妙，对吗？"

"你会后悔的！"褐衣人的声音很低沉。

"咱们还按当初的约定办——人，交给你随你处置；大佛和金银财宝归我们三井洋行！"马上的匪首说着，将头上的面纱摘了下来，露出本来面目。

乔爷和关团总大吃一惊——那"匪首"原来竟是三井洋行的掌柜小泽太郎！再看那些匪徒一个个脱下黑衣，露出里面屎黄色的军装，原来竟是一队日本宪兵。

这情景使乔爷、关敬羽、蔡二、金老板等人目瞪口呆，不知所措。

小泽太郎得意地笑着，翻身下马，走到他们面前："非常抱歉，乔掌柜！也许这该叫作兵不厌诈！实际上在恒聚昌与三井洋行的较量中，你们从没胜过。"

"呸！"乔爷将一口痰猛吐过去。小泽太郎身旁的日本军曹吼了声"八嘎！"抽出刀来。小泽太郎制止住军曹，依然笑吟吟地用手绢擦掉脸上的痰液，摇着头说：

"这不好，支那人，太没教养了！我们大和民族是神武之族，只要是我们想得到的东西，就一定会得到，喏——"

小泽太郎挥手一指，乔爷才看见日本兵正把装驮铜佛的九十九峰骆驼赶出来，并用枪逼着驼夫们向远方赶去。

"我得承认，你们的大佛制作得精美绝伦，我非常喜爱。"小泽太郎慢悠悠地说，"记得我还是个孩子时，父亲带我去朝拜昭和大殿，我们跪在佛脚下烧香叩头，我看见那尊佛像由于常年失修破损，露出里面的泥胎草絮，那时我感到非常伤心。父亲说：孩子，最好的佛像在中国，中国人能用石头铜铁做出世界上最了不起的佛像，我们若是有朝一日征服了支那，那里的一切宝藏都将归我们所有——啊，那是我少年时代的一个梦、一个秘密，我要为昭和大殿搞到世界上一流的佛像！所以我曾找乔先生，想把这尊铜佛高价买下，但您却不肯卖给我们日本人。我敬佩您的爱国心，但是，我不得不小使计谋，把这尊可爱的大佛弄到手。"

乔爷忽地记起离开多伦之前，小泽太郎曾送过两箱子弹给商团，这才悟出为什么今天商团的枪都打不响，原来……

"是的，那是两箱子臭弹，"小泽太郎仿佛看穿乔爷的心思，笑道，"我原以为你们不会上当的，谁知你们的忠厚老实帮了我的大忙。当然，如果没有这位先生做内应，把你们领进塔木沁沙谷里，我的计划也难以成功。"

"汉奸！原来是你派来的奸细……"乔爷鄙夷地说，显得格外大义凛然，"算我瞎了眼，一路上竟把你当成了座上宾！"

"不，乔先生，您弄错了。"小泽太郎拍拍神汉的肩膀说，"应该说，他和我本没什么关系，只是因为他要报仇，我要大佛，这样才走到了一块儿。也许你们还不知道他是谁吧？我很乐意介绍你们认识——这位才是大名鼎鼎的黑马队首领狼爷。"

乔爷和关敬羽、金老板等人几乎同时吸口冷气，把目光齐刷刷地集中在褐衣人身上。西门一直保持着沉默，不开口说话，站在那儿动也不动，像一个被魔法定身的幽魂。

"狼爷，我与你有何仇，你为什么勾结日本人来害我？"乔爷愤愤发问。

西门只不作声，褐色斗篷在风中悄然飘动。

沙谷里倏地划过一声尖利的呼哨。少顷，一个军曹策马来报：

"小泽先生，黑马队的人马已经上了沙坝，离我们很近了！"

小泽太郎戴上雪白的手套，挥下手说："我们走！"

"这些支那人怎么处理？"军曹指着乔光盛等人问，"统统杀掉？"

"不，"小泽摇着头用日语答道，"让他们自相残杀吧！中国人，我大大的熟悉，我知道他们最致命的弱点在哪里。走，开路……"

驼队已被日本兵强行赶走，走出了很远。一些日本兵仍在四处仔细搜查，将一切食物、水、武器统统掠走。这时，一个日本兵走到小泽太郎面前嘀咕了几句什么。小泽太郎拨转马头，居高临下地盯住乔爷问：

"乔先生，我知道你还带了一笔数目可观的金银财宝，藏在哪儿了？"

乔爷昂然而答："我已派人提前一步运走了。"

"运到哪儿？"

"张家口，把它捐给了同盟军买枪支弹药，专打你们这帮东洋强盗，让冯将军早日收复多伦。哈哈哈，小泽，你的末日不远了……"

西门似乎感到惊讶，久久望着乔爷。

小泽太郎环顾四周，阴险地一笑，指着灵车对日本兵说："仔细搜查那两口棺材！"

日本兵先打开那口黑色大棺——里面空空荡荡的，什么也没有，甚至连雪儿都不见了。

小泽太郎满腹狐疑，策马绕灵车转了一圈，命令士兵打开那口紫檀木棺材。

沉重的棺盖被挪开了。

乔爷和关敬羽面面相觑。乔爷面色灰白。关敬羽悄悄向小泽太郎靠过去。

猛听得日本兵惊叫一声，那棺材里倏地冒出一股青烟。青烟散去，却见棺材里缓缓站起一个人来——一身白衣，头顶一块白纱，像一个缓缓升腾起来的女幽灵。

那是雪儿！

是雪儿的幽魂显灵了吗？

乔爷激动得喘不过气来，禁不住呼叫了一声："雪儿……"

雪儿将手中的一个黑东西掷了出去。爆炸声很响亮，在弥漫的烟雾中那几个日本兵倒下了。几乎同时，小泽太郎开了一枪。

雪儿的身子摇晃了一下，却没倒下。也就在这时，关敬羽摸到小泽太郎身边，大喝一声，猛扑过去，将手中的短刀刺进他的大腿。小泽太郎身边的军曹喊了一声"八嘎牙鲁！"不等关敬羽再刺第二刀，已将手中的马刀劈下。

乔爷看见一道雪亮的光芒在空中划过一道闪电。乔爷浑身上下的热血一下凝固住了。

站立在荒漠上的关敬羽的身子从中间裂开了，一半向左，一半向右，宛如两张纸片齐刷刷地向两侧倒去。

鲜血，喷向空中的鲜血降下一层血雾。

"敬……羽……"乔爷听见自己的喊声微弱得如游丝一般，在茫茫空间飞散。蔡二扶了一把未能扶住，乔爷软软地瘫了下去。

军曹拨转马头，又朝立在棺中的雪儿劈去。

一声枪响，军曹应声落马，脑浆四溅。

西门这时像一尊刚刚被解除魔法的石像，急忙向雪儿奔来。

顿时枪声大作，黑马队从沙坝上猛冲而下。小泽太郎带着日本兵落荒而逃。

西门一直走到雪儿身边，刚刚伸出手去，雪儿就软软地倒在他的怀里。

这时，黑马队团团围住了乔爷、金爷等一干商人。胡子不住地发号施令：

"把姓乔的捆起来！"

"快去，把棺材里的牛皮取出来，用水泡上。今天头儿要让弟兄们开开眼！"

"点火……"

"为咱的头儿报仇哇……"

褐衣人呆呆地跪着，嗅见空气中到处都弥漫着血腥味儿，像一层薄薄的雾在荡漾。他知道那股辛辣如酒的味道是关敬羽的血，而那股淡淡的有如四月杏花怒放的苦香味儿是雪儿的。他低下头看——

雪儿鼻息如兰……

雪儿冰清玉洁……

雪儿含笑躺在他的怀中，凝视着他，仿佛在说：

——在爱和恨之间，我选择了爱！

——从现在开始吧，一切还来得及！

——我想看看你的脸，只看一眼……

西门缓缓撩开了那块褐色纱幔，把自己那张隐藏极深的面孔袒露在初升的阳光之下，袒露给他心爱的女人……

22.

乔光盛醒来时看见头顶上有一片红雾。他吃力地坐起茫然四顾，但见人影绰绰，烟雾狼藉，却很平静。再细看，才见蔡二、金老板和十多名店员伙计团丁守在身边，正急切地望着他。

"乔爷，你可醒了！"蔡二长长吁出一口气来。

"乔爷，大难不死，必有后福啊！"金老板动情地握住乔爷的手说，"我等也沾了乔爷的光，逢凶化吉了。"

乔爷满脸疑惑："日本人呢？"

"跑了！"

"黑马队呢？"

"也走了。"

"雪儿呢？"

"被西门狼带走了，生死不明……"

"棺材里的金银呢？"

"还在。"

乔爷站起来，看见火堆旁的残烬仍在燃烧，还看见灰烬旁有一张铺开泡软的湿牛皮，而牛皮上则扔着一具尸体——他见过那人，自称神算胡的家伙，装算命瞎子装得真像！

"这是怎么回事？"乔爷觉得自己像是刚从一个噩梦中醒来，对眼前的一切都费解。

蔡二说："乔爷，那帮匪徒本打算把你缝到那张牛皮里用火烤的，可就在他们要动手的时候，他们的头领——就是那个褐衣人走过来，一枪就把那家伙给崩了。"

"该杀！这家伙被三井洋行给收买了，当了汉奸！"金老板愤愤地说。

"后来，"蔡二继续讲述，"那神汉喝了一声，黑马队的匪徒就都上了马，再没发一枪，也没抢一点儿财物，就一阵风似的去了。"

"这是为啥？为啥？"乔爷愈感到糊涂了。

"我们也不知道……对了，那神汉还把关团总的尸体放到那口大黑棺里给埋了，你瞧！"

乔爷看见不远处起了一座很高的沙包。乔爷跟跟跄跄走过去，说道："拿酒来！"

蔡二捧了一坛子老酒走来。

乔爷接过酒坛子，将那满满一坛子酒祭洒在关敬羽的坟前。

"敬羽，好好在这里安息吧！"乔爷跪在坟前沉痛地说。蔡二、金老板等人也齐刷刷地跪下了。

"我一定为你报仇！大佛虽然没了，可金银还在！我这就把它送到张家口，让咱同盟军好好教训日本鬼子，收复多伦！"

乔爷站起来，神色严峻，说道："一场生死考验把我们的命运紧紧连在一起，无论是恒聚昌的还是小盛魁的，剩下的都是靠得住的患难兄弟，大家跟我发誓——为了把这批军饷送给同盟军，我们生死与共，赴汤蹈火，在所不辞！"

"生死与共……"

"赴汤蹈火……"

"在所不辞……"

众人的誓言在沙谷里荡起不息的回声。

乔爷扶起金老板，捏住他的手叹道："路遥知马力，金老板这一路与我同舟共济，肝胆相照，实属不易！从现在起，你就是恒聚昌的三掌柜，一旦我有个三长两短，你一定要带大家奔张家口！"

金老板惊喜交加，感激涕零道："多谢乔爷如此信任！为了那批军饷，就是让我金某马上去死，也没二话。"

"好！"乔爷几乎热泪盈眶，"咱们收拾一下，立刻动身。"

不一会儿，劫难余生的五十多人准备好马匹骆驼，把藏在紫檀木棺材里的金条银元宝分别装到几条皮口袋内，放到乔爷乘坐的毡篷车里，然后，蔡二在前，乔爷居中，金老板断后，一支零乱的队伍出发了。

23

夜降临得极快。

迷宫般的沙谷静得宛若远古洪荒的大地，没有飞禽的喧闹，没有走兽的低吟，没有夜风的伴奏。夜空显得很低，仿佛就压在头顶，那些星座也就显得格外明亮、格外寒冷。

一天过去了，商队未能走出沙谷。

两天过去了，商队仍在沙谷里绕圈子。

第三天，商队缓缓移动，竟又绕回原地——那一片破锅碎碗的狼藉场地和关敬羽的坟包。

关于恒聚昌驼队在塔木沁沙谷的遇难过程，《旅蒙商史话》是这样记叙的："人渴马饥，驼鸣也哀；风沙蔽日，昼夜冥晦；辎重散而人心哀绝，轮箍断则煮靴为食。大掌柜乔氏与下人同甘共苦，三昼夜水米未沾，昏厥欲死……"

第四天傍晚，精疲力竭的商队再也走不动了，何况，那种漫无目的的奔波也毫无益处，就像一只小鸟给关进一个大笼子里，那小鸟拼命扑腾想找到出口，最后却落得个气尽力竭、奄奄待毙的结局。

夜里，渴急眼的人们开始不顾一切地屠宰骆驼，争抢着喝驼血。乔爷知道这是饮鸩止渴，一旦失去骆驼，谁也休想活着走出沙地。但乔爷没有制止他们，莫如听天由命吧！

唉，我乔某死不足惜，只是给同盟军的军饷无法送到，岂不是终身之憾！乔爷仰首悲叹。

喝了驼血的人们昏昏沉沉睡去了。乔爷躺在波斯地毯上难以入眠。苍穹浩渺深邃，月已亏半，从月相上讲，正处在"既死霸"阶段。再过几天，月将入晦，被黑暗吞噬，等到下次月再簪时，天宇又经历了一个轮回。乔爷想：人死再生却不能像月晦再簪那样容易，这一去，还不知何年何月托生转世，更不知是变牛变马还是变为鸡犬……想到此悲怆难忍，老泪纵横。

凝视满天星斗，愈觉苍凉难挨。年轻时他学过看天相，懂得星宫五区二十八宿，根据中、流、伏、内之说，辨得出紫微垣、太微垣、天市垣这三垣星群。为了驱散心中的悲凉，他细细辨认起星座来了。看着看着，心中忽喜，分明看见夜空出现了"五星连珠"的奇景——金木水火土五大星俱在空中闪现，这可是罕见的祥瑞之兆啊！如此看来，大难将过，有真人相救？

东方破晓，熹微初照。

苍凉荒败的沙坝上出现了一个骑手的剪影，那颀长的身影在淡蓝天幕的映衬下格外清晰，飘扬的褐色斗篷抖动出一层瑰丽的霞光。

是他——神汉——褐衣人——狼爷？

乔爷只觉得五脏六腑都在猛烈收缩。

黑衣骑士纵马向沙谷里驰来，马蹄子踏出的空谷足音在晨雾里回荡不绝。

乔爷站起来，眺望来者，死死咬住牙关。

果然是披着褐色斗篷的狼爷，疲惫不堪的身子在马背上摇晃了一下，从马背上滑下来，立在离乔爷仅五步远的地方。他似乎已经没有力气说话了，喘息着，慢慢往起撩那面纱。

乔爷的脸越变越白。

面纱又撩起一些，露出干裂带血的唇……

乔爷的声音发颤："你……还敢回来……"

"我……"

"还我大佛！"

面纱已撩起一半——是一张丑陋可怖的面孔。

乔爷把手伸进怀里，倏地抽出一把精致的护身小手枪，说道：

"还我雪儿！"

枪声极低，像是一个正在飞行的小昆虫忽地钻入沙土里，闷闷地"扑哧"了一声，猝然而止。

面纱正好完全揭开，乔爷看见那张皱皱巴巴的脸上清晰地烫着个火烙印——乔记。

"乔爷，是他！"身后的蔡二惊呼。

"西门小林?！"乔爷也惊叫出来。

那面纱却倏地落下，重新将一切遮掩起来。

西门往前跄跄了一步，吃力地站定，鲜血正欢快地从他左胸往外奔涌。他失望无奈地摇摇头，用嘶哑的声音低低地说：

"你不该……真不该这样……为了追回大……佛，我马不……停蹄……跑了三天三夜……我钦佩你……乔爷有……中国人的……骨气，所以才……依了雪儿……大佛……还你……可雪儿绝不……还你……她是我的……无论她……活着……还是……死去……都是……我的。"

血流得更猛了，从捂着伤口的指缝间奔流不息。

乔爷手里的枪掉在地上。他的目光越过西门的肩膀，看见一列驼队正逶迤而来。他认出那正是被日本人抢走的运大佛的驼队。

西门捂着伤口，艰难地爬到马背上，叹口气又喘息着说："走吧……我在……出沙谷的路上……插了……标记……是一根根……树……枝……"

他几乎用了最后的力气说完这话，便无力地伏在马鞍上。那匹黑马善解人意，驮着主人徐步向远方走去。而他身上的褐色斗篷却在远去中变成了黑色。

驼铃则越来越近。

乔光盛、金老板、蔡二等人呆呆望着，目瞪口呆，不知所措。

"乔爷！"

"乔爷！"

驮着铜佛的九十九峰骆驼已来到身边，幸存而返的驼夫、伙计们喜悦地呼喊着跑了过来。

乔爷看见在第一峰骆驼的驼峰上，悬挂了一颗血淋淋的人头——小泽太郎。小泽太郎的眼睛仍睁着，嘴角咧得很难看，像是一种寓意颇深的嘲讽的微笑……

24.

绿色树枝很醒目，不远不近一根，从一座沙丘延伸到另一座沙丘，蜿蜒不绝，通向远方。

那是一条生还的道路。

恒聚昌的驼队只用了小半天的时间就走出了塔木沁沙谷——那死神精心制造的迷宫。

死里逃生的商队人马在经过一阵欣喜若狂的欢庆之后，吃饱喝足，很快进入了梦乡。宿营地上一片此起彼伏的香甜的鼾声。

乔爷却不能入睡，走出宿营地，坐到一块岩石上，眺望远方黑乎乎的沙谷，竟如石化了一般僵硬不动。月光下，他的脸上雕刻着一种肃穆，一种虔诚，一种追悔。乔爷骤然苍老了！

隐约听见沙谷里有一只狼在悲戚戚地嚎叫，像一个感情丰富的生灵在啼哭，召唤它心爱的伙伴。乔光盛听得怦然心动。

他知道从今以后，那悲惨的狼嚎将整日整夜地持续不断，永远充盈在那山谷里。

脚步声很轻，他没有回头。多年来他已经熟悉了这脚步声。

蔡二轻轻地把一件衣服披在主人肩上，低声说："回去睡吧，老爷，时辰不早了！明儿个还得赶到张家口呢。"

乔爷没动，只是叹了口气。

又一阵脚步声，很重。走过来的是恒聚昌新提升的三掌柜金麻子。

"乔爷，你瞧，"蔡二不知为什么颤抖了一下，语调略有些紧张，"金三掌柜给你送大氅来了！"

乔爷这才站起，转过身，看见夜色中金老板风尘仆仆，捧一件狐皮大氅而来。乔爷不由得十分感动，心想：这更深夜静的，也难为他想得周全！唉，患难知人心哪，看来这天下可信任之人，除了关敬羽和蔡二，就是金老板了，想想自己过去还事事提防他，也真是以小人之心度君子之腹了，小气可笑啊！自己也年迈力衰了，待告老还乡之后，这恒聚昌干脆就交给他和蔡二算了，金爷在买卖上是把好手……

乔爷迎上前去接那狐皮大氅，颇为过意不去地说："金爷，难为你一片真……"

后半截话倏地哽咽回肚里。

乔光盛蓦地睁大眼睛，目光烁烁放光，直愣愣地盯住金老板，样子极骇人道：

"你——？！"

狐皮大氅滑落到地上。蔡二这才看见一把尖刀深深扎在乔爷的心窝处。

乔爷却没有倒下，往前踉跄一步，指着金老板道：

"你……原来……"

金爷后退一步，慌忙对蔡二喊："呆子，快，再给他一下！"

蔡二扶住乔爷，怔怔地瞅着金爷道："二叔，你真的……杀了他？"

金爷忽地狂笑起来。在静夜中，他的笑声格外瘆人，说道："对，当然要杀他……不杀他，我怎么能当上恒聚昌的大掌柜……不杀他，我为啥要让我的亲侄儿隐姓埋名，给他当了十年的奴才……不杀他，我咋能得到那大铜佛和那些金银财宝？！这一路我出生入死，忍辱含垢，就是为了这一时刻呀！我的傻侄子，赶明儿，我是恒聚昌的大掌柜，你呢，就是金二掌柜啦，哈哈哈……"

蔡二从乔爷胸前拔出刀来，只觉得热乎乎的血喷了满手，一股血腥味儿使蔡二浑身颤抖起来。

"乔爷，我对不住你呀，我不该骗你……这么多年……你对我恩重如山啊！"蔡二声嘶力竭地哭诉着，"我愿意给你当奴才啊，一辈子服侍你老……"

然而乔爷已经一句话也说不出了，他在倒下去的最后一刻，忽地看见了驼峰间悬挂着的小泽太郎的人头，真真切切地看见了那血淋淋嘴角边的微笑，仿佛听见那头颅在说：中国人，我大大的熟悉……

乔光盛在倒下去之前终没吐出一个字。

几乎同时，金爷的那一串儿狂笑也戛然而止——那把沾着乔爷热血的尖刀已经以同样的方式进入了他的躯体。

后半夜，星移斗转，月残风稀，草原上万籁俱寂，仿佛一切都已昏睡过去，只有从远处塔木沁沙谷里传出来的狼嚎不肯停歇，一声声凄厉揪心，使漫漫长夜显得十分冷寂、恐怖。

却无人知道，那是一只草原狼在嚎叫……

黑乐园

原载《十月》
选载《作品与争鸣》
原名《乐园》

1.

据说，我大舅是个日本种。

姥姥临死时也没讲清楚大舅究竟是谁的种，因此我们家族也就无人晓得关于大舅出生的秘密。姥姥终于把那个秘密带到了坟墓，让它偕同那具干瘪的饱经人间沧桑的尸体一同沤烂。

姥姥临死时我在跟前，望着那张枯萎得如同干涸河床上皴裂的黑泥巴似的脸和那双母鸡爪子般的手，我无论如何不能相信那脸那手在年轻时曾充满风韵，撩逗得多少汉子心猿意马、想入非非。可是母亲、二舅、三舅及二姥爷和三姥爷异口同声地说："你姥姥年轻那会儿可喜人哩，像只大仙桃……"

我家乡人的语言表达能力极差，想象力也贫乏得可怜，把女人比作大仙桃是他们发挥了最大的想象力才找到的一个自认为登峰造极的比喻。我体谅他们的愚拙和口讷，穷山沟里永远也产生不了伟大的诗人，即使将一个才华横溢的人放在那里，也只能平平庸庸度过一生而不可能有任何建树。看来姥姥当年是只令人垂涎的大仙桃是不错的了，由此推断，大仙桃和风流韵事有瓜葛也不会有错了。当我承认姥姥是只大仙桃以后，我就努力从那张皱皱巴巴的面孔上寻找有关仙桃所属的色香味。幸亏我的想象力超越了父辈，果然在大脑里描绘出一个如同仙桃般鲜嫩可爱的农家女子——她有着红润的脸和樱桃般的唇，还有一对儿不停忽眨的毛眼眼；特别是那细而柔的水蛇腰和窄而滑的八字肩，使她的身段大放异彩，充满了异性的诱惑力。这种女人自然是天生的情种，颇得风骚要领，于是那一蹙眉一嗔笑都有了风流的意味……

无法证明我的描绘是否准确，姥姥活了一辈子也没留下一张照片，哪怕是一张发黄的黑白照片，仅供我参考的只有这张垂死的脸，排斥着一切与女性有关的美色。后来我把想象中的姥姥的形象讲给三姥爷听，他老人家听了以后呵呵笑个不停，白胡子颤抖得像一撮美丽的鸡尾巴。三姥爷说："呸，兔崽子，那是你姥姥吗？呸，那是窑子里的小婊子！有年我进宝源城，在享春楼就被你说的那种女人给拦住，硬往里拉……"

我顿时兴趣盎然："那您老可开眼快活？"

"屁，那年我才十六岁，嫩娃一个，懂个毬！"三姥爷的脸"刷"地紫了，不再往下说，那对苍老灰暗的瞳仁里却倏地闪过一丝亮光。我及时捕捉到这稍纵即逝的光芒，认定那是三姥爷对青春期某个隐私的眷恋或回顾。于是我不顾羞耻地问："那是第一次逛窑子吧？那年您才十六岁就……"

回答我的是那根古铜色的枣木拐杖。当它劈头砸下时，我灵活敏捷地闪开了。那根可憎的枣木棍子打掉了我的一切非分之想，再也不敢放肆地去探究三姥爷或父辈们的隐私了。

但从那儿以后我坚信三姥爷从十六岁开始就领略了女人的风光并开始了他的风流生涯。

七年前那个淫雨连绵的秋夜，姥姥终于平静安详地去了，走完了她苦难人生之旅的最后一步。我们给她老人家做了最考究的灵柩，安葬在黄土峪南岗子向阳的山坡上。从此，她将如同所有的死者一样，在那个陌生而寂寞的世界里日夜游荡，并在许多淫雨霏霏的秋夜反复回顾自己在人间所经历的一切，包括那些最隐秘的部分。

实际上无论大舅是不是日本种这无关紧要，总之姥姥当年生出了大舅本身就是一个莫大的耻辱。老辈人将这件事看成万不可饶恕的罪孽，年轻人虽不十分看重却也觉得民族之恨不可泯灭，只有三弟对这事表现出极大的兴趣，总想追根寻源。他曾多次往日本发信想找到那个名叫小野次郎的男人。尽管那些信石沉大海，但他还是以一种狂热固执的精神继续发信，大概是想让那句"精诚所至，金石为开"的古老格言应验吧。我知道他的努力是徒劳的，甚至是可笑的。我劝过三弟，让他省下信纸信封好多写些情书，但他执迷不悟。直到有一天我郑重地告诉他：早在五十年前，那个名叫小野次郎的日本人就被土匪洋锡壶砸碎了脑壳的时候，三弟才木然僵立，两眼顿时黯淡无光，最后一声长叹跌坐在床上。此后再没见他往那个遥远的岛国寄信。

三弟为什么要寻找小野次郎旁人都不知底细，只有我猜到了他的鬼心眼儿——他想到日本自费留学却苦于在那儿无亲无故，又无人资助，他是想拉拢个日本亲戚哩！

后来三弟一蹶不振，研究生没考上，分配到一座高消费城市的一个无所事事的单位供职，学会了喝酒、打麻将、玩女人，彻底荒废了学业。去年我见过他一次，二十多岁竟有了未老先衰的迹象，脸上挂着一副无所谓的茫然的神情。我有些可怜他。

我更可怜的是姥姥。我完全能理解姥姥生养大舅时的心情以及失去大舅后的悲恸。不能设想情与欲、爱与恨、高尚与卑劣、耻辱与贞洁、伟大与渺小、愚拙与灵秀、宽容与狭隘……这一系列相互矛盾的东西会集中在同一躯体内；如果它们共聚一处，必然会把一个微弱的灵魂烧成灰烬。也许，最动人的人性之光正是在那燃烧的一瞬间才闪现出耀眼夺目的光芒？

我当然也想弄清大舅出生的秘密。我被这个问题纠缠着，不停地思虑着，徒劳地消耗着大量的脑细胞。如果能弄清这个秘密，那么，对人性、对母性、对女人，甚至对民族性的某些问题就会找到我所需要的答案。实际上我永远也得不到答案，因为姥姥早已把那个秘密带入了坟墓。如果姥姥和大舅等人都活着，只要验个血型就一切真相大白，然而大舅在出生三个月后就死于非命。幸亏大舅没有活下来！如此这般，谁还能指责这篇小说的真实性呢？

现在，我可以堂而皇之地说：那是在——

2.

癸酉年，五月端午节这一天。

现在和南方人学着吃粽子，才知道这一天是纪念大诗人屈原的。那时黄土峁的父老乡亲们不懂得吃粽子，自然也不懂得这一天的伟大历史意义，所以在黄土峁那一天仅仅对姥姥的结发汉子郝三才具有一种特殊意义。

郝三应该是我的第一个姥爷。尽管我老娘不是他的骨血，然而是他第一个和姥姥同床共枕、厮混了六年，和我们毕竟有些瓜葛。黄土峁的人把"郝"念成"黑"，这样，"郝三"便叫成了"黑三"。

黑三其实不黑，白皮细肉，宽额浓眉，仪表堂堂，很有点男性的魅力，惹得不少大闺女小媳妇做过关于他的春梦。黑三到白马牙河洗澡，两扇屁股白得像豆腐，被村民们引为奇事，传开了，竟引出一首歌谣，孩子们唱不绝口："黑三三，白屁股。大闺女，躲着走。怕甚呀？怕老虎……"

我个人认为这是一首优秀的民间歌谣，它能使人回味无穷并产生极强的联想，而且诙谐风趣。

其实黑三是个外强中干不中用的家伙，娶过姥姥之后，一连六年竟没有完完整整干成过一次。当然也是事出有因——黑三婚前曾与本村一个小女子有私情，待到瓜熟蒂落，两人在油菜地里正要成其好事时，却受到了意想不到的惊扰。那时节，两人都是第一次领略男女间的无限风光，手嘴并用，欲火愈炽，天地已不复存在。那是一个极富诗意的浪漫的月夜，在那样的月夜里做爱很容易使人忘掉一切并很快坠入欲海情涛中。大概是刚刚入港不久，黑三正使出浑身解数呼风唤雨，忽听得身下的小女子惊惧万分地叫了一声。几乎在同时，黑三感到自己朝天高高撅起的屁股被什么东西狠狠咬了一口。

骤然而降的袭击使黑三无比惊骇，訇然倒在小女子身旁。明亮温柔的月夜里他看到一幅令人毛骨悚然的画面：近在咫尺之处，两只眼冒绿光的恶狼死死地盯着他。我们家乡的狼比别的地方的狼要高大雄壮，吃起人来比别的地方的狼自然更干净利索。那夜那两只狼不知是由于饥饿而潜伏到油菜地，还是也为了干那种延续后代的勾当而追逐嬉戏意外地撞上了黑三及其恋人。两只狼由于在油菜地厮滚而染上了金色的油菜花，通体金光灿灿，犹如两只从天而降的精灵。令人奇怪的是，两只狼没有再扑上来撕咬，也许它们刚刚饱餐了什么，也许它们原本就无意吃人恰巧碰上黑三在此造爱，便和他开了个小小的玩笑——用尖利的牙齿"吻"了他那两扇光洁白皙得如同女人一样的屁股。假如咬他屁股的是只公狼，那么无疑是出于同性的妒忌。它们却没想到这个恶作剧太过分了，精神的恐惧对人来说远比肉体的疼痛更难以承受。由于受到这意外的惊吓，黑三的家伙在刹那间如同一个蔫巴萝卜似的萎缩成一团。此后数年，再没恢复元气。

以上这段奇遇足以说明造成黑三性障碍的历史原因。事隔一年零三个月，黑三娶亲了。黑三明媒正娶了我姥姥。那年姥姥十七岁，正是羞花闭月的年龄。一支由五人组成的盲人乐队赶来贺喜，分文不收却将曲儿吹得爆山响，活泼泼吹出一派欢乐喜庆的气氛。黑三不知深浅，自以为这欢乐是非他莫属了，重赏了瞎鼓匠们，然后就信心百倍一头撞进了洞房。当看到那新娘面若桃花、腰似杨柳，更喜得魂销魄散，迫不及待地将新娘拥上土炕，行家里手般宽衣解带行动起来……

我想那一夜黑三一定狼狈透了。面对着鲜嫩得要冒水儿的姥姥，面对那一块白皙喷香的肉体，任何一个不能如愿以偿的男人都会感到难堪万分，恨不能找个耗子洞钻进去。洞房花烛夜，正是一个男人一生中不可多得的美妙瞬间，然而，黑三却败在了姥姥的大腿下，羞愧难言地从姥姥散发着青春魅力的身躯上溃退下去，窝在土炕一隅，竟羞答答地啜泣起来，他的悲哀伤心绝对真诚，终于打动了姥姥。

姥姥点亮了油灯，披了件上衣，挪过来抚着黑三安慰他。姥姥说："有啥，今儿个不行，等明儿个嘛。俺跟你又不是只图这！好好过日子就行啦，你呀你呀……"

姥姥大概还说了许多私房话，那些话儿像一阵和煦的微风吹过黑三的心田，黑三感动得不知如何是好，竟像孩子一样将头埋在姥姥怀里乱拱，嘴巴终于像贪婪的猪崽叼住了姥姥胸前那个活脱脱乱蹦跳的小物件。姥姥渐渐耐不住，发出一阵阵不知是疼痛还是舒服的呻吟……

谁知那夜窗外趴满了听房的后生们。其中一个禁不住笑出声。窗外顿时大哗，后生们怪声怪气笑着作鸟兽散。那时庄户人的性启蒙大抵都是这样开始和深入的。

此后六年中，黑三做了最真诚、最艰苦卓绝的努力，终无大的收效。姥姥肯定也不甘心，在挨过了少女的羞涩期以后，尽了最大的努力和智慧帮助他，依然一事无成。当身强力壮的黑三一次又一次大汗淋漓、气喘吁吁地败下阵时，姥姥心头的悲怆和失望就加重了一层。但她没有一句怨言，一如既往地侍奉着黑三，无论是缝补浆洗、一日三餐，还是田垄地头、春种秋收，姥姥都是一把好手。

六年后黑三形容憔悴，不再是虎背熊腰的汉子，巨大的精神压力使他萎靡不振。而姥姥则愈发成熟健美了，活脱脱是一颗熟透了的大蜜桃。整年的田野劳作使她白皙的皮肤变得紫里透红、红里带粉，腰、四肢、颈项愈加坚韧隽秀，眉眼儿愈加生动俊美。这对正常男人来说是天赐的恩宠，是非凡的艳福，而对黑三则是一种残酷的折磨，是强烈的嘲弄。面对一颗水灵灵的大仙桃，却没有享受它的口福，岂不是风流却被风流误？

那时黄土峪野狗很多，常常进村骚扰，弄得四邻不安。可围在黑三土院墙外的"野狗"更难对付。那些汉子将野狗的声音学得惟妙惟肖，更会在最恰当的时机穿门逾墙，给姥姥大献殷勤，甚至斗胆在姥姥身上揣摸几把，说些挑逗的或猥亵不堪的污言秽语。姥姥不动声色，冷颜相向，很能把持住自己。姥姥端庄的品行使那帮嗅味而来的"野狗"不哄自散。在老辈人的赞叹声里姥姥贤惠的形象已变成一块贞节牌坊，牢牢树立在黄土峪每个庄户人的心中。

黑三在肝肠寸断的痛苦思虑中渐渐意识到内在故障的严重性了。那时姥姥的公婆抱孙心切，限定姥姥在三年内必须生下一子，否则要将她休掉。为了保住娇妻、延续子孙，黑三于是在早春一个万物复苏的日子里，不顾廉耻地走访了几位有经验的老者，向他们生动细致地讲述了油菜地里的交媾及其遭受的惊吓，并由惊吓所带来的严重后果。老者们听得专注认真，并对他窘迫的现状表示了莫大的同情。

之后，众人纷纷献计献策，使得他希望顿生，跃跃欲试。他从一位年逾七旬的马氏老汉那里得到一张百年秘而未宣的偏方。马老汉声称正因他用了这方子才得以延年益寿、阳气不衰。马老汉去年又续了一房，那女人年方四十，正是如狼似虎的年龄，人们都以为年逾古稀的马老汉伺候不了，那俏娘们儿不知又要好活哪个汉子哩！谁知，那女人今年生下一子，鼻眼与马老汉简直是一个模子里脱出来的。人们这才开始相信马老汉果然阳刚尚存，惊诧中透出莫大的敬畏。

黑三取了马老汉的秘方之后，不敢怠慢，回家略略安顿一番，连夜起程，跋山涉水，到遥远的张家口古城去买那秘方上所列的奇药去了。

黑三整整走了七七四十九天。他满载而归那天，恰好是五月端午节。黑三虽然风尘仆仆，瘦了一圈，但却神采奕奕，颇有点扬眉吐气的样子，仿佛走了一遭带回了一个全新的自己。黑三取了药，顾不得与媳妇温存一番，当下把药用砂锅熬煎了，咕咕嘟嘟喝下去一大碗。懂行的人们事后分析，黑三吃的药物很可能是三鞭——鹿鞭、牛鞭、狗鞭。

那是一个真正的新婚之夜。黑三喝下药剂不久便出现了奇迹。奇迹自然无法诉诸笔端，总之那一夜黑三取得了赫赫战果，姥姥开始尝到人生禁果的滋味。

第二天早上，黑三屋里那架不结实的土炕坍塌了三块炕坯。黑三不得不在一大早就修补炕箱，弄得满身满脸烟灰。姥姥则懒洋洋地躺在没塌陷的炕头一隅，笑嘻嘻地注视着撅着屁股干活儿的汉子，弄不明白也不想细问汉子屁股上那个月牙形的伤痕从何而来。

一切都要重新开始了！

一个新的生命也许正在黑三和姥姥的共同努力下悄然形成。农家之乐和天伦之乐在那间小土屋里猛烈地冲荡着，膨胀着，七彩阳光在他们的生命之旅上大放异彩。他们自信已经播下了顽强而神秘的种子，收获是毫无疑问的。

那一天正是民国二十二年端阳节。这天南方人正在吃粽子、赛龙舟，为纪念伟大的爱国诗人而放纵自己的感情、体力和食欲，把世界弄得充满了活力和生气。在同一时间内，黑三凭着不远千里讨来的春药大显身手，同样把大葫芦村那间破破烂烂的小土屋折腾得天翻地覆，犹如一叶在狂涛中起伏跌宕随时可能覆没的扁舟。

姥姥当然也在昏天黑地的小船里承受着惊涛骇浪的袭击，一忽儿跃上了高峰，一忽儿跌入渊谷，眼前只有一片空白。世界那时只凭感觉去感知。后来姥姥渐觉风平浪静，身子化成一叶轻舟，在静静地流逝着、漂泊着，悄无声息地滑行着，将许多柔软如绸缎的波纹碾碎、熨平，身不由己地向一个宁静碧蓝的峡谷里驶去。峡谷里的风光妙不可言，那是一个姥姥从未到达过的新奇世界。姥姥渐渐觉出船身上载着的重量。这时，船舷倾斜，小船开始下沉，坠落到透明而清净的河水中。姥姥正体验着一种水底压迫的快感，猛地听到了来自上方的粗重的喘息声……

那时候，姥姥身下酥脆的炕坯由于承受不住过重的负荷和沉重的冲击，正在松动、裂变，渐渐凹陷下去……

3

正当黑三在自家的土炕上恩爱缠绵的时候，一辆日本人的大卡车开进了宝源县宝昌镇。

宝昌是察北的一个小镇，也是我们家乡一带最大最气派的城市。尽管这个判断语颇有点井底之蛙的乡土意识，但我在十六岁以前一直坚定不移地相信这一点。有首历史悠久的民谣佐证了我的观点："上有天堂，下有苏杭，除了北京，就数宝昌。"

那时，我随父母赶着驴车爬出黄土峪，第一次猛然看到宝昌镇，惊得几乎要叫起来，嘴巴好半天合不拢。当我们的驴车与城内街道上的车水马龙汇合到一块时，我傻呆呆地东张西望，一个十足的未见过世面的小乡巴佬。我第一次见到这么多房子，这么多人，这么多花花绿绿的货物。我第一次见识了什么叫"冰棍"，并品尝了它，以为品尝到了仙果。我第一次拉着父母的手进了一家照相馆，留下了平生最有历史意义的一张照片。那张照片现已黄旧不堪——我光着脚丫子（一只鞋挤丢了），穿着花上衣，傻乎乎地望着镜头，两只眼睛瞪得溜圆，似乎被照相机的魔术所震慑。人能在一张纸片上留下自己真实的影像，这太不可思议了！城镇的刺激使我目瞪口呆，对它既神往又恐惧。从此我得出这样的结论：宝昌是世界上最大最繁华的城市，任何一个地方都不可与它相比。

十六岁以后我离开了家乡，走南闯北，游历了形形色色的大中型城市，真正见识了所谓大城市的规模、气派与它们的豪华奢侈，并领略了都市的世态炎凉、物欲横流、冷漠自私、寡廉鲜耻。去年我回宝昌旧地重游，这才悲哀地发现这座处于北方牧区和农区之间的小镇根本算不上城市，甚至愧称于镇——它是那么陈旧不堪，狭小、拥挤，布局杂乱无章，与任何一个城市相比它都显得呆头呆脑，像一个灰溜溜的北方农民蜷缩在自家那片空旷贫瘠的田野上……

据县志载：日本人是在1933年开进宝源县的，一辆大卡车，四十八个兵。其实那些兵有些不是日本人，而是些地地道道的"高丽棒子"。我想大概是因为日本人兵力不足才抓了朝鲜人来充当炮灰。我至今弄不明白那些聪明的日本人为什么不老老实实地守在自己那个气候宜人、风光秀丽的海岛上过舒适安稳的生活，勤勤恳恳地制造后代，而要跑到我们故乡那片贫瘠荒芜的土地上干吗来呢？按理儿说，倒是我们应该贪恋他们那块风水宝地，我们应该组织一支带枪炮的旅游团到那岛国上游览一番才是。可是我的温文尔雅的同胞们竟无一人有过这念头。世界上的理儿有时真是难以说清。

当时的情形是这样的：日本兵极顺利地进了宝昌镇，没受一丝阻拦。那些日本兵和"高丽棒子"十分轻松地吹着口哨，嚼着劳军的烧鸡，全无一丝侵略者的神态。他们的汽车悠然自得地驶进了城门，一直驶到小镇中心的空场上。兵们跳下车伸伸懒腰，东张西望，说说笑笑，全然不像到这儿来进行战争，倒更像是来参观旅游的。并不宽敞的空场上很快围上来许多居民，女人和孩子们较多。他们好奇而又谨慎地围着汽车看，对汽车的兴趣远远超过了对日本兵的兴趣。宝源县那时极少来汽车，许多居民仍把汽车视为神奇的魔物，他们想弄清楚汽车里究竟装了些啥？它竟自己能走有多大力气要不要喝水吃料？如果它横冲直撞惊起来该怎样驯服它？

我猜想当时有不少孩童和我初进县城时一样，傻呆呆地望着汽车发愣，一副愚拙木讷的神情。这种猜想深深刺伤了我的民族自尊心，我为那些和我在同一块乡土上长大的孩子们而羞愧，同时也为他们之中竟没有出现一个抗日小英雄而恼恨——譬如扎破军车的轱辘，捣坏引擎；或者偷日本人的枪或手榴弹，消灭几个日本兵等。

后来有个汽车兵拎着桶往水箱里加水，围观的人们便啧啧地咂巴嘴，断定眼前这庞然大物一定也是头需要饮水的活物。由于围观者的注意力集中在汽车上而忽略了汽车的主人，这使日本兵有了被冷落之感。一个面目清秀带有几分稚气的日本兵从军用挎包里掏出一大把花花绿绿的水果糖，向孩子群里撒去。孩子们先是愣了几秒钟，随即骚乱开始了。他们慌慌张张地弯下腰你争我夺。年轻的日本兵们咕咕咯咯地笑着，把糖块撒得如降冰雹一般。骚乱加剧了，有些大人也参加到抢糖的行列中。

日本兵们高兴得叽里咕噜大喊大叫，这时候空场上充满了亢奋的情绪。虽然这场面颇具人情味儿，但我总觉得似乎有伤大雅。我常为我的乡亲们在入侵者面前所显露出的愚昧和丑态而悲哀。

一个军官模样的日本人叽里咕噜地向人们嚷嚷了几句什么。另一个眉眼和善的日本人用流利的中国话翻译说："叫你们的县长来！快去叫你们的县长。"

不一会儿，中华民国宝源县第七任县长崔五岳气喘吁吁亦步亦趋而来。崔五岳人称崔五爷，是位脾性极随和、人品极厚道的老县长，自幼攻读四书五经，颇有儒家风骨，与人为善，为政清廉，无论办什么事儿都以一个仁字为准则，由此深得民众爱戴。崔五爷快走到日本人的汽车前时放慢了脚步，脸上顿生几分傲然。五爷站定，用居高临下的目光扫视着四十八个日本兵，神情不卑不亢："我要和你们的长官说话！"

军官模样的日本人就跨前一步站在五爷面前，用讥讽的目光盯着崔五爷："我是本田小队长。"

充当翻译的日本人也跟上来，为消除两人的语言障碍而认真工作。

这个日本人的名字叫小野次郎。再过二十四小时或四十八小时，这位名叫小野次郎的日本军人就要和我姥姥产生瓜葛并由此决定了姥姥和未来出世的大舅的命运。

日本小队长与中华民国宝源县县长在布满泥泞的空场上所进行的对话是非常注重礼节性和外交辞令的，如今重温这段对话也许可以体味出两个东方民族在气质上、精神上、思维上乃至本质上的异同。

日本小队长："县长大人，皇军远道而来，专程来拜访贵县，你为什么不出来迎接？"

县长："对不起！你们的汽车开入我们的县境应该提前打个招呼。你们的拜访是否有些冒昧？"

日本小队长："这你不必担心，你的上司不会因为这件事责怪你的，因为我们不久就会以同样的方式去拜访北平和南京甚至于中国的任何一个地方，只要我们有兴趣。你相信吗？"

县长（迟疑片刻）："我们中国是一个仁义之邦，对任何外国人的友好拜访都将热忱相待，可是你们……我认为你们的拜访是不友好的，不合时宜的，也是不稳妥的……"

日本小队长（发火）："怎么，你对皇军的到来不欢迎吗？"

县长（有点嗫嚅）："请息怒！就我个人而言，十分欢迎阁下的来访，可就我的国家而言，是不能欢迎这种带枪炮的拜访的！所以阁下三思而后行……"

日本小队长（大笑）："好，我很赏识你的忠诚和慎重！至于我们大日本帝国皇军的行动不用你担心。现在要紧的是我们奉命要到乡下去征收一部分军粮，你肯协助我们吗？"

县长（摊开双手）："鄙县连年歉收，何况目前正值春种，农民青黄不接，实在爱莫能助！"

日本小队长："你给你的臣民下道命令，让他们协助我们征粮。"

县长："事关社稷民生，不敢从命！"

日本小队长："那么你给组织一些民夫和车辆。"

县长："本县长爱民如子，不敢劳民伤财，更不敢强人所难。"

日本小队长："那你究竟能为皇军做点什么？"

县长："我唯一能做的就是站在这里陪皇军说几句话而已……"

终于爆响一记清脆的耳光声。

日本小队长在军训时肯定挨过不少耳光，升任小队长后一定又把那些耳光还给了手下的士兵，所以他深谙抽耳光的要领。这一记耳光风驰电掣，震山撼岳，打出了大日本的威风和水平。那时，抽耳光是日本人的国粹。崔五爷的半个脸登时肿得像块烂发糕。

崔五岳——堂堂民国的一县之长，在所属百姓的众目睽睽下挨了东洋人的一记耳光委实不光彩。笑容在他的脸上凝固了，哭一样难看。五爷的手在哆嗦，却终无勇气抬起手捂脸，更无勇气用它回敬日本小队长一记耳光。在崔五爷的高度忍耐中凝聚了深刻的儒家风范和中国人的仁义厚道。崔五爷是绝不会还手的，五爷要用仁道来感化这帮野蛮的东洋人。

这样，崔五爷所挨的那一记结结实实的耳光就被后人写到县志里，似乎也卓然证实着民国县长在国将不国的国难时所表现出的高尚风范。

后来什么事情也没有发生。日本人回到汽车上，晃晃悠悠驶出小镇。他们要亲自下乡征收军粮。在此后的一个月内，他们的汽车和足迹将遍及宝源县的每个乡村并一直深入到最偏远的黄土峪。

日本人就这样第一次"拜访"了宝昌。没有枪战，没有杀戮，没有被侵略者的愤怒，自然也无侵略者的残酷暴虐。总之，都知道战争已降临到这片土地上，却感觉不到一丝严酷的战争气氛。依然是和平、宁静，或者是麻木。至此，小城无故事。故事转移到了乡下——

第二天早晨，日本人的军车驶往黄土峪时，农民黑三正撅着印着两个狼牙印儿的白屁股吭吭哧哧地修补着塌陷的土炕……

6.

正午时，天热得日怪。

黑三终于修复了土炕——换了三块结实的炕坯，并在上面抹了一层掺了麦草秸的黑泥。黑三抹得极细致，竟将那黑泥抹得水磨石般平展光滑，这才满意地收工。

姥姥已烙好几张大饼，等他吃饭。黑三着实饿了，也着实累了——一夜的颠鸾倒凤再加上大半晌的水泥活儿，几乎消耗了他体内所有的能量，将他上上下下全掏空了。

也是天意，村里人说是在劫难逃，黑三那时本该擦擦脸坐下吃饭才是，却突然觉得浑身上下污浊不堪，烟灰渗透了每个毛细汗孔，臭汗一股股散发出来，污染了屋子里的空气。特别是站在白净得像鲜蘑菇似的姥姥面前，更是自惭形秽，坐立不安，如若不立刻洗涮干净就无法咽下一口饭。何况天闷热得日怪！黑三便慌忙拿了白羊肚手巾，向姥姥打了个招呼就出了门，匆匆往村外而去。

穿过一片莜麦地，再穿过一片低矮的杏树林，就来到了白马牙河边。河水淙淙流淌，翠嫩的水草在清澈的河水里摇摆不定，影儿般的小鱼儿在那些水草间倏地闪过，又忽地定在水中一动不动。一层绿色的水藻随波逐流漂浮而来，宛如一片绿色的纱衣。河水的喧哗亲切悦耳，恍似枕边吹来的馥郁之气。一切都充满了神秘的诱惑，一切都像是个早已布置好了的圈套。黑三麻利地脱了肮脏的衣裤，扑通跳到河水里！顿时感到舒畅无比。

我相信黑三在他生命的最后几分钟内是异常幸福的，他浑身赤条条地浸泡在温乎乎的河水里犹如浸泡在母亲子宫内的羊水里，每一根神经都松弛下来，每一个汗毛眼儿都愉悦地扩张开来。他体味着刚刚在女人身上得到的快乐和恢复元气后的无比亢奋，雄性的激情使他陶陶然自得其乐，悠悠哉忘了所以。他痛快淋漓地洗涮着肮脏的躯体，荡涤着人世间带给他的一切污垢，两片健壮肥硕的白屁股在正午的阳光下闪烁着耀眼的光芒。

这时，日本人征粮队的汽车开进了黄土峪。军车开得极慢，倒不是怕碾了地雷，更不是怕压坏了百姓刚出土的青苗，而是因为乡村本无大路，沟坎甚多，只能摸索着慢行。黄土峪的土地十分贫瘠。庄户人在那起伏的丘陵上一锹锹一镐一镐刨出条条缕缕的田地，撒上些小麦、谷子、粟子、胡麻等种子，眼巴巴地望着它们顶破黄土，把一层希望的绿涂到山坡坡上和沟洼里，然后小心翼翼地侍弄着它们，旱时盼下雨，淫雨连日又盼天晴。直到秋天将地里的农作物收到自家的场院里，这才长长松口气，知道以后的一冬春肚子不会受委屈了，脸上浮出少有的笑颜，腰板儿也挺直了许多，才有心思说说笑笑拉拉家常或者逗一逗别人家的小媳妇。

日本人的汽车第一次驶进黄土峪时，地里的青苗刚刚一指高，绿中透黄，满沟遍坡蔫头耷脑地午休。天气委实闷热，坐在车上的四十八个日本兵脱了军上衣顶在头顶，抱着长枪昏昏欲睡，有的正做白日梦，恍若看见了樱花树下穿漂亮和服的倩影，恍若正与那些令人销魂的粉面歌伎调笑狎戏。

汽车停住了。车上的兵们感到一股子凉意，嗅到一股浓烈而令人亲切的河腥味儿。兵们顿时振奋起来，拥挤着向下望去，果见一条碧波荡漾的河从山坡那边甩过来，穿过一片稀稀疏疏的柳条墩子，又穿过一片绿油油的庄稼地，一直流到他们的车轱辘底下。柔软光洁的水波无疑是种不可抗拒的诱惑，日本兵们欢呼着跳下汽车，一个个脱得精光扑向河水。一时，叽里咕噜的东洋话在白马牙河湾里回荡着不绝于耳。日本兵登时把清净的河水弄得污浊不堪。

我在孩提时曾和孩子们一同到河湾里玩水，后来听说三十多年前日本鬼子曾在这里洗过澡，我们就对这段河湾产生了敌意，以后我们宁可绕到远些的上游去玩水也不到这里来，好像日本鬼子留下的污浊至今没有消泯，残留在那条河湾里。我相信那些年轻的日本兵当时的确把不少污浊抛进了白马牙河。他们不仅留下了皮肤上的污垢，至少，还有浓痰和淡黄的尿液。

日本人虽然得意忘形却并未麻痹大意，他们在车上留了一个哨兵。哨兵端着枪四处望，目光不时被河湾里洗澡的战友们的笑声所吸引过去，羡慕中又有几分愤愤不平。哨兵心底小小的恼怒需要发泄，很想朝什么地方开一枪。哨兵这种心理成为黑三死亡的直接原因。

哨兵正感到无聊，却猛地望见在河上游几百米外的柳条墩子那儿晃动着两片白乎乎的东西。哨兵的想象力极强，立刻把那两片白乎乎的东西当成了天鹅或野鸭子的翅膀，那当中朝下耷拉着的黑东西像鹅头或鸭头。哨兵心里本能地产生了嗜血的渴望，把子弹推上枪膛，瞄了一下，没敢贸然开枪。哨兵在几秒钟之内请示了本田小队长，一问一答只有两句话。

三天后小野次郎告诉姥姥那两句话的大意是——

哨兵："报告队长，我发现一只大白鸟，打不打？"

小队长："打吧，试试你的枪法！"

究竟日本人是故意把人当鸟儿打呢，还是真的把黑三的两片白屁股当成了白鸟而试试枪法，我对这一点一直抱有疑问。我不相信一个男人的屁股和鸟儿的形状那么相似，也不相信哨兵作为一名优秀的帝国军人会是个近视眼。（如果他是近视眼，枪法怎会那么准？）对日本鬼子的敌意使我总是疑心那次所谓的误伤其实是一场阴谋，是把中国人当成兽类飞禽来屠杀的证据。

可在当时，无论是大葫芦村的村民还是姥姥，都对日本人的说法深信不疑。日本人的诚实态度打消了他们的一切疑虑。日本哨兵的眼睛有些近视是事件发生以后日本小队长当着全村人的一种解释。那个日本兵不久就在一次轰动全县甚至整个热河的抗日事件中一命呜呼。现在已无法查证落实哨兵眼睛近视与否这一疑问，然而日本哨兵的枪法好却是事实。

"白鸟"恰在射程之内，枪又是簇新的"三八大盖"，没有一点毛病，子弹头里灌满了铅，黄铜弹壳里装满了干燥的高质量的火药。哨兵一点儿也不紧张，轻松自如又高度精神集中，将右手的食指稳稳扣在扳机上，准星稳稳地盯住了那只"白鸟"，绝对笔直的三点一线……

黑三的悲剧也许是偶然性的事故，但这偶然却和日本人入侵中国这个必然的前提密切相关。那时，黑三还浸泡在故乡的河水中忘情地洗涮着身上的烟灰，全然不知死亡已按部就班地完成了它的预备工作，并在一瞬间降临到他的头上。

当时的情景是这样的：枪声响过之后，所有在河里洗澡的日本人都站起来抻长脖子往远处眺望，由于他们站在河床里视点太低什么也没有望见。站在卡车上的哨兵收回枪后惊喜地发现那"白鸟"一晃沉没在水中，再没出现。于是他向河里的人们大声报告了这个信息，他要求他们注意水面上的动静，也许再过一会儿那只被击毙的"白鸟"会被水流从上游冲下来。水里的日本人嘲笑他吹牛。他们很快把这件事忘掉了，因为暖融融的河水为他们铺展了一张温馨的床垫，他们继续污染着河水和空气，完全没有留意到河上游发生的悲剧。

大约没过多大工夫，从上游漂来一股淡淡的猩红。那猩红时浓时淡，悠然漂来，悠然荡去，河水努力想把它彻底稀释，但它却顽强地不肯与河水同流合污，流出很远仍自成一脉。这股猩红引起了日本人的注意。小队长带头，几个光屁股的兵随后，沿着河向上游走去。他们走了有一里多路，拐过了几条弯弯曲曲的河湾河汊，走到了有柳条墩子那儿，先是发现那段河水都是红的，继而发现隐约露出水面的白白的屁股。日本兵过去拖上岸一看，原来是一具赤裸着的中国农民的尸体……

5.

黄土峪最隆重的葬礼莫过于民国二十二年日本人为村民郝三举行的盛大的出殡仪式了。

先说灵棚——全是用碗口粗的直直的杨木杆子架起来的，上面蒙着白洋布，两侧垂落下黑色的挽联，挽联上端用黑洋布扎结成两朵黑花，肃穆而又庄严，使每个村民见了都觉得死者的福分实在不浅，竟消受得起如此灵棚！再说灵柩———那实在是黄土峪手艺最好的二木匠和老木匠"一把斧"的杰作！六块二寸厚的枣木板子卯嵌得天衣无缝，刨得光滑至极，然后用大红油漆上上下下漆刷得红艳艳亮堂堂的，竟能映出人影，苍蝇上去也得栽跟头。远远望去，那棺材竟像一艘极气派的大红船停泊在白色的灵棚里，等待着下水远航，去完成一项庄严神圣的使命。这漂亮的棺材馋坏了大葫芦村所有的老人，以至于有人感慨死去的如果不是黑三而是自己该多好。

使出殡的气氛达到登峰造极地步的是一个外来的盲人鼓匠班子。

这五个瞎鼓匠身怀绝技浪迹江湖。六年前正是他们赶来为黑三的婚礼增添了喜庆欢乐，如今他们又赶来为黑三的葬礼渲染悲哀的氛围。村民们对于他们的突然出现并不感到奇怪，任何地方只要有红白喜事就能听到他们的唢呐声。我虽然不曾见过那五个盲艺人，但他们却一个个栩栩如生地活在我的记忆里，一辈子无论岁月怎样流逝也不能把他们抹去。

我知道这个深刻如烙印般的记忆是姥姥一次次向我念叨的结果。无数个夜晚，在昏黄摇曳的油灯下我依偎在姥姥怀里，听她娓娓讲述着五个瞎鼓匠惊天地泣鬼神的故事。那时姥姥的声音沙哑古朴动听，每一句话都绘声绘色地洋溢着艺术的感染力。年幼的我想象力极为丰富，把姥姥的每句话还原为一个个惊心动魄的画面，在大脑的屏幕上一遍又一遍演播着那个悲壮的故事。到后来我竟坚信那一切是我亲身所经历而并非姥姥所讲。许多年后当我老态龙钟地对膝下的孙儿们再复述这个故事的时候，那时我才会意识到这个故事其实是属于姥姥她们那一辈的，属于很遥远、很模糊的历史。

姥姥看到黑三的尸体后大恸一番是理所当然的，昏厥过去也是有可能的，一连三天不吃不喝木呆呆地黯然神伤潸然泪下更是合乎情理的。人世间生者对死者的哀悼都是千篇一律的。所以我不想详细描绘姥姥失去丈夫后的寒心彻骨的哀恸和抑扬顿挫的哭号。我不想给这个故事添上太多太重的悲剧色彩。

日本小队长本田少佐头上扎着白孝带亲自前来姥姥的土屋吊丧。本田少佐神情肃穆，脸上堆满了悲哀和负疚的神情。本田小队长的态度温文尔雅，向姥姥详细叙述了流血事件发生的前前后后。随同本田一道前来的小野次郎依然充当着翻译的角色，用流利的中国话把本田少佐的歉疚和慰问转达给姥姥。小野次郎在翻译的过程中大概一直目不转睛地盯着姥姥。那时，身披重孝的姥姥面色苍白，双目枯陷深邃，病怏怏地娇弱无力，自有一种病态的美。小野次郎大概曾从书本上领略过西施的美貌，此时在荒山沟里见得一位年轻农妇竟有这般颜色，一定暗暗称奇并为之心动，所以他的声调比平时温柔了许多，娓娓的男中音竭力想熨平姥姥心中的沟坎儿。显而易见，日本人之所以把郝三的丧事办得如此隆重热闹并向村民和姥姥道歉一再强调这是一场误会，自然不是日本人对被侵占国的一位普通农民多么友好和善，更不是真的内疚以求补过，而是完全出于政治目的的需要，是为了笼络人心。那一年日本对华战争还没有全面铺开，他们侵占了东三省后一步步蚕食中国的国土。这时候他们还不想把吞并中国的狼子野心过早地暴露，还需要暂时披上一件友善的外衣，并把侵略军装扮成为"王道乐土"而来的仁义之师，这样，中国的百姓就不会起来反抗他们了。

这一年四月二十九日，日伪军从承德出发，进逼察哈尔，察北重镇多伦失守。日伪军又兵分两路进犯宝源县境。五月二十六日，退居沽源的热河省主席汤玉麟降日，日军飞机轰炸独石口，日伪军全部占领了宝源、康保二县。这时，冯玉祥、吉鸿昌、方振武正在张家口一带集结，痛击日军的战斗即将拉开帷幕。在这样的背景下，日军的一支小小的征粮队深入山区腹地，为了能顺利地完成任务，最聪明的做法自然是稳住人心、化干戈为玉帛了。

令人遗憾的是民国二十二年春我的黄土峪的父老乡亲们的思想觉悟和理论认识远远没有达到我所思考的程度，他们当真以为东洋鬼子中也有"仁义之师"，或者就真以为日本人的态度是诚实友善的，那黑三是命里注定不得长寿，偏偏那时节到河里洗腿洗屁股，又偏偏遇上了一个眼睛近视的日本兵。种种迹象表明，黑三之死是在劫难逃。那可怜的苦命人唉，娶妻六年不得夫妻之乐，刚刚恢复元气却又饮弹身亡，不是天意又是什么？老天爷容不得他和女人近乎哩，命里不该有子哩！

在本田小队长礼节性的吊唁中姥姥从始至终一言未发。沉默不仅仅是悲痛的表示，大概也是一种无言的抗议吧？姥姥除了沉默不可能会有别的举动。我小时候听人说姥姥在那时勇敢地扑向日本小队长并恶狠狠地咬了他一口，在他手背上留下几个牙印，使得他像狼一样嚎了一声狼狈离去……小时候我很信这种说法，这说法为姥姥身上镀了一层英雄的灵光。但当我到了懂事的年龄之后我就意识到像姥姥那种性格的女人不会有那么雄壮的举动，更不可能用干净的嘴去啃日本人肮脏的手。姥姥之所以是姥姥而不是什么女英雄就在于她有着极强的忍耐力，她的心灵有着浩大而广阔的包容性。姥姥当时可能有的举动只会有一个，就是用眼睛的余光瞟着自己的小脚尖，同时瞟见了附近一双雄大威风的黑马靴，二者大小强弱的悬殊使她感到惊讶和羞涩。

姥姥自幼裹脚，那三寸金莲小巧玲珑，在庄户人眼里如同一件精美绝伦的艺术品。我曾有幸欣赏过姥姥那两只引为自豪的尤物。有一次姥姥洗脚时我认认真真地端详了一阵——那是一双早已分辨不出脚趾和形状的肉疙瘩，它缩成一团恰如一个猥亵不堪的罗锅儿。它的奇丑无比深深刺激了我并第一次感到中国女人的可怜。之后，我悟出一个真谛：只要外部施以一定的力，那么任何东西都可以随意塑造，无论是美的还是丑的，包括最抽象的灵魂。

我常常想，中国那时之所以贫穷挨打，大概是因为中国人把自己的聪明才智都用在人体的创造上了。在这方面我们堪称一绝，是世界之最。无论是女人的小脚还是男人的辫子，无论是割去命根子的太监还是施以极刑的囚犯，无论是武功还是气功，都创造出了人体的奇迹。

无论我今天怎样对姥姥的小脚加以评价，或褒或贬，都不影响当年姥姥小脚的知名度。方圆百里，大男人小媳妇都知道姥姥有一对儿凡人所不具备的小脚。据说姥姥正因为有了这对儿小脚走起路来才一摇三颤，格外好看。

那一次姥姥只看到小野次郎硕大雄壮的皮靴而未见其全身，只听到他的说中国话的声音，尚不知他是个地道的日本人。那时姥姥尚未从巨大的悲痛中解脱出来，所有的感官还处于半麻木状态。

三天殡。

这是五位瞎鼓匠大显身手的三天，也是黄土峁少有的红火热闹的三天。这三天，大葫芦村的农民们大大长了见识饱了眼福。

瞎鼓匠的头儿是位干瘪精瘦的老汉，约五十开外，刀条脸，刀条眉，动作很灵活。五人只有他的眼是半睁着的，不摸底细的人便以为他用深邃的目光盯着你。有时那隐约可见的瞳仁里闪过一道蓝光，使胆小的人不寒而栗，望而生畏。那四个鼓匠都是他的徒弟，对他的每句话都奉为圣旨。人们管他叫"大鼓匠"。大鼓匠使一杆五寸长的小喇叭，猛地吹出一个尖音如晴空鹤唳，直刺云霄，震人心魄。大鼓匠的拿手绝活儿是大中小三杆喇叭换着吹，音色不同，粗细迥异，却配合得浑然一体、天衣无缝。但见他手中三杆喇叭行云流水般轮回旋转着，时而用嘴，时而用鼻孔，时而只吹唢呐哨嘴儿，于是各种音乐恍若天鹅鸣叫，从喇叭口飞出；忽而是单天鹅，忽而又是双天鹅，忽而又是群天鹅，时而激昂，时而缠绵，时而凄清，让人听了禁不住要寻死觅活。

二鼓匠是个高高大大、端端正正的中年汉子，吹奏时喜欢脱光膀子，那时人们便能欣赏到那一身铁疙瘩似的肌肉。被太阳暴晒过的皮肤黑里透红，红里透亮，肌肉饱满结实地凸起来，凝聚着阳刚之气和超人的悍力，让人疑心那里包裹的并非血肉而是一种金刚石般坚硬的东西。人们管他叫"二黑鼓匠"。二黑鼓匠使一杆一尺六寸长的大喇叭，演奏时两腮鼓鼓地撑起，腮上的肌腱拧出两个英俊的圆疙瘩，垂落下的眼睑不像是因盲瞽而闭阖，却像是由于沉醉在乐曲中而仍然闭目凝神，竟是一副高贵傲然的神情。二黑鼓匠的喇叭吹得极好，如果他活到今天定会成为一名出色的艺术家。吹到亢奋时，二黑鼓匠的喇叭上的紫铜就会嗡嗡作响，闪耀出紫色、金色和烤蓝色的光斑，身上黑亮的肌肉就会随着节奏而跃动，腹部就会像个质量极好的鼓风箱节奏分明地一起一伏。这时再矜持的大闺女、小媳妇都觉得快要把持不住自己了，心荡神迷，贪婪的目光在二黑鼓匠的身上荡来荡去。那时二黑鼓匠的黑肤色和不睁的眼睛都成了一种罕见的男性美。二黑鼓匠的拿手戏是吹《大雁青歌》和《小雁青歌》，在吹奏的同时配以杂耍表演——让人们端三碗滚烫的油来，碗底垫上布垫，将三碗分别置于两肩和头上，然后他两手平端一尺六的大喇叭，边吹边走边舞，曲儿吹得不差半个音儿，头上和肩上的油碗依然稳若磐石，不晃分毫，无一滴油掉出。这首曲子从始至终，观众都紧捏一把汗，都知那滚烫的油泼洒出来会有怎样的后果！胆小的闺女媳妇不敢看，将脸埋在手掌里，心儿却被那呼啦啦的曲儿时而提起来，时而抛下去。

姥姥结婚时二黑鼓匠就露过这一手。那时姥姥呆呆地看着有些痴痴迷迷。后来姥姥赏了他一碗酒。姥姥把酒碗递到他手上时，忽嗅到他身上有股奇异的味道。二黑鼓匠在接酒碗时悄悄摸了一下姥姥的手，姥姥顿时脸红心跳，碎步走开……

三鼓匠是个尚年轻的嫩后生，脸膛白净，牙齿更白，一笑，一口白瓷般的整洁的牙齿粲然生辉，两腮还显出两个浅浅的酒窝儿。人们叫他白三鼓匠。白三鼓匠长得慈眉善眼儿，像个俊俏的大闺女羞羞答答，让人误以为他是由于害羞才低垂下眼皮。白三鼓匠的功夫表现在与大鼓匠的默契配合上。每当大鼓匠的小喇叭鹤唳清音时，白三鼓匠的大喇叭便风啸幽谷；大鼓匠将主旋律吹得缠绵悱恻，白三鼓匠将和旋伴得如泣如诉。白三鼓匠与大鼓匠一高音一低音，恰如红花绿叶，相辅相成；主次分明，相得益彰。这情景很像在铁匠炉前打铁的师徒俩，老铁匠的小锤清脆悦耳，并不重砸，仅仅起个指示作用。小铁匠的大锤沉闷有力，锤锤落在关键部位。

四鼓匠和五鼓匠一个矮胖一个瘦高，年纪都在三十开外。胖四鼓匠是个乐天派，爱说爱笑，爱和女人逗趣儿，有时被女人们撩逗得忍不住也敢动手动脚，或在女人的奶子上揣摸几把，或在女人的裙子下抠挖几下。女人们则半嗔半喜地骂上一句："瞎鬼摸挖个甚！给你个黄花大闺女，能伺候得了？怕连那地方都找不准哩！"胖四鼓匠笑得更欢实了："咱眼瞎心明哩，那玩意儿和你汉子的一样好使，不信你来试试。"女人们笑得前仰后合，自然无人敢去试。胆大的野娘们便解开怀将硕大的奶子端在胖四鼓匠脸前问："是甚？"胖四鼓匠胡乱猜道："茶壶呗！"女人们使个眼色都不笑了。端奶子的野娘们故作惊诧："咦，日怪，倒让个瞎子猜对了！赏你喝一口凉茶吧！"便将奶头往胖四鼓匠嘴里塞。胖四鼓匠信以为真，结结实实含了一口，急忙吐出道："呸，甚东西？狗鸡巴似的……"那野女人拿腔捉调地哼哼道："儿哟，那是为娘的奶哟！"女人们痛快淋漓地笑一阵子，直到泪笑出，还笑。胖四鼓匠方知刚才叼住了什么，后悔没多含一会儿。女人们则一口一个"儿哟"乱叫，以为占了莫大便宜。胖四鼓匠沾沾自喜，也以为占了莫大便宜。

瘦五鼓匠是个忧郁型的盲艺人，喜欢孤独清静。每逢黄昏时，他都要摸到村外较高的土岗子上坐一会儿，对着日落的方向吹一曲凄凄切切的《寒窑》。那时村里人就能听见悲怨的喇叭声隐隐荡来，似在诉说心中的无限凄惶、无限愁绪，又像表露对人世间坎坷不平不如意的怨怼。那唢呐把人心吹得如乱麻，出门看去，只见遥远的村外一座土岗上拱起一个黑色的剪影，一柄朝天撅起的喇叭犹如苍狼的嘴仰天长嚎，音调十分凄厉。瘦五鼓匠二十岁上害了眼疾而失明，从此跟了这支鼓匠班子。他一定有一段不同寻常的往事，却对谁也没讲过，因此他的身世无人知晓，是一个谜。人们只能从他每天黄昏吹奏的乐曲中捕捉到一种情绪，由此而悟出点什么。

第二天夜里，姥姥在五位瞎鼓匠奏出的惊天撼地的哀乐中到灵棚去辞灵。姥姥走进灵棚时听得大鼓匠的喇叭即兴吹着一支曲调，恍若一只天鹅在空中切切哀鸣、寻找归宿。那曲调愈来愈清晰高亢，渐渐从众乐声里剥离而出，冲天而去，于是在浩浩天宇间便忽有一只天鹅引颈悲啼，忽又有一群天鹅引颈共鸣。姥姥恍若看见云霄上天鹅飞舞，驮着一个冤魂冉冉升腾。

灵柩前守灵的郝家兄弟——郝大、郝二启开棺盖，将棺盖轻轻搬下。姥姥在几个女人的陪同下走到棺前。

这时，乐声骤停，空气又寒又涩，时间在一刹那凝固。姥姥第一次真真切切地看到了黑三的遗容，一下子愣住了。

我猜想姥姥发愣的原因是因为黑三的遗容过于丑陋不堪了——在河水里浸泡了好长时间，又在炎热的天气里停尸两天，那面容膨胀起来，像一块乱糟糟的发面团子，甚至分不出鼻子、眼睛及其他五官的位置。姥姥足足愣了五秒钟才扑上去号啕起来。瞎鼓匠们将节奏把握得十分精确，在姥姥的第一声长号作为引子结束之后，五杆喇叭猝然而响，配合着姥姥的哭号长一声短一声调节着音韵。

姥姥的哭灵长达一个小时，虽没有打破黄土峪女人哭灵的最高纪录，却博得了村民们的喝彩，他们一致认为过去所有女人加起来也没有姥姥哭得好，哭得真心，哭得揪心，哭得来劲儿，特别是姥姥哭号的韵味儿是前人所不及的。姥姥哭灵极富音乐性，再伴以唢呐声，真格是为死者献了一首动听的千古绝唱。姥姥的哭灵使整个葬礼的气氛进入了高潮。后来姥姥大概哭晕了头，在盖棺时寻死觅活要往棺材里爬。女人们一拥而上，把哭得死去活来的姥姥拉扯开。女人们如合唱队队员一样伴着她齐声号啕。棺盖恢复了原来的位置，二木匠便把一个个木楔子钉嵌到棺材上。叮叮当当的锤声加入了女人们和鼓匠们的大合唱中，一支悲怆的挽歌一直唱到天近三更。

第二天太阳还未出山的时刻，黑三躺在黑暗的棺材里被人们装上了灵车。在引魂幡的引导下，在悲壮的声乐陪伴下，生者与死者一同浩浩荡荡踏上了归赴黄泉的路……

6.

日本人没来以前，黄土峪的村民们对于日本人要来的传闻并不十分相信。日本这个概念对他们既模糊又遥远，既神秘又陌生；日本国仿佛在天尽头，一时半会儿根本来不了。人们不很关心日本人来了干什么，更不关心日本人是什么模样。

"毬的，小日本儿嘛，住在一个小小的岛子上，总共没咱宝源县大呢！"马老汉摆出一副见多识广的样子逢人便说，"小日本没有高个子，净是三尺高的小矮人，只到咱的胳肢窝；净是罗圈儿腿，只会骑马，不会走路，跟蒙古人差不多。"

"听人讲呀，那小日本长得跟咱中国人一个模样，就比咱多长了一个肚脐眼儿！"村西的七婆子十分严肃地说。七婆子早年曾在东北什么地方帮过工，自称见过真正的日本人，是黄土峪唯一的一个见过日本人的村民。她的话自然不容置疑。

这种判别日本人的方式今天看来的确荒唐可笑，然而当年我的父老乡亲们对这一点坚信不疑，他们聚在一起便以一种轻蔑的态度说："小日本嘛，没甚，不过比咱多长了个肚脐眼儿，怕毬甚！"

小日本有两个肚脐眼儿！在很长一段时间内，这种观念在黄土峪可谓根深蒂固并十分流行。

民国二十二年端午节过后的那个闷热的正午，日本人的汽车猝然开进黄土峪并从车上抬下一具血淋淋的尸体。这突发的事变在毫无思想准备的村民中间并未引起大的慌乱，由于事情太突然人们反而懵了。接着，人们的注意力立刻被黑三的死给吸引去了，三天隆重热闹的殡仪几乎使他们忘记了小日本已经来到身边这个事实。直到出殡完毕，人们才重新记起日本人竟真的来了并和他们同住一个村共饮一井水。这时人们才把注意力转到那些日本兵身上。

日本兵在大葫芦村整整住了十五天。他们想以大葫芦村为据点，让附近各村把所征购的军粮送上来。然而他们白白等了十几天。十五天后他们修正了守株待兔的错误，兵分三路去催交军粮。实际上他们又犯了一个致命的错误——孤军深入，分散兵力。他们忽略了被占领国的乡村同样潜伏着反抗和仇恨的危险，却以为这里的人民都那么温顺、驯服、可爱。

日本人犯的错误不久便导致了一场悲剧，从那时起黄土峪的人们才领教了战争的严酷和无情。

然而日本兵驻扎在大葫芦村的十几天是风平浪静的，日本人和村民们相处得平安无事。每天早晨，村民们就看见一队身穿屎黄色军服的日本兵排着整齐的队伍在村外草甸子上跑步，"嚓嚓嚓"的脚步声齐刷刷地响着，将一片片晨雾搅碎。有时，他们进行射击或拼搏训练。村里的孩子们兴趣盎然地围过来观看。训练小憩时，日本兵就逗孩子们玩，给他们分糖吃，或把金灿灿的子弹壳分给他们。日本兵友好的态度打消了孩子们最后一点戒备。小队在田野训练时营地只留下两个伙夫，他们煮白米饭、炖猪肉粉条。那香味四处蔓延钻进附近的民房，惹得不少女人孩子直咽唾沫。稍胆大些的女人便聚拢来，与伙夫搭讪。日本伙夫一说话她们吃了一惊——他俩竟也能说几句生硬的中国话！一问，才知他俩不是日本人而是"高丽棒子"，老家是东北那疙瘩的。

村妇们对"高丽棒子"的印象远比对日本人的印象要好，与伙夫们熟了之后也送些柴火或借些用具给他们。"高丽棒子"也很会卖人情，悄悄把白花花的大米送她们，并教给她们焖饭的方法。十多天的互通有无使两个伙夫不再感到寂寞无聊，村妇们也得到了实惠。

据我了解，黄土峪许多老一辈的乡亲们是从那时才见识了稻米并品尝了大米饭是什么味道。就是在今天有几位老者还不时细细谈到当年吃大米的感觉，对日本人带来的大米赞不绝口。

这十几天里姥姥那间靠村口的孤零零的土屋里发生了一些事情，这些事情到后来越扯越乱，越传越玄，成为一件谁也理不清的谜团。

姥姥从不讲这件事。姥姥对这件事的敏感程度使得我想拐弯抹角、旁敲侧击探点儿蛛丝马迹都成为不可能。每逢我把话题往这上引时，姥姥就戛然沉默了，苍老的目光怔怔瞅着窗外，一缕白发从额前滑下来挡在眉眼上。我探究地观察着姥姥的眼睛，发现在那两个深邃无比的世界里藏着许许多多令我陌生的东西。许久许久，有两粒晶莹的东西溢出眼角，凝结住不动了，犹如在遥远的天际处闪烁的两颗星。

哦，姥姥，姥姥，我不该触动令你悲怆的往事，我不该揭你心口上的血痂！多少年来你那脆弱的灵魂被耻辱的磨盘无情地碾轧着，永无休止，永无尽头，将你苦难的心灵轧得百孔千疮，破烂不堪……

姥姥，当我今天出于自私的目的要写一篇关于你的小说，恐怕又要惊扰你的在天之灵了，你能谅解我吗？

为了将这个故事完整地叙述下去，我无法回避发生在姥姥小土屋里的一切，我将忠实于历史的真实，把我所知道的一切记写下来。

如果没出那件事，名叫小野次郎的日本人可能不会再到姥姥的破土屋里来，那么以后的一切事情也就不会发生，我大舅可能不会惨死或者根本不可能出生！

我诅咒那个罪孽深重的夜！仅仅因为那一个夜晚，我至今不肯原谅任何一个有着日本血统的公民。

7.

那天盲人鼓匠班子刚刚离村儿，又踏上了浪迹天涯的路程。黄昏时再没听到瘦五鼓匠在土岗上吹奏无比哀怨凄凉的唢呐。日落后天就阴沉下来。没有唢呐声的傍晚是一个冷寂枯燥的傍晚。一阵撕肠裂肚的野风从荒凉的丘陵上荡来卷进村子里，风啸声为骤然而降的夜增添了罪恶和恐怖的色彩。

那时节姥姥已熄了油灯，和衣蜷缩在破棉被里昏昏欲睡。几天的劳累和哀恸已使她身心交瘁。孤独和冷清陪伴着姥姥。姥姥反复咀嚼着人生的苦果，为自己不幸的命运惋叹不已，潸然泪下。

姥姥守寡那年才二十三岁。猝然间，姥姥听得窗外有些动静。姥姥身子抖了一下，继续聆听，却只听到破了的窗纸被野风吹得呼呼哒哒乱响，还有阴风擦过屋脊的低吟。姥姥壮着胆子爬起，颤抖着点了油灯，正想出去看个究竟，破木门却猛地被一股可怕的蛮力撞开。木门悲惨地倒在地上。这时姥姥看见三个年轻的日本兵同时挤进来，大皮靴把破门板踩得吱吱咯咯呻吟。在油灯的映照下那三个日本兵显得强悍凶狠、面目狰狞，淫笑着向姥姥扑来。

这显然是一场蓄谋已久的行动，大概从出殡那一天这三个色狼就被姥姥的美貌勾去了魂。姥姥木然地盯着他们，盘腿端坐在炕头上一动不动，犹如一尊观音泥塑。年轻的日本兵如狼似虎一拥而上，将姥姥扳倒放平摁在炕上，然后在转眼间将姥姥的衣服扒得精光……

没有人统计过日本鬼子入侵中国以后有多少妇女受到奸污，但我相信如果做个精确统计肯定会得到一个惊人的数字。有人说战争赐给士兵两样东西：死亡和女人。还有人说一支优秀的军队必须是每个士兵会玩女人，这样打起仗来才不怕死。我不记得当时我是否对着那个放这种狗屁家伙的丑脸上狠狠来一下子，但我记住我刻毒地说为了这支优秀的军队你他妈快点把你的老婆妹子外甥女小姨子送上门去吧……我忍住了没把"你妈"这个字眼吐出口。"母亲"是人类中最神圣的字眼儿，容不得一丝亵渎。我一直认为"母亲"这一词早已不是单就某位女性而言，而是一种高度抽象的概念，是人格和尊严的代名词。所以中国人若骂娘实则是在污辱这个人的人格和尊严。

据说当时日本人侵华对中国妇女施行种种暴行骇人听闻，种种兽行已达到禽兽不如的程度。然而我看过几部日本影片，那些日本小伙子尚未从军参战前一个个温文尔雅，与家庭与亲属们感情浓厚，充满了人情味儿。不能说他们是一群野蛮的不开化的兽类，他们亦有很好的文化素养和教养，也有健全的人的感情，但在战争中他们为什么会如禽兽一般呢？这是我一直苦苦思索而不得答案的一道难题。

姥姥被三个日本兵扒光了衣服便如一具僵尸一动不动，仿佛浑身失去知觉。姥姥知道反抗也是徒劳的便没有反抗。凄厉的夜风时隐时现、哀鸣不绝。姥姥洁白的肤色闪烁着清冷的白玉般的光泽。姥姥的眼睑紧闭，将一切丑恶挡在了视觉以外。三个日本兵兴奋冲动地狂呼乱喊跃跃欲试，在姥姥冰清玉洁的身体旁丑态百出。恰如羔羊落入狼群中一样，再有几秒钟姥姥被日本兵糟蹋就会成为不可更改的事实。

可是任何事情都有例外。三个正在匆忙宽衣解带的日本兵骤然间呆愣住了——门口，小野次郎面色苍白，嘴唇发青，目光凶狠，两手平端着手枪对着他们。小野次郎骇人的神情吓坏了三个日本兵，他们拎着裤子或马靴刹那间僵住了，刚刚还燃烧的欲火顿时熄灭，从眼睛里透出的只有巨大的恐惧。

"滚出去！"小野次郎用日本话喊。枪口和眼睛里依然充满了杀机。开始解冻，日本兵小心翼翼地拎起衣帽、马靴和长枪，沿着墙根儿一点点向门口溜去。"快滚，猪狗不如的东西！"小野次郎声嘶力竭地喊叫着并闪身让出一条路来。三个日本兵慌忙夺门而逃。

我至今不清楚小野次郎当时是什么军衔，但我猜测他不是一名普通的士兵。他为本田少佐当翻译而且备有手枪说明他的身份比一般士兵特殊。后来他开小差逃走后本田少佐十分看重，多次寻找更证明他绝非一般的士兵。

在今天追究他是兵是官已无多大意义，重要的是在那晚的紧要关头他挺身而出救了姥姥，免于受辱。正因为这，姥姥才由衷地感谢他并允许他在以后的十几天随时可以走进那座破旧的土屋。

赶走了三个日本兵后，小野次郎究竟怎样安抚姥姥无人知晓。我猜想小野次郎那时肯定看见了躺在炕上的裸体的姥姥。他默默地走到炕前盯着姥姥足有十秒钟。姥姥洁白的玉体使他想起曾在日本结识的某一个女人。那时姥姥也睁开眼睛，第一次看见了这位面容清秀的日本军人，并从他的眼睛里看到了善意。

忽然，姥姥猛地意识到赤裸的羞涩。一个正常女人应有的知觉重又回到身上，面对陌生男子的羞耻感复苏了。她倏地坐起，拽过窝窝囊囊缩成一团的破花被子盖住了身上最隐秘的两个部位。

小野次郎不合时宜地来了个军人式的立正，然后非常可笑地向姥姥行了一个严肃的日本式大鞠躬。小野次郎用流利的中国话说："真对不起您！我为有这样的同类而感到耻辱，打扰了！"

小野次郎的负疚神情十分真诚。他说完这话便向门外走去。他的皮靴踩在破门板上又临时改变了主意，他弯下腰把破门板扶起来放回原处。他望着摇摇欲坠的破门想了想便快步消失在门外的夜色中。十分钟后小野次郎返回，手拿铁钉和几块木板。他花费了约有一个小时的时间把那扇破门钉得结结实实牢不可破。

那时姥姥已在小野次郎离去的空儿穿好衣服，用迷惑不解的目光盯着他。小野次郎干得专注而认真，额头冒出许多细密的汗珠儿。他把门钉好后做了一个试验——他让姥姥从里面插上门闩他从外面往里撞。狠撞了几下木门安然无恙却把土墙震得直摇颤。姥姥慌忙开了门。他结束了试验进屋收拾好工具向外走去。这时姥姥心中忽地害怕起来，一种失去安全感的恐惧又一次袭上心头。姥姥不由自主地"哎"了一声。这一声把小野次郎的一只脚留在门槛里。

他回身望着姥姥。姥姥的身子抖成一团，眼里盛着无限的凄惶。小野立刻懂了姥姥的心思，说："他们不会再来了，我向你保证！"

姥姥的身子依然抖。

"我要把这件事报告给小队长，那三个混蛋要受到惩罚！"

姥姥望着门外的夜色摇摇头。

"我回去后要教训教训他们！"

姥姥依然摇头。

"你只管放心休息吧，明天我再来看你。"

姥姥的身子终于不抖了，只是凝望着游荡在门外的无边的黑暗，默默地，默默地……

小野次郎迈着军人的步子离去了。他的身影很快被浓浓的夜色吞没。许久，姥姥没去关那扇门。

8.

在一个阳光明媚的晚春的日子里，姥姥支撑着怏怏无力的身子下了地。

姥姥家的田地在一块锅底形的山坳里，约有五亩三分。姥姥走到那二亩莜麦地里，蹲下身子拔草间苗。几天没人侍弄，那麦地荒了似的，杂草和麦苗一同蓬蓬勃勃生长。姥姥皱着眉无可奈何地拔着杂草和过于稠密的麦苗，渐渐沉浸到劳动的快感中。姥姥半蹲半跪地认真干着，很快间出一片整齐像样的麦苗垄。

察北坝上的春天几乎不断风沙，天天刮个不休。可姥姥干活儿那天却没风，或者是风和日丽、微风宜人。锅底形的洼地里充满了春天万物复苏的生机，鸟儿虫儿在田野里忙忙碌碌，为各自的生存而奔波，发出一片和谐的啼鸣声。热烘烘的空气中回荡着一种若有若无的"嗡嗡"的流动声，像是大自然的某根神秘的琴弦被一只无形的手弹动，发出一阵颤抖不已的独特的音波。几只羊在坡顶上寻草吃，羊倌大概正在山坡坡的阳坡面懒懒地睡觉。白马牙河正从洼地的最底端湍湍流过，匆匆忙忙的流水声意味着时间的急遽的流逝或永恒的停滞。

置身于这个洼地里感受着大自然的宁静和寂寥，谁也不会相信战事就在近在咫尺的地方。

姥姥干了一会儿就感到心悸神虚，鼓胀胀的前胸上那条沟壑里流淌着黏黏的汗水，将衣服湿了一片。姥姥的双手在拔草间苗时被草和青苗染绿，指甲盖上好似涂了一层翡翠色的指甲油。有时姥姥拔掉那些生机盎然的正处于妙龄时节的打碗花或黄灿灿的野烟花儿时，总要心疼地闭一下眼睛。姥姥把那些离开土壤即将死去的美艳艳的野花儿放在鼻子底下嗅了嗅，发狠地把它们抛出好远。在姥姥拔草的漫长过程中，山坳里始终凝固着百无聊赖的寂寞。

或许是为了驱散徘徊在附近的孤独，姥姥轻轻地用鼻孔哼起一支曲子。那曲子也许是一支山歌野调，咿咿呀呀反反复复只有一个单调的旋律，尽管调式简单通俗却自有一种令人九曲回肠的真情在里面。姥姥哼着哼着竟被自己的曲调所感动，鼻子一酸几乎想哭。

姥姥终于觉得累了需要休息一下，就坐到田埂上。她望着永远是一个模式的白云蓝天和冷漠的太阳，望着远处的淡蓝色山影和一只莫名其妙盘旋在山顶上不肯离去的老鹰，并没有觉得生活多么美好，田园风光如何让人留恋，而是忽地想到了一个关于生命如何延续的问题。这问题太深奥了，让姥姥苦思冥想而不得要领。在自然的博大胸怀前她感到自己的渺小和苦闷。

小野次郎是沿着白马牙河一直走到洼地里来的。

小野次郎或许是出于无聊憋闷或许是有意来寻姥姥就走进了姥姥的莜麦地。他一直走到田埂前姥姥才看见了他。

我一直认为小野次郎绝不是一个头脑简单的丘八，更不是一个狂热的军国主义的武士，而是一个极为复杂的、有头脑、有感情的日本青年。如果没有战争他在和平的日本国将会在学术方面有所建树，或许会成为一名知名度很高的学者。战争使他远离故乡、远离亲人，迫不得已干起了丘八这一行当。他的脆弱，他的抑郁，他的神经质和无可排遣的巨大的孤独感都起源于战争。他迷恋姥姥的是精神饥渴，是为了排遣心底的孤独而向冷漠的人世间所企求的最后一丝慰藉。

小野次郎走到姥姥身边，用不无同情的目光望一眼庄稼地，脸上的神情不再是冷漠而是怜悯。

"庄稼长得不好吧？"他多此一举地问。

姥姥只是一声长叹。

"这是什么农作物，我好像从未见过？"他蹲在离姥姥两米远的地方，拨弄着麦苗问。

姥姥认认真真瞥了小野次郎一眼，他脸上的诚实打消了心底时刻不停泛起的敌意。姥姥以一种知识渊博的神态告诉小野次郎："这是莜麦！咱黄土峁只适合种莜麦。咋，没吃过？"

小野次郎不好意思地摇摇头说："第一次听说莜麦呢。好吃吗？"

姥姥说："可好吃哩！搓鱼子，炒炒面，咋吃都行。讨吃要饭的专喜欢要莜面，省事呀，一把把往嘴里干搐就行。"

小野次郎问："能生吃？"

姥姥扑哧乐了。

姥姥这一乐使气氛轻松了许多。姥姥以行家里手的口吻解释说："莜面本就是熟的呀！轧莜麦最麻烦啦———得洗、得淘、得炒，最后上磨碾，哪样儿做不好莜面都不香。"

之后，姥姥详细给小野次郎讲了莜面加工的各种工序及方法。小野次郎听得津津有味，不停地点头。

后来小野次郎帮姥姥拔草间苗。他穿着一件白衬衣和黄马裤，很认真地干着活儿。共同的劳动使姥姥解除了心中的戒备。在枯燥无聊的劳动中两人不可能不说话，这样姥姥就和小野次郎拉起了家常。

"看你清清秀秀不像个当兵的，倒像个知书达理的教书先生。"

"真让你猜对了，战争前我当老师。"

姥姥停下手里的活儿望着他问："做过私塾先生？"

他一笑道："不，是国立大学的老师。"

"大学？"姥姥显然被这个词儿给吓住了，不知深浅，吞吞吐吐问，"很大的学校吗？"

"很大！"

"你的中国话咋说得这么好？"

"我是专教中国古典文学的，所以我得先学会使用中国语。"

"你多大啦？"

"二十五岁。去年应召入伍的。"

"年轻轻的跑到这地什儿来，图个甚哟？"

"日本是个军人政府，军人的权力比天皇还大。他们好战，他们认为大日本帝国战无不胜……和你说这些，你不会懂的……"小野次郎把半句话咽回肚里，忧郁的目光望着遥远的东方——那儿只有一片迷蒙的灰蓝，不知是云彩还是氤氲。

"我懂，懂着呢，你说吧。"姥姥微笑地望着他。不知为甚，姥姥很喜欢他忧郁的样子。

小野次郎黯然苦笑着低下头道："也不知为什么，我很想对你说说心里话……我有一位堂姐，你长得像她。她在北海道当渔民……"

"你不想当兵打仗？"

"当兵打仗应该是为了保卫自己的祖国。可我们……我们开进了东北，进了热河，开进了察北……照这样走下去，恐怕一直要走到北平和南京……在我们的同胞中间有一种狂热的情绪，那就是占领中国……"

姥姥摇着头天真地说："占不了，你们才四十几个人一辆车，俺们中国人多着呢，军队也多着呢！你们有啥，不就比俺们多长了一个肚脐眼儿吗？"

小野次郎莫名其妙地说："多长了一个肚脐眼儿？谁说的？"

"七婆子呗！你甭想瞒俺们，俺们甚都清楚。"

小野次郎摇着头笑了一阵子道："奇谈怪论，我就只有一个肚脐眼呀，难道不是日本人吗？"

小野次郎只是无法用现身说法，把肚脐眼亮给姥姥看。姥姥用不信任的目光望着他道："甭骗俺！七婆子早先见过你们，她的话还会错？！要不，你的父母没准儿也是中国人哩！"

小野次郎无可奈何道："也许是吧！"

姥姥高兴起来，说："听说古时候不少中国人都坐着大船去了东洋，说是去寻长生不老的药。你祖上八成就是那时去了日本国的吧？"

小野次郎忍住笑道："唔，有可能！"

姥姥为自己的想法得到证实而满意，说："俺说着哩，打一见着你就觉得你不像是东洋人。东洋人哪儿有你这样和眉善眼儿的，都凶着哩……"

姥姥与小野次郎的谈话断断续续持续了一个上午。黄土峪那片神秘的洼地宁静而又湿润，有一种与日本田园风光迥异别致的情调。小野次郎暂时忘掉了战事、忘掉了民族，与一个中国年轻的农妇边劳动边抒发心底的块垒，心灵得到了片刻的舒展与慰藉。他还没有意识到从这次谈话以后一连数日他将失魂落魄、心绪不宁。他与姥姥的接触促使他做了一个重要的决定，那个决定彻底改变了他的命运。

用黄土峪人的眼光来看，我不能原谅姥姥与小野次郎在洼地里的长谈，更无法原谅姥姥与那人的亲近。不管怎么说小野次郎也是一个侵入中国领土的日本军人，其本质属性早已决定了二者只能相互敌视残杀而不能进行心灵的沟通。

事情后来的发展就更使人不可理喻了。在此后十几天内小野次郎多次"拜访"了姥姥那间破土屋并说了许多话。直到队伍开拔的前一天，小野次郎的影子总在姥姥房周围出现。

我相信无论是小野次郎还是姥姥都是出于心灵的饥渴和孤独才有意无意地走到了一起。也许他们所渴求的和朦胧感到的只是虚无缥缈的海市蜃楼，他们错把平坦的海面当成陆地，把平静的沼泽当成可以栖身或小憩的场所。但是大葫芦村有许多警觉的灵敏度很高的眼睛，小野次郎的光顾自然引起村民们的注意并成为他们最时髦的话题。

在监视新寡的姥姥的队伍中，尤为认真勤恳的是住在离姥姥家约一百米远的七婆子。

七婆子有一双远视眼，犀利如鹰隼。据说她的目光能穿透姥姥那间破烂小屋把里面所有的情况都侦察得一清二楚。此后一切关于姥姥的传闻都是从七婆子嘴里说出来的。

记得我小时候悄悄用钢锯条做了一把小刀，并在石头上将它磨得锋利无比。那时七婆子活着，七十多岁还满世界乱窜，嘴里喷着带病菌的唾沫星子。我等着机会，想有朝一日用我的刀子割下七婆子的舌头。对那条刻毒的充盈着毒汁的舌头我恨之入骨，它给姥姥造成的不幸和痛苦是无法估量的。我的壮举始终没有得到实施的机会，因为当我正和一帮穿着开裆裤的小伙伴撅着小鸡鸡比赛谁的尿射得最远的时候，七婆子一蹬脚上了西天。

很难让人相信姥姥怎么会和那个叫小野次郎的日本人有共同语言，所以我猜想那时他们的交谈并不是打开各自心灵的一把钥匙，很多时候只是小野次郎滔滔不绝地讲，姥姥默默地听。小野次郎讲他的故乡，讲日本的风俗，发泄他对战争的不满和愤懑，抒发他的孤独和悲凉的心境。姥姥听着听着，渐渐觉得面前这个男人与自己的距离接近了——他也是个不幸可怜的人儿哩！

那几天姥姥身着孝服，不苟言笑。姥姥绝不是那种水性杨花的女人，丈夫新坟的黄土未干就迫不及待寻欢作乐。姥姥容忍小野次郎到她屋里来完全是因为小野次郎那晚搭救了她，对他没有反感。我一直坚信不疑地认为姥姥与小野次郎的关系仅限于此，绝不会有什么别的关系，更不可能有性方面的一丝联系。我这么判断不是顾及我们家族的面子和荣誉，而是对一个旧中国农村妇女固有的心态所做的最中肯的分析。

可是事情没有这么简单，那件事被人们越传越复杂，最后复杂到谁也搞不清的程度。因为在三个月以后姥姥的肚子明显地鼓胀起来，九个月后生下一胎男婴。那神秘降生的男婴是我大舅！

9

现在得中断姥姥的故事，说一说姥姥的公婆。

一提起姥姥的公婆——郝三的爹娘，我的舌尖就想喷毒汁，语言忍不住就要刻毒刁钻起来。任何时候我都怀着一种阴暗的心理去谈论姥姥的公公和婆婆——郝旺老汉和郝张女。我与他们不共戴天！

黄土峪的地理特征是这样的：一条葫芦状的山沟里坐落着两个村子，两个村子相距二十五华里。进黄土峪得先过葫芦口，然后到小葫芦村，然后到大葫芦村，两个葫芦村合起来叫黄土峪。

老辈乡亲把故乡形容为葫芦状也是他们发挥了最大的想象力才找到的一个恰如其分的比喻。我也以为只能用葫芦村来称呼我的故乡，否则用什么比喻都不妥当。

郝旺老汉住在大葫芦村白马牙河旁。三个儿子都娶下媳妇，却迟迟抱不上孙子。三个儿子都阳痿还是遗传基因有问题——对这一问题我没有做过探究。总之是公婆愈是抱孙儿心切，三个儿子愈是不争气，没有一个长长脸捷足先登把媳妇肚子弄大。郝大、郝二都娶妻数十年，家伙明显地一天天不中用。没了指望，父母便把希望寄托在郝三身上。那郝三得了秘方，千里觅药，刚刚要大见成效，正如东方露出一线曙光，不料那曙光如闪电稍纵即逝，所剩下的只有一片黑暗。郝家营垒顿时一片恐慌，断子绝孙、香火衰竭的危险迫在眉睫。这个危险迫使郝氏家族全体成员不得不认真对待，共同商讨对策。

那时郝大的媳妇已病入膏肓卧床不起。二媳妇身强力壮赛过男人却早已性冷，干活儿是把好手，干传宗接代的神圣事业显然力不从心。只有新寡的郝三媳妇无论身子还是姿色都大有潜力可开掘，但这开掘任务眼见就要落入外氏男人之手，郝家人都耻辱万分地感觉到这一点。

大约是一个毫无诗意的平庸冷淡的黄昏，郝家兄弟俩和郝旺老汉及他的女人郝张女十分严肃地坐在自家的土炕上，望着光线趋于暗淡的窗户，听着村外从白马牙河上冲荡下来的汹涌奔腾的山洪的怒吼声，品味着时间流逝和生命衰老的滋味，久久的，谁也不开言。那是一个庄严得令人窒息的时刻。

"咋，都不愿去？"郝旺老汉用严厉的目光盯着两个儿子。

郝大无语。郝二垂着头。

"眼看着郝家到了你们这辈上绝后？"郝旺老汉的话铮铮作响。

郝张女抽抽噎噎地哭起来，哭得真挚动人。气氛愈来愈庄严肃穆。

郝大说："爹，不是俺不愿，可她……是老三媳妇呀，俺那么干，不是成牲口哩……"

郝二抬头说："娘，隔墙有耳，若让外人知道了，三媳妇和俺们都没法再活人咧！"

爹说："屁，熄了灯，人和牲口有啥两样，不都是那么两下子！"

娘说："事儿要做得机密，天知地知咱知，外人咋会知道？就连三媳妇也不让她知哩！"

郝大说："去就去，可是俺……怕在女人身上不行哩……"

郝二也嗫嚅："要去让大哥一个人去，兄弟俩一块儿干，往后那孩子该算谁的？"

爹说："没去试，咋知不行？甭说你才四十出头，就是老子现在也能日弄了她！没见三媳妇那股骚劲儿？到时怕你不想下来哩！"

娘说："你三兄弟寻回的药还在呢，你俩先吃了它，准行！"

爹说："唉，只要是咱姓郝的种，孩子愿算谁就算谁的呗。"

娘说："甭脸上抹不开，早年咱黄土峪兄弟几个合娶一个媳妇的有的是！亲兄弟都是一条血脉哩……"

就是在那个时刻，当白马牙河的山洪正在恣肆暴虐地泛滥的时候，在大葫芦村那座四面透风的破土屋里，郝家四人怀着一种使人类得以延续的崇高的使命感，商讨着一件让人羞于启齿的计划，制定了一个卑鄙龌龊的阴谋。他们详细地讨论了这个计划的每个细节，尽量做到天衣无缝。他们把这个阴谋策划到滚瓜烂熟的程度才付诸行动。

那几天白马牙河的洪水很大，每天滔滔不绝地轰鸣着，让人听了心惊肉跳。郝家住在河边，仿佛河水正从房基下流过，浩浩荡荡地冲击着这间土房，这土房便颇似一叶在大河的狂涛中飘荡的小船，随时都有覆没的危险。

丑恶的阴谋是在光天化日下进行的。郝旺老汉之所以把时间定为白天，一是因为白天人们都下地干活儿了，村子里正清静，另一个原因是听人说女人在白天易受孕。这个说法不知是否有科学道理，但黄土峪的人都相信。很多不孕的妇女为了怀上孩子就在白天关起门来和男人无所顾忌地干上一会儿。

那天郝家兄弟没下地干活，郝大把媳妇丢在自家冰凉的土炕上，郝二把媳妇打发回娘家。两人一大早就吃了郝三最珍贵的遗物——千里觅得的药物。快到中午时果然觉得浑身燥热、欲火中烧，那玩意出奇地硬，胀得发疼，急得兄弟俩抓耳挠腮。

这时郝张女把姥姥接到了婆家。姥姥已从丧夫的悲哀中解脱出来，恢复了元气，两颊又泛起淡淡的红晕，眼睛水灵灵的，如含两汪秋水。姥姥穿着素雅的湖蓝色的对襟袄和黑色的土布裤子，细细的水蛇腰被棉袄紧紧包裹住显出了女子最独特的风韵。姥姥随着郝张女走进白马牙河岸边那座土屋时，听到了河水巨大的喧哗和骚乱，就感到一阵恐惧不安。那天从始至终姥姥的耳朵里都充斥着河水凶猛的咆哮声。

嫁给郝家六年，婆婆从没有过那么友好的神态。婆婆爱抚地搂着姥姥、捏着姥姥犹如疼爱亲女儿一般。婆婆给姥姥梳理头发时说，人死如灯灭，伤心一阵过后就不要去想那死鬼，放着这么娇嫩的女人他无缘享受只能怪他命苦。婆婆还问起了姥姥的身体变化情况、月经来潮日期以及郝三临死的前一天夜里究竟干了些什么、怎么干的、有无成果等。姥姥羞得满脸绯红一头扎在婆婆怀里。女人与女人之间的私房话被滔滔不绝的白马牙河水卷荡而去。

说得渴了，婆婆就起身倒水。婆婆往姥姥的碗里放了一块红糖说是给姥姥补血，还给姥姥煮了三个鸡蛋说给姥姥补身子。姥姥感动得不知如何是好，过去对婆婆的种种成见和怨怼早已烟消云散。

姥姥喝过红糖水吃过煮鸡蛋之后渐渐觉得十分困顿，眼皮沉重得难以抬起。婆婆说，大概困了躺到炕上歇会儿吧。婆婆殷勤地给姥姥垫了个枕头。姥姥报以无力的一笑就昏昏然然进入温柔之梦乡……

不知睡了多久，姥姥一直梦见白马牙河汹涌澎湃的洪水冲击着堤岸，冲击着房屋。后来那洪水漫过来犹如几头巨兽横冲直撞。洪水无休止地蔓延，姥姥惊慌失措，怎么也躲不过暴涨的河水的袭击。浑浊的浪头从她身上碾轧过去，她听着轰轰隆隆的洪水在身上头上叫着吼着流淌着。她感到窒息便张大嘴想喊却喊不出声来。洪水的第一个潮头刚刚退去，第二个又卷来，更加猛烈、更加凶残地蹂躏着她。接着洪水轮番洗劫着房屋，所有的房屋都轰然倒塌化为乌有。姥姥挣扎着爬出水面看到的依然是无穷无尽的洪水。姥姥在绝望中哀鸣着苦挨着漫长的漂泊直到醒来。

姥姥醒来时天已近黄昏，屋子里依旧只有婆婆一人。婆婆笑眯眯地、亲切地望着她问她睡得可香。她只感到浑身酥软无力很不自在。她爬着坐起来下了地，觉得下身湿漉漉的并隐隐泛痛。婆婆又端来红糖水，姥姥没喝慢慢走出屋外。这时候白马牙河平静了，浩浩的河水不再波涛迭起，平静得犹如一面不规矩的镜子。血红的晚霞融化在河面上，黑色的山峦在一派浓烈的血色中渐渐消融。远处村子里传来孩子们的笑声和老牛悠闲的吼声。有个女人在扯着嗓子喊："二根儿——回家吃饭啦——"

姥姥沿着白马牙河慢慢走着，神智恍恍惚惚。河面开始变色，由红而紫、而青、而蓝、而白……几只蜻蜓紧贴河面飞翔得十分轻捷漂亮。水草丛里有两只蛤蟆在鼓噪："哇哇——呱呱——"像在召唤远在异乡的同类。

姥姥觉得很累，下身不舒服，像有黏黏的脏物流出。姥姥羞涩地在背静的河湾里清洗了下身，隐隐约约觉得今天似乎发生了啥事儿，可又猜不出是啥事。

十恶不赦的郝张女此后又三次唤姥姥去家。三次都是同样的结果——喝过红糖水之后姥姥便昏然睡去，醒来时已是黄昏。姥姥深觉蹊跷，第四次留了个心眼儿，趁婆婆转身的空儿把红糖水倒在灶炕里。然后姥姥佯装昏睡过去。

不久姥姥听见有人走进来，声音压得极低：

"睡咧？"

"睡咧，让他们快进去吧？"

随后脚步声出去了。不多时，两只大脚急切地踏进来。郝张女出门时笑着丢下一句："咋，尝出甜头哩？完了事可得拾掇干净点儿……"

姥姥悄悄撩起眼皮窥去——果然是郝大和郝二。

兄弟俩倒很谦让："哥，你来。"

"你先来，老二……"

便有一个窜上炕来，手脚麻利地脱姥姥的衣服。姥姥的紧身小褂被解开时，姥姥猛地坐起，从炕头上操起一把剪子，疯了般向那兄弟俩扑去。姥姥不说话，只是干号，像只发了疯的母狼："嗷……"

郝氏兄弟狼狈逃窜，受惊的兔子一般奔出屋子，慌不择路，一头扎进白马牙河里。兄弟俩都是好水性，很快游到河对岸。姥姥在河岸木呆呆站立着，像一截美丽的柳树桩子。姥姥的衣襟敞开着，袒露着高贵而白净的胸脯。姥姥的头发被风吹乱，扑朔迷离地飘舞着。

白马牙河汩汩流淌，发出永恒的喧响。它永远这样坚忍不拔地流淌着，将人世间的一切痛苦、欢乐和罪孽都载走了。它流出葫芦口后便转了一个弯儿流向东方——辽阔的蒙古高原的草原上。在那儿，蒙古人管这条河叫查干郭勒，意为白河。

郝旺老汉有句话说得很有道理：人和牲口有啥两样！

当时手持利剪的姥姥伫立在白马牙河岸悲愤欲绝的时候也是这么想的——牲口，统统是牲口！

姥姥想把剪子刺进自己的身躯，又想跳到白马牙河里。可姥姥在岸边一直站到天黑也没有任何悲壮伟大的举动，只是木呆呆的像一块僵硬的石头。

姥姥终没自杀的原因有这样几种可能：一是姥姥还年轻，不忍亲手毁了一个美丽的生命，她心底还有向往，还有希望，还想过一回真正的女人的生活，所以她有活下去的勇气。或者姥姥已看破红尘，万念俱灰，把男女间的事儿全然不当回事儿，开始以超然的态度对待这一切。或者姥姥有啥心事未了——她期望自己的身体产生奇迹，有一天会诞生一个新的生命。

事实证明姥姥是对的，她未自杀的决定真是英明无比，因为她的存亡直接决定了我是否能来到这个世界上。

九个月后，姥姥生下了大舅。

由于郝家三兄弟的共同介入，使得这个孩子的身份复杂化起来——三兄弟都有可能又都不可能！再加上一个日本人不明不白地掺和进来，就出现了一道黄土峪有史以来最大的难题——大舅究竟是谁的种？

10.

日本征粮队在大葫芦村白白等了十五天。

本田小队长及时纠正了错误，将部队分成三个小分队四处催粮。第二天一早，三个小队将同时离开大葫芦村。

这个命令对小野次郎来说意味着残酷的失落。他希望部队能平平稳稳在这儿驻扎上一个月甚至一年半载。他跋涉在沙漠瀚海中刚刚找到一块歇脚的绿洲，然而还没容他在绿洲上立足就不得不忍痛离开，干渴荒芜的心田反而愈加干渴荒芜。他知道他只有这一个夜晚了，以后战争全面铺开是死是活难以预料，因此他已决定按自己的计划开始行动。

没有人知道最后的结局。姥姥一直守口如瓶，对任何人也没提起这件事。种种猜测云遮雾罩使整个事件变得愈加扑朔迷离。唯一的目击者是家住在距姥姥房子一百米远的七婆子。七婆子的远视眼穿云破雾翻墙逾户看到了事件的全过程。她的话固然不能让人相信，里面掺杂了太多太重的臆想成分和编造的痕迹，但也有一部分真实的东西。

那夜有半弯残月，正是这残月之光为七婆子的远视眼提供了一定的照明条件。姥姥的小土屋孤零零地坐落在村口，很僻静。那时庄户人睡得早，吃完饭一撂碗就躺到土炕上不动弹了，身强力壮或有兴趣的就摸黑儿骚动一阵子干些不言自明的勾当。村子里很快就死沉沉一片寂静，偶尔传来几声狗咬，无人理会，于是就又沉默了。

姥姥那时已熄灯躺下，猛听得外面有人敲门。敲门声很轻，不像是庄户人。庄户人从不敲门，熟的推门就进，稍有礼貌的只是站在门外喊一声"在家吗？"等到应声后再进。

姥姥听出这敲门声很有教养就猜出来人是谁了。姥姥迟疑片刻坐起来披件衣服点亮了油灯。

"有甚话，留着明儿个说吧！"姥姥对着门外说。

"是我——小野次郎，我是来……和你告别的……"

"咋，要走？"

"嗯，明天早上……"

姥姥沉默了。

当时姥姥的内心肯定矛盾重重。姥姥的弱点就在于她太仁慈了，心肠太软了。

"我只有几句话，请开开门！"门外，小野次郎几乎是在哀求了。

姥姥又沉默了一会儿，然后穿好衣服，下地开了门。

小野次郎走进屋里来的时候姥姥吃了一惊——他穿一身农民的服装，俨然是黄土峪的一个乡民。姥姥的心一颤，不知咋回事，觉着那衣服竟与死去的黑三常穿的那件十分相似。姥姥在一刹那间产生了错觉，以为走进来的不是小野次郎而是黑三。

"咋这身装扮？"

"我不愿穿那身黄皮来见你，何况我……"小野次郎似有难言之隐，吞吞吐吐地说。

"有啥话，快说！说完了快走，让村里人看见又要说闲话了！"姥姥严肃地说。

小野次郎木呆呆地站着，低头不语。

姥姥叹口气说："炕上坐吧。"

小野次郎笨拙地坐到炕沿上，抬头望着姥姥说："明天，我们要走了！"

"知道啦。"

"我可能会死……"

"知道……打仗哪儿有不死人的……"

"我不会去杀中国人的，一个也不会！你相信吗？"

姥姥没回答，许久，才悲凉地吐出一句："可你是个兵哩……"

"不，我再也不穿那身黄皮了，从明天开始……"小野次郎的眼睛通红，近乎歇斯底里了。

"当逃兵？抓住了可是要让人家枪崩的呀！"姥姥惊骇地说。

"我已经做好了一切准备！"他坚定地望着姥姥，目光里透出一股光芒。

姥姥叹息道："你本不是当兵的料，走了也好，以后想法儿再回日本吧！"

小野次郎黯然神伤地低下头说："只怕是永远也回不去了！"

姥姥安慰他说："会回的，会回的，只要心诚，会回的……"

油灯闪跳了一下。昏黄的光线映照着破旧的小土屋，使这屋里具有一种不祥的色彩。半弯残月从窗棂上的破纸洞里照过来像是破碎的泪珠儿。屋里的气氛是压抑的、沉闷的，这氛围的确展示着一种生离死别。

"这些天，我总把这里当成北海道，把你当成我的堂姐……那里一到冬天雪很大，比东北的雪还厚，我曾在北海道过了一个冬天。堂姐对我真好，她叫秋子……"

小野次郎的眼神有些迷乱了，瞅着油灯嗫嚅着："我们住着木板房子，守着红红的火炉，听着木柴在火盆里噼噼啪啪地燃烧。屋外，风雪吼着扑到窗户上像是要把木板房埋住。我和秋子就这样默默坐着、坐着，望着炉火出神儿。有时我们的目光碰在一起又急忙躲开……我们什么话都不说，该说的都说尽了，只是默默坐着……那个多雪的冬天是那么宁静、温暖，给了我一辈子都忘不掉的幸福回忆……记得我给秋子诵读唐诗。她最喜欢李商隐的诗——君问归期未有期，巴山夜雨涨秋池……"

姥姥不懂诗，不知小野次郎在念啥，只觉得他和秋子都有大学问哩。姥姥用一根针挑挑灯芯，昏暗的灯火闪跳了一下，喷出无数的小火星。火苗蹿起来，屋子里明亮了许多。姥姥默默地凝视着油灯，仿佛小野次郎的故事都藏在灯芯里。

"知道我为什么去北海道吗？我的故乡在横滨市，我是为了躲避服兵役才跑到北海道的，在堂姐那儿住了整整一个冬天。春天冰雪快开化的季节，搜山的宪兵抓住了我……他们押着我走出那个小渔村。那时秋子还不知道，她正拿着凿冰锤在村外五里远的冰湖上凿冰窟窿为我捕鱼。我们走出村外路过冰湖时望见了她，不知为什么我不顾一切地喊了她一声……我真恨我自己，为啥不悄悄离开呢？为啥要喊她呢，对于那一声喊我永远追悔莫及！那时我看见秋子扔了凿冰锤，一边呼喊着我的名字一边跑过来。她在冰面上跌跌撞撞跑着，摔倒了又爬起来，浑身滚满了雪……"

小野次郎失魂落魄停了讲述，呆愣了好一会儿才又慢慢讲下去。

"那时渔民们为了捕鱼，在冰面上凿了许多冰窟窿，有的冻住了，有的没有冻死，只是一层薄冰。我看出秋子在冰面上奔跑太危险了就高喊她不要过来。可她仿佛没有听见，不顾一切地朝我们跑来。就在她快要跑出冰湖时，我看见她的身子一下子就沉坠下去，只听她喊了一声：小野君……整个人就消失在冰窟窿里。她的红头巾失落在冰面上，像一摊浓艳的血在流淌着……

"我当时疯了一般挣脱宪兵向冰湖扑去。可是我刚跑了几步就滑倒了。三个宪兵追来死死摁住了我。他们对我说：小野君，不要忘了你是大日本帝国的军人，你要珍惜自己的生命！你的命比她的更有价值，懂吗，小野君！你这么去不但救不了她。反而只能白白送死……他们死死摁着我，不让我过去……我拼命呼喊着秋子的名字，终又挣脱了宪兵，冲向冰窟窿，秋子的身影早已无踪无迹了。只有一汪冰水泛着死亡的寒光。痛苦和愤怒，使我暴躁地趴在冰面上用头狠命地碰撞坚冰，额角淌出的鲜血浸满了秋子遗落的红头巾……

"如果不是士兵们齐心合力把我拖出冰湖，我真想一头扎进冰窟窿，我宁愿和秋子死在一起。他们拖拽着我离开冰湖时，我最后回头望了一眼，只看见那块红头巾像一团火正在燃烧……

"过了不久我随部队来到中国，正是冰河开化的季节。有一天我们经过一条大河，我听见河上的浮冰轰轰隆隆、咔咔嚓嚓地响着。谁也没注意那条河的响动，对他们来说冰河开化是习以为常的现象，可我的心一下子就碎了——我想到沉入冰湖里的秋子，她该从坚冰中解脱出来啦。开化的湖水会把她冲到哪里去呢？她那块头巾还会那么红吗？我恨哪！恨我自己，恨夺去秋子的冰湖，恨那可恶的宪兵，恨那该诅咒的战争……"

小野次郎狂怒地吼起来，捶打着炕沿，抬起头，已满面是泪。

姥姥终于嘤嘤啜泣起来，远在异国他乡的那个不幸的女人的命运深深打动了她。小野次郎心底郁结的愤懑让她既同情又感动。姥姥忘记了时间，忘记了戒备，更不知在一百多米处还有一双炯炯闪烁的远视眼在注视着他们。

事情的复杂性是在此之后。据七婆子说：后来小野次郎跪在姥姥的大腿下苦苦哀求并抱住姥姥的腿，姥姥受不住就依从了；小野次郎将姥姥抱上炕，灯就熄了……小野第二天早上走时给姥姥丢下一根金条……

我认为小野次郎由于内心孤独苦闷把姥姥当成秋子抒发心中的块垒乃至向姥姥求爱都有可能，在那种特定的环境下人是易于感情冲动的。小野次郎在开小差的前一晚当然希望能从姥姥这里获得一种力量或是慰藉，以补偿失去秋子后一直不能痊愈的流血的心灵。但是姥姥绝不会同他越过那条男女防线的。姥姥可以同情他、怜悯他，甚至也可能产生一些感情，但绝不会在肉体上和他有什么瓜葛，除非是迫不得已，也就是说小野次郎采用暴力手段才能迫使姥姥就范，然而小野次郎能那么干吗？

我一直怀疑七婆子有一种性变态心理，由于自己长得太丑，多年来一直得不到男人的垂青，便被强烈的欲火熬煎着，于是对所有漂亮的女人都憎恨，正是这种恨导致了她对姥姥不负责任的胡言乱语、恶意中伤。

复杂的是九个月后姥姥生下了大舅。姥姥与郝家三兄弟以及小野次郎所产生的一切联系都是在民国二十二年农历五月的这个月份里……

11.

民国二十二年五月末，黄土峪的小葫芦村发生了一件惊天动地的大事。

小葫芦村约有四十户人家，二百来号庶民，是姥姥的娘家所在地。小葫芦村的村民们只知道勤勤恳恳侍弄家里的几亩地和养育老婆孩子，过着本分的日子。

准确日期大概是阴历五月二十八号，日头偏西的时分，一支疲惫不堪的由十二人组成的日军征粮小分队走进了小葫芦村。

这十二名日本兵在炎热的中午和下午徒步走了约三十华里的路程，途中还爬了几座山坡翻了几条山沟，再加上日头的毒烤，体内水分似乎蒸发殆尽，一个个口干舌燥，蔫头耷脑，有气无力。

从山坡上下来，蓦地望见了小葫芦村，稍感振奋。

小村不起眼儿，村口几株老树，一盘石磨，一口水井，都悄然蜷缩着恰如其分地嵌在村子口。

士兵们正感大失所望，无精打采，却冷不丁听到空中恍如一声鹤鸣。再听，那孤鹤仿佛落到古松上，一股飞泉跌落声随之而来，带来清凉爽人的气息。日本兵的精神为之一振，寻声而望，却不见鹤影，也不见飞泉古松。正惊诧，忽闻万鹤齐鸣，溪水潺潺，仙乐叮咚。

一支盲人乐队从村口走出，边走边奏乐，将大小喇叭吹得清清冷冷，美妙动听。他们快走到队伍前时分两行站定，顷刻间换了一曲《喜迎宾》。

日本兵认出这支鼓匠队，知道这是迎接他们来了，喜不自禁，抓耳挠腮，一个劲儿说："大大的好，大大的好，皇军大大的喜欢……"

五位瞎鼓匠只是起劲儿吹奏着，热热闹闹地将十二个日本兵迎进了村子。大鼓匠在最前领路，边吹边走，左拐右拐，躲沟过坎儿，竟如眼明人一样不差毫厘。大鼓匠的唢呐抛出一串尖音，其余四把唢呐跟着仰天长啸；大鼓匠的唢呐进出一串儿笑音，其余四把一同喜气洋洋地左呼右应；大鼓匠吹出一串儿舌音，四把唢呐顿如各种鸟儿啼鸣，百鸟朝凤，竞献清音……

十二个日本兵当然想不到那喜庆的音乐竟会是他们的哀乐，更不会想到再过几个时辰他们就会成为瞎鼓匠们的刀下之鬼。他们为中国百姓的如此"好客"感动得不知如何是好，只是咧着嘴傻笑。他们大多是还不满二十岁的青年，聆听着异国情调的绝妙无比的音乐，忘却了战争的残酷，用整个身心体验着艺术带给他们的无比愉悦，有的则陶醉在那变幻莫测的音乐声中。

我一直在探究瞎鼓匠们杀日本兵的真正动机。当然，最稳妥的解释是他们出于民族爱国之心而奋起抗日。几十年来，他们的抗日事迹一直被全县人民引以为傲。瞎鼓匠们固然有爱国思想，可是我却想：在他们那神秘而突发的举动里会不会还有别的动因？比如一种原始的宿命观，或一种盲目排外的小农意识，或仅仅是一种出于为黑三之死复仇的狭隘心理？

无论盲人们的主观动机是什么，客观上他们在中国的领土上消灭了十二个日本兵（大概还有几个高丽人），使他们不能在日后的侵华战争中为非作歹，这便是不朽的功绩！特别是当我一想到他们都是盲人，就会被他们英勇无畏的举动感动得浑身发抖。他们一辈子看不到光明，一辈子没屠杀过任何生灵，在那时却能灵巧自如地把日本兵的头颅割下来，这的确是个令人不可思议的奇迹。

据说大鼓匠并不全盲，就是说他有一只眼睛在某个关键时刻会突然看清眼前的一切，五秒钟左右那眼又恢复原样，什么也看不见了。

随着瞎鼓匠们杀日本鬼子的故事越传越神，大鼓匠的眼睛也被传得玄妙而不可思议了。传说大鼓匠曾在云游四方时结识一老道并成为知己，道士秘传他一种法术——先练气功，将内气练到能运转到身体各处之后，聚一股强气而攻眼球，眼球某一穴位被刺激，光明之门便豁然洞开，外界万物便摄入眼界。五秒钟后内气消散，神秘的光明之门重又关闭，一切又重归黑暗……

我不敢断言大鼓匠是否获得此法术能在刹那间重见光明，但是那一天大鼓匠领着众人准确无误地走进村西口的关帝庙却是事实。

庙不大，殿堂耳房门楣俱全，正殿里容得下百十来号人。盲人乐队将日本人领进关帝庙，鼓匠们吹奏着迷人的音乐，日本人听得晕晕乎乎，脚踩着乐曲的节奏犹如中了魔法，身不由己地随着鼓匠们进了庙门。这情景颇有点像一个寓言故事：一位乐师吹着魔笛领走了全城的老鼠。

进了关帝庙之后，乐声停歇。大鼓匠开言道："皇军光临咱这穷乡僻壤是咱的福分！穷山沟没啥好东西，聊备一桌粗茶淡饭犒劳皇军，请入席吧！"

日本兵这才看到在关帝庙庭院里那株绿荫参天的古榆树下，早已摆好一桌酒席——十二个大瓷碗里扣着白花花的猪肉炖粉条，十二个大瓷碗里倒满了清冽冽的高粱酒。酒香四溢，一直沁入心脾。日本兵喜出望外欢呼起来，撂了枪竞相入座，顿时风卷残云，一片虎嚼狼吞之声，间或有咕咕咚咚往肚子里灌酒的响动。饮到兴头上，鼓匠们便吹一曲《小寡妇偷情》来助酒兴。兵们酒兴正浓，脱了军衣军帽，痛快淋漓地大吃大喝起来。

一个小小的插曲暂时中断了兵们的豪饮，让他们见识了大鼓匠的一手绝活儿。一个日本兵端起碗来正要饮酒，不料古榆树上有只乌鸦拉下一泡稀屎，恰掉在酒碗里。日兵大怒，操过枪就要射乌鸦。大鼓匠嘿嘿一笑，拦住了日本兵，说："杀鸡何须用牛刀，瞧我的！"大鼓匠将小唢呐举起，对准乌鸦，先暗运内气，两腮忽地鼓胀而起。大鼓匠一松唇，将那气猛地注入唢呐内，便猝然爆响了一声凄厉刺耳的长音。那音儿箭一般腾空而起，飞入云端，又似勾魂摄魄的鬼叫，让所有听到的人心头一悸。声音未落，那枝头的乌鸦扑棱棱跌落下来，中了魔怔一般在地上扑腾着翅膀飞不起来。

所有的日本人都大惊失色，齐口称奇。大鼓匠只淡淡一笑，说声："上好酒，给皇军压惊！"

胖四鼓匠和瘦五鼓匠抱来两坛子陈年老酒放在桌上，将封坛口的羊肚皮扯开，一股浓郁的奇香溢出。日本兵的眼睛顿时大放光彩。大鼓匠说："这是咱黄土峁最好的老陈酒，用五谷杂粮酿造而成，味香不辣口，喝多不上头，请皇军品尝！"

十二个大瓷碗里重又斟满新酒，日本兵端起就喝顾不得许多，哪里想到那酒里是下了蒙汗药的，这一碗酒将他们置于死地。

黄昏时，天边浮上一片血色。关帝庙里，十二个日本兵东倒西歪，昏睡过去。瞎鼓匠们放下乐器，顶死了庙门，脱光膀子，每人斟了一碗酒走进殿堂。他们面容庄严，一起将酒碗端过头顶，向那尊红脸关公泥塑跪下。大鼓匠说："关老爷在上明鉴，我等五人虽不如你老人家尽忠尽义，可也有拳拳忠义之心。今日，我五人要杀了那十二个倭寇狗，用他们的血来祭你的牌位，万望关老爷保佑我等成事！"

五位鼓匠齐声道："关老爷保佑。"

酒碗端到唇边一口气豪爽地灌下。

酒壮英雄胆，大鼓匠走到关公泥像后，从一堆柴草里抽出早已备好的五把宰猪刀，每人分了一把，然后取出一尊小巧玲珑的木雕像端在手掌心说：

"我等真神在上！"

众鼓匠持刀跪下，向鼓匠们自己的庇护神祷告起来。那尊神像很奇特：一面为男性一面为女性，都闭目如盲瞽状，赤裸着身子。男性那面的肚皮上长着三套生殖器，状如小喇叭；女性那面亦有三个阴户，状如喇叭口；其相貌颇似印度人。

向庇护神祷告完毕，便取了酒浇在刀刃上，大鼓匠的眼里闪烁着亮晶晶的蓝光。

"走，宰猪去！"

五位鼓匠手持屠刀出了殿堂，分别摸到一个日本人。大鼓匠说声"动手"，刀尖就准确插进一个日兵的胸腔里，一股热血喷出，溅了他一身一脸。

据说这第一个丧命的日本人正是开枪打死黑三的那个哨兵。白三鼓匠的手抖得厉害，几次攘下去都落了空，不敢再下手："师傅，咋个杀法儿？"

大鼓匠骂："软蛋泡！脖颈上，肚皮上，哪儿捅都行！杀人还用师傅教吗？"

"捅不住呀！"白三鼓匠急得要哭。

"给你个女人你准能捅到点儿上！"胖四鼓匠一边往下割日本兵的头，一边笑着逗趣儿。

大鼓匠说："捅不住就到一旁吹喇叭去！"

白三鼓匠就遵命退到一旁，憋紫脸吹了一曲《闹花轿》。

整个屠宰过程是在喜洋洋的音乐声中进行的。一支曲子的工夫，十二个日本兵的脑袋全被割下来，整齐地排列在桌子上。污血染红了关帝庙庭院的大青石板地。

至于日本兵的尸体是怎样处理的，直到今天仍是一个谜。有人说尸体埋在了正殿后面，那儿曾有一个大菜窖；有人说尸体大概抛在了村西的枯井里；也有人说尸体全用菜刀剁碎喂了野狗……众说纷纭，莫衷一是。

那天黄昏，小葫芦村的人们只听见关帝庙里乐声不绝于耳，忽而喜庆，忽而悲壮，忽而悠远深沉。庙门关得严严实实没留一丝缝隙，什么也窥不见。有三个孩子非常勇敢，一个踩一个肩膀搭了个人梯，最上面的一个刚好露出半个头。大概只瞅了五秒钟，那孩子喊了声"妈呀！"便一头栽下来，昏厥过去，不省人事。据他清醒过来以后讲，庭院里的情形是这样的——十二颗人头整整齐齐码在桌子上，五个瞎鼓匠围了一圈儿，对着人头吹奏喇叭。随着音乐的节奏，那十二颗头颅竟自动跳跃起来，有的面孔在笑，有的面孔在哭，有的似怒，有的似喜……

毛孩子的话固然不可信，但那天黄昏的确有人看见从关帝庙里走出了五个瞎鼓匠。

那时天已暗淡，西天仍有一抹紫云在浮荡。五个瞎鼓匠从庙门鱼贯而出，浑身上下都是血迹，甚至连唢呐都被鲜血染红了。他们庄严肃穆地走出庙门，一个牵着另一个的竹竿，排成整齐的一排，在大鼓匠的带领下，向白马牙河走去。

白马牙河里盛满了晚霞紫色的光泽。瞎鼓匠们遍体红光在暮霭里显得虚无缥缈、若隐若现。他们牵着手走入河水中，河面上大块大块的紫色破碎，翻出白花花的水雾。他们默默地走到哗哗作响的河水里认认真真清洗身上的血污……

据一位曾在白马牙河下游淘米洗菜的农妇证实，她正洗菜淘米之间发现从上游漂来一股股淡淡的红色。后来红色渐浓带着一股腥臭味儿。农妇觉得怪异不敢再洗，就逆流而上，却见五个赤身裸体的男人泡在河水里，白花花的身子耀眼夺目。农妇羞得不敢细看回身便走，心里却好生奇怪那水为何会变红？

完全可以肯定——五位民间盲艺人于民国二十二年阴历五月末的一个黄昏，他们在小葫芦村的关帝庙里屠宰了十二名日本兵，然后从从容容地到白马牙河里清洗了身上的污血。尽管他们的行为曾给小葫芦村引来深灾大难，但他们的壮举惊天动地，轰动一时。

那时，冯玉祥的部队正在张家口集结，准备给日军沉重一击。

姥姥说：那年大年初一，五位瞎鼓匠遇到一个算命的瞎老汉。那瞎老汉神机妙算，能算出人五十年后的吉凶来。鼓匠们素仰瞎老汉大名，邂逅相逢，十分欢喜，就请瞎老汉卜一卦。那瞎老汉掐指一算，大惊失色，失声道："你五人今年有血光之灾，恐人人难逃劫数！"五人忙讨教破灾的法子，瞎老汉沉默半晌才说："唉，同病相怜，谁叫咱都是瞎子呢！教你们个破灾的法子吧——你等若想消灾避祸，需取二十四颗人头……记住，只要东洋人的人头！如此这般，才能以血光冲血光消灾泯难。"

姥姥又说：听人讲，那算命的瞎老汉是冯玉祥派来的地下党哩，专门来发动抗日的。

姥姥深深地叹息着：唉，只是可怜了那五个瞎鼓匠……

12.

根据我的推断，当五位盲艺人在白马牙河里清洗身上的异族的污血时，姥姥那时可能也正站在白马牙河岸边手持利剪悲恸欲绝，千万遍诅咒着公婆和郝氏兄弟。由于大葫芦村和小葫芦村相距二十多华里，所以她看不见盲艺人怎样洗涤赤裸裸的身子，盲艺人也听不到姥姥在岸边发出的母狼一样的干号。

这就是说，郝家联合起来对姥姥美丽的肉体进行惨无人道的蹂躏是在日本人离开大葫芦村之后才发生的事儿。为了躲避郝家的报复和欺辱，姥姥拎着小花布包袱骑着一头小叫驴回了娘家——小葫芦村儿。

姥姥回到小葫芦村时大概正是五位盲人屠宰日本人的第二天或第三天。姥姥在娘家刚坐稳，就听到了那个神秘的让人激动又让人心悸的传闻。

六十七岁的老娘撮着牙花子在姥姥耳边紧张地说："可了不得哩。前两天来了十二个日本人，让五个瞎鼓匠迎进了关帝庙，一个个全给宰啦！"

姥姥心头一颤，慌得快喘不过气来，说："全宰啦？"

老娘一拍大腿道："可不哩！"

姥姥好不容易喘过一口气来问："有个叫小野次郎的日本人吗？"

老娘不负责任地信口说："八成有！日本人的名字都叫得差不多。"

姥姥又问："有个长得像教书先生模样的小后生吗？"

老娘不加考虑，激动不已，说道："有，有哩！可有几个清清秀秀的小后生，咋看不像当兵的，大概二十没出头呢，全让瞎子给宰啦！唉，可怜的小后生乱窜个甚呀，不好好守家待地，到咱中国的山沟沟里来，那还不挨刀……"

姥姥不言语了，姥姥久久地望着窗外灰蒙蒙的天，神情麻木，目光呆滞。那时姥姥还不知道小野次郎是否开了小差，所以也就无法断定他是否成为瞎鼓匠们的刀下之鬼。

又是黄昏时，正在屋里做针线活儿的姥姥听见外面隐约传来悲凉悱恻的唢呐声。姥姥熟悉那音乐，知是瘦五鼓匠坐在村外的土岗子上吹奏喇叭。姥姥的心房随着那音乐颤动起来。

姥姥出了屋，走到村口，手搭凉篷向土岗子上望去，果见在一派火红的晚霞里，土岗子犹如古堡耸立起黑色的影子。古堡上凝着一个人影的坐姿，一杆喇叭对着广袤的田野将无限悲切的音韵泼洒向那深邃浩渺的地方。那曲子仿佛是一条九曲十八弯的小河，漂泊着一个悲悲怨怨令人肠断的爱情故事。姥姥听着听着不禁潸然泪下，只觉心底种种情感、悲伤、凄凉、孤寂和渴望都一股脑涌上来，冲荡着她那颗二十三岁的心灵。姥姥觉得自己的心灵正在那乐声中渐渐融化，整个身心与身外的大自然化合在一起。

倏地，姥姥冷不丁听见身后粗重的喘息声。姥姥吓得急忙转身，却见二黑鼓匠立在跟前，两只眼里恍若有蓝光闪动。姥姥便记起了二黑鼓匠肩顶油碗的精彩表演，记起了赏他酒时他身上散出的奇异味道，记起了他那一身铁疙瘩似的黑亮闪光的肌肉。

姥姥有点脸红心跳。

"是郝家三媳妇吧？咋到这儿来了？"

二黑鼓匠的问话让姥姥吃惊不小——这瞎子咋能一下子认出她来呢？姥姥

心里忽地产生了一个试试他的念头。姥姥变着腔调说："瞎鼓匠，认错人啦，俺才不是甚的郝家三媳妇，俺是本村儿的！"

二黑鼓匠温柔地笑了笑道："骗不了俺，你是郝家三媳妇，俺记得你哩！"

"你凭甚能记住俺？"

"你身上有股子香味儿哩，和别的女人身上的味儿不一样……"二黑鼓匠嗫嚅道。

姥姥的心忽悠颤了一下——咋，他也闻着俺身上有股与众不同的味儿哩？这太有意思咧，难道俺与这瞎子前世就修下了缘分？

"郝三媳妇，人人都说你长得俊，俺一直想看看你到底是甚模样。"二黑鼓匠真诚地说。

这时，土岗上瘦五鼓匠的喇叭声正如泣如诉，恍似凄凉的秋风一样断断续续掠来。

"俺不俊，可丑哩，你真要看见，准得吓跑呢！"姥姥望着二黑鼓匠说。

"又骗俺！你俊，太喜人咧，连说话的声调都那么让人爱听。俺在心里把你画过一万遍了，真格的，你都刻在俺心坎上哩……"

姥姥有些感动地望着二黑鼓匠，她没想到一个被人随意蹂躏的、地位卑贱的女人也会被人惦记着，像供奉神灵一样供奉在这个男人的心坎儿里。她明白了自己的价值所在，彻底否决了轻生的念头。

土岗上，瘦五鼓匠的喇叭声开始哽哽呜咽，一阵阵地揪心。夕阳的余晖中，他的身影虚缈难辨，如同他的喇叭声一样融化在如水的暮霭里。

"那人为甚总是吹这支曲子？让人怪难受的！"姥姥转过头望着土岗子问。

"唉，还不是为了女人！为了女人杀人，为了女人离家出走，为了女人瞎了眼，为了女人当了鼓匠……可那女人再也找不到啦，也许跟人走了，也许死了，他那是为那个女人吹曲儿哟……"二黑鼓匠悲凉地叹了口气。

"他杀过人？"

"杀过！俺也杀过，前两天……"

"杀日本兵是吗？俺知道。整个黄土峪都传遍了！"

"传得这么快？"

"这可是塌下天的大事，传得还不快！哎，你们咋不赶紧躲躲呀？这事儿传到日本人的耳朵里，有你们好活的？！"

"怕甚，日本人最好日哄哩！俺们就在这儿等下一拨儿日本人呢，来了正好一块儿收拾狗日的！"

"你们咋就那么恨日本人？"

"你不懂……俺也不懂！老几辈子就传下这么个规矩，倭寇是俺们的仇人，碰着就得杀，要不，天理难容……"

"真是克星哩……"

姥姥与二黑鼓匠的谈话持续到天黑以后。分手后姥姥一边往回走一边回味着与二黑鼓匠的闲唠，感到少有的愉快与充实，暂时忘掉了自己的不幸。二黑鼓匠真是天底下少有的好男人，可惜瞎了眼！唉，这世上的事儿为甚总是不如人意？二黑鼓匠喇叭吹得好，人诚实，长相也厚道，如果跟了他……

走着想着，姥姥竟萌动了想嫁给二黑鼓匠的念头。

一连几天，姥姥与二黑鼓匠的来往很频繁，谈天说地，讲古道今，或默默坐着。我相信无论姥姥还是二黑鼓匠都萌动了爱心，都从对方身上找到了各自的归宿和慰藉。如果再给他们一些时间，他们也许真的能结为鸾凤，那么，二黑鼓匠就有可能成为我的姥爷。

对姥姥来说，那几天是最宁静、最幸福的时光，足以让她回味一辈子。鉴于他们感情进展的神速，我猜想在他们之间有可能发生这样的戏剧性的情节——

一个傍晚，两人在村外又闲聊了许久。夏夜的空气既温柔又凉爽，挟带着小麦或莜麦的清香；田野上荡来野鸭子柔情蜜意的啼叫，村庄里浮荡着轻柔的、淡淡的炊烟。这情景深深触动了姥姥，姥姥觉着心底有点什么东西在倔强而温柔地往上拱着，终于拱开了那扇紧闭的房门，于是光明如潮水般涌进了心房。姥姥听着二黑鼓匠粗重的喘息声无法克制自己的欲念，就紧紧攥住他的双手。盲艺人的手指修长、细腻、白净，有刚、有柔、有韧。

姥姥握住那手觉得握住了最珍贵的希望，姥姥说："二黑，咱俩走吧！俺把整个身子交给你，随你带到甚地方都行，俺是你的人……"

二黑鼓匠显然有些慌乱，道："你肯跟俺？不嫌弃俺眼瞎？"

姥姥将那手拉进怀里说："只要心好，眼瞎有甚哩，俺把俺的眼珠儿给你！世上的男人不瞎的倒多着哩，可一个个禽兽不如……"

二黑鼓匠说："俺可没那福分哟！"

姥姥说："咱走！咱一块儿到蒙古草地去，在那儿谁也不认识咱，咱给蒙古人放牲口，好好过日子……"

二黑鼓匠艰难地把手从姥姥怀里拽出来道："不价，俺不能离开师傅和师兄弟们！死也不能……"

"为甚哩？"

"你不懂，不懂！"二黑鼓匠圪蹴下抱住头说，"俺们瞎子都滴血盟过誓哩——生死都在一起……"

姥姥的热情被泼了一瓢冷水，呆呆望着缩成一团的二黑鼓匠，实在不明白一个高高大大的汉子咋会缩成这么小？姥姥掉泪了，用手捂住脸道："俺的命咋这么苦哟！"

二黑鼓匠摸到姥姥身边，抓住姥姥的手，哄孩子似的说："明儿个不要来了！俺知道那是痴心妄想，别来了，秀儿……"

秀儿是姥姥的小名，几乎没几个人知道。二黑鼓匠猛地唤出姥姥的小名儿，姥姥的心就碎了，碎成一摊粉面儿。

"秀儿！"

"哎。"

"回个吧！风大，小心吹坏你的毛眼眼！"

"嗯！"

"秀儿！"

"咋啊？"

"俺想……"

"想甚？"

"想摸摸你的脸蛋蛋……摸了脸蛋蛋，俺就知道你的俊模样儿啦！"

"二黑，可怜的二黑呀！俺脸在这儿哩……"

"秀儿！"

"还咋？"

"俺想亲亲你……俺一辈子没近过女人。就这么活一回俺觉得屈哩。俺这几天总觉得要有大祸临头，怕是活不了几天咧！"

"不许胡说！"

"真格的，你许不许？"

"亲哪儿？"

"亲手……不，亲嘴儿！"

"二黑，别价……"

"好秀儿哟！"

"俺真的走啦！"

"秀儿，狠心的秀儿……"

……

这个浪漫的情节是我虚构出来的，读者可以信也可以不信。这个情节是否真实无关紧要，只要证实姥姥与二黑鼓匠有过一段密切交往这就够了。

实际上姥姥本人并不否认她与二黑鼓匠的暧昧关系，一提到二黑鼓匠她老人家就神采奕奕，双目放光，赞不绝口，在夸奖二黑鼓匠的言辞中毫不掩饰心中的爱慕之情，并暗示她当年可能会爱上二黑鼓匠。

然而我从时间上推算，姥姥与二黑鼓匠不会产生更复杂的关系，仅仅是相互倾心而已，尚来不及朝纵深方向发展。因为，姥姥回到娘家的第八天早上，另一支日本人的队伍开进了小葫芦村。

依然是十二个兵，疲惫不堪而又毫无戒备地向小葫芦村走来。走到村口，依然是先闻喇叭声，后见五个盲艺人迎出来，热热闹闹地将日本人迎到了关帝庙。

依然是十二个大瓷碗里斟满了酒，十二个大瓷碗里装满了猪肉炖粉条。五位瞎鼓匠只等着日本兵灌下蒙汗药酒后下手行事。

可是出了意外！

五十多名荷枪实弹的日本兵在本田少佐的带领下突然包围了村子，将小葫芦村的村民们赶往关帝庙门前。

那时，瞎鼓匠们全然不知外面发生了什么事儿，也不知道坐在凳子上的十二个日本兵脸上露出了阴险的、杀气腾腾的笑意，只是起劲儿地吹着喇叭，奏一曲喜气洋洋的《小寡妇上轿》。

13

姥姥是幸运的，竟能从那场惨绝人寰的杀戮中捡一条命，不能不说是个奇迹。

姥姥是日本人血洗小葫芦村唯一的见证人，因此前几年村里乡里开忆苦思甜会或是县里召开声讨日本复活军国主义誓师大会等重要场合，都要请姥姥去做报告。姥姥因此而坐了小轿车，在乡里吃了五十块一桌的高级酒席，在县招待所睡过二块三毛五的高间，由此而身价百倍。

姥姥在做报告时感情真挚，没有八股调，语言朴实动人，每次总要流许多泪，惹得台下的听众也掉了许多泪。姥姥做报告时台下鸦雀无声，讲到高潮时台下唏嘘啜泣一片，惹得大大小小的干部十分眼红。可是有一次姥姥做报告做糊涂了，说着说着走了嘴："那日本人里也有好人呀，有个叫小野次郎的就不愿杀中国人呀……"台上台下顿时大哗。

那是姥姥最后一次做报告，会后没吃宴席也没有小轿车送，姥姥茫茫然被打发出县城，靠两只小脚走了五十多华里的山路回到了黄土峪。姥姥只以为是报告没讲好，羞得好几天不敢见人。

然而姥姥确实把瞎鼓匠的故事讲得好，它震撼了我幼小的心灵并震撼了全县许多人的心灵。当我把这个故事写在稿纸上时我感到十分惭愧，我所用文字表述的故事比姥姥的口述要逊色十倍，感到相形见绌！

　　屠杀是从正午时分开始的，一直持续到夜幕降临。杀人场所就在关帝庙正殿内。

　　姥姥和老娘被日本人从家里赶出来，随着人群一同向关帝庙走去。庙门外，人越聚越多，四面被持枪的日本兵围着。然而庙院里飘出一派喜悦的乐曲声。村民们猜不透出了什么事，在庙门前交头接耳，窃窃私语。姥姥扶着老娘心里七上八下，她是所有村民中唯一一个最先预感到不幸将要来临的人。日本人的到来对瞎鼓匠们显然凶多吉少，但她还不知道日本人所屠杀的范围绝不仅仅限于鼓匠们，而是要囊括全村老小。

　　一个军官模样的日本人站在关帝庙门前的青石台阶上讲了话。姥姥认出他是本田少佐。姥姥找了半天也没找到小野次郎。本田身边的翻译换了个汉奸模样的男人，声音嘶哑尖细如妇人骂街。那人说："本田少佐说啦，今天是他老人家四十岁大寿，要好好庆贺庆贺，所以请各位来热闹热闹。现在，大家都到庙里去吃寿酒。不要一块儿进，庙小人多，一块儿进易乱，要一对儿一对儿、两个两个往里走，都听清了吗？"

　　小葫芦村二百来号百姓聚在关帝庙门前，听完翻译的话，心里的石头落了地，踏实了许多，有的甚至暗暗窃喜——感情是请来吃寿酒，日本人真大方呢！吃狗日的，喝狗日的，怕甚，解了馋再说！何况庙里的五杆喇叭正吹得如火如荼！

　　最先进庙的是村里嗜酒如命的酒鬼二狗油和他五岁的儿子小柱儿。父子俩进庙不多时，又一对村民被唤进庙里。此后，每隔五分钟便有一对儿或男或女、或老或少的村民被叫进庙里。

　　有些胆小不想吃酒的想走，可四周全是铁桶般的日本兵，哪里出得去！村民们便以为日本人果然好客，习俗也怪，唯恐人家不肯吃酒便用了这种强行留客的法子。

关帝庙庭院里，五位瞎鼓匠以为日本兵正在大碗喝酒大口吃肉，演奏便进入了高潮，全然不知在他们眼皮底下正进行着一场屠杀——最先进庙的二狗油和五岁的儿子已经被日本兵分别摁到两口铡刀下，不等他们叫出声就将一大一小两颗人头铡了下来。

高亢刺耳的喇叭声压住了一切声音。屠杀顺利地进行着。

又进庙的两个村民赫然看到血淋淋的场面，惊呆了，吓傻了。日本人笑着将酒碗递给他俩，让他们喝一口压压惊，然后指挥他们把二狗油和小柱儿的尸体抬到关公泥塑下。二狗油和小柱儿的尸体就这样成为两块基石将承受着二百多具无头尸的重压。小葫芦村所有的村民将用自己的血肉之躯垒筑一座庄严而辉煌的金字塔，那塔尖上将摆上一颗眼冒蓝光的人头——大鼓匠的头颅。

抬完尸体，两个抬尸者就被送到铡刀下。

鼓匠们正在起劲儿地演奏着《挂红灯》。

又有两个村民走进庙门。

二狗油和小柱儿的身上很快垛上了五十六具尸体，鲜血已流出殿堂，如涓涓溪流淌到鼓匠们脚下。白三鼓匠觉得脚下黏黏的悄悄摸了一把，手上黏糊糊的东西腥臭难闻，他暗觉怪异又不敢作声。新进庙殿的是两名妇女，当日本人让她们搬尸体时她们才看清了屠场的情景，其中一个忍不住尖叫一声往门外跑去："妈呀，杀人啦——"一个日本兵用有力的大手拧住她的胳膊，一个兵用脏毛巾堵住她的嘴……

瞎子的耳朵是最灵的。大鼓匠于乐声的狂涛中听到了女人微弱的嘶叫。大鼓匠已经猜出发生了啥事儿。从日本人一进庙门他就开始疑惑，一种本能的预感使他的心灵充满了莫名其妙的悲哀。他没将这心情向外流露一点儿，抱着一种听天由命的豁达态度等待着将要发生的一切。大鼓匠虽没听到有人进庙的声音，也没听到铡刀的响动和人头落地的声音，却已感到有啥可怕的事儿正在发生。不一会儿，他就嗅到一股熟悉的气味，和那天宰小日本儿所嗅到的气味儿一样——那是一股强烈的血腥味儿！由于他不相信小日本的血味儿会和中国人的一样，所以他不愿承认眼皮底下正在惨杀的事实。他暗暗祈求关老爷保佑，恍惚听见女人惊惧的嘶喊……

　　大鼓匠终于什么都明白了。他忽地抛出一串儿刺耳的长音，其余四杆喇叭顿时哑然。大鼓匠鼓圆双腮，眼里忽地闪出蓝光，几个破乍乍的音符从喇叭口猛地爆出，大有石破天惊的力量，霰弹般炸开，刺痛了所有人的耳膜。据说有几个日本兵当时听到这喇叭声登时昏厥过去，七窍流血。大鼓匠用整个生命吹奏了一曲即兴创作的挽歌：它是宣言，又是诀别；它是号角，又是哀乐。大鼓匠为自己、为五位盲人、为全村人吹奏了一支肝胆俱裂、浩气长存的哀歌。

　　在生死攸关之际突发的力量肯定是震撼人心的，我毫不怀疑大鼓匠的喇叭声有撕心裂肺、振聋发聩的力量。姥姥说她在庙外听到那喇叭声浑身就开始战栗，心儿突突跳得发狂，知道庙里出了事儿。所有的村民都闻声色变，在大鼓匠的震山撼岳的喇叭声中始知大难临头。

　　关帝庙里展开了一场肉搏战。鼓匠们挥着手里的喇叭号叫着向前砸去。喇叭如利剑来势凶猛在空中呼呼作响，却只有二黑鼓匠的喇叭碰到了日本兵的脑壳，其余的落了空。日本兵狂笑着猫玩老鼠一样躲闪着，用刺刀尖在他们身上乱戳。四个年轻的鼓匠很快被捅得血迹斑斑，伤痕累累。他们愈加狂怒，朝有笑声的方向扑去。日本兵愈加开心，用马刀、匕首削下盲艺人的鼻子、耳朵、指头。胖五鼓匠的肚子被剖开，肠子流到石板上拖曳着被鲜血染红。白三鼓匠的裤子被割开，一个日本兵冒着被砸破脑壳的危险灵巧地潜伏到白三鼓匠的腿下，用马刀割下了他的生殖器。白三鼓匠惨叫一声扑倒在地。这时二黑鼓匠由于判断准确，以猝不及防的速度扑向那个笑得忘形的日本兵，手中的铜喇叭准确无误地嵌进那士兵的脑壳里。日本兵把一长串笑咽回到肚子里，木头一样栽倒在地上。日本兵都停了狂笑戏逗，抽着冷气说："瞎子大大的厉害，统统地死啦死啦……"

　　在大鼓匠唢呐的最后一声长啸时，十几个日本兵同时将刺刀、马刀捅进四位鼓匠们的肚子里、胸脯里或咽喉处。

　　大鼓匠始终稳稳坐着。在瞎子们与鬼子的搏斗中大鼓匠反复吹奏着一支激励人心的曲牌，为这场肉搏增添了轰轰烈烈的悲壮气氛。日本兵们最后围向大鼓匠。只见他岿然不动，双手稳稳架着喇叭，喇叭嘴儿依然含在口中，却没有音儿从喇叭里发出。此时无声胜有声，日本兵毛骨悚然，竟无人敢过去看个究竟。当他们发现大鼓匠不知何时就已气绝身亡时，才悻悻地割下大鼓匠的头颅。

那是一幅惨不忍睹的场面——四位盲人的尸体支离破碎，只有大鼓匠的尸身保留得完整些。

日本兵割下了五位盲人的头，整齐地摆在酒桌上，然后他们端着酒碗，对已死和新死的共十三名日本士兵进行了祭奠。

对村民的杀戮继续进行着。姥姥搀扶着老娘被赶进关帝庙时，尸体垛子已垒到一百五十三个，金字塔即将竣工。日本兵已疲惫不堪了，杀人的兴趣锐减，只想尽快结束这场屠杀。

姥姥走进庙门，犹如在死亡污浊之地冒出一朵美丽的水仙花儿，日本兵的眼睛顿时亮了。

姥姥说她看到那么多尸体摞在一块儿时一点都没吃惊，也没害怕，十分镇定。老娘却受不住惊吓，一头栽倒在地再没起来。姥姥从从容容去搬走在她们之前的两具无头尸。一个年轻的日本兵走过来帮她把尸体抬起扔到尸堆上。姥姥做完这件事儿慢慢走到铡刀前躺下，把脖子放在铡刀上，静静等待着。铡刀在滴血。血已经流成了河。铡刀卷了刃，望着姥姥雪白的脖颈望而却步……

姥姥说：要是你把世上的事儿都看透了、看腻了，死其实也就是那么回事儿。

姥姥说她已经"死"过多回了！刽子手已举起铡刀，望着美丽的姥姥迟疑着不敢下手。姥姥听见旁边的铡刀"咔嚓"响了一下，知道那是铡下了六十七岁的老娘的头，心尖一阵阵发疼……

姥姥将头伸到铡刀里，等了许久不见动静很不耐烦，就用眼睛瞅那个持铡刀的日本兵，竟瞅得他慌乱起来，目光求救似的到处转悠。不知为啥，姥姥忽然无声地笑了。姥姥的笑靥一定很美很灿烂，日本兵们围过来傻呆呆地望着姥姥。这时本田少佐走过来摆摆手，日本兵都退到后面。本田小队长尽管白手套上沾满了人血依然温文尔雅，和善地对姥姥笑着，并亲手把姥姥扶起来。"你的……郝三媳妇？"本田小队长用生硬的中国话说。

姥姥平静地抻抻衣角，捋捋鬓发，不言语。

"我们，不久前，见过面，忘了？"本田小队长很尴尬。

姥姥依然不言语。

"你的，大大地放心，死啦死啦的不会！你——小葫芦村人的不是，没杀皇军，统统没事儿。你的，可以开路依玛斯……"

姥姥迟疑了一下，向庙门处走去。

"请等一等，郝三家的，有件事问你……"本田追上几步，用诡谲莫测的目光望着姥姥，"我们离开大葫芦村那天夜里，你的，小野次郎的见过？"

姥姥点点头说："见过。"

"他的，向你说些什么？"

姥姥说："没说啥，只说要走。"

"他哪里去了？你的明白！"

姥姥摇摇头，心中一阵暗喜道："不明白！"

"小野君不可能不告诉你！"

姥姥装糊涂道："他去哪儿咋会告诉俺这乡下女人呢？"

本田沉吟着道："小野君对你大大的好，是吗？"

姥姥不动声色道："俺不知！"

"他的，喜欢你，你真不知道？"

"真不知！"

"你一定知道他的哪里去了？"

姥姥转身走向铡刀道："你连自个儿手下的人哪儿去了都不知道，俺咋会知道？你要不信，就铡了俺！"

本田少佐突然哈哈大笑道："好，你的大大的够朋友！小野君——我的朋友；你——小野君的朋友，我们统统的朋友！如果见到小野君，请转告他：我等他平安回来……"

我猜想本田之所以没杀姥姥并不是说明他还有点人性，他之所以放了姥姥是想从姥姥那里找到小野次郎的行踪。小野次郎的失踪是他最忧虑的一件事儿，他怕小野次郎一旦落入冯玉祥之手会成为反战抗日的宣传工具，那么他就无法向上峰交代，也许丢官，也许丢命。为了找到小野次郎，他才放了姥姥，让她做诱饵。姥姥这才知道小野君果然开了小差，既为他高兴，又为他担心。

　　据统计，那一天日本鬼子在小葫芦村总共屠杀了二百三十七个村民，如果算上五位盲艺人便是二百四十二个。凡是那天在小葫芦村的人几乎都被屠杀了，只有姥姥例外。日本人在天黑时撤离了那个无人村。

　　姥姥当晚带着二黑鼓匠留下的喇叭赶回大葫芦村。

　　那时村里的人依然过着太平盛世的生活，日落而息，俱已熟睡，全然不知二十五华里外的二百四十二个同胞所遭受的血腥厄运。姥姥像个女疯子一样挨着家砸门，谁家屋里都没动静。姥姥木呆呆地失神落魄地站在街头，以为大葫芦村也要遭血洗。忽然，姥姥灵机一动，狠命地吹起喇叭。姥姥从不会吹那玩意儿，一鼓作气居然也吹得惊天撼地！姥姥用毕生精力奔跑着，停下来在一个地方猛吹一阵子然后再跑。万籁俱寂的夏夜里不时爆发出骇人的、尖厉的呼叫。

　　姥姥终于用二黑鼓匠的喇叭唤醒了全村所有的人。姥姥讲了二十五里以外发生的惨案，吓得大葫芦村的人们魂飞魄散。姥姥亲自挑选了十几个胆大的汉子连夜兼程赶往小葫芦村儿。

　　他们进村儿时天蒙蒙亮，一片泛着红光的浓雾在村庄里游荡。村子里平静极了，雄鸡依然啼鸣，猪在圈里哼哼，牛在棚里咀嚼，然而家家户户敞着门不见人影。

　　姥姥与那十几个汉子胆战心惊地摸进了关帝庙，首先看见庭院的酒桌上齐刷刷地摆着几颗人头。姥姥一眼就认出其中一颗是二黑鼓匠的。

　　姥姥在那时干了一件平生最英勇、最得意的事儿——姥姥深一脚浅一脚地走到酒桌前，庄严地捧起二黑鼓匠的头颅。她用自己的衣襟蘸着碗里的酒将头颅脸上的污血擦拭得干干净净，一直擦得那头颅栩栩如生，眼睛明亮地睁开才停了手。然后姥姥无比庄严地跪下去，在那冰凉的唇上留下一个长吻，了却了死者生前最大的愿望。

姥姥说：她亲二黑鼓匠的头颅时，就像亲活人一样，那唇上有温度，鼻孔里有气息，眼珠儿亮瓦瓦地注视着姥姥，脸上布满了温柔的神情。姥姥相信她的吻使死者在刹那间得以复活，在九泉之下得到满足和慰藉。

姥姥还悔恨地说：那天夜里她不该拒绝二黑鼓匠，让他失望伤心。可怜他活了一辈子没亲近过女人……

拒绝什么姥姥没说。姥姥的悔恨使我相信那时姥姥愿意把一切都奉献出来。

姥姥是伟大的！

十几个汉子冒险闯进庙殿里，顿时惊得动弹不得——殿堂内二百四十二具尸体码得整整齐齐，垛成了一个金字塔形，一直垒得靠近房梁。大鼓匠的头颅被当成塔尖，平静而漠然地望着走进庙殿的人们……

这时，旁边的耳房里泛起一片响动。汉子们心惊肉跳出门看，顿时惊得如泥塑一般——从耳房敞开的门里涌出一股灰褐色的潮水，滔滔不绝地向庙门外流去。这股潮水拥挤着、碰撞着，发出一阵尖锐刺耳的嘶叫。细看，才看清那是一支由成千上万的老鼠组成的队伍。似乎黄土峪所有的老鼠一夜之间都到这儿聚会来了，它们灰色的皮毛被鲜血染红，每个老鼠嘴上都叼着一片人耳朵。它们叼着人耳朵涌出庙外，在村外的矮山岗上形成一片海海漫漫的散兵线……

14.

自从那夜分别以后，姥姥再也没见到小野次郎。据我调查，小野次郎死于土匪头子洋锡壶之手是毫无疑问的。

中华人民共和国成立后最初几年洋锡壶作为一名抗日英雄到处吹嘘他当年的赫赫战果，用石头砸碎小野次郎的脑壳是主要战绩之一。大约是小葫芦村的惨案发生的十几天之后，洋锡壶手下的土匪在距离大葫芦村十里远的山沟里抓到了小野次郎。洋锡壶的老娘住在小葫芦村，在那次血洗中成为日本人的刀下鬼。洋锡壶平时对老娘并不孝，将老娘丢在家里一年半载不回家。老娘死后他想起了尽孝，对天发誓要对日本人讨还血债。后来洋锡壶带着众土匪杀死了一个日本人和两个"高丽棒子"及五名伪军，因此在中华人民共和国成立后成为抗日英雄，并在县城里混了个小科长。谁知那洋锡壶劣习难改，利用科长的职权玩弄、猥亵、奸污妇女二十余名，小到七岁的幼女大到五十岁的半老徐娘他都不放过。在后来的某次政治运动中他终难漏网被抓起来。他情知自己罪大恶极不会有好结果，就藏到临时看守所的厕所里以头撞石头墙而亡……洋锡壶的自杀方式也带着一股子永远无法改变的匪气。

我不明白小野次郎开小差后为什么不逃回日本，或躲到偏远的安全地方去，而仍在黄土峪徘徊？也许是迷失了方向？也许是后悔当逃兵想归队？可我认为最大的可能是他仍苦苦眷恋着姥姥，把姥姥与秋子视为一人，在山沟里等待着再和姥姥见面的机会。

据说小野次郎被土匪们抓住时已形容憔悴不堪，饿得无力走路。土匪们起初把他当成了讨吃要饭的正要擦肩而过，却发现那要饭的脚上套着一双日本马靴。土匪们押着小野次郎上了山。洋锡壶办公效率高，即刻升堂审问。那时小野次郎完全可以凭着流利的中国话谎称自己是中国人或是东北难民流落到此，让洋锡壶找不出一点儿破绽。然而小野次郎彻底弄错了，竟把土匪队伍当成了游击队，如实地交代了自己的身份。

洋锡壶是宝源县有名的土匪头子，打家劫舍，欺男霸女，凭着十几匹从锡盟草原盗来的好马行动起来如旋风一般，今儿东、明儿西，没人摸得准他们的行踪。洋锡壶无论走到哪儿，总带着一把镀了锡的铜酒壶，据说那是东洋货，因此而得美称"洋锡壶"。解放战争时期他被当地人民革命政府招安，只是把洋锡壶换成了土瓷壶而已！

对小野次郎的审问是在山洞里进行的，十分简短，干脆利落——

洋锡壶："什么人？"

小野次郎："日本人。"

洋锡壶："哈哈，敢情他娘的是个日本鬼子！是来当奸细探情报的吧？"

小野次郎："不，我是个逃兵。我要反战，我不愿屠杀中国人。"

洋锡壶："呸！让俺们抓住了敢情说得好听。小葫芦村你去过吧？"

小野次郎："没有！"

洋锡壶："说没有那肯定是去了！"

小野次郎想清清楚楚解释一下："我去的是大葫芦村……"

洋锡壶不容他解释："少他娘废话，拉出去崩了！"

小野次郎被土匪们五花大绑着推出山洞，走向荒沟。小野次郎知道已走上了生命的终点，最后留恋地望了望蓝天。在东方的那块云天下，浓浓的雾霭浮动着如海上升起的雾幔。也许，横滨正在那片雾幔里呢！小野动情地想。随即他苦笑了一下，否定了自己天真幼稚的想法——故乡离这儿太远了，用肉眼是望不到的。横滨是一座美丽的沿海城市，他在那里度过了二十四年，如今父母仍生活在那个城市。他热爱那里的阳光和空气，此刻他更加无比眷恋自己的故乡。他想给故乡跪下磕个长头并说一声"沙扬娜拉"……

"会回的，会回的，只要心诚，会回的……"耳边恍若响起姥姥真诚的祝福。

"小野君……"冰窟窿里的秋子发出绝望的呼唤。

四个土匪押着小野次郎走到乱石嶙峋的荒山沟里。洋锡壶要亲自动手宰这个小日本。他打量着四周说这地方不错，土匪们就停住了。洋锡壶从腰里抽出他的手枪——独角牛，将一颗子弹塞进枪膛里。

"记住，明年今儿是你的忌日，小日本儿！"

洋锡壶一脚踢倒小野次郎，将枪口对准他的后脑壳。他忽然看见小野次郎倔强地转过头来，满脸是泪，用流利的中国话哀求："不要杀我……我不想死……我才二十五岁呀！你们不要杀我，求求你们了……"

洋锡壶冷冷一笑道："今天俺就是要用你的头来祭俺老娘——俺要让你死个明白——俺娘就是被你们杀的！"

"我没杀过中国人，一个也没有，真的……"

"去你娘的，不管你杀过没杀过，谁叫你是小日本儿呢？撞到老子的枪口下还想活！"

小野次郎跪在洋锡壶的脚下苦苦求饶。洋锡壶得意地欣赏着垂死者急切求生的可怜样儿，心中充满了快意。

十几年后洋锡壶在茅厕里自杀时又一次想起那个年轻的日本人临死时的可怜样儿，忽然理解了他为什么想活下去的愿望。他觉得自己是有骨气的种儿，在临死时甚至不应该哼一声，所以当他以头撞石墙时，只骂了一句："操他娘的小日本儿，你瞧着吧！"

那天是一个阳光明媚的夏日，一片片的苍樱花儿（干枝梅）给山沟沟里铺了一层淡雅的粉色，一簇簇的野山菊给山坡坡上点缀着素洁的白色。各种野生花卉草木正在贫瘠的土地上旺盛地生长着。鸟儿欢快婉转的鸣唱如山泉般在荒山野岭间淙淙流淌。在这样的好天气里死去肯定会使人产生莫大的遗憾，而对生命的珍惜和活下去的热望此时一定更加强烈。

小野次郎眼含泪水望着远山默默念着秋子的名字，我相信他那时也默默念了秀儿这个名字——如果他知道姥姥的小名儿。他知道哀求无用死已不可避免便不再哀求，目光贪婪地望着眼前的大自然，似乎想把它们完全融化在自己的身心中。

洋锡壶在最后那一刻改变了主意，将独角牛别到腰里——他的子弹很金贵不能轻易浪费。他比不上正规军有充足的弹药，和人家比他只是个土里土气的穷叫花子。他的子弹只有屈指可数的十来发，为这个小日本浪费一粒太不值得了。洋锡壶便从荒沟里抱起一块青色的石头。这块石头足有四五十斤重。洋锡壶再次走到小野次郎的背后一脚将其踹倒，然后运足气将石头举过头顶，瞅得稳稳的准准的，猛然抛石出手。大青石带着一股风扑向小野次郎的后脑壳。只听一声西瓜开瓢般的闷响，小野次郎的头便豁然爆裂开来，那红的血白的脑浆在空中飞溅起来盛开了一朵喇叭形的花朵。脑浆迸溅得很远，有一部分溅在洋锡壶的脸上。洋锡壶抹了一把，脸上便涂上一层白油似的东西，像画了五花脸。

洋锡壶唾了一口说：这小日本儿的脑浆还挺他妈的多、挺他妈的香哩，拿回去炒炒吃给兄弟们治痨病吧！

两个土匪真的走过来用洋瓷碗舀走一碗白花花的人脑浆。

土匪们走后，一群绿头苍蝇嗡嗡而至，扑向小野次郎破碎的头颅饱餐起来……

15.

小野次郎死那天，姥姥开始闹妊娠反应——大口大口吐酸水，并感到头晕乏力。恰逢这一天郝张女过来看望姥姥，她以生过三儿两女的经验下了准确无误的判断——有哩！怀上哩！郝张女向姥姥讲了几条注意事项，便急匆匆出了门向家走去。她急于把这个喜讯告诉郝家人，然后大伙儿一块儿扬眉吐气。

大概正是那一次郝张女路过七婆子家门口时遇上了七婆子。七婆子手拿一盘半生不熟的葵花饼子倚门而立，津津有味地嚼着葵花子儿嘴角内外涂满了白沫子。七婆子待人热情，有话没话也能搭上几句。于是当郝张女路过七婆子家门口时两人自然要有几句交谈——

七婆子："哟，敢情是他三姨！进来坐会儿……"

郝张女："不啦，回格有事哩！"

七婆子："这大天白晌的有啥当紧事儿呢！来，嗑葵花饼子，咱老姐俩唠唠。有些日子没见面儿，怪想得慌咧！"

郝张女："唉，实在是忙哇！这回郝家有盼头啦，八成儿绝不了后啦，三媳妇她……"

七婆子："咋，有喜哩？"

郝张女："可不，怀上哩！"

七婆子："没闹错？"

郝张女："俺生过三儿两女还会闹错！"

七婆子便扳着手指头细细算起来——从五月端午算到黑三死时，又从姥姥闭经的日期算到当天，然后不可捉摸地笑道："按日子推算呢，倒像是黑三留下的种儿。可那黑三从口里回来只过了一夜就种下了，真是仙丹妙药啊……"

郝张女的脸"刷"地变白了，以为那事儿败露，顿时拉下脸子，气势咄咄逼人："咋，七婆子，你给老娘把话儿说清楚！这不阴不阳是甚意思？谁不知道俺三媳妇是贤惠孝顺的好媳妇……"

七婆子只是嘿嘿地笑。

"你今儿个不说出个子丑寅卯，老娘和你没个完！"郝张女一把揪住七婆子的衣服要动武。

"他三姨，这是闹甚咧！"七婆子见郝张女真的发急，才和颜悦色地将她推开，"谁个疑心你家三媳妇不正经啦？俺和她住得这么近，那屋就是放个响屁俺这头也听得明白。三媳妇不是那号守不住的女人……可是，那日本人可不好惹啊……"

"日本人？"郝张女莫名其妙了。

"庄户人当然不敢去招蜂惹蝶，可那日本人哪个敢不依？要是换了俺也不敢不从呀……"

"大妹子，真有那事儿？"

"他三姨，要不是俺亲眼所见，打死俺也不信哩……"

于是在那个晌午，七婆子倚着自家门口，一边把葵花子儿皮吐得像天女散花，一边向郝张女详详细细陈述了她那双锐利无比的远视眼所望见的姥姥小土屋里的一切动静，根根叶叶，咋长咋短，咋上的炕，咋黑的灯……一一道来；时间、地点、人证、物证准确无误，让人听了深信不疑。七婆子绘声绘色地描述着，直把郝张女听得瞠目结舌。

又经过一天一夜的时间，整个大葫芦村都听到了姥姥怀孕这条新闻，随后人们就认真讨论起姥姥与小野次郎桃色事件的始末……

16.

经过九个月漫长而复杂、痛苦又幸福的孕育，姥姥终于在民国二十三年农历二月的一个瑞雪纷飞的傍晚生下一胎健壮的男婴。

那晚雪下得很大，满世界涂着一片洁白。雪撞在窗纸上扑嗽作响，犹如一群小精灵在窗外嬉戏。七婆子不管嘴多么阴损，心肠毕竟不坏，张张罗罗跑进跑出，把土炕烧得火热能烙馅饼。姥姥躺在滚烫的土炕上翻来覆去，浑身大汗淋漓，头发湿漉漉如水洗一般。

开始，姥姥还能咬紧嘴唇强忍着宫缩的阵痛，低声呻吟着。随着宫缩的加剧，姥姥不由得大声呼喊起来。姥姥咬破了嘴唇，眼里火辣辣充血，腰椎如断了一样酸疼。子宫内的大舅一次次顽强地向外冲击，每一次都使得姥姥浑身痉挛、疼痛难忍。经过几番死去活来的阵痛后，体内的大舅又发起了更强烈的冲击。终于在经验丰富的接生婆的协助下，一个红扑扑的小生命钻出母腹来到人世间。

接生婆用剪子铰断脐带，不由分说地拎起大舅的小腿让他大头朝下，在他背上拍了几下，于是大舅长长吐出第一口气，"哇"的一声哭号把窗纸震得直颤抖。接生婆就笑着说："嘿，这小子是个好种，瞧他哭得多有劲儿哩！"

姥姥躺在热烘烘的土炕上气尽力竭、昏然欲睡，猛地听到婴儿的啼哭浑身为之一震，双目大放光彩，脸上顿时浮现出无比欣慰的笑容，方才所受的一切巨大痛苦此刻才显现出它的巨大价值。

早已守在一旁的郝张女、七婆子和郝二媳妇一起围上去观看婴儿。

"是个小子，看这小鸡鸡多大个儿，长大也是个厉害茬儿！"接生婆又说。

姥姥沉浸在一种无比安逸幸福的境界中——儿子，她有儿子啦！从今以后她可以在郝家挺直腰杆做人啦！她的未来和希望终于诞生啦！尽管姥姥早就听到村里人的风言风语，说她和小野君的关系如何如何，但她信奉一句话：脚正不怕鞋歪。她相信肚里的孩子有着郝家的血脉，等生下来大家一看孩子的脸面就会相信她是贞洁的，一切谣言就会不攻自破。

然而姥姥确也担心：如果孩子生下来不像黑三咋办？如果孩子像郝大、郝二，或者像小野君……姥姥无法排除这种可能，期待中又有种惴惴的恐慌。

实际上姥姥的担忧不是没有道理的。郝家三兄弟的共同介入已经把事情弄得复杂难辨了。至于小野君究竟是否也参与其中那就只有姥姥一个人知道了。还有二黑鼓匠，姥姥与他在小葫芦村有过八天的亲密接触，至于接触到什么程度也很难说。悲剧的根源在大舅出世前就已经埋下了。使人奇怪的是，关于两个肚脐眼儿的出现，简直像人为的安排。这个巧合是造成姥姥和大舅悲剧的另一个主要因素。

首先是七婆子发现了异端，破锣似的嗓子喊起来："快瞧，这孩子有两个肚脐眼儿！"躺在炕上的姥姥像是遭到雷击似的浑身一震，一股凉气从脚尖一直扩张到脑门上，七婆子的这个重大发现一下子粉碎了她心底的美好憧憬。姥姥以惊人的力量爬起来望着众人。姥姥的脸色灰白，嘴唇不停地颤抖着。姥姥的声音低得几乎听不见："不会，不会！咋会呢！俺看，让俺看！"

七婆子把大舅抱给姥姥看。刚出世的婴儿很丑——肿泡眼，塌鼻子，后脑勺被挤压成又扁又长的怪状，全身红腻腻的像刚从咸菜缸里捞出来。姥姥急切地向下望去，果然看见在那圆溜溜的肚皮上有一大一小两个肚脐眼儿，那大的是连接脐带的地方，刚铰断脐带的伤口还在冒血。那小的只是一个浅浅的凹陷的小坑，在大肚脐眼儿的上方。我不知道当代医学对这一奇怪的现象该怎样解释，能否找到充足的科学依据？然而关于人体的种种违反常规的异常现象，如多长一个手指头或多长一个耳朵或连体婴儿等，都是屡见不鲜的。

但是在民国二十三年的大葫芦村，多长一个肚脐眼儿的孩子（且不说那凹陷的小坑究竟是不是肚脐眼儿）并未被当成一种人体变异或病状，而是极其自然合理地与日本人联系起来了。那时候姥姥屋里的人们仿佛都看到了问题的实质，婴儿的血统顿时真相大白。郝张女第一个拂袖而去，临出门时恶狠狠地咒骂道："卖×货！不给自个儿的汉子养娃子，却给小日本养杂种……"

姥姥木然而坐，脸白得像张纸。

郝二媳妇也随婆婆离去，出门时掩嘴嗤笑，幸灾乐祸。七婆子见达到了预期效果，又喜又悲。她这时反而安慰开姥姥了："管他中国种儿还是东洋种儿，有了儿子就是好事儿。没准儿那日本人日后接你们娘儿俩到东洋去享福哩！啧啧，那可是受用不完的金山银山、荣华富贵哟！那日本后生长得可真喜人，换了哪个女人也想和他睡哩……"

姥姥扑在炕上，哇地号了出来。七婆子撇撇嘴飘然而去。

最后走的是接生婆。接生婆平静安详地把婴儿包裹好，放在炕上，给他盖好被子才洗了手，拿起一颗红喜蛋，边剥鸡蛋皮儿边叹气说："甭管别人咋个说，守着儿子好好活吧！我看这孩子长得像郝家人！"

姥姥不哭了，望着接生婆。

"争口气，把孩子拉扯大，那时孩子像谁让众人看去。只要你和日本人没睡过，怕个甚哩……"接生婆嚼着喜蛋慢悠悠地说。

接生婆的话挽救了姥姥，姥姥有了活下去的勇气，有了把孩子养大的信心。

姥姥抱过大舅，大舅已睡着，小头小脸比刚才顺眼了许多。姥姥望着这块从自己身上掉下来的血肉，一种神圣的感情和深沉的爱怜油然而生，轻轻地将面颊贴在婴儿的脸上。

姥姥在村人的冷言冷语和轻蔑的目光中顽强地抚养着大舅。姥姥的奶水好，大舅吃得白白胖胖，越长越俊气，姥姥觉得他越长越像死去的黑三。

在此后三个月里，姥姥精心喂养着大舅，一把屎一把尿，付出了全部的心血和全部的母爱。然而生活越来越拮据。郝家断绝了对姥姥的一切供给。姥姥连着十天半月炊断粮绝，不得不向四邻借粮。可是无论她走到谁家，迎接她的都是冷眼或辱骂。和日本人睡觉的罪名沉重地扣在她的心头上，使她直不起腰来。如果小葫芦村不遭血洗，她可以回娘家。那时姥姥已经举目无亲，没有去处。

我们家乡流行着这样一句话：老天要下，寡妇要嫁。这证明寡妇再嫁是天经地义般的合理儿。当生活没有着落的时候，姥姥面前只有一条路——嫁人。

萌动了这个心思之后姥姥就托人寻主儿。一个月后姥姥彻底碰了壁，才意识到这也是一条行不通的死路。有几个半大老头子倒愿意娶姥姥，但是不许她带孩子。媒婆说：他们不能容忍一个小日本崽子和他们生活在一起，除非姥姥一个人嫁过去。

自从小葫芦村惨案发生后，黄土峪的人们开始对日本人恨之入骨了，民族自尊心似乎也一下子增加了许多。

17.

我不愿叙述故事的悲惨结局，然而现在已经到了非叙述不可的时候。

又到了阴历五月。当姥姥躲在那间风雨飘摇的小土屋里走投无路之时，她不知道大葫芦村儿的人们正在一起商量着怎样把她驱逐出村儿去。

那时冯玉祥的部队已开入宝源县，然后一举攻克了塞北重镇多伦。日本人的败退无疑给黄土峪的庄户人鼓足了勇气，使他们有足够的胆量对付娇弱的姥姥和那个不知属于谁的遗腹子。以郝旺老汉和郝张女为首的村民们一致认为姥姥已没资格再居住在黄土峪，她的存在就是黄土峪耻辱的标志。

那天郝旺老汉家里聚满了人，郝大、郝二、七婆子、马老汉等人都在场。他们坐在炕上或圪蹴在地上，群情激昂、慷慨陈词，誓与小日本的后裔不共戴天。他们经过充分讨论给姥姥留下两条路：或将日本小杂种溺死，或带着孩子离开黄土峪。

七婆子带着全村人的重大决定光顾了姥姥的土屋。

七婆子叹着气悲天悯人地说："何苦呢，年轻轻的为一个日本崽儿断送了自己不值得！把孩子扔了吧，趁他年幼不懂事，就当没生养他一样！"

姥姥哭得像个泪人儿一样说："他七婶儿，这孩子是黑三留下的呀，是黑三的呀！他就留下这么一根独苗苗，俺咋能下得去手呢……"

七婆子说："你准是把日子弄错了，黑三的孩子咋会有两个肚脐眼儿呢？你要是下不去手，把孩子给俺，俺把他放在尿盆里……"

姥姥抱着大舅哭得上气不接下气，说道："不，俺死也不能……谁敢，俺和他拼了……"

七婆子劝说无效，悻悻而去。

傍晚，郝旺老汉带两个儿子闯进屋来，手持铁锹，凶神恶煞般吓人。郝旺老汉指着姥姥的鼻子骂："不要脸的卖×货，老娘都让日本人给宰了，还护着个洋杂种，成心给俺郝家丢人现眼呢！老大、老二，去给我把那小崽子劈了！"

郝大、郝二蹿过来就要夺孩子。姥姥疯了般搂着孩子不撒手，像一头逼急了的母狮子龇牙咧嘴，见人就咬。

姥姥以其罕见的骁勇击退了郝氏兄弟。郝旺老汉乘虚而入，一锹劈下，伤了姥姥的左手和婴儿的右腿。郝家人撤走后丢下话——如果明儿早上还不离开黄土峪，那休怪俺们不仁义！

这是最后通牒！

姥姥终于知道在黄土峪是无法安生了，不得不在那个晚上草草收拾了一下，抱着孩子离开了大葫芦村。

那是一个悲惨的夜晚，姥姥抱着从身上掉下的一块血肉离开了养育自己的故土。她老人家沿着白马牙河默默地往前走着，神情高贵而肃穆，像是抱圣子的圣母降临人世。姥姥踩着湿漉漉的水草倾听着惊天撼地的蛙鸣声，漫无目的地向前走着，不知何处是归宿。

姥姥走累了就坐在潮湿的岸边歇一会儿。怀里的婴儿已经睡熟，圆圆的小脸光洁细腻，浸透了无限的幸福。姥姥久久凝望着满天星斗，胸怀空旷如渊谷。姥姥接着又走，走啊走啊，终于在子夜时分走出了葫芦口。姥姥最后一次回转身来恋恋地望着黑黑的黄土峪——浸泡在黑暗中的黄土峪安详地若无其事地卧在旷野上，犹如一个紧紧封闭着的子宫（我不知道姥姥当时是否想到了故乡与子宫的关系问题）。对姥姥来说，那是一片乐园、一块乐土、一块可以生存的美好的空间，可是那里却容不得她的存在！她就这样被驱逐出曾属于自己的乐园，从此将走向茫茫不可知的陌乡异土……

姥姥说她沿着白马牙河一直走了十天，凭着从沿岸小村庄乞讨来的一点食物维持生命。

天气渐渐炎热，姥姥的左手和孩子的右腿上的伤口升始化脓腐烂。第十天头上姥姥顺着白马牙河一同进入了蒙古草原。这里是一片辽阔的、人迹罕见的大草甸子。姥姥在这片草原上彻底绝望了。草原的浩大与漫无边际使她认识到自身的渺小和生路的无望。

三个月的大舅开始昏厥不醒，小腿上的伤口已爬满了细小稠密的白蛆。姥姥将他放在草地上，用舌头轻轻地、一点一点地舔舐着大舅的伤口，将那些蠕动的白蛆舔下去。然而这一切无济于事，大舅依然昏睡不醒。姥姥在蒙古人的草地上躺了一整天没有起来。草地热烘烘的像温暖的炕席。

天黑以后草原上到处都骚动着生命的气息。查干郭勒温柔地流淌着发出诱人的呼唤。

姥姥神智麻木地度过了最后一个夜晚。姥姥在漫长的孤寂中终于大彻大悟，惮透了人生的本质，毅然决定回归到大自然中去。姥姥觉得能把自己的躯体与那浩大的草原融为一体是一种莫大的幸福。姥姥终于找到了自己的归宿！

黎明时，姥姥爬起来，先把大舅从褪褓中取出，给他喂了最后一次奶。昏迷高烧中的大舅叼着姥姥的奶头狠狠咬着吮着吸不出一点奶水，吮了一会儿便松开奶头呼吸急促又昏然睡去。

姥姥疼爱地望着婴儿喃喃着向他说了许多话。姥姥在大舅面前详细讲述了自己二十四年的经历，忏悔了自己二十四年来犯下的许多过错。姥姥流着泪请求大舅原谅她，表达了一个女人的软弱无力。姥姥对着大草原责问：无论孩子是谁的种，他是清白的，无罪的，为什么不允许他活下去？

姥姥说完了便抱着大舅走向河岸边。

姥姥选了一段河水很深的地方，慢慢跪下去，弯下腰，将大舅轻轻放在河水里。姥姥对着查干郭勒说：河啊，请收留他吧，让他做你的孩子吧！

河水很明净，能望得见黄澄澄的沙底。姥姥的双手托着婴儿沉入水中，双手感到了河水的凉爽同时感到手掌中的大舅突然剧烈蠕动脱手而去。姥姥看见清冷冷的河水淹住了大舅，小胳膊小腿儿使劲儿乱伸乱蹬，水面上泛起一串水泡儿。

姥姥不忍再看便闭住眼睛。姥姥希望听到哭声却没听到，只听见河水哗哗流淌匆匆逝去，只听到远方的天空上划过一声鸿雁凄厉的啼叫。

时间在河水的流淌声中迅速流逝。姥姥睁开眼睛时再也寻不见大舅，河水依然那么平静安详，几条小鱼在黄沙底上游动嬉戏……

我认为敢于亲手溺死自己孩子的女人有两种：一种是残暴至极、毫无母性的女人；另一种则仁慈至极、具有极宽厚母性的女人。前者消灭一个小生命肯定是出于自私的目的；后者却是无法摆脱人世间的痛苦而为孩子寻找的一个最好的归宿。前者卑劣渺小，后者崇高伟大。

我的姥姥毫无疑问是后一种女人。姥姥把大舅交给查干河以后顿时轻松了许多。草原东方的山峦上正迸出一束红光，太阳即将升起，新的一天将要重新开始。这一天平平淡淡的到来又平平淡淡地逝去，在这一天里谁也无法估量多少生命诞生又有多少生命消亡。

太阳出山前蒙古草原空气清洌、薄雾如云，天上地下都是一层淡淡的绿色，迷迷如在幻觉中。一群蒙古马从对岸跑过去蹄子踩在水草上溅起一片"啪叽啪叽"的响声。马蹄声消失后河湾里的雾便渐渐稀薄，宁静中你会悟出草原与河流的永恒性。

在轻柔如纱幔似的晨曦中姥姥慢慢脱去了衣服。姥姥告别人世的方式是独特的——赤裸裸来赤裸裸去。衣服不属于自然，是人体的附加之物，它能遮羞挡羞却无法抵挡污言秽语的侵袭。姥姥相信自己是清白的，正如那白白净净的身子一样。姥姥站在蒙古高原的草甸子上打量着自己光溜溜的身子——它是那么白皙饱满，每条曲线都显示出造物主所创造的奇异的美。姥姥留恋地望着自己的身子，为它的即将毁灭而叹息——枉来尘世走一遭，未能给世间留下点什么，实在遗憾！

二十四岁的姥姥带着这深深的遗憾走向河水里。

姥姥向河水最深处走去。冰凉的河水漫过前胸拍击着她丰腴的乳房。她觉得有无数只手在搓揉那地方，痛苦又舒畅，舒畅又痛苦。姥姥继续无所畏惧地向前走着。河水在她柔细颀长的脖颈处翻着快乐的浪花儿。她仰头望天，觉得一眼就能把天望穿。一切都在虚无缥缈中而已……

就在河水将吞没姥姥那一刻，姥姥看到了草原上最美丽、最壮观的奇景——那是太阳将要跃出山峦的一瞬间，从查干郭勒河面上空飘来一条彩色的云带。那云带时长时窄，变幻莫测，闪烁着五彩祥光，压得极低飘过来。待再近些的时候，姥姥惊诧了——那彩色飘带竟是一片片硕大的雪花，冉冉飘飞，流金溢彩，美不胜收。姥姥不再往前走，痴痴观望着从天而降的彩色雪花，等待着它的降临。姥姥心里盛满了说不出的惊奇，也激荡起一股子对美的向往和依恋。

这时，仅仅一瞬间，太阳跃上山峦，草原上顿时红光剔透，异彩缤纷。那一片彩色的雪花忽然散开，由原先密集的带状分布成稀薄的片状，铺天盖地般从姥姥的头顶上卷过去。姥姥起初只看到美丽无比的色彩——红的、黄的、绿的、紫的、蓝的、白的、黑的……各种色彩交杂构成了各种奇异的图案。

渐渐，姥姥才发现那所谓的"大雪花"竟是一只只真正的大彩蝶。

足足有上亿只蝴蝶结队飞翔。它们千姿百态，蝶翅上的图案精美绝伦，巧夺天工，在姥姥眼前一闪而过。在阳光的作用下，蝴蝶身上的色彩变幻着柔和的光芒。蝶群飞翔时发出一片"呼呼"的如飓风般的响动，低沉不刺耳，轻柔如云啸。

姥姥看见有几只彩蝶在河面上扑腾着飞不起来十分难过。十几只彩蝶落在姥姥的乌发上，姥姥恍若戴上美丽的花冠，成为白马牙河——查干郭勒的一尊妙不可言的河之女神……

据姥姥讲，那一年非常炎热，湿润多雨，所以草原上才有那么多蝴蝶。我知道这种自然现象叫"蝶雪"，在北方尤为罕见。最近从某报上获悉中国北方某地今年确实出现了蝶雪奇观。这条消息证实了姥姥当年所见的蝶雪的确是事实而并非杜撰。

如果没有那次蝶雪降临，姥姥肯定会被查干郭勒河水溺死。由于姥姥留恋地凝望蝶雪长达五分钟没再向河水深处走，这五分钟的延续挽救了姥姥的性命。

姥姥听见了一阵悠长悦耳的驼铃声，顺着河岸走过来一队旅蒙商的骆驼队。赶骆驼的商人是个三十开外尚未娶妻的壮汉（也许家中有妻而后来休掉了）。他在蒙古草地经商，用盐茶等物换回了数不尽的皮毛等财物，带着发财的喜悦满载而归。他骑着骆驼走到姥姥自溺的地方发现了姥姥扔在岸边上的花衣服，接着发现在很深的河水里扑腾挣扎着一个年轻裸体的女人，丰腴白皙的肌肤在水里时隐时现，闪着诱人的白光。那壮汉勇猛果断，一个猛子从骆驼背上扎进河水里，一口气游到姥姥身下用两只大手拖住了姥姥的前胸和大腿……

半年后那救了姥姥的壮汉成了我的名正言顺的姥爷。

于是有了我娘。

于是有了我……

18.

最后，在故事结束时我要告诉亲爱的读者们——这篇小说里有一半是真的，一半是假的，就是说有一部分来自真实的历史，另一部分出自我的虚构。可是当我把二者掺和到一起的时候，你们谁能分辨出哪是真哪是假呢？

也许您认为真实的部分恰恰是我虚构的，而您认为虚构的部分恰恰是曾经发生过的事情。

青盐垛

原载《当代》

达布苏草原上有两座浑圆白净的山包，远远望去像女人脯子上的一对挺好看的凸起物，蒙古人就管它叫：鄂木合台（女人）山，其意大概和女人或乳房之类有关系。鄂木合台山下有好大的一片湖，白白的，亮亮的，肉眼刚好能从湖的这一边望见湖的那一边。蒙古人放马经过这里时，管这湖叫"鄂木合台湖"，也和女人有关系。

老一辈儿的蒙古人说那湖是鄂木合台山流出的乳汁，流了几千年几万年也没流尽，就在草原上流出一个大湖来。你若不信，老人会给你讲一个仙女洗澡被偷去衣服的故事，这个老掉牙的却很美的故事能圆满地解释这一带的地理环境。

鄂木合台湖是一个盐湖，以盛产大青盐而闻名。据说从唐朝开元元年时起，便有人在这里捞盐，有几处较大的盐屯。明代实行开中法，各地盐商便历尽艰险骑着骆驼到这里来用粮食换盐引。清代时盐制混杂，私盐大兴，盐贩子成群结队奔赴鄂木合台湖。那时，这里产的大青盐已闻名京城，远传江南，价格极昂贵。达布苏草原上每天都能望见运盐的骆驼队和长长的一串串的勒勒车队。也就在那时，盗匪马帮出没荒原，拦截盐商，杀人越货，大发横财。与此同时，鄂木合台山下的盐场却日益兴盛，各地盐工云集而来，最多时达到上万人。

日子百年百年地流过去了。人世沧桑，白云苍狗，盐丁灶户一茬儿死了又一茬儿接上，就好像那湖中的大青盐一般源源不绝，永远也淘不尽捞不完。活着，就是为了捞盐；捞盐，就是生命的全部内容。当一代盐工终于让青盐染白了鬓发时，才恍然悟出了蒙古人管那山那湖都称为女人的真实含意。

段举人自然不是举人，也是一个普普通通的盐工，只不过他有点文化，能读下《三国》，又是金庸、梁羽生最热心的读者和最有权威的评论家，所以盐工们都一致称呼他为"举人"。可见不称"秀才"而呼"举人"是多么抬举他，就连队长、队副也常来找他，让他写个报告总结什么的；盐工们的家信也都是他举手代劳。

举人实际上还不到三十岁，没结婚。他眼睛有点近视，却不戴眼镜儿，眼睛在看人时便眯成一条缝儿，模样儿有点愚拙，也有几分儒气，这样子有时招人喜欢，有时让人瞧不起。算破天胡麻子为举人打过一卦，麻子说举人的八字本不错，只是命里相克的东西太多，注定了一生穷酸，做不成大官。然而举人心气太高，人家给他介绍了几个装卸队里的小女子，他竟一个也没相中，不是嫌这个一手黑脖子粗，就是厌那一条腿短腚盘大，惹得不少女子指天骂地——今生嫁鸡嫁狗，也不嫁他。

这样举人就坚持打光棍。钱大概也攒下一些，说是不讨媳妇而是要到城里自费上大学。他说现如今城里的大学好读得很，只要有三四千块，弄个文凭轻而易举。他算了这样一笔账：上几年自费大学所花的钱，恰恰是娶一个媳妇的钱。他铁了心认定娶媳妇不如上大学。

谁知大巴掌透出话儿来：举人有病哩，近不得女人，那玩意儿是戏子手里的马鞭、演员手中的枪——中看不中用！大巴掌是盐场的一代"气功大师"，已能将气练到从肚脐眼儿吸进从耳朵眼儿里喷射出的地步。大巴掌自称会"房中术"，是场里的"性问题专家"。据他称，他亲眼见了举人的蛋子儿如蚕豆粒儿大小，用手一捏"咯咯"乱叫，如小公鸡打鸣儿。大巴掌不屑一顾地笑着对大家说："知识分子就是不行，都不中用……"

举人听了之后挺难过，一言不语好几天。后来人们发现他总往外跑，有时很晚才回来。大家就有些纳闷儿。有一天，瘦小的贼猴子神秘地告诉大家："段举人这小子交桃花运啦，真他妈艳福不浅。"于是工棚里的工友们一同伸长脖子问："谁？"贼猴子故意卖关子："你们猜不出来！"被触动了好奇心的便历数装卸班的女工。他们对女工早熟得一塌糊涂——李二曼？赵小蛾？黑脸豆花？寡妇脸儿姚嫂？耿三炮的妹子？马老三的浪媳妇？不值钱的"公用井"？最有几分姿色的柳月眉？……贼猴子把头摇得像拨浪鼓，一概加以否定，把众人恨得牙根痒痒，便将猴子摁在大铺上，七手八脚去扯他的骚根儿威胁说要放他的"辘辘"。贼猴子只得告饶，说出那名儿来，人们却被吓坏了一般惊得半晌作声不得。

"章雪曼！"

竟然是鳗？！

不太可能吧？众人心里都这样猜度着，却没说出来。

鳗，大号章雪曼，是盐场第三生产队队长章雨的宝贝女儿。由于盐工都管章雨叫老章鱼，那么他的女儿也理所当然地被称为"鳗"了。鳗长得修长身材，却又浑圆丰满，哪儿看上去都柔软，只要身子一动便如在水中游一般，饱满的曲线动得人眼花缭乱，禁不住想伸手逮住她。

然而鳗是逮不住的，再有手劲儿的汉子也不行，她会非常灵巧地从各种各样的掌心里滑出去。有时候你以为抓住了，但展开手掌一看却是空的，仅有几粒泥沙而已。

鳗其实才刚二十岁，心高气傲，从不将盐工放在眼里。由于鳗是章鱼的女儿，饥渴的汉子一般来说并不敢动真格的，只是过过嘴瘾而已。也有胆大妄为的汉子不顾一切地去逮鳗，得手的却无。而那些汉子很快就被老章鱼开除，灰溜溜地卷了行李卷儿滚蛋了。人们对鳗愈加小心翼翼，敬而远之。

现在居然又上去一个不要命的——举人？

而且，最使大家愤愤的是看样子那小子很得手。

毕竟算破天胡麻子的见识比一般人略高一筹，他不紧不慢地说："那小子比你们都有心眼儿！他是想靠老章鱼这株大树往上爬呢！"

"没错，那小子顶会溜沟子舔腚眼儿啦！"大巴掌说。

"他想到队部当秘书，这我早知道！"贼猴子快嘴快舌地说。

"原来他搞的是'曲线救国'！"大巴掌恍然大悟。

"不过，福兮祸所伏，别瞧小子现在神气，很快就大难临头了！"麻子老谋深算的样子让大家吃惊。

"为啥？"

"明摆着的理儿——队副种狸子这么多年为啥不结婚？为啥他总往装卸队跑？他那点花花心思谁不知道！他早就在等鳗长大呢。狸子的眼里有种淫光，不知你们注意了没？眼里有这种光的男人可不是善茬儿……"

"老章鱼才不会把女儿嫁他哩！"有人提出异议，"他和老章鱼明争暗斗了这么多年，是死对头！当年他的把兄弟勃楞头为啥进了大狱，不就因为敲断老章鱼一条腿嘛。"

"老章鱼玩了勃楞头的老婆……"

"他老婆玉叶儿可真俏，盐场头一份儿的，到今儿还记得那俏模样哩，真可惜……"有人吧嗒嘴。

"所以说，举人掺和到老章鱼和种狸子中间，有他的好果子吃哩！"胡麻子归纳总结说，"咱们就等着看好戏吧！"

"听说勃楞头也刑满出狱了，还要回咱们队呢！老章鱼说死也不要，种狸子非要不可。为这，两人差点动手打起来。"

"那这场好戏就更精彩啦！"麻子开心地说，脸上的每个麻坑里都像笑得咧开了嘴。

鳗在装卸队里开铲车，是唯一干技术活儿的女工。虽然坐在驾驶室里，鳗还是戴了一顶好大的遮阳帽，怕日头晒黑俏脸蛋儿。盐湖里的风是潮湿的，那股咸味儿扑在脸上就黏住了，洗不去，也抹不掉，把姑娘们好端端的皮肤弄得皱皱巴巴，像一块咸肉。但是鳗却不厌咸湿的湖风，还喜欢让凉爽的湖风不停地吹拂灼热的面颊，那股凉津津的感觉很使她心旷神怡。正因为这个缘故，她拒绝了父亲多次要给她换工作的建议。爹疼爱她，想让她到场部坐办公室。她没去，因为她看不起场部那些坐办公室的白脸女人。那些女人都打扮得像小娟妇似的，说话嗲声嗲气。鳗喜欢盐湖，喜欢看那亮晶晶的水面，喜欢闻咸乎乎的水蒸气味。她相信自己的确是一条鱼变的，要不，咋会那么喜欢水呢？

尤其在夏季傍晚时，鄂木合台湖的确很美妙。那时湖平静得像一块透明的玻璃，把巨大的天空完全倒映下来，却又与天空的颜色不尽相同。湖里的天空甚至比真正的天空更美，美不胜收。它送给她无数个奇妙的童话世界，让她的思绪尽情地奔驰、滑翔。鄂木合台，女人的湖，它是属于女人的。

傍晚收工后，鳗就徒步走到湖边，找个干净的地方坐下，望着玫瑰色的水面胡思乱想。或者她赤脚走到浅浅的、明净的水里去，弯下腰，随便在哪儿掬一把，都能捧上一大捧大青盐来。那些温润的盐粒是透明的，呈各种各样的结晶棱体状，反射着落霞的光芒，如一捧珠玑让人爱不释手。她挑一粒最美丽的盐粒放到嘴里，一股强烈的咸味一下子传遍全身，便感到一种罕见的愉悦，身子不由自主像鳗鱼那样扭动起来。

多奇妙呀——她想，这一片茫茫水下，总是不停地生长着这白花花的大青盐，让人割去一层，它就又生一层，没有能捞尽的时候，是什么样的神物在水下使魔法呢？我若真是鳗，何不游到水底看个究竟呢？！

风儿渐渐有了些凉意。鳗回到岸上。稍顿，小腿上便结了薄薄的一层白色，痒痒的，却挺舒服。我是一个女人，所以我爱这片湖！她又想。这时候她听到了脚步声，轻轻的，像是怕惊扰了她。她知道那是谁，没回头，脸上浮出一个淡淡的笑来——这人挺有意思，还真有股执拗劲儿哩！

举人把头发梳得很光溜，穿一件挺新的夹克衫，上衣口袋里还别了两支钢笔，有一支是金色的。举人走到鳗背后，局促不安地揉搓着双手，轻轻咳嗽一声。

"小章……"声音细细的，鳗不喜欢男人有这么细的声音，然而声音很柔，那种温柔挺有诱惑力，是鳗喜欢的。鳗转过身子，望着他，送给他一个笑靥道：

"还叫小章……不是说好了叫鳗吗？"

"挺不顺口的……"举人嗫嚅道。

"得了吧，你们男人背地里都这么叫我——鳗，鳗，鳗……还当我不知道。"

"我可没那样叫过你……我只叫你'雪鳗'……"举人老老实实地说。

鳗又快活地笑了，说道："那就叫雪鳗吧！"

举人把眼睛眯起来望着远处，一副若有所思的模样。其实他什么也没想，心里盛满了激动和幸福。

"雪鳗，人其实挺有意思的，有些很固执的念头，往往会因为什么一下子就改变了……"

"你有什么念头改变了呢？"鳗笑着望着举人。

"嘿嘿，反正，有些念头……"

"说嘛！"鳗要求道。

"比如，我总认为我该去上大学……其实，人不是非得上大学不可的，还有些事情比上大学更有意思……"

"那是啥？"鳗问。

"反正……有意思……"举人涨红了脸。

鳗想了想认真地说："你应该去上学，如果有机会，可别错过。"

"我老舅在城里教书，他说机会很多。"

"那你一定要努力争取！"鳗严肃地说，"做个有出息的男人，别像他们，活得好窝囊！"

举人有些狼狈地低下了头。他愈加觉得鳗不俗气，是女子中的佼佼者。甚至有一刻，他感到了深深的绝望和悲哀——鳗离他太远了，今世是没指望了。

夜幕已拉下一角，虽然盐湖还是明晃晃的一片，但地上已布满了模糊不清的黑色。远处那一片灰蒙蒙的工棚里已经亮起了灯光。场部的青砖瓦房里也亮起了银白色的水银灯光，大喇叭隐隐插放一支流行歌曲，一个嘶哑的男人嗓音和着电吉他梦幻般的旋律在绝望地号着。工棚那儿也有盐工在号叫，惹起一片哄笑。饭盆在叮叮当当乱响。

举人和鳗慢慢往回走。湖南岸是一大块人造的盐田，整齐的长条形状的盐畦紧密排列着延伸向远方，看上去那一道道的畦埂像一根根黑线切割着白瓦瓦的水面，把它们切割成一面面有棱有角的镜子。这些畦田里沉淀着盐粒，收捞起来很方便，用推土机就能把盐推出来，然后再放湖水进来沉淀。其实这是一种很古老的"引水种盐"法。在离岸稍远些的地方，便是青盐垛了。巨大的盐垛如一道山脉横卧在草原上，如用金属垛垒成一般。盐垛有规则地排列着，像被谁拦腰斩断了的一条大龙，泛着幽幽的清冷的光芒。它的沉默使人感到一种力量，一种自然界的不可思议的力量，使人感到自身的渺小无望和莫名的恐惧。

这时候举人幸福得要死，步履轻轻飘飘，仿佛踩在云絮之上。鳗就在他身边伸手可得的地方与他并肩同行。他嗅着鳗身上发出的体味儿，感到一阵阵抑制不住的眩晕。有几次鳗的身子碰到了他的肩臂，他顿觉那半个身子麻酥酥的，好似就要融化。他呼吸急促，心跳加剧，禁不住心猿意马、胡思乱想……

鳗却停住了步子，怔怔地瞅着前方。举人从她的面色中发现了一丝无法掩饰的惊惧。

"怎么啦，雪鳗？"

"你瞧——"

举人望过去。在他们前方四五米远的地方立着一个盐垛。盐垛不算大，有一间小屋子那么大小，圆圆的，尖顶，颇像一座坟墓。盐垛由于年代太久已变色，呈铁锈色，像一块坚硬的铁块。盐垛周围用一圈儿铁丝网圈围起来，使它更像一座列入文物保护之列的古墓。

"那是五七三号盐垛，很一般的盐垛，你怎么……"举人不解地望着鳗。他每天上下班都经过这里，看见过这盐垛，并不感到有什么奇异。

"为啥要用铁丝网圈起来？"鳗抑制不住浑身的哆嗦，结结巴巴地问。

"大概……这是种副队长的主意，也许是这儿离垛场太远，种狸子担心这儿无人看管有人偷盐吧？"举人猜测说。

"可是为啥不把它们拉走呢？几铲车便可运走……"

"种狸子总有它的用意吧！他是个细心人，不会平白无故把这垛盐丢在这儿的。"举人思忖着说。

"看见它，我就害怕……真怪，我真怕它……"鳗的眼里流露出畏惧的光芒，"你告诉我，这五七三号盐垛是怎么回事？它和我爹有啥关系？"

"我来盐场也没几年，只是听人说，你爹那条腿，当年就是在这儿被人用铁锹劈断的……别的，我就不知道了。"

"那人叫啥？"

"都叫他勃楞头……说他长得前勃楞儿后勺子，凶得很，像一条发疯的狼……"

"别说了……"鳗嘶喊了一声，拔腿往家里跑去。这儿离他家的青砖大院并不远，她很快便消失在愈来愈浓的夜色里。

傻乎乎的举人被丢在孤坟似的盐垛旁，呆呆地望着。他忽觉得盐垛里嘤嘤有声，似有人啜泣，不由得毛骨悚然，慌慌拔脚而去。

鳗在走到离家很近的地方才放慢步子。家是一座高高大大独门独院的青砖瓦舍。爹是一队之长，自然享有一些特权，她丝毫不觉得这有什么不好。盐工们都怕爹，这她也知道。她听到过有人私下里骂爹是"凶恶的老章鱼"，但她从更多人的眼睛里看到的是人们对爹的敬畏。

她在小时娘就死了，爹雇了个保姆把她拉扯大。爹对她极疼爱，百依百顺，把她娇惯得不成样子。只是在她长大了渐渐晓事之后，才发觉爹身上有些东西是她不喜欢的。但女儿对父亲的爱并不因此而减弱。她知道自己与爹是相依为命的，互相间谁也不能失去谁。父女间的天伦之乐，已构成了她与他生活中的重要的内容。

正要推开院门进去时，一个黑影一声不响地闪立在鳗的面前。鳗怕得惊叫起来，那人把一束手电光打在她脸上，晃得她几乎睁不开眼睛。与此同时，院子里的两条大狼狗听到了门外的动静，或许是闻出了陌生人的气味，一同恶声恶气狂吠起来。宁静的傍晚被搅乱了，远处立刻响起狗吠的应和声，小小的镇子里回荡着一片狗咬声。

那人的目光发亮，直直地把鳗盯了十秒钟。手电光倏地熄灭了。她依然什么也看不清，眼前飞舞着迷乱的光斑，像是骤然被投入了一个无底黑洞。

"你就是老章鱼的丫头雪鳗？"那声音出奇地冷静，好似在一间冷库里冰冻过三年，散发出逼人的凉气。"果然长得不错！告诉你爹那个老王八蛋，就说是我勃楞头说的，我已经认准了你们家门，有一天我会找上门来，一笔一笔和他算旧账！"

一串脚步声伴着那声音消失在黑暗中。

狗不叫了，世界在一瞬间安静得令人不可思议。刚才的一切就像一场噩梦般倏地消失了，真像经历了一次幻觉！鳗呆怔了片刻，有些痴呆地推开院门。两条狼狗热情友好地迎上来，摇头摆尾。她慌慌地进了屋，见爹正忐忑不安地拿了手电一瘸一拐往外走，一件黑衣半披在肩上。见了鳗，爹才松了口气，脸上的紧张神色消失了。鳗急急走近，一头扎在爹的怀里气喘吁吁道：

"爹……吓死我哩……"

"咋的啦？曼曼，有爹在呢，甭怕！"

"有人……"

"啥？"

"那人在院门口拦住了我……"鳗惊魂未定的样子。

"好大的狗胆，欺负到我老章头上来了！是哪个狗东西？"老章鱼勃然大怒。

"他说他是勃楞头……"

"是他？来得好快！"老章头倒吸了口冷气，半晌默不作声。

老章鱼实际上刚刚年迈五旬，身体还结实，脸色也红润，眼角有不多几条皱纹，恰恰显示了成熟男人的沉着、干练、镇静和自信。章家是盐场里祖传的盐户，几代人都是盐湖里泡大的。老章鱼人品正，又有祖传手艺，在盐场是被领导信得过的，提拔上来做队长有十余年，还当过几年副场长。以前他从来不知什么是忧愁，说话叮当作响，干活儿干净利落。但自从六年前出了那桩事儿后，好像那一锹劈掉了他的一切威风，那种神气、那种活力便不见了，他一下子苍老了许多，为人办事也谨慎了许多，乖巧圆滑，老辣精明，表面上让人看上去甚至有点窝窝囊囊，一蹶不振。尤其是去年，当勃楞头的把兄弟种狸子突然一下子当选为副队长时，不舒心的日子就开始了，仅仅几天便愁得满头白发，顿显衰老。

也正从那时开始，他听见有的盐工并不避讳地直呼他老章鱼的绰号。

关于勃楞头从监狱重返盐场的消息他是昨天早晨听说的。当时他并未感到吃惊和畏惧，仅仅是不快，像被谁在脖子上扭了一把，有种想呕吐的感觉。但他基本上是坦然的，如同以往那样处理完一些杂事，便开队干部会议，研究下季度的生产计划。快散会时，种狸子突然说："还有件事儿请大家研究一下。我们的盐工常山，大家一定还记得！"开会的人都一愣，因为的确没人记得常山是谁了。种狸子笑着说："就是勃楞头嘛！现在已服满六年刑期，回来了。"

人们这才记起常山就是勃楞头。

种狸子接着说："场部的意思是让我们队安排一下，他原来就是我们队的人嘛。叶场长明确地指明了这一点。对于过去犯过错误的同志，该拉就得拉，更何况是已经改过自新的同志，这是政策！我们在座的一些同志不也曾犯过这样那样的错误嘛……"

说到这儿，他瞥了老章鱼一眼。一股热血呼啦啦涌上头顶，当众被揭旧疮疤，太令人难堪了，老章鱼竟没有沉得住气，站起来和种狸子明刀明枪干起来。两人终于翻了脸，矛盾摆在了桌面上，唇枪舌剑，互不相让。双方各有势力支援，最后打成平手。问题没有得到解决。

第二天，种狸子不再提这事儿，仿佛把它忘了。老章鱼略觉欣慰，以为风波就此平息。谁知今晚，勃楞头竟打上门来了，简直是等于公开下战书……怎么办？一时，老章鱼只觉手足无措，惶惶不安。

他究竟要干什么？难道六年前的宿怨还没有了结？！

难道一条腿的代价还不够，他还要把他的全部都毁掉，甚至不放过他心爱的女儿？

老章鱼禁不住打了个寒战。

"听着，曼曼，这几天当心些，下了班就回家，别一个人到处乱跑。晚上要检查大门是不是锁死了，还有……"

他向女儿严密地布置了防范措施。

"爹，那人究竟是谁？他和你有啥仇？为了啥？"鳗迷惑不解地望着爹。

老章鱼只是重重地叹了口气，颓丧地跌坐在沙发里。

他最怕想起过去，也最不愿想起那个人……

那是个大风天。蒙古高原上春天的狂风一旦刮起来可不得了，肆虐恣意，能把人撕碎。那时天地间都刮成迷迷糊糊的土黄色，世界成了一个混混沌沌的黏球儿。

冲出院门后，老章鱼撒腿飞跑，还不住惊惧地回头张望。狂风中他觉得自己像一片叶子，被风暴肆虐地蹂躏，渐渐不能自控，随风翻飞。

那汉子在后面紧追不放，像一头发怒的公狮子。

正是在后来的五七三号盐垛那儿，他被什么东西绊倒。刚想爬起来，忽感到脊背上冷飕飕的。抬头一看，那结结实实的一条大汉已经立在面前，怒目而视，手中高擎着一把大锹。

"你……"刚一开嘴，一股风沙猛地灌进喉咙里，噎得他喘不出气来。

身子本能地蠕动着，一点点向后爬去。

风在荒原上咆哮。

闪着铁光的锹迟迟没有砍下来。他于绝望中看到一线光明，一个鹞子翻身，跪在那汉子面前。

"好兄弟，我对不住你呀……"沙子在喉咙里涌动，他想呕吐。

"说——你……你……你奸了她几次？"汉子的声音在颤抖。

"没……没……是玉叶儿她……愿意的……"他无力地申辩着。他抬起头，瞄见汉子的额头高高地鼓起来，泛着青白色的冷光。

"还强辩？不认账？老狗日的，我今儿个要送你上西天！"汉子一脚踢翻了他。他只瞄见铁光在空中闪了一下，便不见了。即刻感到左腿一阵闷闷的木。低头一看，原来慌乱中竟忘了穿裤子，两条腿裸露在外，横卧在沙地上如两根被剥去皮儿的大葱。就像变魔术似的，那原本完整的皮肤忽然绽裂开一条缝来，殷红的血先是小心翼翼地渗出来，拉成一条美丽的红线，接着一发不可收拾地奔涌而出，浩浩荡荡铺开，像一面红色的瀑布覆盖大腿，向下垂落而去。皮肉也在一瞬间齐刷刷绽开一条宽沟，他清晰地看见了亮亮的油脂和白色的象牙般的腿骨。

奇怪的是他居然没感到疼！

汉子那时完全疯了，又一次高高抡起铁锹。这一次来势更猛，直奔头部而来。

在一片浑浊的黄色中他倏然望见玉叶儿轻盈婀娜的身子闪过来，乌黑的乱发飘出起伏的波浪，一件嫩嫩的绿色小褂儿没来得及扣住，露出了白白的前胸。她死死抱住汉子的胳膊，不让那铁锹再次落下。她急急地喊叫着，像是怕大风淹没了她的声音。然而风还是把她的声音撕成条条缕缕——

"不怪他，常山，不怪他！……你快停手……是我……是我不好……是我愿意的……我是个……坏女人……"

铁锹哐啷落地。汉子呆呆地望着女人道："你……"

"常山，要出人命的！你放了他……"

"我不信！"

"那是真的！"

"你个小娼妇呀！"汉子抡起手臂，狠狠的一巴掌落在女人的脸上。血从女人的鼻孔喷了出来，几乎同时喷到了两个男人身上。

这时候他忽然感到受伤的左腿开始疼了，疼得扎心。

"你咋不去死，啊？"汉子吼着。

玉叶捂着脸向远方跑去。

大风突然停了。黄色颗粒仍在空中飘荡。在那种黄色的浑浊中，他看见女人的身影格外瘦小单薄，显得那样虚幻不真实。

"去……死……"

沉淀下来的黄尘没能压住这回声。

他爬起来，吃力地用最后一点力量说："别冤她……她是个……好女人……是我……强迫的……只有一次……"

世界突然五彩缤纷，迎面扑来，消失在一片黑暗中。

队副种狸子大名钟力，单身汉，一人住在队部的办公室里。他是个刀条脸细眉细眼儿的男人，不爱多说话，说起话来也是不紧不慢，异常冷静。他属于那种永远让人摸不清他在想什么的中年男人。

然而他显然有自己的一套为人准则，说话办事儿细心周到，总是无懈可击。他的人缘极好，各方关系都处理得不错。由于是盐工出身，在对待哥们弟兄上是很讲义气的，让谁也挑不出毛病来。

屋子里光线很暗，一盏二十五瓦的灯泡上布满了斑斑点点的蝇屎，放出暗淡的昏光。床上堆放着杂乱的衣物，桌上摊着快要冷却的下酒菜，还有一瓶子快要见底儿的白干。一个脸上有疤、大脑袋的汉子盘腿坐在床上，阴郁地呷着酒，种狸子坐在一把破木椅上，身子往后一仰，椅子就"吱吱嘎嘎"乱响，要散架似的。

种狸子把两个空酒盅里倒上酒。瞄了那汉子一眼，同情地叹口气。

"就这盅吧，再喝，又要醉啦……"

"别管我，狸子！不喝，心里更不痛快，操！老王八蛋还说什么啦？"

"别的没说啥，反正他不想收你……"

"看着不舒服？在他眼皮下碍眼啦？妈的，老子偏偏就在他眼前晃，休想过舒心日子……"

"算了吧，都过去六年了！"种狸子轻描淡写地说。

"这事儿你别管，我反正不能让老王八蛋舒坦！"

"明天，你先回三队来上班。干你的活儿，先干上再说，姓章的不敢来撵你，就算我安排的临时工……"种狸子思忖地说，他把瓶底里的酒全倒在酒盅里。

"我明儿个……带把宰猪刀……找老章鱼……他敢说半个……不字……"汉子已有几分醉意。

"你这傻东西，勃楞头，还想'二进宫'吗？老章鱼巴不得你再犯点什么事儿，好把你再送进牢房。记住，犯法的事千万不能做……"

"可他毁了我……那老混蛋，毁了我老婆，我的家，还有我……我在里面整整待了六年啊！六年……你们谁尝过那滋味？你们他妈谁也没尝过！我不饶那老东西，不饶，决不饶……反正我这辈子算完蛋啦……"汉子伏在桌子上抽抽噎噎地哭起来。

"唉，你这勃楞头，当年若听了我的劝，会弄得这么惨？凡事要三思，多想想……"

"呜呜……狸子，你他妈混好了，我完蛋啦，呜呜……"

"最可怜的还要数玉叶儿……"种狸子叹息道。

汉子抬起头，脸上全湿了，不知是泪还是酒。他呆呆地望着种狸子，问："你把玉叶儿……埋在哪儿啦？"

"咋？"

"过几天，我想去给她上上坟……我对不住她……在里面这六年，我总在想这事儿，到底想明白了……"

种狸子望着汉子，许久无言。

"你知道她埋在哪儿啦？"

种狸子庄重地点点头说："是我亲手埋的……只有我一个人知道，没第二个人。"

"你领我去。"

"不行，这几天你的情绪不对头，闹不好要出事儿，我不能带你去……等过几天，你的情绪稳定下来，我们一块儿去祭她……"

"玉叶儿……"汉子又伏案恸哭。

早晨，上班后，种狸子在队部办公室见到了老章鱼。两人互望一眼，见对方都是一副没睡好的模样，眼泡惺忪，面色灰暗。种狸子坐在自己的办公桌前埋下头去翻报纸，章鱼无声无息地游过来，伸出一只触角。

"小钟，昨天，是我态度不好……在对待常山这件事上，是我肚量小，记前怨……"老章鱼诚恳地做了一番自我检查之后，又说，"我同意你的意见，就让常山回来吧，社会主义嘛，大家都有饭吃……"

"我已经让他在三队一班上班了，先按临时工对待，你看咋样？"种狸子抬起头，不紧不慢地说。

老章鱼一愣，心中恼火，暗骂：你既然已经卖了人情，让那小子上班了，还问我咋样？哼，你这副的哪里把我这正的放在眼里！脸上却堆上笑："你看着安排吧。不过，小钟，有句话，私下和你说说——这个勃楞头昨晚在我家门外转悠，还威胁曼曼……你得关照他一声。"

"有这事？！"种狸子愕然道。

"若是还为六年前的事记恨我，让他来找我老章鱼！可他要敢碰一碰我的曼曼，我豁出老命去！"老章鱼十分激动，嗓门高了许多。

"我看不至于吧！"种狸子思忖着说，"他在监狱里的表现不错呀，多次受到劳改农场的表彰呢，有一次在抗洪抢险中还立了功……你看，这是公安部门转来的材料。"

"我看他是恶习未改！"老章鱼仍愤愤。

"昨晚曼曼真的看清那人是常山吗？"

"没错，不会有别人。"

"可是曼曼并不认识常山的呀！"

老章鱼语塞了一下，说："是他亲口说的，他是勃楞头。哼，我家院里那两条大狼狗可不是吃素的，你让他多留神儿。"

"我会告诉他的。"种狸子不冷不热地顶了一句。

老章鱼摇摇晃晃地走出去之后，种狸子开始往场部摇电话。

"喂，我找叶场长。"

电话接通了。种狸子口齿清晰地向场长汇报了本月生产进度及下个月的计划，尤其强调了为了提高生产效率而采取的几项得力措施。从电话里听得出叶场长听得十分满意，频频"哼哼"表示欣赏。快放电话时，种狸子询问了一下白副场长的情况，好像是顺口提到的，只是问了一下白副场长的健康情况，因为前一阵子白副场长身体一直不太好。叶场长在电话里告诉他：白副场长的调令已经来了，这几天就走。种狸子自然就提到了新场长何时来，要不要队里组织欢迎等问题。叶场长在电话里笑了，意味深长地说："不必问得太细，有些事你得回避。这样吧，抽空你到我家里来一趟，聊聊，聊聊……"

种狸子立即听懂了话中之意，好一阵激动。放电话许久牙关子还碰撞。看来不久前他听到的小道消息得到了证实——白副场长调走，上面要从场子里提拔一位干部出任副场长。据种狸子分析推理，被提拔的幸运儿只能有两类人：资历深的老同志和有工作能力的年轻干部，而且肯定从现任科级、副科级干部中提拔。全场现任正副科级干部十一人，最够格的有二人——章雨和钟力，前者资历深，早在六年前就是副场长，只因那件事毁了前程，降职为队长；后者年富力强，有工作能力，是公认的过硬型的队长。实际上种狸子一直不认为自己能当官。想当官和能当官之间有一截子距离，能消除这距离的条件之一便是机遇。种狸子虽不想当官，可当能当官的机遇降临到身边时，他也不能无动于衷。毕竟，弄个副处级干干还是蛮够味儿的，试试也无妨。

不知为什么，很自然地，种狸子想起了英子。

整整一上午，英子那张毫不生动的有点儿像南瓜的脸庞总在他眼前晃动……

狸子哥吔，带我去看个电影吧……

狸子哥吔，我的花袄袄好看吗……

狸子哥，人家说我爹是当官的，我呢，也得嫁当官的；你娶了我，准能当大官……

老章鱼从队部办公室走出来，向盐池走去。心中依然愤愤：种狸子这小子明显的是向着勒楞头的；好哇，已经公然拉起人马立山头，与老章分庭抗礼！哼，咱也有自己的人马，不怕他！干就干，咱走着瞧，狗日的……

正行间，却险些撞在一把铁锹上。那锹斜插立在路上，像一根炮筒。老章鱼心中疑惑，细瞅那锹，似曾相识，左腿隐隐泛起疼痛，不觉有些失色，却听得一阵冷笑荡来，更是骇然。那汉子端坐在一辆运盐的马车上，一顶破草帽遮了大半个脸，脸上的阴影部分黑森森的，看不清五官。车停着，马正在撒尿。一股臊腥味正浓酽地扩散着。

老章鱼觉那身子熟，心中惶惶，正欲绕道而行。那汉子从车上跳将下来，径直走过来，挡了去路。

"没想到你活得还挺滋润！"汉子低低地说。他伸手取了铁锹过来，锹头朝上，细细查着锹刃。

老章鱼知道定是勒楞头无疑了，也冷冷笑道："不死，就往滋润里活。大狱里自然不滋润了！"

"冤家路窄，从这儿可不好过呀！"汉子把锹横过来说。

"大路朝天，你我各走一半儿！"老章鱼面无惧色地从那汉子身边走过去，从容镇定，甚至连眼皮都不眨一下。连他的一瘸一拐，也有了几分将军般的风度。

汉子呵呵笑了，把锹放在肩上道："不过是一只废了的老王八。喂，当心你的宝贝丫头吧，总有一天我会让她肚子里揣上姓常的崽儿！"

汉子也赶着车远去了。

老章鱼停住了脚步，脸色如死灰，瘫软地靠在一棵老树上，上下唇犹如被飓风摇撼的两片枯叶不住地瑟瑟抖动。

那歹毒的家伙一下子就击中了他的致命处。

鳗在工间休息时遇见了种狸子。

种狸子只有见到鳗才会笑，说："鳗，前天我进城，给你买了一条牛仔裤，挺好看。现今城里的小青年都穿这个。今晚，你到我这儿来取。"

鳗不冷不热地摇摇头道："谢谢队副，我不要。"

"和我还客气！"

"不是客气，我从来不收别人的东西，这是我的原则。"

"可东西已经买回来了……"种狸子为难地说。

"谁喜欢，你就送给谁吧。"鳗嘻嘻笑着，用手一指正在盐垛下装车的女工说，"喜欢的人在那儿呢！"

"死丫头！"种狸子蔫头耷脑地说，"一点儿也不懂得别人的心意……"讪讪地，正欲无趣儿地走开，却听鳗在后面唤他：

"狸子，你和我爹，最近是不是有点儿那个？你们合不到一块儿？听说昨天还吵起来了？"

"工作上的问题……有些不同的看法也是正常的，瞧你大惊小怪的样子！"种狸子平淡地说。

"我说狸子，我爹人老了，有时难免糊涂，你可不能趁机拆他的台呀！"鳗认真地说。

"你想到哪儿去了！我和你爹虽然有点摩擦，但都是为了工作。无论什么时候，我都是全力支持他工作的。副队长实际上就是队长的助手嘛，我咋会干拆台这样的事儿呀！"种狸子严肃地望着鳗，目光是真诚的。鳗相信他说的是真心话，有些感动地看着他。他接着又说：

"鳗，这几天我真为你担心呐！"

"为我？"

"对！你知道吗，勃楞头回来了，他和你爹有仇。"

"我知道。"

"说起来呢，他从前是我的朋友，铁哥们儿。这人的性子我知道，烈火干柴，一点就着。六年前你爹和他老婆玉叶儿……不说了，怪寒心的。看样子他还没忘旧恨，只怕他还会干出啥事儿，你可要当心点儿！"

"他昨晚找过我了！"鳗说。

"是吗？他有没有对你……"种狸子似乎吃了一惊。

"没有，他没碰我……可我觉得他够怕人的！我担心他要伤害我爹……狸子，你得好好劝劝他，你们毕竟是朋友，也许他听你的！"鳗哀求道。

"我当然要管了！实际上我已经做了不少调解工作。可是勃楞头性子太野，只怕我的话他听不进去……不过你也甭太担心了，我会尽力说合的。"

"狸子，你真好！"鳗由衷地说，"将来你会得到好报答的。"

"我只想要你的报答。"种狸子笑道。

"我会给你的……"

种狸子便笑着满意地走了。他很奇怪自己居然这样痴情，明明知道和鳗是不可能的，却偏偏喜欢她。只要一见到鳗，心里便充满了喜悦，一种从未有过的温情荡漾在全身。只有这个时候，他才觉得世界上有美好的东西存在着。

这种愉快的心情没持续多久，就被人打断了。在经过盐垛时，种狸子听见一个女人在叫他：

"狸子，过来一下。"

他看见在一辆卡车后，一个女人在向他招手。这个女工与其他装卸女工一样，用一块红头巾把大半个脸都捂住了，只露出眉眼。他走到她面前时，注意到她的眉弯弯的，眼睛也迷人。这眉眼是他所熟悉的。

"柳月眉，这时候叫我，也不怕别人……"他们走到一个背静处时，种狸子责备道。

"怕啥！别人看见怕啥，亏你还是个爷们儿，又想馋嘴偷食儿，又怕被人逮住！这些日子为啥不来看我？"柳月眉盯住种狸子问。

"小声点，我的祖奶奶！"种狸子小声哀求她。

"是不是有了新的相好？"柳月眉愈发高声了。

"再嚷嚷，我走啦……"种狸子转过身去。

柳月眉一把扯住他说："狸子，甭老这样气我，我可不饶你……"声音早柔和下来，呢喃着灌进种狸子的耳朵，"你不知道人家有多想你呢。可你，当了官，就不认人哩……"

"我工作太忙！"

"唬人，我刚才还看见你和那个小骚精说悄悄话呢。我告诉你，及早死了那心吧！那骚精这两天正和段举人打得火热，人家喜欢知识分子，眼下正时髦着呢。"柳月眉低声说。

"和举人？是真？"种狸子一怔。

"当然是真，两人每晚散步呢，许多人都看见过。"

"那也好，举人也不错……"种狸子装出无所谓的样子说。

"哎，狸子，"她把头巾往下拉了拉，露出嘴巴，这样说话方便些。然而她的牙不好，又黑又黄，让种狸子很不舒服。"你听着，你把我的肚子给搞大了！"

种狸子像触了电一般向后闪了一步，紧紧盯住柳月眉道："又唬我？！"

"当真，两个月了。前天我进城去医院做了检查，大夫们说不会错的。你看，这是诊断证明。"柳月眉竟真的从衣袋里掏出一张医院证明。

种狸子慌慌看着，那红印章果是真的！这样，种狸子只得赔小心赔笑脸儿了。

"打掉吧！"闷了半天，种狸子小心翼翼地说。

"休想！"柳月眉干脆利索地回绝了。

"那你打算咋办？"种狸子慌忙问。

"给你生下来呗！"柳月眉得意扬扬地说，还拍拍肚子，仿佛是件十分自豪的事儿。

"那可不行，不行！"种狸子如火烧屁股的毛猴儿一般急急火火，走来走去。

"白送你个儿子还不好！"柳月眉掌握了主动权后，开始用几分戏弄的神情来对付种狸子。

种狸子恼火透了，又不好发作。

"你男人若知道了，还不宰了你？"

"先宰你！"柳月眉笑道。

"打掉吧，好月眉！"种狸子哄道。

"不打！"种月眉依然干脆。

"你是想让我丢官出丑？"

"那可不是！狸子！"柳月眉开始严肃地说，"我已写信给那死鬼，提出离婚。我告诉他说我在盐场给他养了个汉子，把他气得爽爽快快就答应离了。等我办利索了，咱们两个就去登记，啊！"

说完，柳月眉便喜冲冲地走去干活儿了。种狸子还傻站在那儿，久久动弹不得。他觉得自己突然掉进了一个陷阱里，无论怎样也挣扎不出来，只有听任命运的摆布。

白茫茫的鄂木合台湖在眼前豁然铺展开来，湖面上有淡淡的灰色的雾。雾中看湖，苍凉迷惘，永远是一种怅惘哀怨的感觉。这湖仿佛凝结了千百年来的沉重，重得像一块谁也托不住的结晶体，甚至连厚实的大地也托载不住它，它便沉入地下，沉入到深不可测的世界里。

那汉子呆立湖边许久，隆起的前额泛着无情的青色的冷光。他眯着眼睛，将那山的凝重、湖的迷茫全都吮吸到瞳孔里。他的两个瞳孔变成了两个没有极限的黑洞。他觉得自己的灵魂也向那黑洞里飘坠，再也挣脱不出来了。

时间久了，那泛着粼粼白光的湖水便成了一种可怕的诱惑，有几次他心底荡起强烈的冲动，很想一下子跳进那湖水里，将自己肮脏的身子也凝固在那块结晶体里。他打了个冷战，意识到这种危险，便拉扯开沉重的步履沿着湖往远处走。湖岸是一片盐碱地，松软地布着一层略硬却不坚固的盐碱痂，在脚下很容易被踩碎，他的脚底便有了一种踩破什么东西陡然下坠的感觉，很像是踩破了一层薄薄的冰。他的脚印便极清晰地留在白色的盐碱地上，一个个黑洞似的。

如入梦境，这片地方咋那么熟？

前方一块卧在湖中的卧牛石高昂起愚蠢而执拗的头颅，两只断角已被风雨侵蚀得没了棱角。盐工们都管这儿叫老牛滩。卧牛石下有了深坑，深到谁也摸不清究竟有多深的程度，湖水巧妙地把它掩藏起来，于是它便成了阴险地张开巨口企图吞噬一切生灵的魔口。盐工们称它为"海子眼"。

他的双腿不由自主地跳上了卧牛石背。一下子就看见了海子眼儿正望着他，那蓝幽幽的深潭如同一只诡谲阴险的猫眼儿……

玉叶儿站在卧牛石的脊背上，没系扣子的淡蓝色的碎花衫子被咸湿的风掀起来，蹂躏着、抚弄着，激动不已地抖动着。头发也被风吹起来，舞着一团黑色的火焰。玉叶儿娇小纤弱的身子立在黑青色的礁石上神韵万千，宛如一只刚刚跃出湖的水妖，充满了诱人的神秘。她回首翘望，便化成了一尊永恒的雕像。

他追到了岸边，便被魔法定住了一般动弹不得，只是呆呆地望着，气尽力竭。

淡蓝色的光辉正在水光天色中融化。

骤然，他像狼般号叫了一声，疯狂地往前扑去。

当他跌跌撞撞地爬上卧牛石背时，蓝色的碎花儿衫不见了，一片阒静令人悚然地凝固着。

海子眼儿里慢慢地翻卷上来一簇湛蓝湛蓝的野菊花……

种狸子对盐湖充满了仇恨，他厌恶这里的一切：白山、白湖、白花花的盐碱地和垒得高高的一座又一座的盐山，还有每天络绎不绝的汽车的轰轰声。他有许多怪癖，如喜欢啃冻成硬邦邦的生肉，喜欢活剥耗子皮，还喜欢把皮鞋擦得一尘不染；再有，就是吃菜不放盐，只要尝到一丁点盐就要呕吐。从不吃盐，居然也活得很好，身体健康。胡麻子就说种狸子有种特异功能——从空气中摄取盐分，所以他不需要吃盐。

不过种狸子的头发一直是灰色的，半白半黑，典型的"少白头"。他自己却不认为这和不吃盐有什么关系。

种狸子对自己的家史熟悉到惊人的程度，追溯到五代之上，都如他自己亲身经历一般。一闭上眼睛，一幕幕家族的悲惨画面便清晰地浮现出来——从灶户到畦户，从畦户到亭户，从亭户到锅户，从锅户到滩户，祖祖辈辈无一不是和盐打交道的盐户。从畦夫到卤丁，从卤丁到场丁，从场丁到灶丁，又无一不是捞盐、煮盐、晒盐的盐丁。太爷爷从十五岁守灶煎盐到六十岁，烧芦苇煮盐生生把眼睛熏瞎。太爷爷年轻时心高气盛，以为干几年总能熬出头，渴望当个灶长光宗耀祖。抱了一辈子当灶长的希望，到头来失望至极。瞎眼的太爷爷是随三十三名全都瞎眼的老盐丁们一同投到卧牛石旁的海子眼儿里淹死的。当三十四具尸体被人打捞上来摆在一片白乎乎的盐碱地上时，十五岁的爷爷只是红眼傻望，竟没掉泪，他记住了父亲的嘱咐：不当上总灶长誓不为人！然而爷爷从十五岁开始引水种盐，一直种到六十岁仍是一个盐丁。总灶长的官梦破灭了，两条腿却让盐水泡成死肉，最后生生一点点烂掉，死肉像蒜瓣儿一样往下掉，直到露出白花花的腿骨，爷爷就断气了。

爹也是从十五岁起当上了盐工。爹的希望不高，只想当个生产组的小组长，管上十来个人便心满意足。爹为人太刁钻了，当上小组长不到两年，就惹下一帮仇人。结果有一天爹莫名其妙地死了，也是死在那卧牛石旁的海子眼里，是他自己喝多了酒掉进去了，还是被仇人勒死塞进去的？没人晓得，也没人过问。爹成了被人忘掉的孤魂野鬼。

种狸子从懂事时起，就仇视这片夺去爹生命并把他们祖祖辈辈拴在这儿的大湖。他想离开这片湖，离开那吞吃人、埋葬人的盐，到另一个美好的世界里去。但他一直没弄清那世界究竟在哪儿。他是自信的，凭他的聪明才智，他会找到那世界的入口的。他没多少文化，但他十分清楚这个世界需要的是什么。因为他的心总是在苦水里泡着。

鳗在傍晚收工时遇见了举人。

鳗对举人说："以后我得早早回家，不能和你去看湖了。"

举人伤心地瞧着她，问她为什么。鳗说："爹让我早早回家。爹的一个仇人回来了，爹怕我受到伤害。"举人便像个男子汉那样大模大样拍拍胸脯子说："怕他，有我保护你呢。"鳗怀疑地摇摇头说："就怕你保护不了。"举人发誓说他行，并一直把鳗送到院门口。

那汉子却在院门口等着鳗。天色尚明，鳗这回清楚地看见了那汉子的相貌：额头高高凸出，眼睛陷进去，好像要隐藏起来，唯有那眼中射出的光很凶，有一种野兽般的光泽，那双眼睛死死地盯着鳗。鳗感到身子在抖，不由得向举人靠去，抓住举人的胳膊。举人意识到自己的责任，将鳗挡在身后。

勃楞头已经走到他们面前，对举人说："闪开。"

"你要干什么？"举人表现出毫不畏惧的样子。

"不关你的事儿！"勃楞头冷冰冰地说，"叫你闪开就闪开，别没眼色。"

"你是什么人？"举人已认识勃楞头，他转过身去问鳗，"是你说的这个人吗？"

鳗点点头说："是他。"

举人义正词严地说："勃楞头，青天白日，难道你还想犯法作乱不成……"

举人的话没说完，只觉得两只脚离了地，身子晃晃悠悠起来。那汉子一抡手臂，将举人扔出数米远。

举人狼狈地趴在地上哼哼，好半天没爬起来。

那汉子现在面对着鳗，只是用阴鸷的目光盯着她。当她想跑开时，他伸出手来，抓住她的手腕。鳗感到那双手如铁钳子般有力，把她的腕子牢牢卡住动弹不得。

"放开我……"鳗挣扎着。

汉子说："你得为你爹还债，懂吗？！"

"滚开！"鳗又挣扎了一下，那汉子得意地笑了。

"你瞧，你挣不出我的手心，你爹也一样，我想怎样就怎样！记住，你爹欠的账你也有一份儿。现在你走吧！"

汉子松了手。鳗慌忙地向院门跑去。当她急急火火关上大门时，却没能把那邪恶的笑声关在外面。

"爹！"她朝屋里喊了一声。

没有动静。爹还没回来。

却听得一阵低低的狗叫声，愤怒、委屈和惧怕。低下头去，只见二黑用嘴蹭她的鞋子，不见了大黑。鳗觉出事情不好，慌忙去找，很快在院子里找到了瘫死在地上的大黑，已经是七窍出血，身子僵硬了。鳗蹲下去，唤了几声，大黑一动不动。鳗翻翻大黑的眼皮，知道大黑已经死了，她伤心地掉泪了。这时候，一股巨大的真正的恐惧感才从脊梁骨蹿上来，使她感到浑身冰冷，无法抑止。

她就那样一直跪在大黑的尸体旁，像在暮色中做祷告的少女。直到爹回来，她还未从地上站起。

"咋的啦，曼曼？"老章鱼慌忙问。

鳗没有说话。

老章鱼看到地上大黑的尸体，就什么都明白了，骂道："杂种，又是那杂种干的！"

老章鱼在院子里挖了个坑，把大黑埋了。二黑一直围着地转，不住地引颈哀嚎。老章鱼把院门闸死，又加了一道锁。房屋门从里面插住后，又用一把铁锹顶死。每一扇窗户都关得十分严密。当确信不会有人从外面摸进来时，老章鱼就蹲在外屋的地上，一支接一支地吸烟。烟火闪闪烁烁，在他的面部书写着悲凉。鳗在一旁默默望着爹，许久没说一句话。

"曼曼，去睡吧！"爹又催促说。

"你呢？"

"我今儿没心思睡，守在这儿……没事儿，睡你的去吧！"

"不，我陪你，爹爹……"鳗固执地说。

"放心，他不敢咋的，我说的是那杂种！我心里有数，他不敢，不过是想吓吓咱。他以为我姓章的胆儿小，会害怕，哼哼……"爹虚张声势地说着。

"我看，那勃楞头聪明得很哩。你真让人家牵着鼻子走呢！"

老章鱼愣了一下，随后笑了，站起来，把烟头扔在地上用鞋底碾碎道："爹这是以防万一呢。爹不怕别的，就怕把你牵连进去……算，算，不说这啦，唉……"

"爹，和你说句真心话，六年前，你当真糟蹋了那人的老婆？把她逼得自杀了？"鳗目光烁烁，盯住爹问。

老章鱼把头低下了，耷拉到裤裆里道："曼曼，不要问了……"

"不，我偏问！"

"爹喜欢玉叶儿……爹这辈子只喜欢过那一个女人……"

"可那你也不该……爹吧，没想到你是这号人，活该现在让人追着欺负！要是我，也不会轻饶了你……"鳗恨恨地说。

"你不懂，曼曼，你多会儿也不懂……爹不悔，丢了一条腿也不悔，为玉叶儿……我知道，叶儿她也喜欢我，真心喜欢……"

鳗泪眼婆娑地望着爹。她真的不懂爹怎么会这样想？难道，爹真的爱那个玉叶儿，死心塌地，痴心不悔？可是，道德呢？伦理呢？对他，这一切全不起作用了？

"爹，你应该找他，主动找他，好好谈谈……"鳗的语气缓和了许多。

"我想过！那勃楞头原本也不是恶人，好好谈谈，他兴许能宽恕我……可现在看他这阵势，来者不善，恐怕眼下是没法谈，他成心找碴儿呢！"

"今儿我求过狸子了，他答应给你们说和，做个中间人。"鳗告诉爹。

"狸子？"老章鱼疑惑地望着女儿，"你去找他了？"

"才不呢，他找的我。他说要送我一条牛仔裤，我没要。"

"狸子这人鬼点子太多，离他远点儿！"老章鱼告诫道，"我不喜欢你和他来往！"

"爹，咋对付这号男人，我懂！"

"狸子和装卸队的柳月眉关系不清，月眉前几天找过我，我……"老章鱼及时打住话头。

"我知道！爹，不过大伙都说他这人挺仁义的。"

"问题正在这儿。这人，让谁也挑不出毛病，给人的印象不坏，可是，我就是觉得他不地道。"

"因为他曾经是勃楞头的把子呗！"

"还不仅仅是这！反正，我还没把这人看透呢。"

"爹，段举人挺不错的，有文化，人也老实，今天为了我他险些挨打，摔得不轻。你咋不把他调到队部去呢？不是队部缺一个秘书吗？"鳗又改了一个话题。

"我是有过这个想法儿，只是……爹只告诉你，莫和外人说——爹的工作近来可能有变动。"

"调走吗？"鳗有些意外。

"叶场长私下给我透了个消息：白副场长调走了，要从场子里提一个副场长，我有可能官复原职。唉，若不是六年前那档子事儿……估计任命很快就要下来。所以我想，等我去了场部，就把段举人也带去。"

"爹，先让他去队部呗，等你去场部再带他去也一样嘛……"

"让他去队部，只怕狸子那关通不过。"老章鱼思忖着说。

夜很深了，章家宅院的灯始终未灭。章家院子里的狗哀哀怨怨地嚎了一夜，能听得出是一只孤单单的小母狗。

种狸子最喜欢去的地方是五七三号盐垛。

他围着盐垛转一圈，歪着头远看近看，像艺术家欣赏一件艺术品。暮色中铁锈色的盐垛冷峻无言。这时喧闹了一天的盐场也归于静寂，一股安详便在暮霭里荡漾。

算破天胡麻子溜溜达达走了过来。

"队副，我正要去找你呢！"胡麻子亲热地说。

"有事？"种狸子不苟言笑。

"也没啥大事儿。"胡麻子卖个关子，"你要是忙，改天再说。"

"少跟我来这套，胡麻子，你侄子往这儿落户的事儿，我可是和场部打过招呼了……"

"队副对我麻子的好处我会记一辈子的，"胡麻子喜得抓耳挠腮，"有你这么仁义的队长，让咱东，绝不往西！"

"少扯淡，要告诉我啥事？"种狸子一笑，问。

"大前天，我看见柳月眉那娘们儿去找过老章鱼。我过去偷听了两句，嘿嘿，好像与你有点关系……"

种狸子"唔"了一声，心里顿时亮堂了。自从柳月眉向他说了那番话之后他就一直犯疑惑：像月眉这样一个傻娘们儿，咋会突然飞出这么凶的一个撒手铜？现在他明白了：原来她背后有高人指点呢！

好条老章鱼，这一军将是够毒了！

看来明天无论如何得往叶场长那儿跑一趟了，并趁机与英子近乎近乎。这一步棋必须得抢先走才行。

勃楞头躺在工棚的大通铺上却睡不着，眼睛盯着黑黢黢的房梁，嘴里一股股往外喷烟，心里乱成一团麻。

这些天总在想着一个深奥问题：人该咋样活？显然，人有各种各样的活法——善活、恶活，赖活、好活，滋润的活和苦涩艰难地活……哪一种活法更好？想得脑袋疼了，仍想不明白。

小时候，许多人夸他聪明：前勃楞儿，后勺子儿；当大官儿，挣票子儿……后来他既未当什么官，也未挣来大票子儿，才知道自己的脑袋白长那么大了，只装了些糨糊。后来娶了玉叶儿，玉叶儿也说他的大脑袋中看不中用。起先他认为人应该善活，大家和和气气过各自的日子多好！可后来出了玉叶儿那桩事儿，他在大狱里蹲了六年，又信奉人应该恶活的理儿——世上只有两类人：欺负别人的人和被别人欺负的人。过去自己做了被别人欺负的人，今后就要当欺负别人的人。

然而这些天他虽然让恶尽情地发泄，欺负了别人，却没有得到丝毫的快乐愉悦，相反，更加深了内心的痛苦。所以当夜深人静时，他便开始想这些深奥的问题，却越想越头疼，不由得悔恨自己的文化太低，小学都没毕业，故而对人世间的许多事情都想不明白。

愈躺愈烦闷，还不如坐起来好！他坐起来后，推醒了身边鼾声如雷的气功大师大巴掌。

"干啥？你这小子……"大巴掌睡意蒙眬嘟哝着。

"喂，这工棚里，谁的文化水平最高？"他问。

"这看你要干啥了？测字算命，得找胡麻子；说古论今，就去找段举人……"

"论理儿。"

"论理儿，兴许举人还行，麻子尽他妈胡咧咧……"大巴掌一翻身，又睡过去了，不一会儿呼噜打得山响。

"段举人？"他想起了傍晚时被他扔在地上的那个家伙，庆幸自己没动手揍他。

五分钟后，他从另一座三角工棚里把迷迷糊糊的举人拎了出来。举人浑身抖着，上牙直磕碰下牙，断断续续地说：

"常兄……那时，我……确实是怕……你……"

勃楞头一松手，把举人扔到一个草堆上，自己也一屁股坐下了。

"举人，莫怕，我不伤你。听说咱这儿你学问最大，咱想请教几个问题！"

举人翻身坐起来，头发上沾了些草屑，脸上顿时有了几分神气，说道："请教问题？用这种方式请教问题？这也太不尊重知识分子了……"接着便摆出师者的架子问，"你要请教什么问题？"

"你说，人是善些好，还是恶些好？"

"人之初，性本善；苟不学，性乃迁……"

"甭他妈和我咬文嚼字！"

"人性本来都是善的，只因为不学习，才变恶了，这是没文化的必然结果。"举人肯定地说。

"老章鱼是善还是恶？"

"他嘛，很难说得清，有时善，有时恶……"

"他的闺女呢？"

"雪曼？当然是善的啦……"

"她跟她爹是不一样！"勃楞头想着，品味着，"这女人有那么股说不出的劲儿，见了让人就不忍心……"

举人察言观色，趁机进言道："我说你呀，何必要跟雪曼过不去呢？你伤害这样善良的姑娘，那可是伤天害理的事呀！唉，何必呢，和为贵，忍为高！再说，已是六年前的事了，怨仇相报何时了？知道不，你在毁了别人的时候也毁了你自己！"

勃楞头紧皱眉头，使劲抽烟。

"你以后的日子还长，再娶个媳妇成个家，小日子一旦过起来就什么都忘啦。嗨，你应该学点哲学，学了哲学，啥问题都能解决，心里亮堂得很哩……"举人激动不已地说。近来，他在拼命学哲学，辩证法背得滚瓜烂熟，场子的宣传部已经发现了他，准备抽他到学哲学巡回演讲团去。

"哲学其实一点儿也不神秘，就是关于世界观的学问嘛。譬如主观与客观，否定之否定……"

举人戛然止住了滔滔不绝的宏论，因为他发现勃楞头不知什么时候就走了，身边只有一片茫茫夜色。

举人好不扫兴，悻悻站起，回工棚去睡觉。

早晨，老章鱼神色疲倦地从屋里走出来，刚伸了个懒腰，便触电似的呆住了——门楼下，一根绳子上吊着二黑。那可怜的小母狗翻着白眼，舌头长长地吐到外面，死相极惨。

老章鱼抑制不住浑身战栗，满院子乱转。

鳗从屋子里走出来道："爹，咋啦？"

老章鱼不说话，寻到了一把已长了锈的宰羊刀，揣到怀里。

"爹吔！"鳗看见了吊死的二黑，惊得喊起来。

"今天，甭出屋！"老章鱼严肃地说，"本来我想找他好好谈谈，可他……欺人太甚！"

这天，老章鱼没去上班，鳗也告了病假躲在家里。老章鱼也没解下那惨死的母狗，却搬了块磨石放在院中，掏出那把宰羊尖刀来不停地磨着，整整磨了一个上午。

霍霍的磨刀声啃噬着夏日晴朗的天空。

种狸子这天格外高兴——在场部叶场长的家里，叶场长与他密谈了有三个小时。他从场长家里出来时，心里已经有了底儿。拐了个弯儿，去了场话务室，把英子叫了出来。

"英子，我给你买了条牛仔裤，瞧！"种狸子把牛仔裤递给她。英子的肉眼泡下露出一条窄缝，射出喜悦的光芒。

"送我的？"

"可不。"

"你心里惦着我呀！"英子简直欣喜若狂了。

"可不呗！"种狸子尽量装出热情洋溢的样子，却实在不愿去瞅那张南瓜样的丑脸。英子是个老姑娘，三十多岁未婚，不仅因为长得丑，还因为神经有点问题，疯疯傻傻，使许多本想娶她的男人只得作罢。然而英子有她的优势——场长的女儿，这又使许多男人跃跃欲试，欲罢不能。

种狸子想冒险。

"英子，我给你的那封信收到了吗？"种狸子关切地问。

"啥信？没呀！"英子翻着白眼儿。

"哎呀，可真是的！"种狸子吧咂着嘴说，"怎么会收不到呢，场部离队部还不到二十里……那可是封重要的信！"

"你说给我听嘛！"英子还会撒娇。

"英子，想和我结婚吗？"

英子的眼睛里大放异彩，问道："你想娶我？"

种狸子肯定地点点头。

英子激动得手足失措，说："狸子狸子，我一直在盼这一天呢，呵，我要立刻回家，把这喜讯告诉爹爹……"

英子便蹦蹦跳跳地走了，一路上唱着歌儿。

种狸子笑了笑，发动了摩托车，向队部驰去。

下午，趁老章鱼坐在院子里打盹儿，鳗偷偷地从家里溜了出来。关在家里简直是坐牢，她可不愿意就这样坐下去。缩在龟壳里——她想起了这句俗话，心里就生气。每天躲那家伙，毕竟不是个办法。鳗要找到他，当面质问他究竟想干什么？

鳗一口气跑到盐场，找了许多地方也没找到勃楞头。她正怏怏不快地往前走，潮湿的湖风使她感到一阵阵凉意，忽地想到了一个地方，就匆匆向那儿走去。

果然看见一个男人的身影站立在卧牛石上，那黑影在白茫茫的水光天色中分外醒目。她的心收缩了一下：莫不是那汉子心眼儿太窄，一时想不开……

便听见了一阵悲怆的声音，如受伤的兽在哀吟：

"我那……苦命的……玉叶儿哎……"

一股浓浓的酸楚泛上鳗的心头，似乎已真切地窥到了那汉子内心深处的无限苦痛。就是在今天，他的心仍在流血呵，而这一切全因为爹……

那愧疚之情就在全身弥漫开来。

一步步向卧牛石走去，湖水浸湿了鞋子和裤腿儿，她全然不觉，走过了那片浅滩，爬到了卧牛石上。黑褐色的大礁石上凉津津的，印着一层古老的苍凉。她看见那汉子宽阔的背在微微战栗，破衣服正随着风无奈地飘扬。

海子眼儿就在他的脚下。瓦蓝色的深潭中慢慢浮起一簇蓝白相间的野菊花……

鳗感受到一种宗教似的氛围，使她激动得不能自持。她想也没想，便跪下了，将额头抵在冰凉的礁石上。

汉子终于听到身后的响动，愕然地回过头来，注视着伏在礁头上的鳗。

鳗跪着的姿态十分优美，腰、腿、颈弯出几条曲线。他便看见了她丰腴白皙的脖子。

她许久跪着，默默地。

他许久看着，呆呆地。

云在远方山顶上集结，扭曲成一团团奔涌的雪浪。鄂木合台湖依然被笼在氤氲之中，有一种神秘、一种温情。一只鸿雁飞过头顶，带着苍凉的叫声消失在山的那一边。

鳗终于慢慢抬起头，用纯真的哀怜的目光对着那汉子。汉子接触到这样的目光，一怔，忙把头扭到别处。

呵，竟和玉叶儿的目光一模一样！

六年前，玉叶正是用这样的目光望着他，目光里包含了多少难以说出的意蕴呵！

那最后的一瞥……

汉子沉重地叹息了一声，低低地说："起来吧……"

"不！"鳗固执地说，"你答应放过我爹，我才起。"

汉子摇摇头说："除非我死了！"

"你再逼，他会疯的！"鳗的眼睛湿漉漉的。

"疯？疯了才证明他还有一点儿天良！"汉子咬着牙说，但他一直不敢正视鳗的眼睛。

"那你的天良呢？"鳗盯着他。

"让狗吃了！"

"你骗人！你的天良还没让狗吃尽，还在你心里藏着，你不想承认它！"鳗说，"实际上你一直觉得玉叶儿的死也有你一份儿责任，又一直不敢承认这一点，就把所有的仇恨都归到我爹身上。不错，我爹做过对不起你勃楞头的事儿，可是我爹真心爱玉叶儿。你好好想想，你是咋待玉叶儿的。听老一些的盐工说，你喝酒，喝醉了就打她，打得她不敢回家，深更半夜跑去找我爹做主……你如果对她好一些，多给她一点关怀温暖，她怎么会……"

"别说了！"勃楞头的脸变得惨白，失魂落魄地望着脚下的海子眼儿。

"我不是为我爹开脱罪责！他有多大的罪，我来替他偿还，该打、该骂、该罚，都朝我来好了……"

"我只想把他给我的耻辱原样还给他！"勃楞头的嘴唇颤抖着喃喃道。

"那就来吧！姓章的奸污了你老婆，现在，你来糟蹋他的闺女，一报还一报，满意了吧？！"

鳗便平躺在卧牛石上，静静地闭住眼睛，等待着。阳光温柔地照在脸上，风在胸襟上微微鼓荡。寂静的湖面上游移着一种喧哗、一种骚动，从远方匆匆地跑过去，有时倏地移到卧牛石上，激动不安地絮絮低语一阵子，又倏地滑去了，消失在神秘的湖心。

鳗躺着，顺从的模样如昏然入睡，并不抗拒任何外来的侵入。

然而过了许久，没听到任何响动。鳗惊诧地睁开眼坐起来，发现卧牛石上已不见了那汉子的身影。望去，只看见在遥远的湖岸线上，那汉子的背影蹒跚远去，已小成一粒儿蚕豆。

算破天胡麻子暗中受了队副种狸子之托，到装卸队来找柳月眉，做她的工作。麻子知道这工作是顶难做的，想来想去，想出一个法子来。

离盐垛不远有条浅河，水不多，却还清亮，弯弯曲曲流向鄂木合台湖。装卸队的女工们喜欢下了班后到这浅河边儿来洗手洗脸。当女工们扯下包在头上的花花绿绿的头巾，半敞着怀，打着赤脚立在仅能淹没脚背的河水中弯下腰洗濯时，她们的说笑声便毫无顾忌地迸散开来，把个静寂的荒原喧闹得热闹非凡，充满了生气。

"你们瞧，豆花的奶子快掉出来了……"

"掉出来也白掉，这儿没男人……"

"死二曼，谁像你见天想男人，就想扯骚根儿。"

"哎哟哟，难听死哩！咱可没那大本事。你们瞧'公用井'又洗……"

一片吃吃的笑。

"不勤洗，还不烂了。"

"小心让她听去！"

"她才不在乎哩！"

"说是她经手的那玩意儿能割几箩筐呢！"

"妈呀，咋不说能拉几卡车呢，尽糟践人！"

女人们热烈地哄笑起来。

大都洗完，直起腰时，胡麻子慢慢悠悠地走了过来，妇女们就笑他道：

"麻子，来晚咧，精彩的没看见……"

"麻子，你给小蛾打一卦，生儿还是生女？"

"麻子，小心把你装进箩筐呀！"

"卡车，是卡车……"

女人们笑得更起劲儿了。胡麻子好脾性，笑呵呵地哼哼哈哈不应战。女人们笑着从他身边走过去。当柳月眉经过身边时，胡麻子就丢了个眼色，柳月眉不走了，假装弯下腰倒鞋窝儿里的沙子。

大家也不管她，都径直去了。

"月眉，有要紧事儿。"胡麻子说。

"屁事儿，狸子叫你来的吧！"柳月眉好像看穿了他的把戏。

"跟他八竿子打不着！"胡麻子一本正经地说，"是你的事儿。昨儿晚我梦见一桩怪事儿。"

"啥？"

"你若不信，我就不说啦！"胡麻子吞吞吐吐。

"信！说，说呀！"

"我梦见天是红红的，有一弯月牙挂着。那月牙儿突地往圆了长，长着长着，还没长圆，就一下子炸开了，碎成了一片小星星，飞火流星地掉下来，在地上烧成一片火海。真是太可怕了！"

"这梦是怪？和我有啥关联？"柳月眉诧异地说。

"是呀！醒来后我就想：这梦一怪，八成是哪位神灵给我托梦，预兆我身边人的吉凶呢。我就查了圆梦的天书。原来是这么回事儿，我一下子恍然大悟……"

"说说！"柳月眉有些感兴趣儿了。

"月属阴，指女人。月儿弯弯，像蛾眉，自然是指你啦。我认识的女人里，没有第二个和月有关的啦！"

柳月眉点点头道："那定是指我啦！"

"月由亏而盈，由瘪而圆，中间凸起，再明白不过的理儿啦——那是指怀孩子嘛！女人的肚子顶起来不正是这个样儿嘛！"胡麻子一拍大腿说。

柳月眉连连摇头，脸色却变了，说："不对不对，我可没怀孕！"

胡麻子不理她，又说："可是月儿越圆就越险，涨到一定时辰，就炸了，地上一片火海，那是指血——凶兆呀，月眉，这孩子是万万要不得的；若是要了，性命难保。"

"是真？"柳月眉真被唬住了，目瞪口呆。

"那还有假！我麻子的卦，谁说不灵，你问问去。"胡麻子认真地说。在盐场，许多人都相信他的圆梦占卜。

柳月眉面露惶然之色，说："咋免灾呢，有法儿吗？"

"有哇！打掉肚子里的娃儿，可保住性命。"

柳月眉低下头不再言语了，默默想着。胡麻子看看已基本达到目的，又极诚恳地告诫了她几句，就慢慢悠悠地向工棚走去。

柳月眉在河边呆呆坐着，坐了许久。

鳗回到家时，爹正和举人严肃地谈着什么，见鳗进屋，两人就住了嘴。举人局促不安地站起来看看鳗，又看看老章鱼。老章鱼使个眼色，举人退了出去。

"你们在搞啥名堂？"鳗疑惑地问。

"曼曼，坐下，爹和你谈件事儿！"老章鱼正襟危坐，煞是严肃。鳗顿时感到事关重大，就点点头坐下。

"你对小段的印象怎样？"爹问。

"举人？人挺老实，也爱学习，写写画画，还不差……"鳗想了想，说。

"既然这样，曼曼，爹替你做主，把你许配了小段。和小段谈了，他同意，没意见。你们挑个好日子，尽快办吧，甭拖！你看呢？"老章鱼坚定地说完，又用征询的目光盯着鳗。

鳗怔怔地望着爹，没说话。事情太突然了，一点儿思想准备也没有。过了半晌，她才问："为啥？为啥突然让我嫁人？"

"你该明白，曼曼……你全看见了，那人像只狼一样每天在咱家周围转，已经欺负得不让咱活了！再这样下去，非出事不可。那人的心歹毒着呢，我早看出来啦，他在打你的主意，不把你糟蹋了，他是不会罢休的！爹老啦，又瘸着一条腿，不能每天跟着你，保不准哪天漏个空子，让那人作践了你……唉，你毕竟是个女娃子呀！你是爹的心头肉，爹现在是为你活着。你要是出了事儿，爹非疯了不可……不行，爹说啥也不能委屈你。小段虽说窝囊点儿，可人不坏，心眼好，会体贴人，把你交给他我放心。再说，小段有文化，不会一辈子当盐工的，没准能当个干部啥的，兴许还能有大出息呢。爹和他说了，让他保护你！小段是文弱点儿，可他年轻……再说，你嫁了他也就不是章家的人了，那勃楞头大概也就不再纠缠你了……"

一番话说的鳗的心窝窝里热乎乎，动情地拉住爹的手，泪珠儿在眼眶眶里打转转。鳗本想告诉爹：今天她找过那人了，他天良未泯灭，也许有与他和解的可能。但是鳗实在不愿在这时候违背爹的意愿，更何况她也的确寄情于段举人，还莫如爽快地答应爹为好！鳗握住爹的手，哽咽着说：

"爹，我依你……只是，你千万要保住身子……"

爹点点头道："过几天，我先把小段调到办公室去当秘书。"

"不怕狸子不同意吗？"

"我有办法对付他。他有小辫子抓在我手里呢！"老章鱼又有了几分神气。他相信一旦那张王牌甩出去之后，种狸子就得身败名裂。

整整一天，种狸子都在调兵遣将。

柳月眉那桩事使他十分伤脑筋。寡妇脸姚嫂是个办事极周全的女人，她男人姚三与种狸子交情不错。种狸子就搬动姚嫂去当说客。姚嫂平时与装卸队的诸姐妹关系都不错，与柳月眉也好。当下姚嫂把五百块钱交给了柳月眉，说是种狸子送她的营养费。又在家里与柳月眉心贴心地谈了一个上午，指明利弊，陈述原委，明之义，晓之以理，直说得柳月眉最后搂着姚嫂啜泣起来。姚嫂也陪着掉了几滴泪。姚嫂说："想开了就好！明儿个我陪你进城去医院，神不知鬼不觉去做了，就等于去了一块心病。狸子答应日后娶你，但眼前正是他的节骨眼儿，你无论如何得站在他那一头，是啵？"

姚嫂劝成了柳月眉，就向种狸子报喜。

种狸子顿觉心通气畅。稳住了柳月眉便是打好了基础，下面的棋就好走多了。

回到队部办公室，见勃楞头正在等他。他瞄见勃楞头脸上有些异样的神情，就问："有事？"

"我打算和老章鱼讲和！"

种狸子一愣，以为听错了，问："真心？"

"真心……"勃楞头慢慢地说，也不看狸子，"昨天他的女儿来找过我……我勃楞头刀架脖子不怕，就受不了这个！唉，这些天我总在想：让他家破人亡我又能怎样呢？算了，就当过去的旧账，翻过去算了！"

"你打算怎么个讲和法儿？"种狸子问。

"条件是：老章鱼和我一同到玉叶儿的坟上去，让他给玉叶儿磕三个头！

从此我就和他如同不认识一般，各走各的路。"

"只怕是老章鱼不肯……"种狸子沉吟道。

"这是最低条件了！"勃楞头坚决地说。

"好吧！我去说说看！这些天你把老章鱼也折腾得够惨了，连着三天没来上班了……得饶人处且饶人吧！"

"明天，你带我们去玉叶儿的坟上……"

"这么急？"

"我已经买好了香和供品。再说我问过胡麻子，他说明儿个正是祭鬼神的日子。"

"那好，就明天。"种狸子果断地说。

都说这一天怪，怪得不同寻常——满天扬着土黄色的阴霾，却无风，混混沌沌中却是一派庄严肃穆的寂静。这种奇景从清晨一直延续到黄昏。

天蒙蒙亮时分，三个人向五七三号盐垛走来。他们都走得很慢，脸色铁块般凝重。

老章鱼想：姓常的这小子真的愿意与我讲和了？若真是这样，那我在玉叶儿的坟前磕一百个响头也愿意。

勃楞头想：玉叶儿，你希望我和老东西讲和吗？你是顶善良的女人，你会的……

种狸子想：鳗这个女人可真是有办法，竟让勃楞头这样血性的汉子服软了，不过，仇怨结得那样深，他真肯把夺妻之恨一笔勾销吗？

三个人走到五七三号盐垛前。阴霾中金字塔似的盐垛依然冷峻伫立，泛出凝重的铁锈色。周围的铁丝网已拆除，盐垛的尖顶像是被刨掘过，那部分的盐粒呈青白色，为了防止顶尖的盐流下来，在几个地方加了护板。

种狸子首先停住了脚步，仰头望着盐垛顶尖。

勃楞头大惑不解，问道："狸子，咋把我们领到这儿来了？不是说好到玉叶儿坟上去吗？"

老章鱼似乎已有了一种可怕的预感："玉叶儿的坟究竟在哪儿？"

种狸子不动声色，冷冷道："就在这儿！"

老章鱼恍然明白了种狸子为什么一直不让任何人动这个盐垛的原因了："你……你把玉叶儿埋在了盐垛里？"

种狸子说："六年前，常山兄弟被抓走时，对我千呼万唤：不要把玉叶儿埋了，我还要最后看她一眼，把她好好藏好，等我回来……你是不是这么说的，常山？"

勃楞头已渐渐悲愤难禁了："是这样说的！那时，我以为我会很快就回来，没想到一去就是六年……"

种狸子说："是老辈的盐工告诉我这么个保存尸体的法子——把尸体埋在盐垛里，再往周围浇上水，十年八年没个烂。常山，玉叶儿完整的身子等着你呢。"

老章鱼和勃楞头都惊呆了，默默站立着。一时，倒忘了该干些什么。

天是一块凝固的整体。

盐垛是一个巨大的坟茔。

黄色的尘埃颗粒儿在徐徐飘落。

老章鱼双膝一软，向那盐垛跪下了。

勃楞头摆好祭典用的供品，点燃香烛，也跪下了。

种狸子如一位癫狂的魔术师奔向盐垛，高声呼喊着："常山，玉叶儿一直在这儿等你回来呢，她等得好苦，你看着啊……"

种狸子便拉动了一根绳子，绳子将那一排挡板扯倒，于是寂静中一声轰响，盐垛顶端的青盐粒瀑布般地飞泻而下。当顶上所有松散的盐粒都落下来时，便露出了一个白布包裹着的物体。犹如揭去一尊雕像身上的布罩一样，种狸子爬到盐垛顶上，慢慢揭去那层白布单。盐垛下，仰首望着的勃楞头和老章鱼都呆住了——

那真是玉叶儿，浑身裸着的玉叶儿！

玉叶儿半坐着，身子放着惨白的光芒。

玉叶儿淡漠地望着远方，望着鄂木合台湖。

完整的尸体栩栩如生，似一道闪电照亮了浑浑浊浊的天空，放射出刺眼夺目的惨淡之光。是大青盐把玉叶儿重新雕琢，使盐分完全浸入了她白皙的肌肤里而保存了六年前的真实模样呢？还是那皮肤表层早已附着上一层盐痂，尸体成为模具，重塑了另一个出神入化的玉叶儿？

勃楞头仰首而望，犹如圣徒瞻仰一尊不可思议的圣像那般庄严虔诚。几乎是在一瞬间，时间飞速倒流，他跨越了六年的光阴又回到了那一刻。心中的火焰被此情此景点燃了，燃遍躯体的每一个角落。

那个大风乍停的日子……

玉叶儿在苍白的盐碱地上拼命地奔跑……

卧牛石上的回眸……

海子眼儿里盛开一簇淡蓝色的野山菊……

他狂暴地揪住自己的头发，再一次发出伤势惨重的野兽般的哀号。无论时光流逝过多少年，他都不会再超越这一时刻，不会的！他命里注定守候在这个噩梦里，一遍又一遍观看着那些黄旧的镜头，让心灵的血液去滋润那永不会再弥合的伤口。

端坐在盐垛顶上的玉叶儿召唤着他，往日的情感又一次如大海涨潮般汹涌而至，淹没了他的全部的现实……

老章鱼在那时发出一声非人的号叫，跌跌撞撞地向盐垛爬去。松散的盐粒在他的脚下嗖嗖乱窜。他不顾一切地爬到顶端，还未来得及扑到玉叶儿跟前，已经泪流满面，痛不欲生。他没有勇气去抚摸玉叶儿的身子，只是跪在尸体旁浑身颤抖。

这时勃楞头也爬上了盐垛，飞起一脚，将老章鱼踢了下去。

"不许你碰她！"

老章鱼的身躯如一截木头，欢快地滚到盐垛下的荒地上，挣扎着爬起来。勃楞头已飞身而下，像踢一只死猪似的狠狠地将坚硬的皮鞋头踹在他的身上，急风暴雨般的打击一发而不可收。

"不，我不饶你，永远也不……"

他口吐白沫号叫着。

姚嫂陪柳月眉进城去打胎，在盐垛场子等着搭车。

这时耿三炮的妹子巧莲走了过来，耿三炮就在不远的盐垛那儿瞄着这边。耿三炮是老章鱼的人，是二班的班长。

"柳嫂，到那边去和你说句话儿！"巧莲亲热地招呼。

"啥话见不得人？在这儿说不行？"姚嫂警惕地瞪着巧莲。巧莲口齿伶俐，便说：

"对啦，就是见不得人的话，怕你听去哩！"说着，硬是拉着柳月眉走到一旁，在柳月眉的耳根子边嘀嘀咕咕说了半天。过了一会，柳月眉满脸愠色地走了回来，怒冲冲道：

"原来你们合起来一块儿坑骗我？哼！不去了，不去了，你自个儿进城去医院吧，我回去了！"

姚嫂忙拉住柳月眉。完不成种狸子交给的任务可不是闹着玩的。"咋这么说话哩，月眉，把话说清楚！为啥？"

"为啥？狸子这个王八蛋骗我，他……他要娶叶场长的疯丫头英子，把给我买的那条牛仔裤送给了英子……"

"没有的事儿！"姚嫂安慰她说，"狸子咋会看中那个疯丫头呢！"

"他想当官，当了场长的女婿还不升官呀！"柳月眉哭嚷道，"想得美，这负心王八蛋！我这就找叶场长去，把实底儿全兜给他……哼，狸子想甩我？没门儿！到时候我就把肚里的崽儿给他生下来，看他咋办！"

柳月眉怒冲冲地哭嚷着走了。姚嫂本想拉住她，却被巧莲挡住了。姚嫂思忖着：若动手，自己是万万打不过巧莲的，更何况巧莲的哥耿三炮还在不远处瞄着。罢，眼前亏是断不能吃的，寡不敌众，还是走为妙，便也悻悻地骂了柳月眉几句，扭扭屁股走了。

举人这几天的心情格外好，上班时哼着小曲，下班便去陪着，俨然是鳗的守护神。盐工们看着不舒服，一有机会就拿他开心。盐工们骂起人来都狠，比揍你一顿还厉害。这样举人也不舒服了，每天灰溜溜地躲着大家，即使和鳗在一起也不敢让人们看见。

那天，种狸子把老章鱼背回家时，举人正陪着鳗说话。看见血肉模糊、昏迷不醒的爹，鳗吃了一惊，扑上去抱住爹，不停地唤着。爹只微微睁了下眼睛，鳗帮种狸子把爹放在炕上，急忙用手巾擦拭爹脸上的血污、尘土和盐粒儿。鳗直起腰问：

"咋回事？"

"被打的……"种狸子吞吞吐吐地说。

"是他？"鳗还有些不相信。

种狸子点点头道："幸亏我拉开了，要不……"

鳗用质疑的目光望着种狸子道："可他明明说好了是要讲和的呀！只要爹在玉叶儿坟上磕过头，他就把旧怨一笔勾销，咋又变卦了呢？"

种狸子说："我也不知道！勃楞头大概是发疯了！这些天你们可得当心点儿，有啥事儿就去找我。"说完，种狸子走到门口，瞥见举人怔怔地立在一边，脸色煞白，失魂落魄的样子，就又说：

"对了，举人，过会儿骑我的摩托车去把刘大夫接来，好好给检查一下，兴许伤了骨头。这儿忙完了，你到我那儿去一趟，有点儿事儿。"

种狸子走后，举人就去接刘大夫。刘大夫在场部卫生所，骑摩托车十几分钟就来了。刘大夫详细给老章鱼做了全面体检，没发现有致命伤，也没查出骨折等伤，大都是皮肤破伤，便给他擦了些碘酒，包扎了伤口，又如此这般吩咐了一番，回去了。

举人把刘大夫送回医务所，就骑着摩托车到队部，进了种狸子的房子。

"让大夫看过了？"种狸子关心地问。

"看过了，没大事儿。"举人说。他有点怵种狸子，平时与种狸子并无过多的交往。

"坐吧！"种狸子说，并递给举人一支烟。举人有点受宠若惊的样子欠欠屁股接过烟来，种狸子又说："平时对你关心不够！我这个队副你也知道，盐工出身，没啥水平。不过只要是盐工弟兄有用得着我的时候，我会全力为大家办事说话、主持公道的。"

"那是！"举人附和地说，不明白种狸子话中的含意。

"可是，如果谁想背地里整我，那我也绝不会给他好果子吃！"种狸子话锋一转，露出杀机。

举人浑身一抖。

"小段，你的笔杆子硬，为人也厚道，我心里有数儿。本来想把你调到队部当秘书，可是有些人有看法，你也知道，上面情况十分复杂。不过人才总是埋没不了的！昨天，场宣传科给了咱队一个指标，去城里参加学哲学演讲集训班，大概得去一个月吧。我就推荐了你！咱队只有你够格，别人，连啥是哲学都不懂哩……"

"我……"举人欲言。

"你就不要谦虚了！这可是一个千载难逢的好机会，过了这村儿，就没这店儿。据内部透露，场子里这个哲学演讲班大部分人都将留场部工作，都要转干搞行政。你这个人才，我们留不住啊。"

"然而……"举人还想说什么。

"就这样吧！"种狸子摆摆手，不让举人说下去，"场部宣传科催得紧，你明天就去报到吧。"

"这事儿……老队长知道吗？"举人终于还是问了。

"他知道了，你还想去吗？"种狸子冷冷一笑。

举人不作声了，站起来，犹犹豫豫地退了出来。

当他走到一条三岔路口时，他在那儿停留了很久。前面的两条路，一条通向章家宅院，一条通向工棚。举人一脸苦恼和茫然的样子，叹了口气，拐上了那条回工棚的路。

也许他看见了那汉子像个孤魂野鬼，正在章家宅院门外转悠着……

老章鱼再次醒来时，已是第三天的光景。昏黄中总有一个白条条的女人的身子在眼前晃动，仔细捕捉却难以找到，只是一团模糊的、浓稠的色彩。他和那汉子一样，在那个黄霾布满天空的日子里跨越了六年的光阴，又一次返回了那段惊心动魄的岁月，沉浸在昔日的噩梦中不能自拔。他一次又一次看见玉叶儿赤裸着身子跳进了海子眼儿，一次又一次看见那汉子举起闪着寒光的铁锹劈下来，让他无处藏身。

他惊出一身冷汗，从噩梦中惊醒了，挣扎着坐起来。

"爹！"昏暗中鳗在唤他。鳗将双手按在他的肩上，让他又躺下去，"莫起来，躺好……"

他感到周身的皮肉在疼，问："啥时辰了？"

"天要黑了！爹，你吃些面吧！"鳗捧了碗热气腾腾的面条来，有两颗荷包蛋，一点点给爹喂了下去。

吃过面，他觉得身子暖和起来，也生了几分力气，思绪也理清了许多，就又往起坐。

"爹，要干啥？"鳗忙扶住他。

"又没伤筋，又没动骨，不能老躺着！我想下地走走，明天去上班儿。"老章鱼气喘着说。

"可你的身子骨儿太虚了！得好好养几天！"鳗扶着他劝道，"这些天你总是说胡话、出冷汗，把我急得一点儿办法也没有，哭了不知多少次……"

"那家伙……没再来找事儿吧？"

"没……"鳗没敢说那汉子总在门外转悠。

"小段呢，这些天他……"老章鱼不满地看着鳗问。

"一直没来……兴许忙吧……"鳗支支吾吾。

"躲了？小兔崽子！"老章鱼狠狠骂道，"正是需要他的时候，反而不露面儿了？文化人就是靠不住。"

"明儿，我找他去！"鳗也愤愤地说。

"曼曼，莫轻易出门！那狗杂种大概疯了，你可千万当心！把我打成啥样儿都不打紧，只要他别碰你……我就担心他冲你去啊！"老章鱼忧心忡忡地说。

"爹，他真不会把我咋样儿，你就放心好了！我有对付他的办法……"鳗依然没把那天卧牛石的经过告诉爹。

"曼曼，去，把我磨好的那把刀找来……"

"爹，你千万别干傻事儿啊！"

"他要敢动你一下，我就捅了那狗东西……"老章鱼红着眼吼道，很疯癫的样子。

鳗心里一紧一紧地发疼。

种狸子是在下午才知道柳月眉翻脸变卦这件事儿的。

当寡妇脸姚嫂把当时发生的情况告诉他时，他叫苦不迭，急忙骑着摩托车赶到场部。然而他来得太晚了，柳月眉已经大闹场部，搞得满城风雨，不可收拾。据说她在叶场长家里又哭又闹了足足两个小时，又在场部办公室折腾了一个多小时，口口声声要场领导做主，叶场长好不容易才把她打发走。

种狸子在叶场长家门外吃了闭门羹。叶场长也没说什么，只是堵在门口没让他进去，并且冷冷地把他送给英子的那条牛仔裤扔给了他。

"我想见见英子……"他还想进屋，以为事情还有补救。

"英子不想见你！"叶场长冷冰冰地说，"我看你呀，是聪明过头啦……"

门就"砰"地关住了。种狸子顿时什么都明白了。他脸煞白，六神无主，在门外呆站了许久。场长夫人出来泼水，一盆污水险些全泼在他身上。

盛怒之下，他一脚蹬着了摩托车，加大油门，急驰而去。

荒野上，一条土路绕过鄂木合台湖，穿过一片草甸子，直通各个工棚，犹如一条狭长的土黄色的带子把一片片破烂的工棚区连起来。当种狸子骑着摩托车经过那片草甸子时，忽见前方有一个人影正在摇摇晃晃行走。

待更近些，从背影能够辨别出那个踽踽独行的女人是柳月眉。种狸子熟悉这背影。

顿时，一股恶气涌上来，堵住心头。

一个恶念便蓦地闪出。

几乎没有多想，种狸子加大油门，摩托车疯狂地吼叫着向柳月眉冲去。

柳月眉本来正像打了胜仗凯旋的战士哼着小曲往装卸队的工棚区方向走着，猛地听见身后一阵轰鸣狂叫着逼近，忙回头张望，骇然呆立——

一辆狂奔的摩托车凶神恶煞般扑过来。

几乎没容她喊出声儿，就被那铁东西恶狠狠地撞倒了。车后轮从她肚子上压过去。她捂住肚子翻了几下，便凝固般不动了。

一大片鲜血染红了草甸子上的荒草……

就在这时，摩托车也撞在一块石头上，飞跳而起，在空中翻了个漂亮的跟头，落到地上，把驾驶它的人狠狠压在了下面……

后半夜，倏地起风了，接着便下起了大雨。密集的雨点泼洒在屋顶上、窗户上、树叶上，汇合成一团"唰唰"不息的声浪。隐隐的雷声从空气中撞过去时，带着一种惊恐和不安，仿佛要发生什么事，或者暗示已经发生了什么事。

老章鱼不是被闷雷惊醒的，而是被另一种更轻微的响动惊醒的。他一直睡得不安宁，总看见一个惨白的身子在滚动。而当他完全清醒之后，却又搞不清使他惊醒的原因了。他支棱起耳朵注意捕捉屋子内外的动静，只有一片"哗哗"的雨声如泣如诉。什么异常的声响也没有。

可是心儿却跳得慌慌，肯定有什么事儿——他想。他开了灯，喊了几声"曼曼"，却无人回答。大概是回她的屋里睡觉去了——他又想，却不敢肯定这个想法。他支撑着胳膊爬起来，下了床，披件上衣，趿拉着鞋，一步步朝女儿的卧室走去。

鳗的卧室也黑着灯。他走进后开了床头灯。那是一盏幽绿的小灯泡，阴绿的光线将屋内照射得朦朦胧胧。不时有并不强烈的闪电照射进来，使绿色在一瞬间变成黯淡的冷白色，又倏地熄灭了。他看见鳗躺在床上，用白被单裹着身子，脸朝里，头发垂到枕外。他轻轻走过去在鳗身边坐下，生怕发出一点儿响声把她惊醒。鳗睡觉总是这样无声无息，十分安静。

他坐在女儿身边，轻轻抚着那头发，觉得一股股父爱的暖流激荡在胸中。他的眼睛很快潮湿了，又禁不住喃喃自语：

"曼曼，睡吧，好好睡吧，莫怕，爹在你身边呢！这些天可真把你累苦了吧？好好睡吧，曼曼……"

乌发如凉津津的水在手里流动。

鳗仍然不动。

他忽地嗅到一股潮腥的盐味儿，一种异样的感觉如过电般传向全身。

"曼曼……"他用手推床上的鳗。

还是不动，身子僵硬得像一根硬木。

老章鱼大骇，忙将那白单扯开，将那僵直的身子翻转过来，惊惧无比地惨叫了一声。

赤裸裸的一具尸体横在面前，惨白的皮肤上反射着一层绿毛似的光晕。眼睁着，直愣愣地望着他……他几乎是一下子就看清了——不是鳗，那女尸竟是玉叶儿……

又是那狗东西干的？他劫走了鳗，又将玉叶儿的尸体放在鳗的床上……

吼完那一声后，便撞开门逃了出去，一直跑到外面的客厅里。他从沙发后找出了那把早磨锋利的刀子，揣进怀里，就头也不回地奔到院外，很快消失在黑暗重重的雨幕里。

鳗照料爹睡熟，熄了灯，独自悄悄走出大门。

天阴着，黑得骇人。旷野在黑暗中沉睡。微弱的闪电在天边不时闪烁，那时可以看见天上布着厚重的乌云，严严实实覆盖着，几乎没有一丝缝隙。

鳗深一脚浅一脚走着，直奔工棚区而去。

走到那座三角工棚门外时，听得里面有哄笑声，叫骂声，依稀看见灯火闪动。鳗知道里面的人还没睡，就推门走了进去。

胡麻子、大巴掌、贼猴子等一帮人正在甩扑克牌，见了鳗，都觉得意外，手停在半空，眼珠子在鳗的身上滴溜溜地转。

"咦，稀客驾到！"

"队长的千金光临咱们的狗窝儿喽！"

"咋，要咱哥们儿爷们儿给你解解闷儿？"

"来呀，大家乐和乐和……"

"是你爹派你来劳军的吧？"

话越说越难听。鳗强忍住眼里的泪，恨爹爹平时得罪了这么多盐工，现在倒好，墙倒众人推，都想来欺辱她。她用目光四下搜寻一遍，没发现她要找的人，便挑起蛾眉，瞪圆眼睛，骂："少放你妈的臭屁！"

众人就都停住了哄笑，望着她。

"我要找小段说话！他人呢？"

人们哄的一下全笑了，不知是瞎起哄开心，还是嘲弄奚落：

"原来是找举人的呀！"

"举人早他妈卷行李走啦！"

"你是真不知道呢还是装糊涂？不是你爹派举人去场部学习去了吗？"

"他？他去了场部？"鳗感到意外，又很失望。

"进城去啦！学哲学讲演团，一去不回啦！"

"人家高升啦！"

"走了快三天了，没告诉你吗？"

"她咋会不知呢，和咱装糊涂呢……"

鳗转身跑出了工棚，将哄笑声甩在身后。

无论跑到哪儿，都有强大的无边的黑暗包围着她，甩也甩不掉。零零星星的雨点已经开始落下，空气湿漉漉的拧一把能拧出水来。盐腥味弥漫着，浓浓的，像大海岸边的气味儿。

鳗的泪禁不住哗然而下，心里千万遍咒着那该死的段举人：胆小鬼，自私鬼，薄情郎，负心汉，当了逃兵，做了叛徒，无情无义，没有血性，不是个男人，不是个东西，关键时刻悄悄溜了，连句话都没留下……

雨来得很猛，很快在大地上掀起一片喧嚣。雨丝猛地抽打着她，把一道道寒冷、一片片恐惧抽到了她的皮肤里。她依然在跑，有几次险些摔倒。在闪电的苍白中，她瞥见了自己的影子如蛇一样在地上扭动。雨洗荡着荒原。脚下越来越滑。就在最明亮的那道闪电划破夜空的那一刻，鳗失去重心，向下栽去，重重地摔到一个很深的沟里。

她昏了过去。

几乎同时，一个穿雨衣的黑影跟踪而至，停在沟边，借着亮起的闪电向沟下张望着。从沟底把一个昏迷不醒的女人拖上来不是一件容易的事儿。那汉子费了好大的劲儿才把鳗从沟里弄上来。他直起腰擦擦脸上的雨水，四下张望一会儿，弯下腰，把软软的鳗掮在肩膀上，向附近山坡上的一座残破无人居住的工棚走去。

破旧工棚虽有几处地方漏雨，矮土炕上还算干燥。土炕上还堆了不少铺床用的柴草。那汉子把鳗放在土炕上，把树枝柴草拢过来，点了一个火堆。工棚里顿时明亮起来，也暖和起来。

汉子把鳗的四肢活动了一番，不一会儿，鳗的呼吸便均匀了，面上也有了些红晕。鳗穿着湿透的衣服躺着，身子愈来愈抖。汉子想了想，便三把两把将她的湿衣服扯下来，放在火旁烘烤着，又把自己的帆布雨衣脱下来，烘得干干的，正打算给鳗盖在身上，目光触到鳗的赤裸裸的身子上，他呆住了。

那是一个真正的女人的身子呵！丰腴、白皙，充满了诱惑……

他焦渴如电的目光急急地迎上去，贪婪地将这一切吮吸到体内。他惶惶然伸出颤巍巍的手，抚着面前这女人的妙不可言的胴体。他感到亢奋、激越、刚劲，那种许久未曾出现的感觉冲荡在血管里。他将头贴过去，嗅到了少女身上的奇异的体香，晕眩得几乎难以自持。他激动得禁不住喃喃而语：苍天有眼，主持公道，给了我一个绝好的复仇的机会，现在，我可以按我的意愿行事了，我……

然而，却见玉叶儿惨白的身子从黑暗里浮现出来，与面前的胴体叠化在一起。

他停了下来，感到惊悸，心中陡然冻结了一块坚冰。

没有任何一种力量可以摧毁那坚冰——他知道。

玉叶儿不应呵，她是万万不应允的！毕竟，自己还不是那种人！

这时候，他真恨自己……

把雨衣轻轻盖在鳗的胴体上，他站起来，慢慢地走到工棚外。

雨不知何时就变小了。他在雨中默默伫立了一会儿，感到雨水冲刷在身上真是舒服极了，有种妙不可言的感觉。他觉得身上所有的污浊会被冲得干干净净，再也不会附着在自己的身体上了，他已明净得如五月的山涧的溪流，又似山谷中的空气那般透明。雨在不知不觉中停了。

他抬头望去，惊愕地看见了面前的一片苍白渐渐清晰，明晃晃地从雾中浮现出来。天快亮了，曦光已从东方的云絮间渗透过来。他看清了那明晃晃的一片原来是鄂木合台湖，苍苍茫茫的、无边无际的大盐湖呵！

那是一片女性的湖，盛满了温柔和爱。

还有永不干涸的乳汁……

他向山坡下走去。

鳗在灰暗的色调中看着一张又一张面孔。所有的面孔都很模糊，看不真切，苍白如纸的或黝黑如炭的，呆板地闪着，越闪越快。鳗想把这些面孔远远地推开，面孔就粉碎了，如雪粒般云集而下，飞快地埋住了她。她想叫喊，却有一团咸硬的东西涌进嘴里。她恍然明白了，那是盐，自己被压在了盐垛下。沉重的盐垛压得她喘不过气来……

有一种感觉，未曾有过的……海鸟在云层里滑翔着，尖叫着，白色的羽毛刷子般地刮着黑色的天宇。推开它，无赖！它是个调皮的小男孩儿，总是纠缠不休，滚开……面孔，还是面孔……蝎子爬过来，将粗硬的触角刺了进来，可怕的蝎子……

努力睁开沉重的眼皮，依然是一张面孔在晃动。不过这回总算看清这面孔了——沾满血污，眼睛青肿，只有眸子是干净的，贼亮的，烁烁如电光；它离得这样近，以致不能很快辨清它是什么，不过终于弄清它是一张面孔，伤疤累累、血迹斑斑的面孔。

她觉得，自己应该很熟悉这张面孔的。

老章鱼在天亮时摸到了那座破旧废弃的工棚前。他浑身泥污，赤着脚，趺趺撞撞。他目光绝望悲怆，像在荒原中蹒跚行走的受伤的野狼。冥冥中鬼使神差，仿佛有团白光把他引到了废工棚里。一进门，他就僵住了。

鳗躺在土炕上，浑身一丝不挂。

草绿色的雨衣扔在一旁，像一堆海藻。

他费了好大劲儿才抑制住上下磕动的牙齿，爬到了土炕上，拥抱着女儿的身躯，一股寒气透进心底。鳗头发乱糟糟的如荒草，白净的身子沾上了片片缕缕泥污。一片白净的雪地被黑马靴践踏成乱纷纷的泥淖。闪电似的目光触到了那大腿上的一道红色溪流……

晨曦潮水般涌进了废工棚里，烟熏火燎的墙壁和房顶都露出丑陋的面目。墙壁上有一幅用钉子画出的画，大概是从前住在这里的某位单身盐工的杰作——一尊炮筒朝天的大炮正在击落一架飞机；炮筒子画得夸张粗劣，几乎很难一下子看清它的形状。

有沉重的脚步声传来，还有车轴里挤出的干涩的尖叫声。

老章鱼从门口望去，看见在明朗的晨晖中一个汉子推着一辆小推车朝这边走来，爬到坡上。车上放着棉被和褥子。

汉子走得很从容。

小推车放在门口。汉子直起腰喘着气。

老章鱼从炕上溜下来，轻捷的像一只猫。

汉子把被褥铺好，准备进工棚。

老章鱼却等不及了，敏捷地蹿了出去，影子一样迅速地贴在了汉子身上。

"你干的好事儿，杂种！"

汉子愕然地望着突然出现的老章鱼，乍开双臂，仿佛要去拥抱面前的不速之客，但那臂膀机械地摆了几下，颓然落下。

老章鱼从汉子身边闪开，注视着他。

那汉子僵硬地站着，半弓着腰，身子前倾，像是准备起跑的姿态，眼睛瞪着，依然惊愕，说："你……"

老章鱼突然疯狂地笑起来，一边笑，一边像快乐的孩子张开双臂，一瘸一拐奔向远方。

笑声留在山坡上，久久回荡。

那僵立的汉子依然保持着那个姿态。当笑声消失时，他的身子往前一扑，摔倒在一注积满了雨水的浅坑里。

一汪雨水便成了紫红的颜色。

举人背着行李卷回到盐场时，五七三号盐垛已经变成一个巨大的盐垛了，几乎比得上真正的金字塔。几十辆汽车一字排开，由女工们往车上装盐。女工们依然将脸捂得严严实实，挥着大板锹，把大青盐扬成一道道银色的小瀑布。她们说说笑笑，煞是热闹。看见了举人，便一起打招呼：

"举人，哲学讲完哩？走了有三个月吧？"

"举人，咋没把你留在场子里当干部呀？"

"啥，还回来当盐工？屈才哩！"

"如今靠山也没了，日子不好混哟！"

举人也不答，反问："如今第三队谁当队长？"

有人告诉他："正队长是胡麻子，副队长是大巴掌。"

还有人告诉他："各拉各的人马，两队长尿不到一个壶，正较劲儿呢。你投靠谁？"

举人伤心地说："谁也不投，离他们远点儿好！"

人们都夸举人学哲学学得乖巧了，聪明了；也有人说举人还是傻，不会煨人。渐渐，盐工们从举人口中知道了盐场的许多事情，譬如：新上任的副场长是叶场长的连襟，实际上在白副场长还没走时就内定为提拔对象了。种狸子和老章鱼当初都不明底细，瞎张罗。又如：英子又新搞了一个对象，是个挺标致的小伙儿，已调到宣传科当干事。指标满了，就把举人打发回来了……

有一天，举人突然一本正经地告诉大家：他真的要娶鳗做老婆了。

人们听了都笑，都说举人算是傻得不可救药啦，书读多了真让人痴呆呢！因为，鳗那时早已疯得不省人事，整天满滩乱跑，嚷嚷着要抓一个满脸疤痕的白头发男人，说那男人答应过娶她。

举人很自信：只有他能治好鳗的病。

唯有种狸子不知去向。提到他时，大家都吧咂着嘴表示惋惜。

紫太阳

原载《江南》
原名《乡村的太阳》

上 篇

1.

那年的太阳瘦得像个没长成样儿的葫芦，挂在一个窄条云儿下摇摇欲坠。几只贪嘴的饿鸦呱呱叫着盘旋下来，只在那株老树顶上打转转，却不敢往杈桠上栖脚，又不甘心，在空中舞得迷乱，忽而把日遮了，忽而又趸到丁六指的头上，飞一泡稀屎下来，化一道黑光闪去。六指受到空袭就把脖子梗起，举了手沿后脑勺摸下，拽一把鸦屎下来，缩鼻嗅后顿觉恶臭钻胸，急忙甩了，翘头发个毒咒，将鸦妈妈日奸了一顿，却仍不走，望着老树发呆。

满县人谁不晓老树的厉害！说是三千年前的老根，两千年的主干，一千四百年的冠顶，就连那最嫩生的新杈也有六百年的树龄。长寿老树自然精灵，容不得卧榻之侧有同类生存，故老树沟内光秃秃，一眼望见天边，除了乱石就是流沙，竟无一簇绿色。更为奇的是，那老树不仅独霸这一条穷沟，而且还分泌毒素，小如汗粒，大若珍珠，密布于叶脉沟纹之内，凡飞禽走兽，触树皆亡，无一例外。那群寒鸦久踅而未下，是因早有众多傻同类死于非命，凭经验知道那树是碰不得的。据说当年康熙爷北逐匈奴到此，因怪异此树粗壮阳刚，见它勃起于荒沟之内，傲然于云幔之下，又不容任何人亲近，便挥鞭封赐老树为"镇北天柱"，命匠人将这四字凿刻在约十人方可环抱的树干上。谁知百名工匠用了十年工夫仅刻得二字："天柱"，俱中毒而亡。官府又招工匠，仍不能刻得一画，除了毒死之外大都逃亡，再无人敢近树身。后人便将老树称为"天柱"，那沟唤"老树沟"，那村也有了个美名："天柱庄"。

丁六指作为天柱庄老资格的村民，当然敬畏老树，只是蹊跷那鸦们为何久久盘桓，莫非树下有美食诱惑？

就又近了些许，仰头将粗脖子后折，看得树叶纷纷乱颤，闪烁迷离，又听得肥厚的叶儿喧哗不已，激动得泛作涛声。飒飒中恍若有娇嫩啼哭，自那一簇老叶里筛下，细听却没了，再听又有了，断断续续，似幻似真。这六指暗自嘀咕：莫非这老树也是个婆娘要养娃儿不成？忽一阵那啼声愈发清晰，一时树叶凝静，风儿不兴，他顾不得禁忌，又往树下走了几步，这回看了个真切——

原来一具竹篮悬在横空的枝杈上，兀自轻轻晃悠，离地面有一丈多高。风又飒飒时，那嫩生生的婴啼就从竹篮的缝隙间漏下，飞瀑般浇六指个满头。

晦气，是个弃婴！

丁六指拔腿就走，边走边思忖：养个孩子扔了，准是他娘的谁家大闺女干下的好事儿！

回到家里，如此这般将原委说与女人听。女人正忙着撮麻绳，也未在意，只是淡淡地说："也不知是个长鸡儿的还是个板片子？要是长鸡儿的，就可惜哩！"

吧嗒一下嘴，从唇边扯一缕麻下来，续在另一只手上拧着，又将光溜溜的羊腿骨甩一把，满缠了细麻绳的骨头吊儿又欢欢地旋了，麻便旋成了绳。

六指虽脖粗嘴笨，却也是村里数得上的手艺人——锔锅锔碗、磨剪子抢菜刀。右手上多了一指，那手居然变得十分灵巧。那些年，锅底没物儿，勺子就磕碰得猛，裂锅就多，丁六指一家就能马马虎虎填饱肚子。

翌日，丁六指又从天柱老树下经过，到邻村揽生意，不知为啥却在老树下驻了足，仰头寻那篮筐，心想那小东西如何奈得一夜风寒，怕是早变亡魂不知到何处投胎去了。正欲举步，忽听欢生生的啼哭又泻下，似比昨日更亮。铜锅匠心尖尖一颤，趋步而去。心里犯疑：按理儿说早该没命了，一昼夜没吃没喝，日晒风吹，更有那树毒侵袭，分明看得毒汁点点滴落篮内，小东西却不曾死，是何道理？

这一日，铜锅匠六指心儿慌慌的，仅揽两桩营生：一桩铜个烂锅，越铜裂纹越长，竟呼啦一声碎成四瓣儿，自认晦气，赔了人家钱；另一桩却是个臭屎罐，一个大犊子（屁股）女人拎来的，让铜，本想辞了，可又没别的营生，只得铜，被那浓酽的屎膜味儿猛猛地冲了两个跟头。方铜好，得钱一角。待大腚女人走后，觉手上黏黏的不对劲儿，抬手一瞅，原是沾了块污血，想是那大犊子女人掉入罐中的物儿，却被自个儿抓挠上了，忙于沙土中蹭干净手，连啐几口，收拾家什往回赶。

远远瞭见天柱老树，绕个大圈，躲了那树。回到家中，取一盆清水把手细致洗了。女人觉得怪，问他，也不说，只连声道：今日晦气，今日晦气。

又过二日，六指捎锄下地，又从天柱老树下行过，早忘了那悬篮里弃婴的晦气事儿。时风静树止，恬静中蓦然哭声大作，如物坠地，慌得六指忙伸手接了，原是竹篮绳断落了，恰入怀中。低头一看，一胖生生的婴儿伸胳膊蹬腿，啼哭不止，目中有光，直视六指，似有求于他。六指将竹篮放地，欲走，不由得回身看了婴孩的胯间，却真是个带把儿的小子。抬头望树，原来树叶滴露，恰坠落婴儿口中。婴儿得了那露汁，故而存活。

丁六指没下地，径直返家，与女人说了；女人亦连声称奇：

"大难不死，这孩儿必有后福！"

"命硬，这杂种！"六指感叹。

"多大？"

"没出月子，看样儿。"

"还撇在树下？"

"还在……"

女人思忖良久，欲言又止。结婚十年，家中尚无一女一子，早就想生养一个，没奈何总怀不上；有心抱养一个，男人不依，说是别人的种儿将来也留不住。此刻，那心又活泛了，而且想得愈急了。

"俺说，你再走一遭儿，看那孩儿还在不？"

"咋？怕早让野狗叼着耍去啦。"

"你去！还在，就抱回！"女人坚定地说，敢给男人下命令，这还是头一遭。

"那可是大闺女养的杂种！"六指仍犹豫。他认为骂人最狠的话，莫过于"大闺女养的"这一句了。

"那咋，大闺女养的还聪明呢，伶俐呢！你不去，俺去……"女人当真下地穿鞋往外走。

六指拦住，叹口气，像是遇到天大的没奈何的事儿。半个时辰后，六指拎着竹篮进了门，篮儿离身子远，仿佛怕那篮中物儿咬上一口。篮里满盛着泼泼的啼哭，顿时让那间小土屋里翻云覆雨，热闹得透不过气儿来。那小生命倒像受了天大的委屈，哭得让人又喜又慌。女人慌慌接了，将小东西从篮内取出，放在炕上，不知该咋摆弄才好。

"当心，甭碰，有毒哩！闹盆水好好洗濯洗濯……"六指说。

女人就端了一盆温水，放把火碱，给那娃儿洗身子，边洗边念叨："多喜人的胖小子，亲肝肝儿，也不知你娘是谁，咋就狠心丢得下呢！"

六指盘腿儿坐在炕头上，吧嗒着旱烟锅儿像个有功之臣，骂："定是那大闺女做下不要脸的事儿，没奈何才扔了。保不定是咱天柱庄的吧？"

"不会，天柱庄这几日没人生娃。再说，咱庄也不会出这号丢人现眼的丑事儿！"

"咱对外人就说是从县医院抱回的，你可甭傻愣愣地和人家说实话，要不，过上三年两载，他爹娘要来认的。"

"敢，操绝不死他！"

"那也嘴上牢点儿的好！"女人反复叮咛。

"歇心儿哇，牢防你自个儿的嘴吧。"

"给娃儿取个名儿哇？"女人问。

"庄户人，叫个甚子也寡淡。"六指说。

"这娃儿命相好，也说不准哩！"

"还想指望他吃香喝辣的？喊，看也是个穷命！"

"咋这么个咒娃儿？浑猪！"女人慌慌地骂。

"树上拣来的货儿，就叫树狗儿吧。"六指接过湿漉漉的婴娃瞅着，憋不住露了几分亲热，"日你娘个亲疙蛋，拿甚喂养你呢？还笑还笑，长大了也是一条留不住的白眼儿狼哩，日你个小娘的……"

一口烟喷在娃儿脸上，娃儿真的笑起来，笑时眼儿一白一白，叫人心疼。

白驹过隙，那小树狗喝了三百六十五天的小米汤儿后，丁六指女人却真真的怀上了。

2.

不知何年，一条土路悄然甩过来。离天柱庄仅有八里远，隔一道后圪壏，依稀听得骠马萧萧，轮轴辚辚，间或有喇叭尖叫一声，似一连串儿隆隆的闷雷滚过去，却看不见车马。人只道后圪壏通了汽车路，大轿子车隔两天过一次，从不停，天柱沟庄少人稀，不算一站。

树狗从不敢到后圪壏去耍，娘严令不让去，车稠马杂，碰一下伤胳膊断腿儿，不是耍的！树狗沿着沙沟往下滚，落到底儿再爬上，又滚，循环往复，其乐融融。树狗每往下滚一次，就听见后圪壏那儿有喇叭响几声，知道又过一辆烧油的车，用心记下了过去的车数儿——十三，第十三台啦，打晌午到现在，都过了这么多大汽车，真真了不得呢！大城市也会在一乍乍时辰过这么多车吗？树狗想着，就又坐着沙子往沟底滑，细腻的白沙就在屁股下流淌起来，股股溪流似的。少不得有土雾腾起，树狗觉得像打仗一样轰轰烈烈，便把自个儿的身子想象成一架坦克或一条船，勇敢地俯冲而下，吞云吐雾。

耍累了，肚子慌慌地饿，像有几百条馋虫抓挠。树狗自有对付肚皮的法子，沿沟走去，不一会儿便从草丛间觅得些野物儿，满塞口中，嚼得香甜。乡村孩娃识得诸多可食野物——麻黄草上挂着的小红浆果；两头尖尖中间鼓肚儿的"地瓜"，咬一口便渗出白嫩嫩的奶子；爱长在石缝间的菊花状的"酸塔"；还有趴伏在草地上的"地皮菜"，是一种极薄的黑片，状如黑木耳，极难觅，只有雨后方能采到……树狗胡乱吞食了一气，仍觉肚子空空，就向不远处的那株参天老树走去。

娘严禁他到天柱这儿来玩耍。娘说那树精灵，近不得。娘有时还细眯着他说：树狗儿是老树生的娃儿，当心老树把你收回哩！树狗却不信，多回犯了娘的禁令。大概也是缘分，几日不到老树这儿来耍一回，心就慌慌，落魄失魂儿，病病快快；来耍一回，心畅气爽，双目也比平时有神儿。怪就怪在独有树狗一人敢与老树亲近，爬上爬下，折枝拽叶儿，全然无事儿。一回抱了猫娃儿来耍，哪知猫娃儿刚一上树，就坠地身亡。树狗百思不解：大人都说这老树散发毒气，人兽不可近，为啥它偏偏不毒我呢？

走到树下，见那古铜般粗壮的树干上有几道铁链子缠住，分别朝四个方向斜着扯下，又被胳膊粗细的铁镢子固定在地上，倒像一头被铁链子束缚住的怪物。铁链子锈渍斑驳，劲风吹过，便生发出兽样儿的长啸。树狗又不解了：老树犯了啥大罪被捆住不放呢？听大人说是怕老树走了，带走风水，可老树咋的能走呢，它又没长腿儿？

树狗顾不得多想，几下爬到树上，在桠叉上荡个秋千，双脚倒钩住上面的枝儿，身子就悬在枝下，蓦地个鹞子翻身，便钻入最浓最厚的丛叶中，不见了踪影。原来丛叶中，有一串儿榆钱儿似的东西，肥厚多汁，树狗常常来采撷它，直到装满了肚子才擦嘴停食。他管那物儿叫树饼子。在饥饿的年代，天柱老树成了树狗的乐园，他纵情恣肆地嬉戏于树枝上下，出没于簇簇老叶之内，任毒汁渗皮入肤，饥食树饼子，渴饮树汁液。老树以丰厚的营养滋补了他，使他骨骼强壮，肌肉饱满有力，脑子聪睿过人。

不一时，树狗爬到最高的树梢上，向北瞭望，依然望不见后圪塄土路上车马的影儿，倒瞭见一股股烟尘漫卷起来，迷迷蒙蒙遮了半个天。树狗叹口气：要是能到路边去看看，该多快活？！

刚要下树，忽见一点红色在沟中晃动。树狗知道那是谁，急急地想跳，却又忍住了。须臾，那女娃挎个竹篮，款款走来，在离老树不远的草坡坡上停住，弯下腰采灰菜，一把把撸那叶和籽儿，撸满一把，放入篮中，又撸。

树狗跳下树杈，把铁链子弄得哗哗乱响。女娃慌神，愣愣地往这边张望，树狗三蹦两跳，就落在她面前，嘻嘻涎笑着："小姑……"

"吓死俺啦。死树狗子！"女娃捂住心口，半嗔半怒。

"麻姑麻姑，嘴像豆腐……"树狗顽皮地把嘴噘个屁眼样儿，气麻姑。麻姑唇厚，树狗就抓住短处不放，打人家的要害。

"死树狗吧！"麻姑真的生气了。她只长树狗五岁，辈分却高他一辈儿，只是早出了五服，树狗也不知她是哪家的姑姑，只当名字唤了，她也应。当姑当奶是占便宜的，如何不应。

"麻姑麻姑，大白屁股……"树狗愈发无礼了。

麻姑受不住，撇了竹篮就跺脚哭，猪菜撒出一半儿。树狗慌了，忙去收，又将篮子扶正，不敢再胡言。

麻姑渐渐停了哭，抽抽搭搭不理树狗，拖了篮子去扯野菜。树狗讨好地帮着扯。麻姑还是不搭理他，不领情地把篮子甩到一侧，树狗讪讪。

"我帮你扯满篮儿，姑！"树狗说。

"不稀罕你帮！"麻姑余怒未消。

"我给你逮个蝶儿来……"

"更不稀罕！"麻姑虽然嘴大些，眼睛小些，但模样儿挺俏。

树狗自有哄麻姑的法儿，几下蹦跳到草窝儿里，不一时捧出几粒儿"地瓜"来。

"饿啵？有好吃的送你，姑。"

"啥？"麻姑眼里放光了。

"瞅瞅！"树狗将手摊开，几粒小绿橄榄果儿在微微地滚。

麻姑早忘了方才的龃龉，捏一个"地瓜"，用指甲掐，便见那缝间渗出白白的奶子。麻姑吐出舌尖，轻轻地舔，边啧嘴：

"呀，真像奶奶呢！"

树狗盯住麻姑看，一时呆呆的。

"馋？你也吃嘛！"麻姑说。

"我瞅姑的舌头好看！"树狗笑道。

"咋？"

"不咋，像蛇信子哩！"

"没一句好话：真是蛇信子，先把你毒死！"麻姑也笑道。

又说笑了一会儿，猪菜也增了少半篮子。树狗觉得自个儿的手麻酸酸热辣辣的，两指间染出一片翠绿。抓起麻姑的手看，那翠绿里拱起两个水泡泡，轻轻一摁。麻姑"哎哟"叫一声。

"疼？"

"可不！"

"我给挑破？"

"更疼。"

"我给吹吹。"树狗便噘嘴吹气。

麻姑忍不住扑哧乐了："小小人儿，倒懂得心疼人了。"

"长大了，我给姑买小轿车。"

"你？"麻姑惊讶而视。

"我咋！我也要进城赚钱呢！"

"树狗要出息了！"麻姑赞了一句。

麻姑瞅瞅天色，想走，却被树狗一把扯住："姑？咱到后圪墚去。"

"做甚？"

"到路边瞧车去。"

"甚车？"

"汽车，大的，小的，花花的，好看死了！"

麻姑的心被说活了。两人又商议了一阵子，就往后圪垯去。一个出于童心，一个出于好奇，都认为去路边看车是件了不得的大事。

路上，麻姑见树狗屁股蛋儿上呼呼哒哒扇着块儿破布子，忍不住掩嘴笑："树狗好羞，露犊子啦！"

树狗忙捂住屁股，反唇相讥："你好，褂褂儿上，裤裤子上，哪儿没补丁？"

麻姑的脸唰地红了，许久未言语。她正是这样一个女孩子，到了懂事害羞的年龄，先懂了贫寒对于一个女人的羞辱。

"娘说，卖猪有了钱，就进城扯布，给俺做新衣哩。"麻姑遮掩着说。

翻过后圪垯，果见一条大道直直地铺过去，路上却无车，静静的。路也要午睡吗？

"车都过尽了。回个哇！"麻姑怯怯地说。

"一准会来，用不了一个时辰。"树狗肯定地说。

两个孩子就坐在路边上等。风懒云散，有虫儿在田塍上鸣，秃山坡坡上被苍凉的云影刷了一层寂寥。地很大，天也很阔，地就和天把山呀树呀草呀田呀还有人和飞禽走兽虫虫牛牛夹在其中，谁也挣脱不出去。

树狗跳起来，他分明听得有汽车声。

"往县城去的。"树狗兴奋地说。

"我咋没听见？"

"是小车！"树狗判断着。

果见山圪梁后绕过来一辆车，绿布篷子，小的像牛牛虫。一会儿汽车驶近，是一辆军绿色的小轿车。车开得快，掠过阵风儿似的，后面拖根丈把长的土带子，雾似的罩住了俩孩子。

树狗眼尖："坐着孩子呢。"

"真？"

"可不，还摆手笑哩。"

"跟咱？"

"还能有谁！"

"看呢！隔窗抛下个甚东西？"

"俺咋没见？"

"找找……"

树狗就在路基下的沟堑里寻觅。土雾渐散，路上又澄清成一片淡黄。一忽儿，树狗跳上来，怀里抱着个又红又绿的烂糟糟的物儿。

"姑，眊眊是甚？"

麻姑瞅了半晌问："是啥瓜果吧？"

"能吃？"

"尝尝……"

便把那红瓤上的土屑小心拭去，放一块入嘴，小心咂巴，欢喜地叫着："呀，好吃，甜！"

"是西瓜吧？书上咋说来……绿皮，红瓤，黑子儿……就是西瓜！"麻姑也尝一口说。

老树沟不产瓜果，没见过西瓜的孩娃十个有九。树狗与麻姑分着将烂瓜吃了，不一时竟将瓜皮啃得纸薄。树狗将十指细细舔过，不甘心，又去寻，半晌，悻悻而回。

"姑，敢情城里人见天都吃这？"

"寻思是呗。"

"咱咋不能当城里人呢？"

"甚人甚命！你的命就是当庄户人。"

"你呢？"

"俺也是……"麻姑的音儿放得更低了。

自那儿，树狗和麻姑就经常往后圪塄上跑。眼巴巴望着等车来，巴望哪辆车还会扔下一个半个破瓜烂果儿，却再没等见抛下的瓜儿果儿，除了滚滚尘埃和几口黏痰，那一辆辆疯跑的汽车啥也没给留下。荒芜的后圪墚上，便深深印下两个孩娃孤独的身影。

3.

老树沟的太阳悄悄胖起来了，却胖个没样子，乱晃人眼，让人不敢看。光芒泼洒到田野，就被那刚刚犁过的黑乎乎的土地收去了。土地这些年真成了贪婪的婆娘，要不够的雨水，要不够的阳光。

总算有了好收成。割罢麦，打过场，粜过粮，天一冷，村民就猫到屋子里不出，摸牌九，挂胡，喝酒，抽烟。地里剩下空空荡荡一片荒凉。

上士丁树狗下了汽车，背了包，拎了兜儿，扛了袋，深一脚浅一脚往山圪墚上走去。他望见那辆客车在山旮旯那儿晃了一下，就没影儿了，听见引擎声像老牛似的哼了几声，也消了。

树狗忽觉鼻酸，百感交集，心底慨叹：人生莫不像这旅程，在哪儿上车，在哪儿下车，都是早定妥当的，到站就得下，把你一个孤零零扔下，人家就不回头地走了。你该咋办？靠你自个儿的两条腿慢慢往回走……唉唉，人生不就是个这！

退伍兵丁树狗带着一腔关于人生的感慨又踏上了故土。阔别五年，虽也有乡情缠绕，可千方百计不想回来，却由不得你，那辆称之为"命运"的车到底又把你送回来了。

晚秋，脚下的土块正在变硬，它原本也是松软的一团，不想硬成土坷垃，可这也由不得它。树狗飞起一脚将一块土坷垃踢个粉碎，脚趾钻心疼。抬眼再看地，想想也记不得是谁家的，海海漫漫望不到头。仿佛那地会变，越变越长，让他一辈子也走不出。天很冷，寒流从蒙古草地上过来，正野得收不住。荒沟也被冻得萧条，足以让人品味北方旷野的无奈与冷寂。

不知为甚，树狗猛地发现自己心底隐藏着的那团咋也说不清的东西竟不是对土地的眷恋，而是幽幽的窃恨。数日前还是部队里的一名上士，突然间又成了老树沟的农民，怨谁？怪天不如怨地，他只得认命。

前上士班副丁树狗在那个寒冷的初冬独自悄然返归故里，一双裂口子的旧皮鞋在黑色的土浪里挣扎，形单影只踟蹰于灰蒙蒙的耕地上。远看去，那团国防绿蠕动着像秋日里最后残存的一簇尚未枯萎的叶子，无奈地消失在有着淡淡氤氲的山圪梁后。

进庄时，瞭见六寡妇的东山墙下聚着一伙闲汉，有年轻后生也有老汉，扎成堆儿，吃着烟卷儿，手揣在袖筒儿，像是有事儿开会的样儿。树狗知道那些人实际上是在穷扯淡，农闲在家憋得慌，找个地方扎一堆，天南地北胡诌一通。没话说也不散，只管呆立，任碎麦秸被风儿卷起，贴到面上，痒酥酥地受用，或钻进头发里，好一顿抓挠。冷风扑得面紫，一个劲吸溜清鼻涕，连连道：冷煞冷煞，却不回房，跺脚捂耳厮守到晌午吃饭方散。天长日久竟成习俗。扎堆的地什也是固定的。太阳照亮半个山墙时人就一个个儿来了，也不用谁唤，比村里开甚会去的人都齐。树狗以前也爱往六寡妇的山墙下跑，听人编三扯四。在那儿，任何新闻都听得到，尤其是本村的老少爷们、孤男寡女、西家长东家短、驴子发情马下骡子……没有一件事不被谈议。

树狗不愿被村人瞭见，择了偏静的路往家走。村人眼尖，早有瞭见的，一发话，就把众人的眼线引过去。

"咦，那是谁？"

"是个当兵的！"

"嘿，老六指，是你家的树狗儿。"

"快去迎迎，是从部队上回来咧，探亲？"

"狗日的六指好福气，甭看树狗是白捡来的，可有出息，为你祖坟上也冒青烟儿哩。"

"说树狗在部队上干得不赖，当官哩？"

"转志愿了吧？一转志愿，就是城里户。可算是离开了咱这土窝窝！老六指你个灰鬼就等着后半辈子享福吧……"

老六指的嘴角美不滋滋地咧到耳根，攥把稀水鼻涕抹在鞋底儿，嘴里却说："不敢指望！人家能唤咱声大（爹），也就不枉白养活了那小狗日的一回。"

"嗨，就是当了县长，老子也还是老子。"

"快回个哇。"

众人都对六指这般说。老六指端着当大的架子不放："急甚，他娘他妹都在家，能渴着饿着他个小杂种。"

那边丁树狗已知众人在议论他，头一低，拐进一条土巷里。

正低头匆匆行着，冷不防撞在一个人身上。那人"呀"了声往后一闪，直直瞅住他。树狗抬头，只觉眼前女子面熟，一愣神儿想不起是谁。女子年轻，穿了件挺风骚的蝙蝠衫，艳红艳红；脸儿也白净，像施了珍珠霜的样儿，腿挺长，显得身架子好看，耐端详。

"树狗哥吔，是你……刚回？"小女子的脸儿只红了一刹刹，就喜不自禁了。

树狗还没想起是谁，毕竟离家五年，当年耍尿泥儿的娃儿们如今都成人了，他不敢贸然认，只是觉得熟，与他极有关系。

"夜儿黑地俺还发信哩，给你部队……回来也不先拍个电报，人家好去接……"女子亲热地说，还嗔怪。

一下子忆起是谁了——衣兜里还有她的照片哩，都揉得皱皱巴巴了，还有那一封封热辣辣的信，这是凤英，他的对象！家里老人去年给说下的媒，信里寄了凤英的照片。人挺俊，也有些文化，是天柱庄数一数二的好女子。最可喜的是人家开明，通达事理，说好了只图树狗人才，不要一文彩礼。那时树狗只以为自己要转志愿兵，就眼高，对人家爱答不理，偶尔回封信也是冷冰冰的，公事公办的口气。

树狗又把凤英打量一遍，觉得本人比相片上的好看些。那时见了相片只觉得这女子虽也是俊眉俊眼儿，可比人家太原城里的女人土气得不能看——没比！现在一看，竟全然不觉土气，处处透出异性的魅力，树狗喜得抓耳挠腮，不知说啥才好。

"树狗哥，俺刚从你家出来……快回去哇，咱娘和豆荚妹刚才还议你呢，娘说她右眼皮这些天总跳，心里惦记着你呢。"凤英俨然自家人的口气和他说话。

树狗心一热说："凤英，我从太原城里买了块儿表给你。"

"真？"凤英的眼一亮，极有神采。

"可不！"

"电子的？"

"石英的，比电子的高级！晚上，你来家取……"

"哎……"

两人一时含情脉脉。

"树狗哥，你回来探亲？"

树狗一怔，慢慢摇头说："我……退伍了……"

"哄人！"凤英不信。

"真，你看，帽徽领章都下了。"

"没转志愿？"凤英愕然。

"没……"

"也没学开车？"

"没……"

"那你……"

"回乡，修理地球……"树狗极难地吐字。

"不信，你考验俺哩！"凤英笑道，但那笑容已有几分勉强。

树狗从衣袋里掏出退役证让凤英看。凤英看了，半晌无语，过了会儿，却低声说：

"回来也好……这回就能拴住你的心了，不怕你瞧不起乡里人了……"言罢，凤英转身去了，直把一团火红刺进树狗眼里，烧着，浑身燥热。树狗忽地想起——那件火炭似的蝙蝠衫还是自己在太原城里为她买的，打了邮包寄回。那时尚觉这衣物不够时髦，可现在倒觉得她穿着太风骚了。

拎了包向院子里走去。依然是那石墙，土屋，西侧一溜猪圈马棚，东侧一个大麦秸垛，顶上几只瘦骨伶仃的母鸡在觅食着什么。两只猪崽胡乱哼哼。狗卧在棚圈顶上懒懒地晒日头，见人进来，爬起凶凶地咬，也不跳下，只是尽尽狗的职责，却又戛然不咬了，欢喜地跳下，摇头摆尾，原来还记得树狗。屋门敞开了条缝儿，一个女子探出头来瞭一眼，又缩回去，朝里屋喊：

"娘吔，俺树狗哥回来啦……"

音儿未落，豆荚儿早欢天喜地地迎出，乍煞两手正要扑，忽记起两手是面，就把手停在半空，可忍不住，还是用面手搂住树狗的脖子，沉甸甸地吊在树狗胸前。

"哥吔，你可回来了，想死人家了……"豆荚儿撒娇，一如五年前调皮。

"荚荚儿！"树狗亦被兄妹情分打动，摸摸荚妹的头发，竟是一头光滑如缎的秀发，散发一股少女的香气。低头细看豆荚儿，早不是那五年前的黄毛小丫儿。原来消瘦的双颊已鼓成大闺女圆圆的脸儿，身子也圆溜溜的很丰腴，眼笑得眯住，胖乎乎的，憨态可掬。

娘慌慌地从屋里出来，忙道："疯女子，咋不让你哥进屋呢，快下来，快下来……"

母女俩就拥了树狗往屋去。

当日，少不得左邻右舍接踵而来，寒暄一番，说些部队上的闲事儿。树狗以见过世面的口气一一作答，和乡亲们也不冷不热，客客气气。都说部队就是个好地方，教人文明。瞧瞧树狗现今真格矜持，和城里人没两样儿。又听说树狗是在防化部队，就叹现今的武器越造越巧，一股气竟也能杀得千军万马。又问树狗的军衔，说是上士，都不知是多大的官儿，便夸树狗大出息了。直到天黑，乡亲们散尽，未见凤英露面。树狗惦记着，心中惴惴。

豆荚儿拧亮一支十五瓦的灯泡儿，悬在门框上，和娘在外炒菜。炕上，老六指盘腿坐着，边饮边斟，已有七分醉意。树狗却咋也不会盘腿儿坐了，一会儿将腿伸直，一会儿蜷起，只觉得屁股下的土炕像烙铁一样灼热，欲将他烘成饼子。他有一刻奇怪：自己那些年是咋生活过来的？为何这一回来竟全然不适应村儿里的一切了呢？

酒正酣畅时，老六指盯住树狗问："几时归队？连里给了多长的假？"

树狗低头，默默无语。

"咋？"爹问。

树狗知道终究要过这一关的，抬头，望着爹慢慢说："大，我……再不走啦……"

"甚？"老六指将人眼瞪成牛眼。

"我……退伍还乡了……"

"甚？甚？甚？"六指举酒盅的手僵在半空中，"不是说，连长对你好，还叫你入党吗？"

"嗯……"

"不是说，要让你学开车吗？"

"先前是这么说的……"

"不是说，要让你转志愿吗？"

"连长是这么应承过，可……"

"咋？老子不是给你寄去过三千块吗？那钱呢，喂狗啦？拿去嫖女人啦？"老六指吼起来，慌得外屋做饭的娘和荚妹一起跑进来。

"那咋没留你？"六指不依不饶地问。

"连长把那个开车的指标给了他的小舅子，我……和他闹翻了，一气，就退伍回来啦……"

"这是天大的事儿，你……你竟不和家里商量一下就……"老六指将酒盅一抛，身子往后一仰，软软瘫下。树狗慌忙去扶，见爹已是顶上走了三魂，胸中失了七魄。娘和豆荚儿齐上炕来，乱哄哄搣胳膊折腿儿、揉胸摁穴，良久，那老六指才长长呼出一口气，三魂七魄归位，盯住树狗恨恨道一句：

"你这小杂种没那官命呐。罢罢罢！明个儿，好生和你大几手锸锅锸碗的手艺，一个儿养活一个儿去哇……"

5.

泼洒了一场嫩雪，把地染得苍白，农舍顶上也都戴了白帽。天气却好起来，没了风，冬日照得雪暖，湿漉漉的如少女脂肤，却又不化，只见一缕缕轻汽上升。夜里一冻，雪就成了冰。豆荚儿一早喂鸡饮马，见房檐头挂了几串儿冰溜儿，晶莹透明得像玉，心里欢喜，觉得是好兆头，伸手去扯，却怎也够不着，跳了几个高高，还不行，碰掉一个冰尖尖，觉得心疼，就朝屋里喊：

"哥吧，快起，帮俺采冰棒儿呀！"

屋内无人应腔，又喊："太阳照犊子（屁股）啦，俺的懒鬼上士吧……"

还是没动静，却把娘唤出来了。娘端着泔水，满浇了一猪槽。一尺多长的两只猪崽儿快活地拱食，鼻头子在泔水里打水泡儿，咕噜噜地泛一串声儿上来，娘直起腰嗔怪道：

"荚儿，又疯！你哥他还睡哩……他心里不好受，你别戏逗他……"

豆荚儿撇撇嘴道："回来都一个月啦，大门不出，二门不迈，大闺女似的躲家里，养得又白又胖，快成大肥猪啦……"

却听见门里传出树狗的声音："当心扯烂你的嘴，死荚子！"

豆荚儿冲门里说："就敢对俺洒泼，去说说凤英看。"

树狗披了件衣服出来，脸苍白，并不见胖，面上有几分小生的俊秀，又有几分书生的悒郁，懒懒地说："凤英咋的？哼，待我日后有了好前程，当了城里人，就不睬她，让她眼气去！"

豆荚儿说："也是的，那凤英也忒势利眼啦。你在部队时，她三天两头往家跑，妹子长妹子短的，早就是咱家人似的。可你没当上志愿兵，她就再不来哩，叫俺说，这号女人理不得，干脆……"

"荚儿！"娘厉声喝住，"又胡说！人家凤英也没说要退婚，要彩礼是她大的意思。以前人家说不要，那是图你哥有个好前程，跟了他有个好奔头。眼下，你哥又成了庄户人，人家图个甚？要上一万两万的，也不过分！"

树狗跺脚愤愤道："叫我到哪儿给她打闹那一两万？大不了不要这个媳妇就是了。"

娘愣了一刹，望望天，叹口气，进了屋。豆荚儿给那匹栗色母马抱草。母马不吃，只是望着院门。院门是铁棍焊成的栅栏，庄户人正时兴这样的门。门外，呆立着一匹不到两岁的栗色小骡子，依依厮守着不肯离去。

"谁家的牲口？"树狗问。

"咱家母马下的崽儿，卖了都几个月了，可它见天都来，那面拴不住，这边撵不走。这骡儿仁义，恋它娘哩……"豆荚儿幽幽地说。

"卖了谁家？"树狗被小骡子感动了。

"麻五爷，还记得啵？五爷的麻花炸得好，脆，香，十里八里的外村儿都请他露手艺。"豆荚儿喋喋地说，"五爷的麻将也搓得好，搓一夜挣二三百呢。"

"是脸上有麻子的麻五爷？"

"还能有谁。现如今人家的日子过得红火呢，全村头一号。"

"为甚？他家原本挺穷的呀？"

"人家有个能干的闺女呗，在县里办了厂子，买了汽车，钱挣得无其数哩。"

"麻姑？"

"是她！你小时见天追在人家屁股后面喊姑姑，还记得？"豆荚儿揶揄地笑道。

树狗似有所触，喃喃自语："不想她倒成色哩，那时她……"

豆荚儿却不屑地撇歪嘴道："成色？一个女子只要敢豁出，不要脸子，甚事干不成？！听人说，麻姑如今在城里绝顶风流，给男人尝甜头就像给娃儿喂奶儿那般……"

"又是道听途说，往后，可不能这样作践咱姑，听见吗？"树狗正色道。言毕，转身进屋去刷牙洗漱。

“姑？俺才不认那个姑哩！”豆荚儿抚着马儿噘起嘴，全然不管树狗的神色。

日过三竿，屋顶上雪就化了水珠，滴滴答答落下，像下雨。没风，天气好得让人想去周游世界。树狗却不出屋，坐在炕边儿，膝上摊本旧杂志闲翻着。娘和豆荚儿不在，到磨坊推黄米去了。门重重响了一下，听得堂屋被什么物儿重重一砸，又听见一阵庄户人式的咳嗽——干咳良久，咳得透不过气来，才嘹亮一声吐，将一口浓痰子弹般射出，让人觉得顿然心通气畅。

“树狗！”老六指在堂屋嘶吼。

“做甚？”树狗没动窝。

“做甚？你个狗日是走亲戚来了，还是当了神神让老子见天供着你？”老六指进屋，没好脸子地说。这些日子他总这样，不是骂，就是摔东西，喝二两就讽鸡骂狗，让树狗脸上火辣辣地挂不住，不知悄悄流了几回泪，窃想：毕竟不是自个儿的亲大，白吃他几天食粮就鼻不鼻脸不脸，全无骨肉情分，以后日子久了，如何过下去？唉，也不知自个儿的亲爹娘如今在哪儿逍遥，风流快活够了却把自个儿留在世上受罪。这样想着，就恨起将他遗弃的亲生父母来了。

“你说说，咋个打算？”老六指盯住问。

树狗的眼盯在书上，不说。

“总该有个打算吧？就见天这么坐着当二狗油？你不臊，我还替你臊！回来，就是庄户人，就得本分地谋营生。”

“我想用退伍安置费再凑些钱，去做小本买卖。昨夜，村里二大头拉我入股呢。”树狗抬眼小心地说。

“那钱敢给老子动！下午就给凤英家送去，先给人家打点彩礼，把媳妇拴住。再说那二大头不是个正经人，坑蒙拐骗甚都干，少与他混搅。你随我来。”

树狗只得随爹走到外屋。地上撇了副货挑子，黑乎乎的满是灰，老六指弯膝蹲下，细心拭去，箱中取出一张弓、一把钻和一台磨石，都是手艺人的吃饭家什。时下人们都喜用铝锅钢精盆儿，碗烂了就抛，哪个还肯花钱修锔？故生意极冷清，这些年愈发不时兴了，老六指也就藏了家什，歇了营生，却总不甘心，坚信有一天这锔锅锔碗的行当还会再度盛兴，保不准有一天电视机的那层厚玻璃裂了纹，也要请锔锅匠锔合哩。

"大把这手艺传给你，这是档子正经营生，莫看现在挣钱不多，可能养活人……"老六指极是庄重地说。

便在那个极好天气的上午，细心传授树狗锔合弥补的全部手艺，找来破碗亲自做示范，手把手地教，由不得树狗不学。树狗无奈，心想反正无事干也闷得慌，就真学了几手，拉弓钻孔，钻头飞旋，一煞煞就钻得一孔。树狗觉得有趣儿，细细品味其中道理，似有所悟：瓷器生铁固然坚硬，却可用金刚钻钻个窟窿，是钻头比瓷器更硬而又飞旋的缘故，那么若人也像金刚钻一样去谋一件事，岂有不成功之理？

数日后，丁树狗不得不担上货挑子走村串户，去干锔锅匠和磨剪子抢菜刀的营生。

没出村，早有一帮孩崽儿尾随着乱喊：

上士上士，
锔锅锔碗，
扯脖颈一喊
抢刀子磨剪。

树狗沮丧恼怒，撇了担子吓唬顽童。娃崽一哄而散。树狗暗思：自己好歹也是从太原城回来的退役军人，如何能撕下脸面沿街吆喝？外人耻笑且不说，那凤英若知我如此落魄，定然小视我，笑我一辈子！唉唉，落坡的凤凰不如鸡，我树狗的前程在哪里？

返身拾担，也不肩挑，用手拎了，一拐弯儿，进了二大头家，将匠人家什寄存了，只说有事，便信步往凤英家去。

恰只凤英一人在家，正梳妆打扮，要进城选一块过年做花袄的布料儿。见是树狗来了，让炕上坐。树狗略显拘谨，说炕上坐不惯，就跨在炕沿边儿上说话。凤英也不强让，继续描眉，圆镜中抛给树狗半个脸儿——白嫩丰腴，小样儿可人。树狗怔怔瞅着，一刹刹竟觉得凤英百样皆好，娶了她也算是福气。那镜中的凤英忽地扑哧笑了，捂嘴道：

"从哪儿学的毛病——偷看人家？！"

树狗脸也不红道："谁偷看了，你长后眼啦？"

凤英没转头，只用画笔一点镜子道："当我不知？当兵学坏了……"

树狗嬉皮笑脸儿道："你若不偷看我，咋知我看你呢？"

凤英臊了，将圆镜一拧，那半个桃花面孔不见了，低声道："别的本事不知咋样，倒练了一条好口舌。"

树狗就觍着脸顺杆儿爬："想尝尝？"

"哎呀死货！"凤英恼了，起身逐客，"没正经事儿说，俺该走哩。"

树狗殷勤地笑着说："恰巧我也要进城去，看看战友——和我一搭搭复员回来的。"

"城市户？"

"原本和咱一样，土庄户人，可人家打闹了个三等残废，就给安置了。"

"在哪格儿？"

"百货公司站柜台呢。路上给你细叙。"

边说，边一同出了院，推了自行车往外走。树狗用车子把凤英带上，不知哪儿来的大劲儿，一口气没歇，就将车子蹬上后圪墚，又一个急冲上了汽车路。凤英胆小，忙抱了树狗后腰，闭了眼急急叫慢。树狗嘴头应着，脚下却不慢，蹬个前轮生风，后轮扬尘，凤英搂得愈紧，树狗愈美得心痒。

6.

二十里的山路竟不嫌远，两人说笑着不一会儿就进了城。凤英说快下哇，城里不许骑车带人。树狗恋恋地说："那我推上你走，就说你病了要住院，警察准不拦！"凤英笑道："人家才不信哩，甚病？"树狗居心叵测地答："要生啦……"凤英羞得"呀"了一声就打。树狗说:"快住手,让人瞧见还以为是老婆打汉哩。"凤英就住了手,默然无语,羞答答地随了树狗往街上走。

那御马县原是内蒙古北部的一块草地,只因草好马肥就专为皇室养良骥。清末时,山西河北灾民蜂拥,开荒种地,从此改牧从农,而那一爿的蒙古王爷府第也就渐渐发展成小镇,又滚雪球儿似的成了县城。这些年改革开放,南街两侧的铺面峥嵘立起,一座座小洋楼也应运而生,透出一派商业繁华。

凤英说先去扯布。树狗自然一口应允,说其实那战友看不看也寡淡,虽在部队要好,可如今人家是城市户,不一样咧。凤英却认真地说战友不可不看,扯完布就去。

路窄人多马稠,乱哄哄挤作一团。车铃铛响得杂散无奈。凤英紧依了树狗生怕挤散。树狗更是不停地关照凤英,处处像个男人样儿。不一时挤得一身臭汗。两人也顾不得揩拭,眼早被路侧橱窗的琳琅满目所扰乱,少不得深一脚浅一脚,撞了路人或被路人所撞,遭一番城里人的白眼儿。

忽一辆轿车从后面驰来,也不减速,一路喇叭惊散路人,纷纷侧闪。那车黑亮得光彩照人,气派华贵,车窗半开半掩。从身边擦过时,树狗看得分明,先是惊奇那开车的竟是个女的,一顶红绒小帽,一架茶色蛤蟆眼镜,风姿绰约。继而又觉那女司机好生面熟,竟与记忆中的一个人如此相似,正待细看,那轿车早已闪过,把几滴雪水污泥甩在树狗身上。

莫非正是麻姑?

树狗心疑,神情便恍惚,也不觉咋样与凤英进了百货大楼。凤英在布堆中挑花眼,不停征求树狗的意见,他只应付道:好,好,不错,挺花哨,行……心不在焉的样儿着实可气,让凤英暗中在他的臂上满拧一把,才收回魂儿来。

终于选定一块儿红底儿横竖格儿的化纤面料,凤英狠心扯了四尺,说只做袄儿不做裤了。树狗乖巧,抢着付款,博得凤英满意一笑。两人拿了布料,欢欢喜喜下楼来。

正欲出店,忽听熙熙人声中有人唤他:

"丁树狗!"

树狗循声找去，才见柜台里站着一人，西装革履，侧中分头发梳得明亮，正朝自己招手。树狗忙拽了凤英挤去。那处柜台却冷清，是卖土产杂货的。那男人眯了眼先细看凤英，像鉴定新进店的细软货物。

"你对象？就是照片那位吧？快办事啦？"那人笑着，有几分居高临下的傲然。

"还早哩……"树狗有点夸耀地拥着凤英，"我介绍一下，这就是凤英，你帮我参谋过的。"又对凤英说："这就是我对你念叨过的战友章关根。"

章关根笑着举起一只手来，把嘴头烟卷的长灰弹一下，道："可不是一般的战友——难兄难弟，生死之交呢！树狗，咋不来看我？真不够交情，只顾对象，就忘了兄弟！"

树狗苦笑道："早想来，可是……你忙，怕烦扰你……"

"扯淡，和咱见外？再忙，一顿酒的时间还能挤出。待会儿，我下了班，家去，捏二两，叙叙旧……"章关根热情地邀请。

树狗却打不起精神，说："改日个哇……"

"嚯，这会儿就被管制哩？"那人又盯住凤英说，凤英低了头发窘。树狗忙说："不是，我们还有事哩，真顾不上……"

两个男人隔着柜台又扯了会儿闲话，姓章的退伍兵笑树狗乡土观念忒重，还穿那身绿皮，说："瞧咱，早扔了，五年穿得够够儿啦！还是西装体面。"他拍拍身上笔挺的湖蓝色毛料西装说："公家发的工作服，不是啥正牌货……树狗，你也闹套西服穿穿嘛。"

树狗只是窘迫地笑着。章关根瞅他一眼，发起感慨："一念之差，一念之差呀！当初，你若是学了我，也来这么一下，现今不就会落得这般境况了。唉！"竟悲天悯人地叹息。

凤英见他说这番话时竖起了右手食指，左手比画个劈砍动作。瞅那右手，感觉极别扭，不对劲儿。再细瞅，发现真相——那右手食指原来只剩了一小节儿，断茬处结了一层粉红色的肉痂。凤英看后，有一阵恶心得想吐。

出了商店，凤英忍不住要问："你那战友的手指头是咋回事儿？"

树狗叹道："丢一根手指，换一辈子前程，真值……我后悔死了！"

"悔啥？"

"悔不该没学他，用菜刀剁了二拇指，也闹个三等残废，国家就款款安排了，真值！可我临举菜刀就又……"

"甚，那人，是自个儿将二拇指剁下的？"凤英睁大眼。

"可不，还是我帮他一块儿剁的，他剁，我抓手……本来说好了我俩一块剁，他先剁了，我在一旁看着，血溅了一脸。其实人的手指头可脆哩，极易剁，不用费劲儿，就齐刷刷下去了，落在木板上还会动呢……"

"不疼？"

"咋不疼，十指连心，疼得他连着三日叫唤，睡不着觉，真疼惨啦，疼切啦……现今细想，也没个啥——受三天罪咬咬牙也就挺过去了，换来的是后半辈子的出路，真值！"

"非得这样干？"

"非得这样干，要不，农村兵没出路！这自残的法子还是老兵悄悄卖人情传我们的，连长也就睁只眼闭只眼……"

"你呢？"凤英握住树狗的手，摸他的手指，脸上说不出是怜悯还是悲哀。

"我……一念之差，没剁。我以为连长说话算数。他受了礼，许了愿，只当是事情已成了八九，可谁料……若早知连长不讲信义，我非走章关根的路不可……"

之后，便无言走路，脚步橐橐，像是都在想心事儿，却是被一种难言的隐痛制服，笼在那情绪中作声不得。

7.

出县城时日头已落，路上愈发车少人稀。树狗有气无力地蹬车，来时的精锐之气消耗殆尽，余下的是倦累和沉重。

薄暮四合，无尽耕地渐渐隐没，让人影影绰绰觉得是一片浩瀚而黯淡的海，没有彼岸，没有光亮，吞噬日月星辰。一个微弱生物浮于其上，只能随波逐流，不知漂泊何处。

　　树狗走神儿，冷不防车子滑下路基，两人跌个肚朝天。树狗慌忙爬起，去扶凤英，又擦脸又掸灰，揉胳膊摸腿儿。幸得凤英无事儿，皮没伤骨没断，倒是树狗的一番揉搓弄得身上麻酥酥的，有了亲近的欲望。树狗缓出一口气来，扶起车子查看，轮儿还转，铃儿还响，偏偏驮人带物的后尾架断了，不能再带人。树狗沮丧，说人不走运事事都不顺，喝冷水塞牙放屁砸脚后跟儿，只能推着往回走了。凤英却说真是死心眼儿，不会驮前面？树狗说你敢坐大梁？凤英道有甚不敢，前后还不是一样的，再说路上也没甚人，不怕被人瞭见。树狗喜不自禁，一手扶把，让凤英跨在横梁上，然后双手环住，骗腿儿上了车子，蹬起来顿觉轻生。凤英丰腴，正好被他满搂。略一低头，脸就蹭住凤英的乌发，一股热便呼啦啦传遍全身。

　　情绪渐渐好起来，树狗边骑边与凤英耳鬓厮磨说悄悄话儿，白牙就差咬住凤英的粉耳。这时乍暗下来的夜色迷蒙柔和，路旁沟垄的残雪泛着明亮的白光，车胎压在沙石路上沙沙作响。暖和的冬夜散出少有的温情，树狗从上往下看，凤英的脸儿、鼻儿和唇的线条柔美和谐地起伏，脖颈白嫩得让人想咬一口，有一绺头发覆了，愈见神秘。股股奇香由衣领口里散出，熏得树狗窒息，嘴里只胡乱喃喃说，也不知说些什么。

　　新月从混沌中萌生出来，一时远远近近如被淡淡的霜笼了。月下再看凤英，肤愈白发愈黑，凹下去的填了阴影，鼓起来的荦荦分明，况且又离得这近，架不住的心猿意马就狂乱奔驰。凤英双手握把，身子却往树狗怀中拱，温温的、软软的，那感觉是树狗从未有过的。树狗只觉脑子昏然，按捺不住，车子撞在一块石上颠起，就势将凤英紧拥，心跳得张狂，胳膊腿儿都痉挛。凤英刚好回身转过半个脸来，那唇在月下乌黑得只剩下诱惑，没有男人能抗拒那神奇的黑洞。树狗便将自己的唇贴过去，触到湿润的弹性。原来还惧凤英会恼，谁知那凤英只是呻吟，瘫了一般软在树狗怀中。树狗方知她亦欢喜，也正消受这爱意，愈发吮得狠了，竟将一条软软喷香的芳舌吸过来，满口乱跑，一抽一蠕地销魂。

树狗恋恋含住不放，骗腿下车，在路侧立住，尽情品咂，早忘了一切烦恼。远处的山梁上似有车灯晃过，树狗急急地四下张望，瞭见离汽车路不远有一顶三角窝棚，原本是守青人看瓜瞭果住的，冬日却荒下，孤零零爬卧地里，黑幽幽的。树狗就推车下路，朝那瓜棚走去。凤英仍在前梁上坐着，有气无力道："树狗哥，咱回去哇……"树狗也不说话，直奔瓜棚，撒了车子，抱凤英入内。棚内昏暗，铺了一摊麦秸，松松软软，散发着麦香。树狗急切切地将凤英抛在麦秸上，身子却重重压上。凤英刚吐出"别……"树狗就用舌堵了，容不得她再说。凤英无力推搡，只象征性地挣扎一下，那树狗已塞起衣襟，手爪小鼠似的滑入，却触一道屏障，隔了那奇峰异峦。先是在外摸索一气，只觉云笼雾罩，含烟布翠；又觉满掌凝脂，奇妙无穷。树狗意犹未尽，五指游弋，终不得入，一时性急，将那罩儿扯开，满把揣住，肥美乳峰颤颤如水。凤英未及呻吟，树狗已将内衣撩起，结结实实含住了。凤英到底呻吟出来，伸手欲推，手至脖颈却环绕不放，树狗得了这鼓励，愈发没了顾忌，便想于昏暗中兴风作浪、呼风唤雨。

月从瓜门口丢进窥眼，柔光中揉入了说不尽的温情。荒凉的土地在月光中铺展开，竟消了白日的野性。无尽的耕田已入冬眠状，期待着下一回的苏醒。她将各种生命种子容纳于自己宽阔的怀抱，在漫长的寒冷中沉默无言。云压远山，远山衔云，说不清哪儿是山哪儿是云。

瓜棚中那迷醉的人儿却从云山雾雨中乍然惊醒。

"不行，别这样，树狗哥，万万使不得哇……"凤英猛地推开树狗坐起，系住衣扣，挂住罩钩儿，恢复了冷静。

"凤英……好妹子……"树狗哀求。

"不，这会儿不行……只有等到那一天才可！是你的，迟早也是你的，急甚！若不是你的，这会儿尝了也没用……"

"要等到哪一天哟，好神神……"

"等你出息了那一天。树狗哥，俺知你会出息的，大出息哩！你是个心高气傲的后生，土地拴不住你，黄土没不了你，出去闯荡哇，把你送俺那几千块彩礼拿上，做本钱，去哇……树狗哥，甭恋俺，俺一准儿在老树沟等你。你若是不认这庄户人的苦命，就去哇……"

　　"我听你的，凤英！我丁树狗不在外混出个样儿来，就不回来见你！"

　　"这才是俺喜欢的树狗吧……"

8.

　　这年冬，自蒙古高原卷来的寒流比往年都旺泼，直刮得垄坎儿里没了积雪，天空上没了鸟禽，日与月整日价混混沌沌。寒流一停，便是年根儿。老天爷为让庄户人过个好年，发了慈善，明晃晃的太阳忘了节令，把土地照个透暖。一连几日，地皮儿解冻，地气升腾，禽兽换毛，枯枝欲绿，倒像是到了仲春。

　　近年根儿，游子天南地北返回家来。树狗在腊月二十九那天自广州返回了内蒙古高原的御马县，雇一辆小车直奔老树沟天柱庄。才一冬，树狗倒真格的白了胖了，白色西服，鲜红领带，头发烫了些卷儿，皮鞋尖得像火箭，鼻梁上也架了墨镜儿，俨然一副准港商派头。

　　整整一冬，树狗马不停蹄地在外跑——御马县、呼和浩特、太原、北京、天津、上海、广州……越跑越远，跑买卖跑出了经验，见了世面，也品够了城市里的人情冷暖、世态炎凉，也懂得了金钱的千般魅力、万种神通。到后来，才悟出做买卖的冒险实质：一笔大买卖一眨眼就可挣个三五万，再一眨眼就可能赔个七八万，就像麻将桌上的赌局一样，摸熟牌局是一方面，而手气却更为重要。树狗最初手气不错，贩了几趟"地毛"，贩了几回衣料，赚了数万，后来倒腾假烟假酒让人家查获，又赔了数万。到头来一查点，竟只落得三千多块，不敢在外流连，就匆匆赶回来过年。

　　二百块钱雇来的小出租车在荒凉的土路上跑得疯快。树狗已知道在广州人们叫"打的"，是有钱、有地位人的"面子排场"。他也要叫村里的乡亲们见识见识树狗的"面子"。在南方，他还遇见过几只"鸡"，直往怀里飞，他没敢碰。他不是那号男人，即使不要钱白送，也不碰，他不能做对不起凤英的事儿。也怪，这些日子谁也不想，只想凤英，想得没抓没挠，心儿慌得乱跳；想得厉害了就悄悄地哭，一边骂自己没出息，可又忍不住泪蛋蛋簌簌落下。

忽瞭见路边有个极眼熟的物儿——卧在耕地里的一架孤零零的瓜棚，仿佛是个受了委屈的娃儿趴在地上不起，等着人去映及。树狗忙命司机停车。车未停稳，他就打开门跳下，去瓜棚温习那晚让人心旌摇撼的一幕。

景物依旧，却比那晚看个真切，一下败了兴致。原来，那瓜棚内十分凌乱肮脏，烂瓜皮、废纸皮（女人丢弃的月经纸）和几摊屎。莫非这地什后来被人糟践了？树狗想，那晚，这瓜棚温馨美妙，胜似天堂，咋会变成这个样子呢？气味儿熏人，树狗转身欲走，却忽瞭见麦秸中有颗亮闪闪、粉盈盈的物儿，弯腰拣了，放手心儿上细看，是一粒女人衣上落下的花扣儿，状如桃，又似心，正看淡绿，侧看粉红。树狗笑了，将那粒衣扣儿攥住。他自然认得这扣儿，是凤英那件花袄上的，想是那晚自己在她身上褰衣，情急时胡乱扯下的，竟全然不知。于是他便将心瓣扣儿放进内衣口袋，正贴心的地方。

出租车又急驰时，树狗觉出贴心处热乎乎，更添了急迫迫的思念，思念中却有了几分对凤英的感激。

凤英是个咋样的通情达理的女子呀！人家头发虽长，可见识不短，极有眼光哩！正是她鼓励你出去闯荡，扇起了心底那股执望；正是她悄悄退还了几千块的彩礼钱，使你有了经商的本钱；正是她那笑盈盈的眉儿眼儿牵着你的心，扯着你的肝儿，使你在千里之外风餐露宿、含辛茹苦却全然没有孤独感，心底踏实，时时感到爱情的幸福，因为凤英那句话在耳边永不歇哩：

"俺一准儿在老树沟等你……"

"这才是俺喜欢的树狗吧……"

忽想起二大头，就可怜起他来了。

二大头就没有女人结记他，他也不结记任何女人，有了钱就胡糟乱花，给野女人。这回，二大头也去了广州，挣了钱就去赌，几千几千输进去，最后几千块也被两个"鸡"骗去。二大头两手空空，无颜回家，死活不肯随树狗上火车，只是一劲掉泪对树狗说："我二大头不是东西，对不起老娘，不能回去尽孝心了，你就代我去看看老人，就说我二大头在外混得不错，顾不得回去过年，等再赚得十万八万就回……"二大头到底一人留在广州城，现如今是打工糊口，还是沿街乞讨？树狗放心不下。

树狗忘不了他与二大头去收猪的情景——

二大头有一台烧柴油的小三轮，最初树狗投奔他时，他就带树狗去贩猪，先是串村，将农家养的猪论斤按两收了，少不得一番斤斤计较，讨价还价，争执各不相让。树狗只是在一旁观战，觉得有趣儿。二大头也真是行家里手，连猪肚中存了几斤水儿也评得出，最后总是以最低价将猪收了，一日能收五六头。当晚在自家院中圈下，次日早晨，寻两个帮手来拖猪，猪认生，满院乱跑。二大头凶凶地扯住猪后腿，那大猪就没了奈何。三条汉子将猪结结实实摁住，二大头取一根早备好的塑料管来，先用特制工具撬开猪嘴，将塑料管从卡口内捅入，便捅进了食道，下得很深。猪乱哼哼，声音从塑料管中传出，那一端插了漏斗，由树狗端着，只觉那猪声隆隆，由漏斗里荡出，竟如一大喇叭，听那猪叫，极为惨烈。这头早有人备好温水，顺漏斗倒入，将那声儿压住。水由高而下，流入猪肚。猪不堪忍受，却又挣扎不得，浑身痉挛。树狗忽见那猪呕胃，肚中菜食由管子翻涌上来，恶心得想吐。几个灌猪的汉子面孔冷冷，骂猪进水不畅，不是好娘养的。不一刻，三四盆水灌入，猪肚胀得浑圆，污水从两头流出，漏斗里的水再也不肯下了，猪肚完全饱和。树狗暗暗算一笔账：一盆水打十斤计，四盆水便是四十斤，也就是说这猪的体重一下子增了四十斤，卖时，每斤按两块二计，便可多赚八十八块钱，真是惊人的收入！于是便钦佩起二大头的精明过人。

"这可不是咱的发明，眼下大伙儿都这么干哩！"二大头谦虚地说，显出不以为然的样儿。

"肉食厂收猪的验不出？"树狗问。

"哪还有个验不出的，人家也是吃这碗饭的嘛。"

"那你这……"树狗更疑惑了。

二大头也不急着回答，抽了管，取了口卡，那猪嘴头已是鲜血淋淋，塑料管上也满挂了血和黏液，惨不忍睹。二大头取把盐，抛在猪嘴。那猪竟半晌站不起。待站起时，腿抖得厉害，尿也禁不住流出，湿了一摊。树狗心想：人为了挣钱，真比魔鬼还残忍哩。有心想甩了漏斗不干，可又觉得是个极省事的挣钱法子。二大头直起身，拍拍树狗的肩，笑道："都说你挺精明的，咋这么实心眼儿！"

"咋说？"

"那收猪验猪的每日辛苦，又脏又累，图个甚？还不和咱一毬样儿。为了那几张票票嘛，你给他悄悄塞上一把，不用多了，每次一张四位老人家，他非但睁只眼闭只眼，还愣给你往高估价呢，反正猪又不是他自个儿买，得了好处就行！眼下呀，到处都兴这个。"

树狗恍然大悟，感慨良久。

从那次灌猪中他品出一个理儿——为了钱，是可以不择手段的，人人莫不如此。如果你不明白这个道理，你就是一头被灌的猪！

正思量间，车子进了天柱庄，隔窗瞭见村街口六寡妇的东山墙下又聚满了扎堆的闲汉。他们见了小车，都把脖子抻得像只鹅，望着。树狗对司机说：开过去！车子就在六寡妇的东山墙下停住，慌得村人退闪。树狗下了车，脸上的神气之色不由自主就浮露出，惹得村人一片惊叹：

"当是甚官呢，原是老六指家的树狗儿。"

"一冬没见，挣大钱去了个哇？"

"树狗，你可回来哩，再不回，你大还当你丢了，要去寻你哩。"

"树狗，捞摸了多少大票子？"

"我说树狗，这轿车是你买的？"

树狗只是矜持含笑，对众人提问一律不答，分别给众人散烟，两包烟一会儿散尽。

"甚牌子的？"

"洋烟，美国货。"

树狗也不多滞留，做个城里人的优雅手势，邀请众人闲下来去家坐，随后上车而去，留下那片惊叹更持久地去震动六寡妇家的山墙。

9

小车把树狗送到院门口，树狗有礼貌地请司机进去喝水，司机说不去了还得往城里赶。树狗也不强留，掏出二百元付了车钱，小车未走时，他抱了大包小包在外喊：

"荚儿，出来接一下！"

豆荚儿一阵风似的跑出，抱了大小包进屋。树狗满面春风跟进，见爹娘都在，少不得述说些思念的话儿，就脱鞋炕上坐了。老六指低头，吧唧旱烟，没多说话，娘只是怪怨他出去这一冬天也不打封信回来，也不知他浪荡到哪儿了，叫人牵肠挂肚的。树狗嘿嘿笑着，从包中取出孝敬二老的糕点糖果，说是南方风味儿也不知二老吃得惯不。又取出花花绿绿的衣物首饰，拣了几件给荚妹，说是送她的，城里的姑娘都穿这个。喜得荚妹抖了衣裳在身上比画，笑得合不拢嘴。忽见衣服中夹了条透明乳罩，不觉红了脸，道："你见人家城里姑娘都穿这啦？"树狗说："当然是我亲眼所见！"豆荚儿边说"好羞"边把那玻璃丝儿乳罩从他脸前晃过，他才"呀"了一声，一把夺过，道："这可不是给你的。"豆荚却不依："人家非要！"树狗说："你个小人家家要这做甚？这是送凤英的……"一提凤英，满屋子没了动静，豆荚儿也将乳罩撇了，埋头摆弄衣裳。树狗不觉，兴冲冲地又取出些漂亮的裙子、呢子大衣和真丝头巾等衣物，说都是送凤英的。又取出一条金项链，说是真金的，值一千多块呢。豆荚儿忍不住，一把夺过金项链抛在地上说：

"送她？还莫如送狗哩！"

"咋？"树狗愕然。

豆荚儿却不语了。

树狗下炕，拾起项链，用手拭去泥土，盯住豆荚儿问："凤英咋哩？"

豆荚儿赌气道："俺不知，甭问！"

树狗将目光转向娘，问："凤英她……惹妹子生气啦？对你不敬啦？"

娘摇摇头道："没……"却不再说下去。

树狗只得问爹："大……"

老六指浓浓吐口烟，愤然作色道："是老天给你的报应，再让你出去浪荡！唉，真是条养不住的白眼狼……现在好了，鸡飞蛋打，看你闹个咋着！"

"大，凤英她到底咋的啦？"树狗急了。

"她嫁人哩！"老六指愤愤地吼，"都是因你取回彩礼钱，她才……你个糊涂蛋哟！"

"不会，万万不会！"树狗直不愣愣地说，"她说过，她一准在老树沟等我呢。她说过，真的说过……"

豆荚儿从柜里取出几样东西抛给他。树狗低头一看——一件艳红艳红的蝙蝠衫、一块金丝格面料、一块女式石英钟表……都是他送凤英的。树狗的脸白得像张纸。豆荚儿又甩给他一封信：

"凤英给你丢下的，自个念哇。"

树狗手抖着，可还是把信展开了。凤英写道——

"树狗：你恨俺吧！俺也是没办法的呀！俺大俺娘见天逼俺……嫁了那个人，就能转城市户，一辈子有了指望，后代儿孙也有了好前程。俺想通了，你就是闹个万元户、千万元户，也是庄户人，离不了这块黄土，可跟了他，就甚也有了……东西还你，咱两清，谁也不欠谁的。祝你幸福，再寻个好闺女吧！俺真心希望你好……"

树狗想把信撕碎，但手不听使唤，眼也一黑一黑。他听见自己的声音像蚊子哼哼：

"她……哪日嫁的？"

"夜儿黑地，一辆小轿车来接走了，村里人都去看稀罕儿……"娘费力地说，像是自己做下了不是。

"昨天？"树狗的眼里空空洞洞，没了任何内容。

"嗯。"

"男的是哪儿的？"

"说是大同煤窑的，城市户，正式工……"

树狗便颤颤地下了炕，满屋子寻刀，从堂屋操起切菜刀就往外闯，慌得爹娘妹三人一起拦腰抱住。

"要干甚，俺的大贤爷呀……"

"使不得，可使不得！"

"让我去活劈了那个狗日的……"树狗醉了似的摇晃着说，老六指从他手中夺下菜刀，吼道："不想活咧，小祖宗……"

树狗的身子软得支撑不住，往下出溜。三个人抬头抱脚，把他抬进里屋，安放在炕上。树狗的眼珠儿不会动弹，呆呆地望着顶棚，只呼呼哧哧喘粗气。娘忍不住，守着哭了，老六指就叫骂：

"死人啦？哭毬甚！大过年时节的，让不让人活哩？！"

娘止了哭，抽抽搭搭。豆荚儿也陪着抹泪。天黑下来时，树狗呼出一口气，眼珠儿活泛起来，有了些亮色，却又被一层荫翳罩住。树狗只说口渴，荚妹慌忙倒了水来喂。树狗半仰起身子，咕咕咚咚将水喝了，歪过头瞅见家中三口都直愣愣地望他，就粲然地笑了一下，说都歇心，树狗没事儿，树狗是条汉子哩！说毕，倒头就睡，昏昏的像死去，也不打鼾，一觉睡到第二日晌午。

10.

第二日是年三十，庄户人视过年为天大的事儿，少不得准备一番，杀猪宰鸡，淘米炸糕，家家院子里都飘荡起香气。狗也叫，马也嘶，正要挨刀的肥猪紧一阵慢一阵地干嚎，刀进脖腔，反将那嚎捅没了，一股黑血豁然有力地喷入盆中，守候一旁的妇人慌慌搅拌，怕凝住，不好灌肠。孩子们就雀跃欢呼，追逐嬉戏。

树狗披了草绿色军大衣，在村路上蹒跚。头沉脚飘，眼神茫然，不知去哪儿。信步走一会儿，边走边躲人，避不开了就将头一低，佯装未见。忽停住步，原来不知不觉间竟走到凤英家院门口，听得里面正热闹，说笑声，放鞭炮声，隐隐又听得凤英娘对人说闺女要带女婿回来拜年……树狗听了万箭穿心，扭头离去。几步走到自家院门外，正待进，却见那头卖给麻五爷家的小骡子又厮守在门口，呆呆立着，不肯离去。树狗却不再被小骡子的恋母情结感动，恨恨地骂："真是不省人事的牲口，麻五爷家的草料比这儿香，水比这儿甜，你不去守，偏偏恋这穷家，好没出息，难道真格一辈子也离不开吗？！"骂着，狠狠一脚踢过去，踢住骡肚。小骡子挪下屁股，仍赖着不走。树狗恼火，寻根棍子，狠打一顿，追小骡子跑远，才住了手。欲返家，忽又改了主意，去了二大头家，二大头的老娘听说儿子只顾在外挣钱不回来过年，少不得守着树狗哭一回，树狗也不安慰，丢下二百块钱，说是二大头捎回孝敬老娘的过年钱，就告辞出来。

想起六寡妇家是个消磨时光的好去处，便拔腿去了。六寡妇家的东山墙下只有一伙孩子在玩耍。这些年，精明的六寡妇开了个小卖部，东山墙下凿个窟窿，安个小窗，专卖烟酒糖茶和药片片。常有闲汉聚家里喝酒，六寡妇伺候得周全，笑吟吟拿些言语儿挑逗。闲汉们心里痒痒，就着那话儿下酒格外香。喝到脸儿红了，胆儿大了，就敢和六寡妇开裤裆里的玩笑，只要六寡妇不恼，还敢把手爪儿伸进衣襟里去摸奶。六寡妇的生意做得红火。

树狗进去时三个闲汉和六寡妇正在炕上赌，见来了客，六寡妇推牌出溜下地，趿拉了鞋子，亲亲热热地将树狗拥上炕去，言语儿甜腻腻地说："好一个稀客，敢情还结记着你六姨！来，炕头坐，耍，耍哇！听说是夜里坐轿子车回的？树狗娃儿越发出息了！"

树狗也不推让，手就往麻将牌上摸。闲汉们笑道：树狗发了大财，咱们从他狗日身上弄两个花花。树狗掏出了一沓子钱拍在桌上说："有本事全赢去！"闲汉们讪讪道："你输得起，咱还赢不起呢，小耍儿，一两个，不加番，封顶，赢的钱充公，就地打酒喝。"树狗说："喝酒就喝酒，谁不喝醉谁不是爹娘养的！"

谁知树狗手气极好，连坐五庄不下，把把大"和"。众人连连称奇，不敢再耍。树狗心中暗忖：人家说赌场得意情场失意果然不假。收了牌，便与闲汉们喝酒。几个闲汉心眼不正，悄悄串通了灌树狗。树狗哪里招架得住，几杯酒下肚，脸赤耳热，晕晕乎乎。

六寡妇端盘猪血上来，闲汉们逗趣儿道：莫不是六寡妇正来月经流的物儿做了下酒菜？六寡妇又端来一根灌肠，闲汉们就说这玩意儿像甚？一把把粗，一拃拃长，便问六寡妇试过没？六寡妇笑骂："瞧你们这些灰货，成不了个大气候，就懂这些牲口都懂的龌龊事儿，看看狗娃，多文明。"闲汉们就笑，说："文明顶屁用，把媳妇文明没了！"六寡妇说："也不见得哩，树狗不会白白放过凤英的，怕是早把她收拾了。"众闲汉来了劲儿，逼问树狗："把凤英收拾了没？开苞了没？那凤英还是不是黄花？"树狗只嘿嘿，埋头猛劲喝酒。众闲汉就说："树狗肯定得手了，当过兵的还没那点儿勇气！"嗐！树狗心中火烧火燎，又想起那夜与凤英在瓜棚中的浪漫，后悔自己当初真是太老实了，竟听了凤英的，若真硬来，凤英也没奈何，定会依了；若早占了她的身子，也不至于让她飞了……越思越悔，又连干了几杯。

离了六寡妇家往回走时已快半夜，头昏脑涨，深一脚浅一脚，险些摔倒。在石墙上倚住，呕了几下，略觉好受。远远近近都在炸炮，二踢脚在空中爆发刺眼光亮，扯碎原本宁静的夜。偶尔也有花炮凌空，把个朦胧夜空染了一刹刹的绚烂。树狗想：这年是给别人过的，这辈子再不要过年。两步三挪，也不知是咋进的院、咋回的屋儿、咋上的炕。爹娘都不在，兴许是去了麻五爷家看小彩电了，中央台的"春晚"越来越没看头，他们不会去看，兴许是去谁家"挂糊"（一种纸牌赌博）了吧？一挂就是一夜。

豆荚儿独身守在家里，倚着被窝垛昏然入睡。她听见响动，忙睁眼，帮树狗脱去外衣鞋子，心疼地说："咋喝成这样儿……人家为了等你，都不敢出去耍，你倒好，喝得不要命哩！"

温了被褥，打发树狗躺下，喂了他一大缸子浓茶，又拧块湿毛巾捂在那滚烫的脑门上。树狗略略清醒些，身醉心明，抓住豆荚儿的手说："你说，哥该不该喝多？你嫌弃哥喝多了是不是？"豆荚儿泪汪汪地说："哥心里难受，妹子心里更难受！哥哎，一醉解千愁，只要你心里好受，咋的都行！"树狗嘟哝了一句："还是妹子知哥哇！"就昏然入睡，豆荚儿守着，换了几回毛巾，流了几回泪儿。

树狗梦见凤英独坐在一座光秃秃的山头上向他招手，他兴奋地往山坡上爬，爬上了，凤英却不见了，他便从山坡坡上滑下来。正沮丧，忽见凤英又有了，还是坐在山头顶上，又招手，笑眯眯的，十分动情。他就又往上爬，又滑下来……无数次反复循环，却忽醒了，茫然望着昏暗的屋子，不知身在何处。扭头一看，见一女子侧卧在极近的地方，花被半遮半盖，露出丰腴白嫩的臂膀，臂弯上的小涡儿极其迷人，枕上甩一团青丝，似藤蔓将前胸覆了，却依然见得丰满的胸在颤……

树狗摸索过去，昏暗中唤凤英的名字。他认定那是凤英在等他。酒精烧得浑身燥热，每一寸肌肤都渴望与那肉体亲近，猝然如猎犬一样弓腰扑了，紧紧搂住，撕下那红肚兜兜，却见里面还有个透明的尼龙奶罩罩儿，正是送凤英的，也一把扯了，顿见白净肥美的峰峦。那女子用力推他，他哪里肯下，愈加搂紧了，心想这一回可断不依她，隐约听得身下娇嫩地喊"哥"，更加急不可耐地动作起来。瞬间，意识一片空白，早没了任何理智，唯剩女人这一概念——无论是谁，凤英也罢，豆荚儿也罢，六寡妇也罢，只要是女人就够了，就给久已积蓄于体内的那股旺盛生命力觅到一个喷发的场所……树狗原本是个男人，呵，男人！这个发现愈使他激动，情不自禁嘶吼出来：

"狗日的呵，我是男人，就该这样！"

那女子渐渐不再推拒，却将树狗光滑的脊梁搂住，手儿滑上滑下，嫩生生的呻吟小溪般明净地流淌：

"哥吧……"

"妹哎……"

树狗在上应和，更觉力大无穷。一个男人，他的力量能倒海翻江，能摇撼三山五岳，能让顽强的生命散播于无尽的旷野土层。

"哥哎，只要你快活……"

"快活……快活死了……"

蓦地，纸炮声惊天动地响起，犹如在春雷雄壮的轰鸣中，万丈浪峰骤然推起，堆成高耸巍峨的奇峰异峦，无数粉碎的水花在那上面盛开消失又盛开，明丽的光焰闪烁着，从窗棂上送进，忽明忽暗，忽红忽绿，达到了一种辉煌的极致……

须臾，炸炮歇了，夜又沉沦到万籁俱寂中。这静，是高潮之后的昏迷，是辉煌过后的萧条衰败。

11.

天悄然明了。

日光逾窗而入，来得有些神秘，树狗与豆荚儿同时醒来，发现兄妹两人紧紧搂着，赤身裸体……

豆荚儿羞得一个翻滚，扯了被子，从头裹到脚。树狗听得一串儿呜咽从被里挤出。

"天神神，我都干了些什么呀！"树狗揪住自己的头发，一瞬间彻底清醒了。他翻身跪在豆荚儿面前道：

"荚妹，我成了牲口，不，牲口不如……老天爷饶了我哇……"

豆荚儿在被子里哭道："让咱大知道，非打断你的腿，俺也活不成了哇……"

"荚妹，你别……我都承揽了，就说是我逼迫的……"树狗喃喃说。

"哥，那不行哩，明明是俺情愿的……俺想让哥好受，做了一回凤英……哥吧，你走哇，走得远远的，别回来，也别让俺瞅见……"

"荚妹，我和咱大咱娘说，就娶你啦，反正咱也不是亲兄妹……"树狗垂着头说。

"可不行哩，哥。让村里人笑话！虽不是亲兄妹，可打小一搭搭耍着长大，也和亲的一样！不能乱伦乱纲呀。再说，咱大是万万不会依的，他的脾气你不是不知……"

树狗恍若看见老六指举着扁担劈头打下，满村追着要打断他的腿，骂他是大闺女养的杂种，到头来露了本相；骂他是一条养不住的白眼狼，咬伤自家主人……

"哥，听，大回来哩……"豆荚儿撩开被子慌慌地说。

果然，院外传来老六指响亮的咳嗽声，好像在马圈里侍弄马儿。

"哥，快走……再不走，俺就去死！"

树狗顾不得多想，急慌慌穿了衣，简单收拾一下，想想，将最后的三千块钱放在柜上，说："这钱，就权当报答二老养育之恩的报恩费吧。妹子，我走哩，三年两载不定回来，你好好伺候咱大咱娘啊！"说罢，挥泪出门而去。

村里极静。拜年还未开始，熬年守夜的农人俱在酣睡，村街上瞭不见一个行人。一匹小骡子踽踽独行，朝这边走来，见了树狗，慌忙躲了。阳光把村子照得明格瓦瓦亮格丹丹的。树狗像贼一样溜出村子，那一刹那却茫然了，不知该归向何处。

土早酥了，踩在脚下软塌塌的。去年秋天残留的麦秸秆儿正在腐烂，散出股子农人俱熟悉的气味儿。一匹马在远处的山圪梁梁上觅草，野风吹乱马鬃马尾，透出股子难以言说的凄惶。树狗望着，潸然泪下。这荒野养育了他苦涩的童年，他忘不了每日到后圪塄看汽车的情景，更忘不了捡吃人家城里人丢下的烂西瓜的滋味儿……头顶上的那轮紫太阳为证：那耻辱难道不是这片土地赐予他的吗？而那轮辉煌的城市的太阳为啥只照耀别人不照耀他呢？

乍然想起天柱老树。不管咋着，最后离开老树沟时，一定得去看看那久违的老精灵，它与自己有那么密切的联系，如今自己长成人了，却与它生疏了。从昨夜起，他与豆荚儿一样失去了童贞，成了一个真正的男人啦！真正的男人都该做些子啥？也许天柱老树会告诉自己。

他便带着朝圣般的庄严去谒见老树。将行到树下时，但听见风喧树动，恍若涨潮，啸啸不已。至近，见老树依然被几根粗壮的铁链子缚着，漠然蹲踞原处。这些年来，它分毫未移。树狗抚那苍劲树干，百感交集，又见树干上那御赐的"天柱"二字已模糊难辨，愈加悲凉。白衣苍狗，人世沧桑真是不堪回首！细想：竟连这精灵老树都被人用铁链拴在这片土地上，移动不得，上不能升天变蛟龙，下不能入地成正果，老树的无奈岂不与己相似？！

仰视良久，隐约见茂密枝条泛出淡绿，点点紧包的尖芽儿似欲绽开。树狗觉得奇了——老树竟先于春天而复萌了，足见生命力惊人的顽强！树狗撇了包裹，端坐于天柱老树下，与它对视。

恬静中却见一滴明亮的汁露由横空的树枝上滴落而下，恰恰落在锈渍斑斑的铁链上，无声地洇开。俄顷，又一滴渗出坠落，又砸在那位置上。树狗知道那是老树分泌出的毒汁，人们都怕、都躲，可有谁知那恰恰是老树孤苦无告的泪珠儿呢？近前细看，大为惊诧——那铁链受了毒汁腐蚀，竟被蚀成麦秆一样粗细。树狗用脚轻轻一碰，那链子哗啦啦一阵响动，从被蚀之处断裂开来，像条被抽去筋的长蛇瘫软在地，四条铁链竟开裂了两条。

用不了多久，老树就能移动了，是吗？

树狗兴奋地想。挣开锁链，老树就可以走了，到它想到的任何地什去，呵呵，神奇的老精灵呀！

日头无奈地西移，落了。

树狗站起身，依然痴痴盯住天柱老树。经过整整一天悟禅似的庄严思索，他诅咒般地自言自语：

"我就是这棵树！我也会在体内贮满了毒素……"

他侧过头望西方——在那儿，在那层浓浓的蓝色氤氲后面，是城市，是灯红酒绿的世界，是文明笼罩的夜与昼，是一轮永远辉煌的太阳！

那儿的太阳是不会陨落的，永远不会……

下 篇

12.

御马县城小得寒酸。

说是百年前有一蒙古贝勒围猎到此，谈笑间马鞭坠地，心中一动，便在马鞭落下之处盖了一所王府。沧海桑田，王府衰败时，小镇却兴盛起来。如今蒙王府早已荒草萋萋，周围胡乱拥着些民房。民房盖得杂乱无章，大都是乡下农民进城所盖，依然是乡村老样儿，家家圈个大院，堆了麦秸秆、胡麻秆儿当柴烧，养了大牲口和猪狗鸡鸭等家禽，有滋有味儿地过日子。这条街，人称"老街"。

无人留意从何时起，那老街深处残破的蒙王府却被一个乡下女人租了。那女人不到三十，身材瘦削略矮，每个汗毛眼儿里都透出精明能干，做起营生泼洒，走起路来风骚。那女人有对笑眯眯的月牙眼儿，总是弯弯的一溜窄缝，所以谁也窥不出那眼里的内容，譬如女人常有的羞涩、警觉、防范、柔情、挑逗……嘴大唇厚，不仅能说会道，而且富有性感。女人平时穿着简朴，但若打扮起来，也敢与小城最时髦的女郎相比。那女人就在破王府里开个小厂，雇几个乡下人当工人，却寻了个城里的中年男人帮着经营。那男人白胖，大背头，肿泡眼，肚子微凸；中山装总是板正，一尘不染；裤子每夜都在枕下压过，裤线像刀刃，能砍死人；纤纤十指白皙修长，无名指上戴了一枚闪闪放光的金戒指，极是华贵。不摸底儿的人都以为他是大首长，实际上却是市井上的游手好闲之徒，又是祖传赌棍，一手麻将牌打得出神入化，令人叹为观止。因他姓周，人都唤作"周相公"。

起初，无人知晓那小厂生产什么产品，但见里面烟雾腾腾，云蒸雾罩，一股股烧塑料的臭味儿刺鼻入肺，让人不敢久留。每日，一盒盒一箱箱产品悄然运出，包装严密。先是小车推，后是小三轮装，到后来发展成大卡车来运货，生产规模越来越大，工人增至上百名，竟成了全县屈指可数的大型乡镇企业。蒙王府经过改建装修，起了一根三十米高的大烟囱，起了两幢设有通风换气设备的厂房，还起了一套颇具现代化意味儿的聚合反应罐，像导弹威风而立。残破的王府门楼经过重新修缮焕然一新，连门两侧的石狮子都粉刷成金色，在白日里熠熠生辉。大门上悬了块大理石雕刻的牌匾，几个遒劲而又十分考究的正楷赫然入目：

华艺娱乐品生产有限公司

总经理自然是那女的，兼厂长，人都唤她"麻总经理"，简称"麻总"或"麻厂长"。唯有周相公唤她"麻姑"，透股子亲昵。相公里里外外一把好手，从生产、技术、质量、订货、推销、收款、做账……无一件离得了他，干得游刃有余，颇得麻总赏识，直呼："得相公如得诸葛。"相公得意，便敢在无人时搂住麻姑亲热，小鸡儿鹐米似的。麻姑推开，或以手指点其脑门儿，笑骂他"好色"，没个正形儿！相公就委屈地说那是爱情。有时麻姑高兴，给他些甜头尝，喜得相公抓耳挠腮，发誓要娶麻姑为妻。麻姑就快言利语地问："你那醋坛子该咋办，你敢离？"一句话问得没了动静。相公讪讪，麻姑正色道："死了那花花儿心吧，麻姑眼下还不想嫁人，天下的男人未有一个可心如意的哩……"

一日，麻姑坐了她那辆"奥迪"轿车去政府办事。因"华艺"是全县的先进企业、全区乡镇企业的典型，故她与县政府上上下下、大小官员、各个部门都极熟。刚进县政府大院，就听说马书记的老婆死了——死于子宫癌。马书记平时待人厚道，老婆也是革命过来的老大姐，深得群众爱戴，大家都去慰问，都去家中帮着办丧事，都说些"节哀""保重"之类的慰问话儿。县政府办公楼里一时冷清，空空荡荡，也有股子肃然默哀的气氛。麻姑没办成事儿，就到街上买了花圈，请人写了挽联，又购些黄表纸、黑纱之类的物品，驱车前往马书记的宅院。院内早已人满，花圈儿多得无处安放，只得由一辆大卡车拉走，运到政府礼堂里，好在开追悼会时用。麻姑本想登堂入室，与马书记寒暄几句，却被治丧委员会的人挡住，声称马书记身体欠安，追悼会前不宜见客。麻姑知道是自己的级别不够，只得将花圈儿和祭品还有祭奠金送上，由专人收了，记下姓名及单位，便客客气气送她出来。麻姑一时颇觉无趣儿，驾车而归。

春节后，乍暖还寒，小城街道上满是纷飞的纸炮屑，花花绿绿，呈一种辉煌后的衰败。麻姑心中楚然，始觉人生果然如梦，所谓荣华富贵，不过过眼烟云。旦夕之间，祸福无常，到头来是耶非耶，终归梦一场！这么一思想，那凄惶孤独感上了心头，又上眉头。

轿车进院时，周相公由办公室内迎出，为她拉开车门。麻姑下车，相公说：

"有客人要见你。"

"谁？"麻姑问。

"一个乡下傻小子，说是你的亲戚儿，咋赶也不走，一直赖在你的办公室里，非要见你不可，等一上午了。"

"我的亲戚儿？"麻姑疑惑，又问，"是天柱庄来的？"

"是。"

说着，麻姑向总经理办公室走去。推开门，不觉一愣——一个模样儿有几分俊气的乡下青年从沙发上站起，望着她笑。那青年穿了一身褪色军装，眉儿眼儿极熟，却忆不起是谁。

"姑！小姑……"青年极热烈地叫着

"你是……树狗？！"麻姑恍然大悟，跺了下脚。

"姑还记得我？"青年简直受宠若惊了。

"咋不记得，咋不记得！那时候不是你帮我拔猪菜，还带我到汽车路边上瞭汽车的嘛！"麻姑拍着手说，已到树狗身边，上上下下地打量，直看得树狗不好意思起来。麻姑却只顾亲热，看那样儿，若不是相公在一旁，非搂住树狗亲几口不可。

麻姑扯住树狗在沙发上坐下，膝挨膝、肩碰肩地说着话儿。一旁的相公露出些窘色，站不是，走不是，轻咳一声又一声。麻姑便吩咐他跑一趟御膳酒家，定一桌好酒菜。相公不情愿，应一声去了。麻姑又转过身与树狗接着说话，问了些老树沟的情况，又问树狗个人现况。树狗面露难色，还是将部队上的事情和回乡后的闯荡与麻姑说了，还提起与凤英的恋爱挫折，只未提与豆荚儿的私情。麻姑静静地听着，月牙眼儿弯成一条好看的缝儿，薄薄的唇动了动，叹息道：

　　"农村人命苦个哇，靠天天不应，靠地地不灵，只能靠自己奋斗才有出路！"

　　树狗说："姑，别的出路都没啦，我只有投奔你了。你看着办哇，扫地淘厕所都行，只要给口饭吃……"

　　麻姑笑道："看你说得可怜的，还能让你去淘厕所！眼下我这儿正用人，甭说是本乡本土的亲戚哩，就凭你是个精明能干的退伍军人，我也会留你的。"

　　树狗露出喜出望外的神色道："我丁树狗日后若有出头之日，定报小姑的大恩大德……"

　　麻姑就笑着说小树狗的嘴儿愈发甜了，更会哄人了，又告诫树狗：初来乍到，要少说多干，首先学会熟悉业务……树狗像小学生样儿正襟危坐，仔细聆听，谦恭的样儿惹得麻姑一阵爱怜，心中暗忖：今日乍一见他，咋觉着这么赏心悦目，莫不是前世的缘分？树狗也想：麻姑果然非同常人，真是天下少见的女子，竟单枪匹马在城里搞出了轰轰烈烈的事业。投了她，自己也算有个好前程，从今往后死心塌地跟随她罢。

　　不知不觉，说话间到了晌午。相公来电话催，说酒宴早备好。麻姑就携了树狗出门，开车前往御膳酒家。麻姑将车子开得极潇洒，树狗呆看，才知那日与凤英进城所见的开车女郎确实是麻姑；又想自己当时竟如瞻仰女皇般地傻望，如今却与她同坐一车，是何等福分！更暗自庆幸离了老树沟果然走对一步棋。想着，竟飘飘然起来，兀自呆笑。麻姑瞥了一眼，问他笑啥，树狗道：

"姑，可还记得咱头一回到汽车路上去瞭汽车，拣了人家城里人扔下的破西瓜吃……"

麻姑打断："快甭说那寒酸往事了，让人听见，笑咱！"

树狗说："那时我问你，咱咋不能当城里人呢，你说：甚人甚命，咱的命就是当庄户人……还记得？"

麻姑沉下脸来说："咋不记！树狗，我还要谢你哩，正是从那时起，我才暗暗下决心要闯出去，不认命……"

话未毕，车已穿过闹市，到了御膳酒家前，是一幢仿古小楼，古雅精致。麻姑告诉树狗：这儿是县城最好的酒楼，若是外面来了宾客，县里接风送行洗尘压惊酬答都在这儿，故这酒家名气大得很。原来也是一户农民开的，十年里由小酒馆发展成了大酒家，足见那农民企业家的精明能干。树狗听了，多有感慨，下了车随麻姑往里走。里面原来更是精美，灯红酒绿，花屏粉幔，几个红衣女郎笑吟吟地迎着，树狗只觉她们个个美艳，天仙一般。其中一红衣女郎领他们上楼，左拐右拐，如入迷宫。树狗只觉灯光幽冥，脚下地毯松软，犹如腾云驾雾，不知身在何处。忽听身旁有言笑声、杯盏声，夹杂着砰砰叭叭的开啤酒盖儿声。侧目一瞟，见一间间雅室内早有宾客，宴已开始，觥筹交错，笑语盈盈，人人衣冠华丽，气度非凡。树狗暗忖：这些人是何等幸福，无忧无虑，庄户人能活到这一步，还得驴年马月？！麻姑见树狗看得痴迷，在他耳边低声说道：都是公款！甭看这些小干部这么神气，家中却也寒酸，逮住机会就吃公家……

忽一胖子由长廊内闪出，扯住麻姑不放，声声道："那日将俺灌醉，你倒先溜了，好你个麻姑！今日断不饶你！"

麻姑低眉浅笑，将其手掰开，说："牛主任，今天我有客人，真的不敢奉陪，改日一定……"又嘻嘻哈哈说了几句，摆脱纠缠，附树狗耳畔低言道："县政府办公室的牛主任，牛胖子，是个见了女人就拉不开步子的家伙。人嘛，倒不坏，很义气！"

说着，早有相公迎出，引进一间小餐厅。一桌四椅，凉菜已上，红是红，绿是绿，拼成花卉图案。

三人坐定，却仍空一位置。麻姑问相公："小月儿呢？"相公欠欠屁股说："打过电话了，就来。"果然，话音儿刚落，进来一女子，细眉细眼儿的样儿，一头乌黑的头发盖了半个脸，说话声极低，神态竟有几分像凤英。麻姑为树狗做了介绍，说小月儿是公司的会计，高中毕业，打得一手好算盘，城市户。又说小月儿是自个儿认下的干妹子，故让她来认认亲戚。小月儿敛眉端坐，只不说话，一只眼始终被乌发遮住。树狗觉得这小月儿好乖僻，城市女娃都是风风火火、泼泼洒洒、大大方方的，她咋这怯生生的样儿？

说话间喝起酒来，扯起闲话。周相公虽与树狗邻座，却绕过树狗与麻姑谈笑，不瞅树狗。树狗也不敢造次与他攀谈，十分拘谨地夹菜抿酒。相公却是好酒量，一口一杯啤酒，几杯下肚，面色不改，不停地谈笑风生，逗些儿风趣幽默，不时引得麻姑开怀大笑。那位小月儿也忍俊不禁，掩嘴低眉浅笑。相公愈加神采奕奕，侃侃而谈——

"我这酒量在咱御马县也是数一数二的吧？可与人家专职陪酒员比，差远啦！山外有山，天外有天嘛。有一次，我出差到北京，在一家高级饭店吃饭，邻桌有个后生，乍一看文弱书生不起眼儿，却一下子要了三瓶二锅头。好，没出半个时辰，三瓶酒瓶底儿全干，吓得饭店服务员打电话叫了警察。警察挺客气地走到他身边问他喝了多少酒。那后生反问：咋，喝酒也犯法吗？警察说喝酒当然不犯法，但喝多了就是暴饮，就是酗酒，就可能犯法。你们猜咋着？那后生不慌不忙站起来，掏出个证件，递给警察。警察翻开一看，了不得，国务院的专职陪酒员，专陪外宾！好嘛，吓得警察慌忙还了证件。那小伙子笑着说：要不是你们来打扰，还准备喝一瓶呢！说完，走出饭店，步子不乱，身儿不晃，稳稳当当……"

麻姑笑道："又是你胡编的吧？哪儿有那么大酒量的人！"

相公说："真有，我亲眼见过陪酒证，那得盖省一级的公章才行得通哩，还得考试，据说二斤白酒为最低标准……"

麻姑不停地往树狗盘中夹菜。树狗起初矜持，后来就坦然地吃喝。由于兴奋，多喝了几杯，晕晕乎乎，云山雾海，感觉身子轻飘飘的似要飞起。

"说你是太原当的兵？"麻姑盯住树狗问。树狗的脸儿已喝成红扑扑、嫩生生的模样儿，眼珠儿明亮，又透出几分小生的俊秀。

"嗯，在太原城郊……"树狗应道。

"太原可是座了不得的大城市，小树狗可开了眼，见了世面啦……"麻姑笑道。

树狗却将笑僵挂在脸上。他想把那件屈辱的往事对麻姑倾吐，但因桌上有相公和小月儿，便忍住了。迟早有一天，他会把那件往事讲给麻姑听的。

忽地热闹起来，仿佛挤进十几人的哄笑，细看原来只进来一人，还是那牛胖子，端着杯，敬了怀，已有八成醉的样子，嚷嚷着要敬大家每人一杯，还要罚麻姑三杯。推推攘攘间，倒让麻姑灌了他三杯。牛胖子喝得兴奋，落座，夹菜大嚼，还不停地劝众人动筷，俨然以主人自居。

"我说麻姑，把你那名牌产品再给咱送两套，钱少不了你的！"

麻姑道："你这胖子胃口真大，一个月前从我那搞走三十套，咋，全光啦？"

牛胖子道："早让人抢光哩，说明你们的产品受欢迎呗……过几天有个全县的现场会，想给大家每人发一套夜光牌的……"

麻姑说："要是公家会议上的，我可不按厂价给你！你打听打听，夜光牌在黑市上已卖到三百块一副还抢不到手哩。咱按零售价批发，少一分不干！要是你个人要个三副五副，咱白送！"

"好你个麻姑，我算服你了。行，零售价就零售价嘛，成交，咱明天取货……"

谈笑间竟做成一桩买卖，树狗在一旁看得呆了。牛胖子走后，树狗忍不住问麻姑：

"啥货？"

麻姑自豪地笑道："咱厂的正宗拳头产品呗。"

"咱厂是生产……"树狗只恨自己孤陋寡闻，竟不知麻姑的厂子生产什么产品。

"咱厂是生产健身健脑的娱乐器具呀，眼下正走俏呢，全国人民都在垒都在推……"

"麻将？"树狗一下猜中了。

"正是麻将牌，七个系列，五十二种产品，远销海内外，名扬港澳台。"麻姑美滋滋地说，"树狗，你先跟着老周熟悉业务，先不要干别的，先把他那几手打麻将的绝招学会，将来有大用场哩……"

13.

御马小镇曾以"三麻"而远近闻名——麻花、麻糖、麻将。麻花又酥又脆，有一度说是敢与天津卫的大麻花齐名媲美。麻糖粘在牙上拔不得，一拔，就会带颗门牙下来。一个"文革"大劫，那麻花麻糖失传绝迹，独将那麻将流传下来。这些年人们衣袋里有了些钱，这麻将事业眼见得方兴未艾，愈演愈烈了。

御马小镇的麻将名闻遐迩有两层内容：其一是麻将制作业兴盛，麻将牌做得精美，花色品种齐全，看上去赏心，摸上去悦手，垒起如墙，推倒似水，拍到桌上响声清脆，可发出音乐般的声儿来。从质地上说，有全塑的、半塑的、软塑型、硬塑型、骨头的、玻璃的、玉石的，有最名贵的象牙型，还有黑暗中也能玩的夜光型和半透明的"一支烛"型。其二是说打麻将成风，人人上瘾，玩麻将的技巧水平极高，高手如林，简直可称为"麻将城"。有一年说是到处都在弘扬民族文化，县里有人就提议举办"麻将节"，肯定影响广泛，意义深远。果然，麻将节办得轰轰烈烈，天南海北不知道来了多少玩儿家，比赛进行了七天七夜才决出胜负。

周相公屈居季军，只得了个第三名。

早些年，老街上有个姓周的爷子，毕生以打麻将刻骨牌为业，有几手绝活，被尊为"老麻王"。周爷子五十岁得子，大喜过望，五张牌桌摆个梅花瓣儿，遍请四邻八老，分别将家传的五副牌让众人玩一日。那五副牌是人们从未见过的稀世珍品——一副象牙牌，一副虎骨牌，一副椴木牌，一副玉石牌，还有一副夜光牌，黑暗中荧光闪烁，点数儿则分明。那日周爷子抱了贵子坐在梅花桌中心，命人分别同时搬五副牌，往外打什么则由他指挥。摸牌不过五轮，已"胡"了三副。又过三轮，那两副竟也胡了，而且大都是诸如"门清""四归一""大青山""一条龙""清一色"等大胡，而且居然有一副牌胡了"十三幺"。五桌哗然，莫不为周爷子的高超牌技叫绝。三年后，那小崽儿刚会说话，居然出口便是一串儿的麻将行话："七万八万""幺鸡六条""东风白脸儿"，逗得大人忍俊不禁，个个爱怜。五岁时，那娃儿就上了牌桌，桌太高，屁股下就垫个枕头，码牌码得比大人还快，常常打出几手让成人瞠目结舌的绝牌来，胡得极快。八岁时，娃儿已是名声赫赫的"小麻王"了，掷色子掷到得心应手的地步：喊"五自首"，那色子定是五点，喊"九"定是九点儿。别人抓牌先用手指摸了才知是啥牌，他根本不用手摸，只将那牌放在心儿上，便能准确地报出牌的点儿数。老麻将王喜得过头，一个脑溢血命赴黄泉。遵老爷子遗嘱，棺材里什么也不放，却码了十几副麻将牌，老爷子躺在麻将牌中间去了阴曹地府，说是好陪阎王爷玩几圈儿，也免得在阴间忒寂寞。老爷子给儿子留下了那五副家传麻将牌和一本黄旧不堪的书：《麻将秘诀》。

小麻王长大了，赶上政府禁赌抓赌，生生断了他的生路。他除了麻将外，别的本事一点儿不会，只得到市井上去混，便混出个"相公"的诨名儿。

周相公身怀绝技，受聘于麻姑，也算是英雄有了用武之地。制作麻将有家传秘方，成为厂子里的技术权威。推销麻将先和客方打三圈儿，赢得痛快，输得大方，先赢后输，客户玩得心满意足，签订货合同时从不讨价还价。相公得到麻姑的青睐，踌躇满志，便摆出士为知己者死的样儿来，忠心耿耿地为厂子卖力。

谁知忽然平地里冒出个树狗，初来乍到便受麻姑恩宠。相公妒忌，却不敢说，就处处刁难树狗，不时给他些难堪，或派些苦活累活让他干，或在牌桌上狠狠整治他一下，让他不时输个精光，在众人的奚笑中讪讪而去。不料那树狗只不言声，任劳任怨，将自己的活儿干得出色，将各方人际关系处理极妥当。对周相公，树狗极尽谦卑神色，一口一个周师傅叫得亲热。相公也就不好再公开说什么，却也不肯把自己的绝招儿教他，只对麻姑说：这小子不开这窍儿，一时半会儿也教不会，慢慢来吧。

转眼过了五月，北方大地复苏得一派鹅黄浅绿，小城里荡着春的腥湿。人也觉得像蜕了层皮儿，从冬眠中醒来似的。雁　字飞过，却在小城上乱了阵脚，散漫地没入淡薄的云絮里。

这日，树狗休息，换了西装革履出屋。他住在蒙王府一间老旧的厢房里，原是间小仓库，麻姑差人收拾一番，安了张床，便是宿舍。旁边是会计室和大仓房。树狗出门时碰见了小月儿。小月儿背个乳白色精美小包儿正从会计室出来，见了树狗嫣然一笑。树狗有些呆了——原来那小月儿换了连衣裙，裙子是蓝白圆斑点儿图案，十分合体，使女性躯干该凸的部分和该凹的部位都显现而出。小月儿亭亭玉立站在树狗面前，竟像一株春天里刚吐嫩芽的小白杨。小月儿见树狗的眼神怪异，脸儿就兀自红了，垂下头看脚尖。树狗讪讪说：天气真好。小月儿"唔"了一声表示赞同。树狗又说春天过后就该是夏天了，小月儿就掩嘴笑，也不说话。树狗灵机一动，告诉小月儿：街上正放映一部新片子，琼瑶小说改编的。他知道小月儿最爱看琼瑶小说，没事儿便捧一本读，读着还落泪。果然，小月儿眼里闪了光。树狗就不失时机地邀请她去看电影。小月儿想了想也未置可否，对树狗笑笑去推自行车。树狗见有门儿，慌忙跟了，两人一同出了蒙王府大院。

老街僻静，路侧的杨花飞絮，轻柔如羽似雪。树狗随了小月儿往前走。从侧面看小月儿并不美，也不像凤英，脸部线条略显粗糙，浓密的乌发依然将少半个脸遮了，不明底细的人以为是风度，却不知那乌发恰恰掩了五官缺陷——原来，那被遮了的右眼竟是青光眼，也称绿内障，视力几乎丧失。树狗与小月儿相识一个月后才知道了这个秘密。从那时他恍然懂了小月儿为啥那么乖僻、沉郁寡言了。却无怜悯，只是觉得一个好端端的闺女可惜了。

树狗走着，默默无语，就找话儿说："小月儿我来骑车带你。"小月儿摇摇头拒绝，说："不会上车，还是推着走吧。"树狗就说："走走也好，散步对身体最宜。"小月儿又掩嘴笑，说："你这个人——滑头。"

树狗说："诬陷！谁不知农村人老实！"

小月儿说："你才不像农村人哩！"

树狗问："哪儿不像？"

小月儿答："哪儿都不像！"她已知树狗是个弃儿，就说，"你的亲生父母一定是城里人……你从没查找过？"

树狗黯然神伤地摇摇头说："娘和爹只说我是从县医院抱回的，别的，甚也问不出。"

小月儿说："如果真是从县医院抱的，那百分之百是城里人。"

树狗听了兴奋起来，心想：这话有理儿！

自个儿原本是城市的根苗，只是被遗弃才有了那土命！如此说来，没理由自卑。只是不知道亲生爹娘此刻在哪座小洋楼里住着，也许曾在街头与亲骨肉相遇，擦肩而过却不相识，岂不可悲！

小月儿的话儿竟比平时多些，又问树狗："昨夜，你去陪那三个南方客商哩？"

树狗点头说："麻姑的命令。真烦人！那些南方侉子，说话咱一句不懂，不过都是麻将瘾君子，几乎陪他们打了一个通宵。"

"输了多少？"

"别提了！麻姑给我六千，让每人输他们两千，我他妈手气太好，总是胡，一高兴就忘了麻姑的吩咐，赢了他们每人一千多。"

小月儿担心地说："麻姑要生气的。你不把客商伺候高兴，他们不订咱的货。"

树狗说："可不！幸亏打到半夜麻姑也去了，在我身后一劲儿掐我，让我输。可这输也是一门功夫，你得会平均输给每个人，就得分别喂他们牌，让没胡的快胡，胡得太多就得卡狗日一下……我就不行，不会喂，不会卡。麻姑见状，就亲自上马了，把我推一旁让我扒眼儿。结果天快亮时，嘿嘿，不多不少，那三个家伙每人赢了两千，就都说困了要睡觉。麻姑也说该收局了，不过在她走之前先把合同签好。三个家伙二话没说，提笔就往合同上签了字，每人订了两万套，先付款，后交货……"

小月儿说："你还得向麻总好好学习才行哩。"

树狗说："我算服了麻姑，这女人——没比！好像这世上没有她办不成的事儿。"

小月儿说："算你运气，是她侄儿。"又问，"户口办得咋说，能落上吗？"

树狗得意地说："麻姑说她一手包了，豁出去花个几万元，弄个农转非指标……"

小月儿说："那成了！当年她进城落户时，打通了不少关节，关系早疏通好了，你的事儿只要她肯应承，一定能办成。"

正说着，两人已走到电影院门口。影院虽残破，却也立满了五花八门的广告牌子——枪战、惊险、谋杀、少儿不宜、天下罕见、世界奇闻、叔嫂通奸、幽灵转世……喇叭里正播电视录像的配音——一派轰轰烈烈、拳击脚踢、剑飞枪鸣的混合声。树狗跑到售票处看了时间，三分钟后正有一场琼瑶电影，就忙买了票，又买些瓜子之类食物，与小月儿存了车子，一同入影院。刚落座，灯就黑了，一缕五彩光线从头顶飞过，照亮银幕，闪出琼瑶的悲欢离合故事。

14.

电影散场，天色已暮色朦胧。树狗说："小月儿我送你回家吧？"小月儿的颊上泪痕未干，仍沉浸在悲伤中没有恢复，也不言语，呆呆地往前走。树狗就推了车子，几步追上，与她并肩而行。

沉默中小月儿忽说："他们真好，都那么真情，都那么高尚……"

树狗说："都是瞎编的，你信？"

小月儿认真地说："咋不信，人家台湾人都可痴情呢！"

树狗笑道："明儿个把咱俩也拍进电影里，比琼瑶还感人哩。"

小月儿倏地红脸，说："浑话，谁和你拍电影了，美的你……"

融融暮色中，小月儿的脸模糊得温柔，潮湿的晚风中揉进了她的体香，一股股袭人。树狗不由得挨近些，言语儿温情脉脉：

"我最喜欢看你生气哩……"

小月儿低声说："你这人果然乖巧，难怪麻姑总向我夸你，尽说你的好话。"

树狗道："咦，是了，麻姑也总在我面前说你的好话哩。"

"她咋说？"

"她说像小月儿这么好的闺女，谁娶了谁福气，受用一辈子哩……"

"又是浑话！"小月儿装嗔怒，却把身子朝树狗靠近些，略带忧郁地说，"我这人命不好，爹死得早，娘有病，哥哥不争气，又喝又赌，和人打架被单位开除了，弟弟还小，我家里里外外全靠我张罗……幸亏遇见麻姑，给寻下这份工作不说，还亲妹妹似的待着，每月奖金不少给，帮了家里大忙……麻姑对我有恩，我不能负她，啥也听她的。她的心思我也看出，从你来后，她对我又是一个样儿……不说了，反正我这个人命不好，谁要是找了我，也许会后悔不迭的。我宁可一辈子不嫁人……"

树狗何等聪明，早听出这番话中的含义，悟出其中的暗示，才确信麻姑果真想撮合他俩，心中倒一时没了主见，说：

"我倒觉得你是个非常内向的女孩儿（刚从电影上学来的词儿），懂生活，懂爱，定会有好命的。"

"真？"小月儿停下步子，支住车子，注视他，眼神儿明亮，像颗在夜空中飘忽的星儿。

"我给你看看手相！"树狗勇气百倍。

"你会？"

"会，学过……递手过来，男左女右。"

小月儿便如温顺的小猫儿递来手。树狗攥住，觉出那手儿细腻冰凉，柔软得像缎子；将手掌轻轻展开，见那五指纤纤修长，竟也动人，才知女人各有各的好处，不同女子亦有不同的迷人之处。这一攥不忍撒开，装出细细查看掌心纹路的样子，另一只手也凑上前去轻抚那玉指，口中煞有介事喃喃道：

"爱情线先是曲折后平坦，爱你的人出现在你身边你却不知，嫁了一个你不爱的人，当然，这人能在家庭生活上给你大帮助，但好像……他和你不太般配，因为……"

小月儿将手抽回，轻轻一笑道："你好刁钻，根本不会看手相，占人家便宜。"

树狗道："我说得不中听，是吗？"

小月儿说："岂止不中听！这么暗的天，你能看得清掌纹？蒙人！"

树狗涎笑道："别忘了我当过兵，眼好使哩。"

小月儿就笑，只说他坏，心眼不正，看这熟练样儿是个骗女孩儿的老手！树狗呆立不动，小月儿又笑道："还当过兵呢，好胆儿小，只一句话就给唬住啦……"

树狗知这句是挑逗或暗示，就势搂住，呼呼哧哧喘粗气。那一刻他又觉得小月儿极像凤英，心口那儿放着的那粒纽扣如一粒火炭渐渐烧热全身。小月儿停了笑，痴痴地盯住，却似不谙世事的孩子般天真道：

"想干啥？"

"我……想要你的舌儿……"树狗柔声谈着，将嘴凑过，眼见就要碰住那唇，小月儿却闭目往后仰头。这一仰乌发流泻，却将那只青光眼露出。那眼尚睁，即使暮色中也能见得青光闪烁。

树狗便松了手，怔怔地。

小月儿睁开那只好眼，奇怪地望着树狗。

树狗低了头，不作声。

小月儿突然顿悟般以手捂面，厉声："你……欺负人……"

树狗无语。

"你……耍流氓！"小月儿愈加恼怒，跺着脚去推车子，怒然离去。

"小月儿……"树狗想追，却未移步。

小月儿早使小性子上车离去，不一时便在浓浓的暮霭中消失了踪影。

路上寂静。有一卖糖葫芦的老者蹒跚走过，也不叫喊，影儿般虚幻。

老者消失后，一只黑猫大摇大摆穿越街道，窜上那边的高墙，蹲在墙上奇怪地注视了树狗一会，"喵哇儿"唤一声，隐没了。

树狗一时觉得无趣儿，便返身往回走，路上，问自己：爱小月儿吗？答不上。或者仅仅是喜欢？也答不上。以前尚觉她某处与凤英相似，可现在连一点相似之处也觅不见了。他只清楚自己渴望女人，而小月儿的确是个女人，仅此而已。

15.

回到蒙王府大院时，天上的星已稠密得拥挤不堪。树狗知道快半夜了。几个上夜班的工人正往大门里走，认识的便与树狗打招呼，都称树狗为"丁秘书"。他觉得这称呼不赖，满心欢喜。他深吸口气，望见车间里依然一片灯火，与天上的星儿辉映，隆隆的机器声听起来挺沉闷，有如时间的河流悠悠地飘逝不绝。

树狗正要回宿舍，门房的耿老头喊住他，递张便条过来，说是麻总临走时给他留的。树狗展开，认得果是麻姑清秀却有些稚笨的小字。纸条里告诉树狗：她被县政府的牛主任接走打麻将，若是过了十二点还没回来，就让树狗去接，条上留了地址。树狗看看手表，时间尚早，就先回宿舍，吃些凉剩饭。饭未吃完，忽听木门"吱呀"一声，一个人影轻巧而迅捷地闪进，又极迅速地将门关住插死。树狗一惊，那人已走到面前，望着他咧嘴一笑，是个满脸络腮胡子的大汉。树狗正疑惑，那大汉唤声"树狗兄弟"，一屁股坐下，要水喝。树狗这才认出他来，不由得喊出名字：

"二大头？"

二大头顾不得多说，仰头一口将一茶缸子水喝干，胡须上挂满水珠儿，宛如刚在河边饮罢的兽儿，冲树狗一笑，说：

"在你这儿躲一夜……我他娘的犯事儿啦，公安正追得紧哩。"

树狗听得心慌，忙问缘由。二大头也不瞒，原原本本告诉了他——在广东走投无路，入了黑道，偷盗打劫啥也干过，后来因为内讧，他失手杀了人，被公安局通缉，一路跑了回来。

树狗听了叹口气，没料到二大头混到这般天地，算是彻底毁了自己。又庆幸自己没与他留在广东胡混，路子算走对了。二大头打量着房间，又打量树狗，见树狗正有神采，颇为羡慕，道：

"你小子混好啦！俺打听到你在这儿当秘书，就寻来了。俺家咋说？"

树狗说："你娘好想你。"

二大头急急慌慌问："俺娘咋说，没病没灾吧？俺没敢回庄，听说老树沟里撒了网，公安在那蹲坑守候哩。"

树狗说："你娘挺好，身体还硬朗，没事，我还是年前见过，给她丢了二百块钱，说是你捎回的。"

二大头感激地抓住树狗的肩说："树狗兄弟，俺日后要是有了出息，知恩不报是大闺女养的。"

树狗打断他的话头说："别说这浑话，先商量一下你该咋办吧？躲可不是长久的法子，要不，去自首，能轻判……"

二大头慌道："轻判不了，那是人命案子哩，非掉脑袋不可！"

树狗问："你思谋呢？"

二大头说："也没甚好法子……俺思谋明个儿一早搭车离开，到蒙古草地上去躲一阵子，当羊倌，或者打短工。蒙古草地人烟稀少，能躲住。"

树狗想想，说："也只有这一条路可走了！今夜你就在这儿好好休息，保证没事儿，但明儿个一大早得走！"

二大头点头同意，又拍着肚子说一天没吃饭，想想办法。树狗就拎了兜子说出去买些酒菜，回来一同吃。

树狗早忘了麻姑的嘱托，锁了门，一边往外走一边寻思：这二大头犯了案子，是个要犯，躲在我这里，若无人知晓尚可，一旦日后被人知了，公安局查下来，少不得判个窝藏包庇罪，这一生的好前程就全完了！咋办？若赶他走，二大头定不依，会骂我不仁不义；可若将他藏一夜也实在危险。左思右想，没有主见。走到大门处被老耿头挡住，说：

"刚才有个男人，说是找你……"

树狗浑身一颤。

"我看那小子神色不对，没敢放他进，可那小子硬是闯进去了，我差点儿给公安局打电话，可一想，兴许真是找你的，就没挂，先问问你。"

树狗一转念，拉老耿头进了门房，如此这般吩咐一番，转身又去拨电话。

十几分钟后，树狗拎了酒肉小菜回来，开了锁，胡乱收拾一下桌子，与二大头举杯共饮。树狗安慰过他，不断说些宽心话，又说二大头只管放心去蒙古草地，家中老母自然由他看望，经常回去。二大头愈加感动，频频干杯。树狗却趁二大头不备，将自个儿的酒悄悄倒在袖筒里。只喝了半个时辰，那二大头便醉成一摊稀泥，哭着吐着昏睡过去。这边树狗将他扶上床，就急急开了门。门外原来早埋伏了干警，一声喊涌进，结结实实将二大头摁住，戴了手铐。二大头还是不醒，七八名公安干警就一齐用力将他抬了出去，扔猪似的扔进警车里。一名干部模样的干警拉住树狗的手，简单夸了几句，说二大头是全国通缉的极为狡猾凶残的杀人犯，通缉了两个多月杳无音讯，已悬赏六千元奖金捉拿，让树狗过几天去领，又在小本上记下树狗的名字才离去。

人去屋空，桌上杯盘狼藉。树狗怔怔站立片刻，怅然若失，忽地想哭，泪到眼角儿又忍住。猛地将桌上一杯残酒喝干，呆呆坐着。听得屋外起了风，风儿刮得电线小兽似的吼。猛记起麻姑的嘱托，一看表，已是深夜近两点的光景，慌忙向外奔去。

16.

空旷的街路上已没了行人，风卷着些碎纸片和塑料袋儿之类的杂物沿路疾驰。一醉汉将车子骑成麻花儿样，歪歪扭扭远去。树狗顶着风一路小跑，费了好大劲儿才寻到麻姑告诉的那条小巷。往黑黢黢的小巷里走了半晌，迎面忽见一青砖门楼兀立，门外停辆小车，过去一认，正是麻姑的"奥迪"。树狗推推门，门虚掩，就走进去。昏暗中忽地窜上个兽儿，也不吠，只发狠地扑。树狗慌忙躲时，早被那东西扑住，小腿上倏地有了感觉，热辣辣的像被电击一般。树狗毕竟当过兵，学过些擒拿，一脚将狗踢开，几步冲进屋子里。

屋内却是另一番情形——灯光昏昏，凌乱的麻将桌被冷落一旁，酒瓶子歪斜在地上。屋中仅有二人——麻姑和牛胖子，正在床边撕成一团。牛胖子像头笨熊，撕撕扯扯地与麻姑亲热，一只手已入怀，另一只手在腰下动作。麻姑醉意懵懂，挣扎无力，只嚷说："你个胖子没安好心，将我灌醉原来是图这个！"胖子一口一个"亲肝儿"叫得急，听见响动才僵住，回过头看见呆立在门口的树狗，顿时尴尬得没了动静。

树狗说："麻姑让我来接。"

胖子说："她多喝了些，身子难受，我给她做做按摩……"

麻姑说："树狗儿，扶我走……"

树狗将麻姑扶出院时心想：咋所有的大事儿都赶在一起了？他打开车门，把麻姑塞进去，自己坐到驾驶座儿上，这时方觉得小腿疼得热烈，强坚持着将车子发动着，调转车头，送麻姑回家。

树狗强忍腿疼将麻姑背进屋。这屋树狗已来过几次，极熟。树狗摸索着开了灯，将麻姑放床上，为她脱鞋盖被，又用湿毛巾给她擦脸，拭去嘴角脏物。麻姑呕了一阵子，半醉半醒，骂牛胖子早没好心，本是打麻将，却定下规矩输了喝酒，串通那两个抓麻姑，把麻姑灌醉那两个就溜了，好让胖子占便宜……真是天下男人没个好东西！又说多亏树狗及时赶来，否则就让胖子得了手。说着，麻姑哭起来，哽咽道：

"树狗，做女人难呀！你想做点儿事，可那些狗男人都谋你，不尝甜头儿不行，尝了甜头还要尝……这种事儿，不知遇多少回了……若是那可心的男人，麻姑任他摆弄，咋摆弄都行，可是像胖子这种让人恶心的男人，让他把身子脏了才是奇耻大辱哩……"

树狗听得好一阵凄惶,才知麻姑这些年的确不易,他才信麻姑确实不是那种人尽可夫的女人。他给麻姑端了水来,扶她喝下。放下杯后,麻姑却不让走,攥住他的手,眼泪汪汪儿地盯住说:

"好树狗,再陪我一会会儿,就一会儿,咱说会儿话儿……"

见麻姑竟是一副可怜兮兮的样儿,树狗就点了头。麻姑报以无力的一笑,说:"冰箱里有西瓜,拿了来吃。"

树狗去取瓜,小腿竟疼得一个趔趄,险些摔倒,撩起裤腿儿看伤,见伤口周围已黑肿,中间印了四个清清楚楚的犬齿印痕。麻姑见了,方知树狗在接她时被狗咬了,少不得心疼一番,唏嘘一番,又落了些泪儿,叫树狗坐她身边,给他涂些红药水,用纱布包了,又叮嘱树狗明日务必去县防疫站打狂犬疫苗。树狗逞硬汉的样儿说不碍事,便一瘸一拐去从双开门的东芝冰箱里取了瓜来,用刀子小心切开,递麻姑一瓣儿。麻姑让树狗也吃。树狗拿了一块儿,刚咬一口,忽地想起童年往事,再度回忆当年与麻姑在路边上捡吃破瓜的情景,心里就翻腾得七上八下。他瞧瞧麻姑,见她吐出肥红略粉的舌尖,慢慢舔那红红的瓜瓤儿,不由得看呆了。

麻姑笑了,问:"咋啦?"

"不咋。"

"瞅甚?"

"瞅姑的舌头好看……像蛇信子……"

"是哇?"

"嗯!"

"馋啦,想尝?不怕把你毒死?"麻姑眼里蓄满温情,脉脉盯着树狗。树狗心慌,周身却感觉到了那温情,就像十几年前两人采食"地瓜"时一样?那时他就喜欢看小姑的舌尖,看那一点尖尖的粉红咋的在翠绿的橄榄果上灵巧活泼地舔那不时渗出的乳白的奶奶。忽地起了种欲望,想将那团肥红略粉的物儿含到自个儿嘴里化掉,那该是怎样一种惬意哦……

"小姑，告诉你件事儿。"

"说哇。"

"你听了别笑咱？"

"哪儿能呢！"

"来这儿的头一天，你请我吃饭，我就想起了那件事儿——我一直自卑，乡下的庄户人，咋也脱不了那看不起自个儿的自卑，你说怪不怪！不知姑有没有这种感觉？"

麻姑想了想说："也有。以前多些，如今少了。"

树狗娓娓地说："那件事儿是我们在太原城郊驻防时，我们几个农村兵干的……那时候实际上肚子里也有油水儿，部队的伙食也不错，可我们几个不知咋的，总想到城里的大饭店去开开眼，尝尝人家的山珍海味儿。一天，我们几个休假，换了便装——穿了中山装，戴了前进帽儿，打扮成城里体面人的样子进了城，直奔街心广场地下餐厅。那餐厅不是太原最好的，可在我们看来就和皇宫差不多啦，那每桌菜都好几百，有的上了千。我们进去后，瞅见一张桌子的客人已散去，可那一桌子鸡呀鱼呀虾呀差不离儿没咋动，那些人只是吃了几口就抹嘴儿走。我们几个大摇大摆走过去，坐下，拿起筷子就吃，不管不顾，好像那一桌菜是给我们预备下的。吃了不说，还拿，剩下的都装塑料袋儿带走。开始，服务员见我们穿戴整齐，不摸底细，不敢管。后来我们老是去，被她们看破，就撇着嘴儿骂：舔盘子的又来哩，那几个没脸的农村大兵……那时辰，我可臊坏哩，我的自尊心……嘿，他妈的，再也不去干那丢人现眼的丑事儿，可心里那伤却总也好不了！那时我就发了誓：拼死也要做个让人看得起的人！"

麻姑听得入神儿，这时捏住树狗的手说："可不，咱不能白活一世！"

树狗又说："可是活着真难，有时候你不知咋做才对。今夜儿，咱村的二大头来投我，他犯了案，要躲……"树狗便把二大头被抓获的事儿说了一遍，叹口气，悒郁地说，"也许我不该……"

麻姑安慰他说："那也是没办法的事儿，谁让他犯了法呢！这事儿你做对啦。"

墙上的电子石英钟奏了一首轻柔的乐曲，又打了四下。临近凌晨，树狗站起说："姑，我该走哩，再晚了让人看见，影响不好，孤男寡女的……"

麻姑却抓住手不放，说："树狗儿，别走，再说会话儿，来吧……"

树狗转过身，惊诧地看见麻姑正用那种眼神儿期待地望着他——月牙儿盈盈，清波浮动，流光溢彩，无限柔情……是男人，就会明白那种眼神儿的含义。树狗没觉出喜，只是惊，惊得动弹不得。

"姑……"

"树狗，俺从没遇见个可心的男人，从没有……俺打心眼儿里喜欢你……"

"姑吔……"

"甭再喊俺姑，俺不是你姑，俺只大你五岁。好树狗儿，甭怕，这不是蛇信子，没毒哩……"

"哎，树狗儿，甚物儿硌了俺的腰？"

"扣子……"

"让俺瞧瞧……女扣儿？哪个相好的？还放在心窝儿口……"

"是凤英……"

"还没忘她？"

……

便一把将那粒儿扣儿扔了出去。那粒心状扣儿便被抛到水磨石地板上滴溜溜地滚了许久，才不甘心地停住，寂寞地闪着冷光。

17.

春日的太阳活泼泼地从东山圪梁后冒出来，先泅一片红，又染一团黄，再往高一跃，就瘦了一轮，开始白花花地刺眼。灰蒙蒙的小镇得了光亮，开始苏醒，便见一缕缕青烟慵懒地升腾，和着薄薄的晨雾，轻轻罩了小镇。先是鸡鸣，后是狗咬，再后来牛马骡驴也嘶起来，那声音又被人声吆喝驱赶，向城外的田野扩散开去。

有一段日子小月儿不理树狗，见了面将头一低，佯装未见，擦肩而过。树狗心里有鬼，也不敢与小月儿说话。两人都不主动，隔了座冰山似的，似乎都打定主意老死不相往来。

麻姑却叫了树狗到办公室去，问他是不是得罪了小月儿。树狗说没有。麻姑说要是得罪了就去赔不是，"小月儿是个好闺女，俺真的要给你们当个红娘哩。"树狗说："人家瞧咱不起。"麻姑动容道："胡说，小月儿不是那种女子，这事儿，得男人主动。"树狗想想也是，就主动找小月儿说话，似乎啥事未发生。树狗献了几次殷勤后，小月儿才有了笑脸，说："以后要当心，甭再和我动手动脚。我可不是那种轻浮女孩。我这个人就爱记恨人，谁惹了我，我记恨他一辈子。"

树狗愈来愈忙了，白天夜里都忙。每隔几日，麻姑就找个借口将他唤去，说是夜里一人太闷，要树狗陪着说话儿。树狗不敢不去，去后又觉屈辱，愈看自个儿轻贱。去一次，见了小月儿就有一分不自然。小月儿却不觉，有时也主动来找树狗，约他一同去看电影。日子久了，树狗也就坦然了。但是当树狗与小月儿真的密切起来时，麻姑又莫名其妙地不高兴，警告树狗要注意影响，谈恋爱不能影响正常工作，还说你的户口还没有农转非呢，何时能落，要看树狗的表现。树狗这才知道要把握好分寸，学会协调各种关系。他知道自己未来的命运已握在麻姑手里。

忽一日，一年轻摩登女郎登门，指名道姓要找丁树狗同志谈。那日树狗正在整理各种文件和生产报表，那女子推门而入，大大方方地做了自我介绍，一口普通话极纯正：

"我是汪嘉丽，县委宣传部的干事，也是报社的业余通讯员，想采访你，行吗？"

树狗愣住了，僵立着，望那女郎。

女郎二十出头，穿一身牛仔服，潇洒不俗，脸儿白净，瓜子型儿，染了唇膏，涂了眼影儿，颈上有金链儿，耳垂下有玉环，新潮得让树狗不敢多看。

"坐吧！"汪嘉丽做个优雅的手势，倒像她是主人。她说，"领导让我为您写篇专题报道，标题嘛，暂定为《退伍兵智擒逃犯》。您详细向我谈谈，那天晚上，您是如何发现重要案犯二大头，又如何设计稳住他，将他灌醉，并配合公安人员一举将其抓获的？"

树狗的屁股只沾了沙发边儿，抓耳挠腮，无言以对。

"不急，慢慢聊，聊啥都行。譬如，你当时的心情，你们的交谈，当时的气氛，最好有典型细节。"汪嘉丽耐心启发。

"细节？"树狗不大懂，傻呵呵地问。

"对，就是那些虽细微的却有一定代表性的言语或行动。"

"这……我实在记不起了，过去好多日子啦……"树狗憋了半晌，说，"再说，我当时实在没做个甚，就是报案……"

"没想到你这样谦虚。这样说吧，丁同志，咱实事求是，有啥说啥，您从头到尾把事情的经过给我讲一遍，好吗？"汪嘉丽美艳的眼儿注视着他。在这种眼儿下树狗不能不说了。

树狗稳住神儿，将那晚的经过一五一十娓娓道来。他没好意思说自己起初还想帮二大头但后来怕受牵连才报了案。汪嘉丽听得认真，不时在小本儿上记着。约近午时，汪嘉丽起身告辞，并与树狗例行公事地握握手。树狗觉得她的手极小、极软，像只小鸟儿，不敢使劲儿捏，怕一捏就碎。

转眼过了十几天，树狗甚至已将那女郎淡忘，只是在见了小月儿的纤纤长指时，才恍惚记起握住那"小鸟儿"的奇特感觉。那日早晨，上班进了办公室，听得里面热闹非凡，当他进去，屋里人却倏地静下，目光齐刷刷投来。树狗慌了，不知为何，脸儿一阵煞白一阵煞红。众人都笑了。麻姑扬着手中的报纸说：

"树狗，快来看，登出来哩，登出来哩！"

树狗却不知是啥登出来了，心儿依然乱跳，拿过报来读，见一行大黑字标题赫然入目：

身退伍心不退伍

擒逃犯大义灭亲

　　几乎占了一个版面的文章详细记叙了前上士班副丁树狗退伍回乡后如何发扬部队的艰苦奋斗精神，被一家著名的乡镇企业聘用后努力工作，注重自身的政治思想学习并带动企业职工的政治思想工作建设，正是由于具备了良好的政治素质，所以于今年某月某日晚将一名重要逃犯抓获，而那要犯本是他同村的一个亲戚，曾有恩于他，但英雄不计个人恩怨，在逃犯拿出数万元钱收买他时毫不动心，在金钱面前保持了一个党员的本色……文章在记叙智擒逃犯这一部分时写得绘声绘色，十分精彩，显示了作者叙述及描绘的才能。

　　树狗看呆了。

　　麻姑说："树狗，你给咱厂争得了大荣誉，今天可得庆贺庆贺。"又低声道，"这下行了，你的农转非户口很快就能批下来……"

　　一上午，电话铃响个不休，先是县委来电话，说马书记要亲自接见丁树狗同志；电视台要预约时间采访；县政府办公室要华艺公司报一份先进材料上来，好评今年的先进企业；县"社会主义精神文明办公室"要授树狗荣誉称号，还要给厂子挂块"文明单位"的牌匾；县经委、县人武部、县民政局安置办……一时，忙得树狗和麻姑手忙脚乱，相公在一旁看得悻悻。

　　下午，县委果然来了小车，将丁树狗接到马书记的办公室。中年丧妻的马书记十分平易和蔼，尽管脸上有种恹恹的病容。他详细过问了树狗回乡后的一切情况，甚至关心到了他个人的婚姻大事。当时在场的还有县民政局安置办的王主任，马书记当即指示：抓好退役军人的安置工作，尤其是农村兵的回乡安置，是十分必要的、有意义的，尤其要多在思想教育上下功夫，下大功夫，那么，像丁树狗这样的英雄人物就会层出不穷，成为建设社会主义新农村的积极骨干……王主任听得认真，记得仔细，频频点头，小本子上密密麻麻记满了重要指示。

　　树狗幸福得头昏脑涨，身子轻飘飘往上升腾，以致马书记招待他的龙井茶，咋也品不出滋味儿。

回到厂部，又有人在电话里找他。

"喂，是谁？"

"是我……"话筒里传来个普通话纯正的女声。

"你是？"树狗没听出是谁，倦倦地问。

"我是汪嘉丽。喂，我想找你聊聊。"

树狗倏地想起那只白软的"小鸟儿"。

18.

半个小时后，两人在宣传部的办公室见面了。汪嘉丽这回却简朴，穿件淡灰色的连衣裙儿，戴顶小红帽儿，脸上未化妆，也很白净，有种自然的美。树狗暗想：凤英就不如人家白净，豆荚儿更不如了，城里女人毕竟不一样呢。汪嘉丽见他有些发呆，就说这地方谈话太严肃，还是出去走走吧，有一家新开业的咖啡馆不错，离这儿不远，那儿说话方便。树狗就跟了她往外走。

咖啡馆果然近，几步就到了。外表看上去粗糙，用树皮胡乱钉了墙，用芦苇遮了顶儿，像森林山野中守林人的屋子。树狗怪异，说："咋弄成这样？"汪嘉丽说："这是返璞归真，是艺术，眼下正新潮，越土越有味道。"树狗却百思不解，心想：这县城原本就够土哩，还要往土里装扮是何道理？入内一看却洋气，吊灯华丽，光线柔和。迎门一个长柜台，有一排小凳可坐。往里光线甚暗，是火车厢式的格局，高靠背椅相对着，中间一个小桌儿，已有两对青年坐在那儿喁喁地说话儿。汪嘉丽领树狗在一个空座儿上坐了，穿红衣服的小姐就走来问要点儿什么。汪嘉丽说只要两杯咖啡，加糖。树狗有些窘，想掏钱却又不知该掏多少。汪嘉丽笑着对他摇摇头说，今天她请客。原来那一小杯咖啡竟要五十块钱，惊得树狗直咂巴嘴儿，说喝人参汤也没这么贵！汪嘉丽笑了，说这地方还不错。树狗也说不错，心里却不以为然，看不出不错在哪儿，端起杯子喝了一口，一股浓酽的苦味儿刺喉，差点儿吐掉。去年在外跑买卖时也去过些大城市，见得几家像样的咖啡馆，只是没敢造访，对那些洋玩意儿从不问津，故喝咖啡还是头一次。

"想和你认真谈谈，小丁同志。"汪嘉丽沉思着说，呷口咖啡，"很对不起你，那篇文章发表出来后，被改得不成样子，可以说是面目全非，失真之处太多了！我郑重地向你赔礼道歉。你要相信那不是我的本意。本来，初稿还比较实事求是，但经过宣传部领导审查，改了一遍，送报社后编辑又改了一遍，才成了现在这个样子……"

"也没啥，也没啥！"树狗擦着两手喃喃道，"上报嘛，当然得做些改动，宣传嘛，哪儿能光写真的呢！这个我懂，我懂。"

"可失真得太厉害了！"汪嘉丽愤愤道。

"就那一处，说二大头是我亲戚，说我大义灭亲，那不好！人都知二大头与我非亲非故，别的嘛，写得不赖，真不赖！你的笔头子硬，一看就不是一般的文化水平……"

"你真的不在乎？"汪嘉丽惊讶地看他。

树狗觉得此刻应该表现得像个男子汉的样儿，一挺胸说："你能让我上报，已经谢天谢地了，还能在乎那一点错处？都是为了工作嘛！"

汪嘉丽苦笑道："看来你对宣传报道的奥妙早已了解啦？"

树狗禁不住洋洋自得起来："不是吹，在部队那会儿，我也当过几天业余通讯员，上边有个记者来讲课，第一句话就是：你们的稿子为啥登不上去？因为你们写得太真太实，自然上不去。那记者写我们连队的稿子，没一篇是真的，可是全见报哩……"

汪嘉丽无奈地摇摇头说："既然你本人不在乎，我也就不说啥啦。本来，我还想给报社写信提出更正，看来没必要了。"

树狗说："管他呢，错了就错了，反正现今的报纸人们看了也未必把它当真的。你要是全写真了，人家不见准儿登；即便登了，人看了也不全当真，那还莫不如半真半假又真又假哩……"

树狗这番理论倒把汪嘉丽逗乐了，说："你倒是看得超脱，真该让你去当记者！"

树狗老老实实地说："咱文化低，笔头子软，要不，可有那心思想写写呢，听说现今的作家好当得很哩。"

便开始扯闲话。树狗知道汪嘉丽是本科毕业，学的是新闻专业，不由得喷喷，说难怪笔头子硬呢。又听说其母在县医院工作，是位老妇科大夫，忍不住问：

"二十三年前的事儿她可还记得？"

"那要看啥事儿了。"

"比如说，有生下孩子不要的，被别人抱走了……这种事儿可记得？"

"这就难说了，我可以给你问问。怎么，难道你？"

树狗便将自己的身世说了，又补充说他现在十分想找到亲生父母，他认为父母肯定还住在县城里，只要下功夫寻找，准能找得到。汪嘉丽听了挺同情他，就说这个忙一定要帮，只是一旦找到亲生父母可别忘了请她吃喜糖。树狗说那还用说，喝喜酒也没问题。树狗又叮嘱一番，嘉丽说一旦有了消息就马上告诉他。说着，她已将杯中咖啡喝尽。树狗怕嘉丽笑自己太土不会喝咖啡，也屏住气一口干了，忍住未吐，脸却憋得青紫。嘉丽掩嘴善意地笑笑，说树狗真是少见的质朴，土得有味道，她蛮喜欢他那股土傻劲儿，愿意与他聊天并来往。她站起身与他拉拉手，道声再见，各自分手而去。

出了咖啡馆，树狗觉得果然幸福，那掌心儿又留下"小鸟儿"柔软光滑的感觉。树狗想：做个城里人的确不坏，每天都有新鲜事儿，每天都能结识新人，只要会干且努力，混个干部当当也是可能的；若真当了干部，就不要小月儿那样的女子——人不咋的，还装正经，非得把汪嘉丽这样文化高的女子搞到手不可……这样一想，又飘飘然起来。

19.

自从报上为树狗扬名后，树狗自觉身价高了，以为这下进城落户甚至安排正式工作也不成问题，不免英雄志满，冷落了麻姑。若是麻姑再唤他去陪着"说话儿"，就摆起架子，十次倒有九次拒了，全然不再驯服地听麻姑差遣。当然更不把相公放眼里。有事无事，往县委大院跑，与安置办的王主任套近乎，和县委的人上上下下地笼络。上班去，下班回，俨然编外干部一般，竟将厂子里的工作撇开。他又与那汪嘉丽来往频繁，丢了小月儿不管。在街上与嘉丽散步被小月儿撞见，冷语相向，他也不计较，只图自己高兴。麻姑心中自然冒火，只是未及发作，打定主意找机会治治树狗的傲气。

一天，树狗在县委大院碰见牛胖子。牛胖子推车正往外走，见了树狗忙喊住，极是热情，热情得有点虚假：

"树狗，你他妈真行，露了一手，一下子成了大英雄！走，我那儿去，摸两把，正好三缺一。"

树狗本想推辞，无奈牛胖子不依，说有要事相告。树狗想想这胖子也得罪不起，就随他一路去。路上，牛胖子小声问树狗，那夜麻姑回去后是否生气恼怒？树狗答真不知道，因为那晚送麻姑只到家门口，他就回自个儿的宿舍了。牛胖子又诡笑地问树狗：那麻姑是不是与周相公姘居？树狗正色道：这类事可不能乱猜，没有证据可不敢胡说。牛胖子拍拍树狗的肩笑道："算了吧小兄弟，全城人早传得不成样儿了，你还替他们遮掩个啥。又不是你的亲姑！"树狗的心内悴悴，只不作声。牛胖子又说：

"麻姑待人不错，热情大方，是女人中的佼佼者。她待我不薄，我胖子也不亏待她，你带个话儿给她，就说我胖子卖她个信息。这信息太重要了，关系到你们厂的前途。"

树狗想知道是何信息，牛胖子却卖个关子不说，只道："让麻姑亲自来，我只卖给她！"

树狗又问："多少钱肯卖？"胖子呵呵笑道："若论钱，这信息十万八万也买不走！可我胖子最讲交情，说是卖，实际上分文不要，有麻姑一个笑脸儿就够了。"

是夜，树狗陪牛胖子玩了半夜麻将，将兜中的几百元输个精光，就独自回宿舍睡了，一夜无话。翌晨，见了麻姑，就将牛胖子的嘱咐如此这般说了。麻姑想想，胖子尽管好色，但为人处世绝对够意思，他既然说有要事相告，那这事儿一定紧要。麻姑简单打扮一下，开车走了。约莫两个小时后，麻姑匆匆回了办公室，一脸不快，独自闷闷。树狗不敢问出了什么事儿。恰周相公外出归来，风尘仆仆，进门就向麻姑报喜，说："这趟订货会开得效果极佳，华艺的产品是最畅销产品……"麻姑烦乱地打断说：

"咱县新调来个县长，姓杨，分管工业和乡镇企业。"

"听说了，那又咋着？"相公不解。

"这杨县长原是老县长离休时调来的，与马书记不是一股道儿上的，两人拧劲儿哩。最近上面抓企业整顿，说先拿乡镇企业开刀。这杨县长就在县常委会上提出，将咱厂作为清理整顿的试点儿。"

"让他整嘛，咱厂一没偷税漏税，二没伪劣商品，每年给县里创利税近百万，能咋的！"周相公不以为然地说。

麻姑说："杨县长主要是针对咱们的产品来的，说咱们生产的是赌具，只顾赚钱，不讲社会效益，必须得转产。"

相公立刻紧张起来道："消息可靠？"

"刚刚开罢的县常委会做了初步决定，内容保密，牛胖子悄悄传出的，百分之百可靠！"

"转产？产甚？"

"军棋、象棋、魔方……塑料玩具。"

"那咋能销得动？分明是砸我们的饭碗呀！"

"看来形势严峻哩……"

麻姑思索片刻，开始调兵遣将，分头派出精干人马去周旋活动。一上午，麻姑坐卧不宁，等到中午，亲自去马书记家打探虚实。

下午，厂办公室里空空荡荡，寂静无人。树狗一人待着无聊，就到财会室串门儿，与小月儿聊天。小月儿依然一副不冷不热的样子，常常话里带刺儿。树狗讪讪道：

"没甚意思，上报真没甚意思！"

小月儿撇嘴道："得了便宜卖乖！我看可有意思哩，意思大哩——要不然，咋能交得那样的小妖精，见天没了魂儿似的！"

"人家是为了写文章才……"

"不要听！"小月儿捂了耳朵，转了脸。

"真小心眼儿！懒得跟你说……人家是县里的干部，咱是甚？天上地下，哪敢有那心！"树狗没精打采地说。

小月儿才转过脸儿来，说："听说县里要给你安排工作呢？"

树狗美滋滋地说："得些实惠还差不多。"

小月儿忽地记起件事，问树狗："咦，树狗，今天县里开严打公判大会，没请你？"

"甚？公判大会？判谁？"

小月儿说："你真不知？听说下午公审十个犯人，其中就有你抓的那个杀人犯呢。"

"二大头？"树狗有些吃惊，"这么快就判了？"

"嗯，听说拉到西山坡枪崩了，好多人都去看哩。"

树狗的脸倏地变色，愣了一会儿，忙向小月儿借了车子，一路快蹬，往西山坡奔去。

树狗先是有些恼怨："公判二大头咋不通知一声儿？不管咋说，没我配合你们能抓住他？再说，判二大头死刑，咋不问问我的意见？我最熟悉二大头哩，他不是个坏人呀，为人还不错，讲义气，就是有些愣头愣脑，做事儿不管不顾，咋说崩就崩啦？"

西坠的日头已不再刺眼，沉甸甸的像个烧红的铁砣子。树狗蹬车蹬出一身汗来，快到西山坡上时，果见那儿人山人海，围观者熙熙攘攘。几辆警车和满载武警的大卡车正往回返，不时鸣笛驱散闲人，开得极快。树狗放了车子，朝人群里挤去，一问，人家都说已经崩了，只有尸体还在，没看头了。树狗使劲儿往人堆里挤，又挤出一身臭汗，才挤到那地方，还未看到什么，一股刺鼻的怪味儿已扑面。

　　树狗猛丁发现尸体就在自个儿脚下，近得弯腰可触。众人都捂了嘴看，眼里说不出是惊惧、怜悯、好奇、开心或别的什么神色。树狗只见好大一条汉子软软躺在草地上，天灵盖儿被揭开，白的红的流了一摊，味儿极腥。那汉子的眼睛却睁着，亮得像灯泡儿，极圆极大，愚呆呆地望着树狗。一块长条木牌扎在地上，醒目的几个字儿是："杀人犯田大二"，那"田大二"三字用鲜红的墨水儿打了叉。树狗好半天没醒悟过来这田大二是谁，却倏地从那大胡子掩了的嘴角上发现了一种极熟悉的神情——一份苦笑，一份无奈，一份乡村农人的痴愚。树狗这才猛然意识到田大二正是二大头的官名，一股冷气就从脊梁骨蹿上头顶，腿软得如面，不由自主地蹲下，正与尸体打个照面儿。二大头的眼珠儿凝视着，仿佛正刺穿自个儿的五脏六腑。他想伸手去将那不肯落的眼皮抹下来，手颤着咋也伸不出。"死不瞑目"这个词儿在脑里萦绕不绝。难道二大头是因为自己的出卖而死不瞑目？手儿害怕似的躲进衣兜儿，却倏地触住那张叠得方方正正的报纸，火炭烫了般抽出来，蓦地站立，拨开人群，头也不回地挤出去了⋯⋯

　　此后，一切都是灰蒙蒙的、雾腾腾的，人和景儿都像虚幻的影子在漂浮游移。他骑了车子往回走，只觉咽喉里有苦辣酸甜各种味道搅在一起，翻腾不休。骑到人稀背静处，呕了一阵，从衣袋里取出那报纸，条条缕缕撕碎，一把把掷到空中，像撒了一把雪花，飘飘悠悠，落下来沉入黑土地。回身正见得西山坡顶上的落日，混混沌沌地膨胀，将云团儿山尖尖都染得紫红。树狗觉得自己的心也在膨胀，胀成一轮炽热的夕阳，将周身焚成灰烬。

20.

　　那一日，树狗借辆摩托车回了老树沟，单等天黑后方敢骑进村儿，躲开行人，直接骑到二大头家门口。树狗下车，贼一样溜进了那间小土屋。

　　屋内昏黑，没点灯。树狗隐约见炕头上坐个人，盘着腿儿，佝偻背，雕像般不动。树狗走到炕沿前咳一声，那人影儿才动起来，问：

"哪个？"

"是我……"

"树狗？"那老妪颤巍巍地问，摸索着要点灯。树狗忙说："少坐就走，不用点。"跨炕沿边坐了。

老妪说："大头儿从县大狱里捎回信儿来，说是见了你，你待他像亲兄弟一般。"

树狗才知老人尚不知儿子凶信，就点点头道："他挺好……"

"这小子愣头愣脑，心眼儿不活泛，也不知戳下甚的古洞，让人家抓进去哩，你说，要判几年？"

树狗说："不咋，也就是个三年五载的哇。大娘尽管歇心儿，有我树狗在，就不会叫你老人家受治，你就把我当你的儿哇……"

老妪抓住树狗的手摩挲着，唏嘘不已："唉，真要有你这样个儿子，那才福分哩！"

树狗不敢久留，从身上取出一千块钱放到老妪手中，只说是二大头捎回孝敬老娘的。老妪又哭，说他的案子也得使钱呀，不使钱轻判不了！树狗说二大头身上还有钱。该使的地方都使了。他又安慰一番，匆匆出来，站在院里，长长吁出口气，仿佛了了一桩天大的心事儿。

月暗星稀，长了新叶儿的树在夜风中窸窸窣窣地低语，诉说乡村的安谧。树狗突然极强烈渴望回家，去看看娘爹和豆荚儿妹子，但又不敢回。那份说不明道不清的情感撕扯着他，愧疚、悔恨，还是毅然的决裂？他知道自打他离家后，娘寻过他，爹咒过他，豆荚妹一连哭了几晚……后来村里人都信了爹的话，以为他确实是一条养不住的白眼儿狼，可见收养野娃儿终归留不得哩！他们有谁知树狗的雄心大志？唉，眼不见心还不乱，可一回村儿，就牵肠挂肚，这莫不是人家小月儿常说的那种"农民意识"？那农民性真的深入骨髓，永世相伴？

脚步不由自主地朝自家院落走去。心想：不进屋，只在窗根儿下往里瞭一眼，就即刻离开，也心满意足了。

还是那熟悉的院落。狗蹿上来，没咬，亲热地摆尾，用嘴巴蹭他的手。他屏住呼吸，轻手轻脚地走到窗根儿下，往里看。屋里灯亮着，能看见爹那苍老的背影和娘的侧面，豆荚妹好像站在地下灯光照不见的阴影儿里。爹的声音铮铮作响，从窗户传出：

"死哇，去死哇，不要脸的东西！干下这等丑事儿，还活个甚！"

豆荚儿在嘤嘤地哭。

娘在劝："她大，先问清缘由再说！你这是把娃儿往死里逼呀。"

爹拍着炕皮吼着："死了倒也干净哩！快说，和哪个干下的？是哪个野汉子……你说，俺找他狗日的去……"

豆荚儿哭得死去活来，不吐一字。

"还替他护着？好俺个天老爷哩，你说呀，看我不去剥了他的皮儿……"

娘说："别的少说，最当紧的是先去医院做了。眼看就过五个月，再遮也遮不住了，人家医院也不收哩。明儿个进城去，找你哥……"

豆荚儿哭喊道："不，就不，俺不去……"

"不去想咋着？好不知羞耻的东西……"

屋内一阵乱响，哭的喊的打的拉的搅在一起。门被撞开，树狗看见豆荚儿妹披头散发冲出了院子。娘追出半截，被老六指拖回，还吼着："由她去，死了干净，死了干净……"

树狗心慌，僵立片刻，出了院子，满村儿满巷找，也未见豆荚儿的影，怕她一时想不开真的走了绝路，就忙到井口查看。月光下见得井底平静，月照着水儿，水映着月儿，似块明镜，没有投井的痕迹。又到磨坊寻找，怕她悬梁，磨坊里也空空荡荡。树狗心神不定，出了村子，往后圪墚去，果见后圪墚顶上立了个人影，再走近些辨得出正是豆荚儿。

树狗望见荚妹久久站在山圪梁上，在夜风里散开的头发迷乱地飘起又落下，似听得荚妹的哭诉在旷野上荡开，水波似的扩散：

"哥吧……俺恨你，你知不知呀……"

那山山沟沟坎坎梁梁上就都荡起了质询：

"你……知……不……知……呀……"

"……知……不……呀……"

"……知……呀……"

树狗却无勇气上前，理智告诉他：万万去不得，若这一去，便难回城，便让荚妹将自个儿的命一辈子又拴在那黄土地上。他"扑通"跪在墚下，含泪回道："好妹子，委屈了你，我知！我铭心刻骨地知了呀！"

时光如流，斗转星移。近半夜时，豆荚儿才走下后墚，跟跟跄跄往村儿里去。树狗望着她那孤单的身影在田野上痛苦地摇晃，终于像块黑冰在夜的浩浩大水中渐渐溶得模糊，又渐渐消失干净……

21.

树狗骑摩托车回到城里时，天快亮了。从老街穿过时，恍惚看见麻姑的红砖门楼里鬼鬼祟祟闪出个人来，样子像是相公。树狗骑摩托车从那人身边擦过，看个真切，果然是相公。树狗也不停车，径直骑着进了蒙王府大院。回到宿舍，衣未脱，脸未洗，用被子蒙了头，欲哭无泪，昏昏睡去。

不知昏睡多久，被人从梦中推醒，揉着惺忪睡眼发愣。那人笑吟吟地望着他，身上笼了层红光似的。

"小丁，你这懒虫，要睡到日头偏西吗？"

才看清是汪嘉丽，穿一身红呢套裙，望着他笑。慌得树狗一骨碌坐起，趿拉了鞋子下地，却不知该干些什么。

"坐，请坐……瞧这儿，像个狗窝……"

"不碍事，站着说话儿吧。"

"你可是请不来的稀客哩，我给你沏茶……"

"不必啦，你快洗把脸，跟我走。"

"去哪儿？"树狗茫茫然。

"到我家，我妈妈要见见你。"

"那事儿——有线索啦？"树狗喜出望外。

"也许有，也许无，妈妈不肯说，只是要我来叫你，问你些情况。"

树狗慌忙洗了脸，随汪嘉丽出门。两人一路无正话，不过闲扯些天气、庄稼、电影、生意之类的废话。

汪嘉丽的家是一幢漂亮别致的小楼，有一个小院，院内有花圃和铁栅栏。她领树狗走进去时，树狗忽地忐忑不安起来，对这楼这院儿竟有种似曾相识的感觉，暗想：亲爹娘若是城里人，大概也有这样的院落小楼吧？入内，又见客厅里窗明几净，一尘不染。嘉丽喊一声"妈吧——"一位中年妇女由室内应声而出，穿了银灰色羊绒衫，戴了白边框眼镜儿，一看便知是个极有知识和教养的女人。

"妈，这就是小丁。"

女大夫点点头，请树狗在沙发上坐，又唤嘉丽取苹果招待客人。嘉丽应声，取了苹果来，坐在树狗身边削着，削好一个递给他。他没敢吃，拿在手里看。那女人盯着树狗看了一会儿，若有所思的样子。

"你是养父从县医院抱回的？"女人问。

"嗯，爹娘都这么说。"

"那你可记得抱回的日期？"

"二十三年前的秋天。那年刚文革，爹说城里已乱，乡下还没乱。"

"你家是在？"

"老树沟，天柱庄。"

"就是那株很出名儿的天柱老树吗？"

"是。"

"那树有毒？"

"可不，人兽都不敢靠近哩。"

"那树还活着？"

"活得旺实呢，连拴它的铁链子都挣断了。"

嘉丽的母亲不再说话，思索着，仿佛沉浸于漫漫的记忆长河，飘忽在往事的云烟里。树狗小心地问：

"阿姨可记得那年秋天的事吗？有谁从县医院生了孩子又送了人？"

许久，那女人摇摇头，像对树狗，又像自言自语："不，没有，那不可能，太不可能啦……不会有这种事儿的！"

树狗不明白，又问："你是说？"

女人抱歉地笑了笑，说："那年秋天的事儿我记得一清二楚。那时，造反派把我们赶到乡下劳动改造，医院除了内科外科，别的科都没了，所以，不会有人到医院分娩！"

树狗吃惊不小，问："那……这么说，我不会是从县医院抱回的。"

"当然不会！太遗憾了，小丁同志，这就叫我无法帮助你了，除非你回去再问问老人，你究竟是从哪儿抱回的，或者，是从哪儿捡回的……"

树狗垂头丧气，咬一口苹果，顿觉满口酸味儿。心中只恨亲爹娘扔他时也不留个书信字据，或像电影电视里的情节似的，或者在身上留下个印记，也好将来相认。

回去的时候树狗无精打采。汪嘉丽将他送到院外时又劝慰几句，叫他别灰心，慢慢来。临别时，那只"小鸟儿"又在他的掌心里滞留片刻，又柔又暖，才使那冷却的心儿变热。

"小丁，以后常来家玩。你看出没有，妈妈挺喜欢你。她只有我这一个女儿，平时不喜欢男孩子到家来，对你却例外呢。"汪嘉丽注视着树狗说，"可能是你的憨厚朴实打动了她吧。"

"咋没见你爹呢？"树狗问。

"他忙，每天忙得不着家。"

"在哪儿工作？是个大干部吧？"

"保密！"汪嘉丽顽皮地笑道，"或者说，暂时无可奉告！"

"问句不该问的——你有对象了吗？"树狗问罢，觉得自己的心跳得厉害。

"有啊。他在南方一个大城市里读博呢，今年毕业。等他回来，我介绍你们认识一下。"汪嘉丽说完，冲树狗笑了一下，露出一口雪白的牙，然后像只小鸟儿飞了回去。

树狗呆立在院门外。一时，心里头说不出是甚滋味儿，好像是羡慕，可分明又掺杂着妒恨，还有更强烈的失望。人家汪嘉丽生在这样的家庭实在是幸福呀，而自己实在是不幸……呆立了好一会儿，才怏怏地迈开步子往回走。

22.

春天迅疾地衰老。树绿后，小镇就觅不到季节的一丝痕迹。天气总是不冷不热的样子，女子们就穿了花裙子满街地旋，旋得人眼花缭乱，仿佛她们就是夏日盛开的野花儿。

树狗走回老街时忽想起他已经三天没在厂部上班了，也未请假，免不了被麻姑一顿责备。

走进蒙王府大院时，方觉气氛不对——大天白日，厂子里却静得如坟地，机器不鸣，烟囱无烟儿。过去一看，原来车间大门都上了锁，贴了封条。封条上的大红印刺眼，是"清理整顿委员会"的字样儿。树狗跑进办公室，那儿也空无一人。去找小月儿，财会室也封了。只得到门房问老耿头。老耿头唉声叹气道：

"咋，你还不知？咱厂被县里给封啦，封了两天了！"

"凭甚？"

"说是杨县长下的令，不转产就不许开工。"

"麻姑呢？"

"到县里交涉去了，两日没见露面。"

树狗呆立半晌，才悟出自己的前程已与这小厂紧密相连，一荣俱荣，一损俱损。若是这份工作没了，那农转非会不会受影响？没了麻姑的靠山，还有什么出路呢？前一阵子他得意扬扬，现在方知，那一切都是镜中看花，不过是一个花花的虚影哩！

"厂子的其他人呢？"树狗又问。

"走的走，散的散，有本事的另谋出路，没本事的回家种地……唉，眼见得一个好端端的厂子，完了！"老耿头叹口气进了屋。

树狗回到宿舍里兀自发愁。他坐不住，就往麻姑家跑了几趟，门却一直锁着。找小月儿，找不到。连相公也不见了踪影儿。树狗匆匆吃了两口饭，就到麻姑住宅的门外等候。

一直候到天黑，才见麻姑倦怠地走回。她见了树狗，只说声"正要找你"，没再说啥。取钥匙开门，两人一前一后进屋。

沙发上坐定，麻姑蹙眉叹气道："形势不妙，树狗儿，咱们遇到了麻烦，你要有思想准备。"

树狗说："有麻姑在，啥麻烦破不了？反正我是忠心耿耿跟你闯事业了！"

麻姑无力地摆摆手道："树倒猢狲散，墙倒众人推，现在是银行、工商、税务一起发难，事情忒难办哩。若是没有县委的一二把手出来替咱说话，这难关是无论如何过不去的。"

树狗问："马书记不是关心咱厂吗，他没表态？"

麻姑盯着树狗看了一会儿，慢慢地说："这是最后的希望了……马书记和杨县长不是一根线儿上的，两人拧劲儿拧得厉害。而且说到底，咱厂是马书记亲自抓起来的，人家收拾咱，就等于收拾他，他不会坐视不管。更何况，他相中了咱们的小月儿，小月儿也愿意过去续弦，这么一来，胳膊肘岂能朝外拐……"

"甚？你是说——马书记要娶小月儿？"树狗失态地叫起。

"有甚奇怪的，一个愿娶，一个愿嫁，再合情合理不过了。"麻姑若无其事地说。

"小月儿愿嫁？我不信！"树狗冲动地说。

"去当书记太太，谁不干！这么一来，她哥哥弟弟的正式工作就都不成问题了。再说，老夫少妻，当今还算稀罕事儿？马书记虽说岁数大些，可人不显老，脾性也好，小月儿跟了他一辈子受用！你若不信，去问小月儿……"

树狗恨恨地盯住麻姑道："是你给牵的线？"

"我不过叫小月儿去陪马书记打了一回麻将，两人彼此就有意了，我可不敢给人家当媒人哟！"麻姑靠在沙发上，点了一支烟，条条缕缕的烟雾就遮住了她的面。

"你不是答应过，把小月儿给我？"

"咦，甚话，小月儿又不是我闺女，我有甚权许人？即使是我闺女，如今也讲个婚姻自由吧，能由我包办？不错，当初我是想撮合你俩，可你看人家不上，去和宣传部的那个小女子厮混，喜新厌旧哩……"

"没有的事儿！"树狗愤愤，却说不出所以然来。

"还有，我把咱俩的事也告诉小月儿啦。"麻姑低声说，"要不，她还割不断对你的恋情哩……"

"你……"树狗觉得两眼发黑。

麻姑却如慈母般轻抚树狗的头，叹口气告诉他说：那农转非的事未办成，本来派出所所长一口应允的，可如今一看华艺倒了霉，也借口推掉了，白白扔进去七八千块。又说周相公那王八蛋见公司落得如此惨景也不愿干了，想到外地受聘，麻姑全力挽留，因为一旦少了相公，华艺公司就完了。相公最后答应留下，可有个死条件：树狗若在，他就走；树狗若走，他就在……

"我真不明白你们男人的心眼儿咋那么狭窄，唉，树狗，相公是嫉妒你年轻能干，又有才华。可是，为了留住他……树狗，你能体谅姑的难处吗？姑可真的不是想赶你走，你也知道，姑最喜欢你、待见你，可是，姑确实是没别的法子呀……"麻姑几乎搂住树狗，淌着泪说，说得动情、真挚。

树狗只觉天昏地暗，一腔火发泄不出，只喃喃道："我走，就走……"踉跄着往外走去。

"树狗，你可要想开些！"麻姑起身，不安地喊道，"等这儿的难关一过去，一定叫你回来，姑真舍不得你……"

树狗却啥也没听见，醉汉般出了屋。

倏地忆起一次在田野看日落，周身被一种恐惧而绝望的情绪紧紧缠绕——他永远记得那轮在夏日热流中颤抖的落日越变越大，渐渐幻化成一朵橘黄奇美的蘑菇云，并翻腾旋转一轮轮扩大。部队军训时多少次从银幕图片上领略了原子弹蘑菇云的形状——那是人类的恶之花！而那天，他确实以为见到了蘑菇云，一团金色的升腾的蘑菇云。谁知那金云不是升腾而是沉沦，倏地沉落到山梁后，大地旷野在一瞬间陷入无边的黑暗中。他觉得那团金光永远被埋在了群山里，再也不会浮现。他领略了世界末日来临时人类的恐惧和绝望。

从麻姑的住宅里出来后，树狗就被这种可怕的情绪紧紧攥住。

他恨那个女人！

甚至仇恨这县城小镇的一切……

本以为自己早成了邪恶之徒，却没想到那女人比他更毒更阴！因为她是女人，所以也就更无耻……

又在床上昏睡一天，胡思乱想一天。第二天有了些许精神，也有了外出的欲望，就懒懒地走了出去。

23.

树狗眼神痴呆，漫步街头。虽在熙熙攘攘的人群中，却视而不见，如入无人之境，径直走进县委大院里。先去安置办找王主任，王主任客客气气地告诉他：退伍军人应该听从组织安排，回乡支援农业第一线才是正路，尤其是出了名儿，更应遵守国家规定，不能居功自傲，凭熟人关系开后门搞不正之风……树狗又去找牛胖子，牛胖子见左右无人，附耳告诉树狗：因马书记听说小月儿曾和树狗恋爱过，所以他暗示了麻姑和王主任等有关人员，最好让树狗回乡务农……

出了县委大院，树狗终于觉出自己真是好笑——自报上登了那事迹，便以为从此真格时来运转、飞黄腾达，却不知依然是命若琴弦，说断就断。本以为挣脱了那片土地，从此成为城里一员，却不知望见青山、跑断马腿，到头来又是一场空。本以为与那城中女孩有缘分，小月儿已非他莫属，汪嘉丽也似有钟情，却不知雾中看花儿，只是虚影儿。恰似水中捞月，以为唾手可得，岂知那月儿却在天上，离他还有十万八千里哩！

忽住了步，抬头四顾，才发觉原来不知不觉走到汪嘉丽家的小楼院外，愣愣神儿，心想真是鬼使神差，咋跑到这儿来呢？难道想把那一肚子委屈和愤懑向嘉丽和她妈妈倾吐？人家听了又能咋的？同情你，怜悯你，或者笑你这农村人目光短浅，志向太高……不，不能进去，最后那点自尊虽可怜，但丢了它，你树狗还有个甚呢？

树狗拔腿就走，却见迎面二男一女各骑一车而来。那男的年轻潇洒，气度不凡，是南方那博士回来了吗？那女的是嘉丽，同那青年谈笑亲切，并肩而行。树狗见状，慌忙闪进小巷。

嘉丽只见一人影一晃不见了，像是树狗。喊了一声，没有回音。嘉丽下车对男青年说："怪呀，像是我的个熟人，咋就躲了？妈妈正让我找他问话呢。妈妈说，她有个朋友，二十三年前把一个男孩挂在了天柱老树下，不知是不是他……"男青年笑道："行了，快走吧，你还真爱管闲事儿！"两人就进了院子。

树狗已从小巷转到大街上。在这一瞬间，他才发现了一直隐藏在自个儿心底的深深的自卑。这种自卑感与生俱来，风霜雨雪不能使其消泯，阅尽沧桑不能使其减弱。这种自卑感是上天赐给他的永恒印记，他将背着它有如那个西方的耶稣背着沉重的十字架，一直走完整个生命的旅程……

真的甩不掉吗？他悲愤地问自己，问苍天。

忽觉得自己成了一头被人从野荒山沟里抓回的小兽儿，放在铁笼里，任城里人观看、玩弄、嘲笑，自个儿拼力想突出那笼子，却咋也突不出。困兽？是呵，一头困兽呵！

仿佛那意念早就有了，一直将他引进百货大楼，径直走向那个柜台。柜台里堆满了土产杂货，售货员是他的老战友章关根，依然将头梳得明明亮亮，见了他咧嘴笑道：

"早听说你进城来了，咋一直没露面儿？混好了，就忘了老战友，真不够意思！前几天从报上见了写你的文章哩，行，你小子干得不赖，这一下非但能落上城市户，县里没准儿还会给你个正式工作，提拔提拔哩！"

树狗只是不言语。

"咋，那对象呢？没一块儿带来？噢，明白啦，你小子进了城，把人家给甩了？行，甩就甩，找个农村女人日后也麻烦，在城里混好了，这大闺女小媳妇还不是任你挑！嘿嘿，老战友，哪天当了官，可别忘了咱难兄难弟呀。"

树狗直勾勾地盯着柜台里，指着一把菜刀问："多少钱？"

章关根从柜台里取出菜刀递给他说："咋的，自己开火做饭呀？这刀不错，快得很。"

树狗问："能杀人吗？"

章关根只当是开玩笑说："哪能不行！只要你有胆量，一口气杀他七个八个不成问题，保准不卷刃儿！"

树狗就付了钱，将菜刀掖在怀中，出了商店，依然漫无目的地绕着。当夕阳将坠落时，目的忽地明确了，心中蓦然一片苍白，无比广阔开朗，像一片苍茫的雪原，虽然空空荡荡，却又冷酷无比。

他朝麻姑的住宅走去。

又在门口候了许久，踟蹰着，阴沉的目光瞄着小巷深处，像一头伺机出击的野兽。

那辆"奥迪"终于出现了。

车门两边都打开了，右边下来的是周相公，左边下来的是麻姑。两人谈笑生风。

树狗从从容容迈步，迎那两人走去。

他的目光却不看他们，对着遥远处的落日。

不错，果不其然又是一团金光浮动的蘑菇云，颤抖着、旋转着，像恶之花灿烂地开放，像飞碟一样神秘地旋着，将天宇旋得一片朦胧。

麻姑惊愕地停住步子，望向树狗。她分明见得树狗双目明亮，眼珠儿红光剔透，嘴角挂着一种奇怪的微笑，傲然仰首，目光越过她的头顶，虔诚地凝视着黄昏的天际。

再有一会儿，那蘑菇云将沉沦而下，那时，大地将变得一片黑暗，光明不复存在。

却不是恶之花的凋落，而是它的扩散蔓延。

树狗心中有些感激地想着。

手便伸进怀中，摸住菜刀的柄，倏地抽出，举起，看见那最后一点即将消失的蘑菇云全部凝聚在刀尖上，闪烁冷酷的光芒。

树狗觉得走到了人生最辉煌的时刻……

相公像女人一样尖细地叫了一声，抱头而逃。

麻姑却立着，肩膀上腾起一团血雾，那一对月牙眼由于惊愕而睁开了，睁圆了，仿佛心灵之门洞开，树狗便窥见了那里的一切一切——

是自己的魂灵！

和自己一模一样的魂灵呵……

"树狗……你……不该……"

太阳倏地陨落，大地果然一片黑暗。

24.

树狗出狱那天，与麻姑出院是同一个日子。麻姑只伤了左臂，不重，小半月儿就痊愈了。麻姑让周相公去法院撤了诉，将树狗保释出狱。麻姑的左臂不敢活动，一动就疼，便雇了名司机开车。那司机也是个农村后生，俊眉土眼的憨样儿，老实得不说一句话，对麻姑每句话奉若圣旨。麻姑十分满意。

麻姑出院时，华艺公司车间门窗上的封条已经撕了下来，机器又响起，烟囱又冒烟儿，一切恢复了正常，只是少了树狗。相公干得比从前更欢实。

马书记来视察过，给厂子题了字儿，给职工鼓了劲儿，看脸面似又比往日年轻了几岁，气色极佳。马书记没忘了过问树狗。麻姑说已回乡务农，马书记称赞了几个"好"字，并声称县里正在筹办"第二届麻将节"，要大家献礼。说完，走了。

杨县长一直没来，不知忙甚，过了不久悄没声儿调离而去，在御马县任职总共不到半年。麻姑的心情越来越好，有事没事让司机开了车满街转，兜风儿开心。

有一天，正转到郊外，忽见一青年在路边收羊皮，与人讨价还价，争得面红耳赤。麻姑认出那青年正是树狗，就让司机远远停了车，从包中取出六百块钱来，让司机去将那羊皮买来。司机遵命去了，买回张巴掌大的羊皮。麻姑瞅一眼说："扔了！"司机将羊皮扔到路边阴沟里，开车一阵风而去。麻姑从倒车镜里看见树狗手拿一沓子钱呆立良久，忍不住鼻儿一酸，泪落如雨。

25

时光如流。

晚秋时，树狗回老树沟。家里托人捎了话来，说娘病得重，让他务必赶回。下了车，没直接回家，先去看那株天柱老树。

当时树叶方黄，在秋风里飒飒作响，如铁片儿铮然有声。树狗惊喜地发现：余下的两根铁链子也全断了，那树离链子已有丈把远，分明是往西移了。它要移到哪里去呢？难道这老精灵也要寻一个风水好的去处吗？树狗想，心中百感交集，只久久呆立。

忽听得身后有响动，极轻微，似怕惊扰了老树。树狗回头，见竟是豆荚妹，站在离他一米远的地方，神情木然。

"荚荚！"树狗唤她。

豆荚儿也不答话，走到老树下，仰头看着。一群寒鸦在树顶盘旋，呱呱叫一阵儿，不敢落下，风儿似的踅去了。树狗这才看见豆荚妹十分憔悴，一下子老了十几岁似的，眉宇间聚着无法抹去的哀怨，眼里呆呆无光。

"哥，咋不早些回来瞧瞧俺？"

树狗低头无语。

"俺把你的娃儿养下了……"

树狗身子一颤。

"大不让养，死活不让，当天就把那娃儿放到竹篮篮里，挂到这老树上啦……"

树狗的脸儿苍白如纸。

"今儿个是第七天了，俺天天来寻，咋也寻不到那篮儿……是个小子，很胖，能哭……娘说，和当年把你从老树下拣回去时一模一样。"

"甚？我是从老树下拣回的？"

"是老树又把那娃儿收回哩！是天意……"

树狗再也无法抑制自己，一把搂住豆荚儿，像个孩子似的哭，哭得呜呜咽咽。

老树俯下腰来听，听得动情，唏嘘不已。它还不曾忘记这个被它宽容地养育过的生命？田野默然、慷慨地收了那哭声……

许多许多年来，这块贫瘠的土地已见惯了这一切——人世间的悲欢离合、恩恩怨怨。土地是庄户人的上帝，永远那么仁慈，那么宽厚，倾听他们的祷告，凝视他们的苦难，却永远缄默。它用缄默来回答一切。

也唯有它能承受这一切！

豆荚儿推开树狗，望着他神情木木地说："哥哎，别这样……你还不知吧，俺寻下婆家哩，就要嫁人啦。"

"嫁谁？"

"咱庄的二奎。"

"甚？甚？那二奎是个愣货，疯了三十年，你你……"

"这也是没奈何的事儿！一则，像俺这样儿，正经人家谁肯娶？二则，也是为了你……"

"为我？"

"记得二奎妹子吧？奎女子……她要给你做媳妇哩。"

"换亲？"

"嗯。奎女子的大舅在县里当干部，待结下这门亲，日后你也有个好依靠，弄好了能指望跟奎女子进城去。哥，你可千万应承下呵，别再让咱爹娘伤心啦，求你了！"

"妹子，我苦命的妹子！"

树狗止了哭，望着豆荚儿，眼里早没了任何内容。豆荚儿又说："哥，回家哇！那事儿过去了，大和娘都不知是你，见天盼你回呢……哥，不管咋说，那儿也是你的家呀。咱娘没病，就等你回去给你成亲呢，快回去哇……"

豆荚儿转身先走了，远去的背影透出无限的苍凉。

树狗转过身猛地抱住那天柱老树，将头狠狠撞在树干上，撞得树干咚咚地响，那树就剧烈地晃起来。树狗直撞得额头血淋淋的，还撞，让那红红的血在老树苍老厚实的皮上溅开，又慢慢渗入到内里。他觉得自己的身子已渐与老树融合，终于融成一个结结实实的整体。蓦地，他从老树身上又一次获得生命……

风从荒沟的一端匆匆赶来，仿佛来参加一项神圣的祭典仪式，如涨潮般啸啸不休。

于是，那参天老树顿然喧哗，叶与叶迷乱地狂舞，舞得天空满是片片金叶，舞得荒野一瞬间落叶满地，游浮不止。这乍然满天的叶儿，向天空和田野诉说着千百年的寂寞和孤独，还有那永不死的希冀。

后　记

　　对于色彩的敏锐捕捉，使我与草原和原野融为一体。我喜欢大自然，喜欢把小说里的故事和人物放到大自然里去展现。我曾对一位朋友说过：只要我把人物放在草原上或者是原野上，他们马上便有了生命，有了活力，有了动感。

　　这是一部中篇小说集子。其实我还有一些写农村的短篇小说，譬如曾发表于《山西文学》上的系列短篇《一方水土一方人》，自认为也是比较"牛"的小说，可由于篇幅限制，只能忍痛了。在题材方面，我很难界定这几部中篇是历史的还是现实的，有的小说是历史与现实相交融。再就是民族，这部集子里的人物大都是汉人，但他们活动于荒原，便有了"野味儿"，有了鲜明的地域性，反倒成了另外一种"汉人"了。而我所要塑造的，正是这另外一种汉人！

　　忆起来也是蛮有意思的，当年，我的《乐园》（即集子中的《黑乐园》在《十月》发表后，被《作品与争鸣》评论，被刚刚创刊的《中流》"批判"，热闹了一阵子。后来，《神汉》（即集子中的《褐衣人》）在《当代》发表后，却是众口一词地叫好，《小说月报》和《中篇小说选刊》同时选载，并且，几家电影厂抢着买影视版权，要把它搬上银幕和屏幕。如果说《乐园》是个彻头彻尾的悲剧，那么，《神汉》还是留下了一丝光明的尾巴，似乎有一种英雄主义的东西在里面。在为两部作品得到读者和评论界关注的同时，也为其他的作品没有引起重视而愤愤不平——《乡村的太阳》（即集子中的《紫太阳》）是一篇令我沾沾自喜的"独特之作"，虽然作品还依然保持着我的一贯的"浪漫主义风格"，但其"现实主义的批判精神"还是十分明显的。

天下所有的作者，大概都会认定自己的小说是最好的，我自然也不例外。作家若无这点儿自信，那么也就不会那么有激情、有信心进行创作了。但自信归自信，究竟作品如何，还得凭借着时间来检验。

近年来，所谓的"知名作家"越来越多，被冠为"大师"头衔的亦不少。但若问其写过些什么？知者寥寥！我想，一位真正的作家应该是用作品来说话的，而不是关起门来自吹自擂。内蒙古的作家若想在全国得到认可，需要的只有作品。少说多写，这才是真的；若无作品，一切都是空的。

2017年9月25日